Fausse fiancée et vrais ennuis

De la même auteure aux éditions

addictives

Ma vie, mes rêves et lui

Sexy comédie. Recherche (fausse) fiancée

Apprends-moi. My Stepbrother

Insolent Bastard

KIM GREY

Fausse fiancée et vrais ennuis

addictives
POCHE

« L'amour est le seul jeu auquel, quand on refuse
d'y jouer, on risque de tout perdre. »
David E. Kelley,
scénariste de *Ally McBeal.*

I

Un contrat attrayant

1

Annonce 345856

– Plutôt que de prendre en notes la conversation de la table 6, tu pourrais peut-être servir la jeune fille de la 8, glisse Ted, légèrement agacé.

– Ces deux dames parlent de toilettage canin ! Je ne peux pas louper ça ! m'exclamé-je en notant discrètement quelques bribes de leur conversation sur mon bloc-notes de commandes.

– Je te paie pour faire le service, Ivy, pas pour préparer ton prochain stand-up, reprend Ted en préparant lui-même ma commande avec impatience.

– Le casting du New York Comedy a lieu dans deux semaines et je n'ai toujours pas de thème !

Il y a un an, quand je suis sortie diplômée de l'école de théâtre, j'ai commencé à faire du stand-up dans des clubs new-yorkais. Traquer les absurdités de la vie quotidienne pour les mettre ensuite en scène, c'est vraiment mon truc. Dans quinze jours, je participe à une soirée de sélection, au New York Comedy. Tous les directeurs de théâtre importants en matière de comédie seront là pour faire leur marché. De quoi avoir légèrement la pression…

Heureusement, pour trouver l'inspiration, rien ne vaut le bar de Ted. Une véritable mine d'or ! Il suffit de tendre l'oreille pour récolter des idées.

– Si tu ne te dépêches pas, tu pourras écrire un sketch sur les patrons de bar qui assassinent leurs employées, menace Ted, pointant un siphon de crème chantilly dans ma direction. Et inutile de tenter de m'attendrir en me faisant le coup de la tête d'ange ! Tes grands yeux bleus et tes boucles blondes n'auront pas le dernier mot, cette fois !

Sous ses airs ronchons, Ted sait à quel point le stand-up est important pour moi. Il m'a toujours soutenue… Sauf quand les clients, comme la jeune fille de la table 8, patientent depuis trop longtemps.

Je suis prête à me remettre au travail lorsque ma sœur, Lauren, déboule dans le bar.

– On l'a ! lance-t-elle d'une voix qui frôle l'hystérie.

Et, sous le regard intrigué des clients, elle exécute une sorte de danse de la victoire.

– Les Rattle Snake ont enfin leur CD ! confirme Victor, radieux.

Le batteur du groupe de ma sœur se dirige vers Ted et moi, le visage radieux, brandissant un CD comme un trophée.

Je fonds sur Lauren pour la serrer dans mes bras. Je colle ensuite un baiser sonore sur la joue de Victor. Avec leur look singulier – mélange subtil de styles punk et hipster –, ils contribuent largement à faire de leur groupe un ovni stylistique et musical !

– Félicitations ! dis-je. Le monde entier l'attendait, ce CD !

– Pour le moment, la jeune fille de la 8 attend surtout sa boisson, grogne Ted à mon attention.

– Je suis sûre qu'elle comprendra, dis-je en emportant enfin le cappuccino. Les Rattle Snake, c'est le meilleur groupe de métal de la planète !

Oui, il se trouve que c'est aussi le groupe dans lequel chante ma sœur…

Mais en restant objective, je pense sincèrement que leur groupe mériterait d'être davantage connu.

– Glenn n'est pas là pour fêter ça avec nous ? demandé-je en constatant l'absence du bassiste.

– Justement, commence Victor. On a un léger souci. Glenn a dû quitter la ville brutalement pour rejoindre sa famille. Il nous faut un nouveau bassiste.

– Vous aurez le temps de recruter quelqu'un d'ici la semaine prochaine, pour le concert ? s'inquiète Ted.

Ted est un fan de la première heure. Son bar est le QG du groupe, et il les accueille régulièrement sur la petite scène de son café.

– Glenn nous a donné le nom de quelques remplaçants de talent, explique Victor. Il n'y a plus qu'à faire des essais.

– Et comme j'ai plein de temps maintenant, ça tombe bien, rajoute Lauren.

Ma sœur vient juste de finir brillamment ses études de droit. Tout le monde lui a prédit un bel avenir dans le domaine. Mais, après son diplôme, elle a décidé de s'accorder du temps. Elle rêve de musique plutôt que de plaidoiries, et elle n'a pas encore osé l'avouer à notre père, qui la presse de trouver un travail sérieux « pas comme celui de ta sœur »…

Ted disparaît quelques instants dans la réserve et revient avec une bouteille de champagne.

– Si on fêtait ça !

Il propose même une coupe aux trois clients du bar, qui acceptent, ravis.

Au moment de trinquer, Lauren enlève sa veste et son foulard : Ted et moi poussons alors un cri de surprise en découvrant Devil, le python jaune et blanc de ma sœur.

– Quoi ?! Tu l'as apporté ?!

– Devil est un membre du groupe, il est normal qu'il fête la sortie du disque avec nous !

Le serpent glisse doucement autour des épaules de ma sœur, comme pour montrer son approbation. Lauren l'a récupéré dans un cirque qui voulait s'en débarrasser, et depuis c'est la mascotte du groupe. En plus d'être parfaitement inoffensif, il apprécie beaucoup les vibrations des basses, et il ondule même tout particulièrement sur certains morceaux, un peu comme s'il dansait.

Je profite d'un moment où Victor et Ted sont absorbés dans une discussion sur les restaurants branchés de la ville pour parler à Lauren en aparté. Ce matin, dans le journal du quartier, j'ai repéré une annonce de casting, et je tiens absolument à la lui montrer.

– Écoute ça ! dis-je en lui collant le journal sous le nez :

« Cherche comédienne pour un rôle d'amoureuse dans la vie réelle. Casting sélectif. Contrat à l'appui. »

Lauren fronce les sourcils.

– « Amoureuse dans la vie réelle » ? C'est quoi ce casting ? Une petite annonce déguisée ?

– Tu ne trouves pas ça hyper excitant ?!

– Non, je trouve ça hyper flippant. Il y a encore des gens qui passent des annonces dans des journaux ?! Moi, je ne répondrais pas, c'est probablement un malade !

Lauren chante dans un groupe de métal avec un serpent enroulé autour du cou, mais dès qu'elle sort de scène et qu'il n'est plus question de musique, elle fait preuve d'une prudence et d'une sagesse très exagérées à mon sens.

– Je me doute que tu ne répondrais pas, toi, mais moi…

– Je suis sérieuse, Ivy. À tous les coups, c'est un psychopathe !

– Si c'est le cas, c'est trop tard, j'ai répondu ce matin, lâché-je négligemment.

Lauren étouffe un cri.

– T'es complètement folle !

– J'ai besoin de me lancer des défis si je veux progresser !

À l'heure de la fermeture, Victor aide Ted à ranger les tables et les chaises de la terrasse. Avant de nettoyer le comptoir, je jette un œil à mes mails, sur mon téléphone.

– Hé ! J'ai une réponse ! Il vient de me répondre ! chuchoté-je à Lauren.

Lauren m'arrache presque le téléphone des mains.

De : Annonce 345856
À : Ivy Clemens

Objet : Audition
Mademoiselle Clemens,
Si vous souhaitez passer l'audition pour le rôle, rendez-vous à quinze heures au Blue Smoke, sur la Cinquième Avenue.
Toutes les informations utiles vous seront données sur place.
Cordialement,
S

– Le mail est sobre et professionnel. C'est très rassurant, constaté-je.

– Sobre ?! Tu veux dire lapidaire ! « S », c'est pour quoi, pour « sociopathe », « sadique » ou « scrial killer » ?

– Arrête Lauren ! Il ne peut rien m'arriver, il me donne rendez-vous dans un lieu public !

– Faire semblant d'être amoureuse, ça te rassure, n'est-ce pas ? murmure soudain Lauren. Toi qui n'as jamais été capable de rester en couple avec quelqu'un plus de quinze jours…

Ouch. En plein dans le mille.

Ma sœur a raison, je ne suis pas très forte pour les relations longue durée. Je suis plus douée pour jouer les amoureuses sur les planches que pour tenir le rôle dans la vraie vie…

– J'ai le droit de vouloir conserver ma liberté et mon indépendance d'esprit, tout de même ! protesté-je. Et puis le cerveau mou comme de la gui…

– … mauve et les cœurs dans les yeux qui donnent un air niais, merci bien ! me coupe Lauren sur le ton de la récitation. Tu es trop attachée à ta liberté pour t'engager avec quelqu'un. Rendre des comptes, et puis quoi ?! Tu préfères les relations sans lendemain, au moins, tu restes maître à bord. Et puis les hommes, on les connaît ! Entre les lâches, les traîtres et les escrocs des sentiments, merci bien !

Ouch. Deuxième fois dans le mille. Ma sœur est très forte !

– Je connais la musique par cœur, Ivy, conclut Lauren avec malice.

– Venant de la part de quelqu'un qui attend le prince charmant depuis ses 6 ans, ta réaction ne me surprend pas trop, dis-je pour la taquiner.

Nos conceptions de l'amour sont radicalement différentes. Lauren est persuadée que, quelque part, il existe un homme juste fait pour elle. Selon sa théorie, ils se reconnaîtront au premier coup d'œil et leur amour durera toujours… Si cet homme sur mesure existe, il est bien caché. Parce qu'elle l'attend toujours…

– Eh ! J'oubliais ! Puisque nous parlons création, moi aussi j'ai quelque chose à vous montrer. Ou plutôt à vous faire goûter, interrompt soudain Ted.

Victor, Lauren et moi échangeons un regard inquiet. Depuis quelques semaines, Ted a décidé de se mettre à la cuisine, en autodidacte. Il veut faire de son bar un restaurant alternatif et il ne cesse d'inventer des recettes, plus audacieuses les unes que les autres. Il oublie souvent qu'en cuisine l'audace ne fait pas tout… il faut aussi que ce soit bon. Aussi, quand nous voyons arriver un plateau sur lequel trônent des espèces de petits tas vert foncé, nous commençons réellement à paniquer.

– Voici ma dernière création culinaire ! lance-t-il avec enthousiasme.

Création ou démolition ?

– Je ne vous dis rien ! Goûtez d'abord ! dit-il en nous tendant le plateau.

Des tartelettes, une espèce de mousse verte. Je suis la première à porter la chose à ma bouche. Lauren et Victor, ces deux espèces de lâches, ne me quittent pas des yeux. Avant de goûter, ils veulent s'assurer que je ne meure pas sur le coup.

– Tartelette à la mousse de chou kale, annonce fièrement Ted une fois que tout le monde a goûté son petit tas vert. Vous aviez reconnu ?

– Je rêve où il y a une couche de fromage entre la pâte sablée et la mousse de salade ? dis-je.

– Exact ! Quel palais, Ivy ! C'est en hommage au cheesecake, je pense baptiser cette recette « cheese-kale ». Ce qui est malin, c'est que la recette peut être servie en entrée ou en dessert. Et en plus, cette salade augmente l'espérance de vie, paraît-il !

Reste à savoir si le cheese-kale ne l'abrège pas.

Notre apprenti cuisinier est si enthousiaste que nous n'avons pas le cœur de lui dire que c'est bizarre… pas dans le bon sens du mot *bizarre.*

Les clients sont rares, ce soir, ce qui nous laisse le temps de discuter. J'adore les moments que nous passons ici, ma sœur, Ted et Victor, à parler de tout et de rien, à bâtons rompus. Depuis deux ans que j'y travaille, ce bar est un peu une deuxième maison.

Tard dans la soirée, nous aidons Ted à terminer le rangement puis nous nous séparons, après d'ultimes félicitations pour la sortie du CD. Ted et Victor n'habitent pas le même quartier que nous, mais Lauren et moi sommes voisines de palier.

Je ne pourrais pas vivre loin de ma sœur. Quand nous étions enfants, ma mère a quitté la maison pour aller vivre des aventures « plus excitantes que celle d'une mère au foyer », nous laissant avec notre père. Il nous a courageusement élevées seul, du mieux qu'il a pu, et nous n'avons jamais manqué d'affection. Mais ma sœur et moi avons compris ce jour-là à quel point nous étions précieuses l'une pour l'autre.

– Sois prudente, tout de même, Ivy, conseille Lauren alors que nous nous séparons sur le pas de la porte.

2

So chic

Ce matin, je griffonne quelques idées pour la soirée de stand-up au New York Comedy. Seulement, je suis trop impatiente de découvrir qui se cache derrière « Annonce 345856 » pour être réellement concentrée. Est-ce qu'on va me demander de jouer un passage de *Roméo et Juliette* ? Et « dans la vraie vie », ça veut dire quoi exactement ?

En vérifiant l'adresse sur Internet, j'ai vu que le Blue Smoke est un bar lounge un peu select. L'annonce parle de jouer les fiancées « dans la vraie vie ». Je choisis donc de m'y présenter comme je suis réellement : minijupe, boots motarde, chemisier léger, veste en cuir fine et cintrée – dont les vertus porte-bonheur ont plusieurs fois été prouvées.

Si l'étape *dressing* est assez rapide, dompter ma lourde chevelure blonde me prend un peu plus de temps. Mes boucles ont tendance à mener leur vie autonome de crinière, mais cet après-midi, elles semblent disposées à collaborer et s'enroulent sagement le long de mon dos, ce qui, avec mon teint de porcelaine, me donne, paraît-il, un air de Vénus de Botticelli, version glamour. Comme je ne suis pas en avance, je décide que, pour ce qui est du maquillage, mes yeux bleus suffiront.

À l'approche du rendez-vous, un mélange d'impatience, de trac et d'excitation me noue l'estomac. C'est toujours comme ça, avant une audition.

Le Blue Smoke n'étant qu'à quelques blocs de chez moi,

j'y vais à pied, pour me détendre. Seulement, cette fois, en plus du cocktail d'émotions habituelles, les paroles de ma sœur résonnent dans ma tête : attention, prudence, danger potentiel, psychopathes… Et si elle avait raison ? C'est vrai que j'ai souvent tendance à foncer et à me poser les bonnes questions après, une fois qu'il est trop tard.

Si « Annonce 345856 » est un malade mental, est-ce qu'il y aura un après ?

Une violente averse se charge de me changer les idées. Je tente de m'abriter comme je peux, mais c'est raté.

Pluie battante + cheveux bouclés = désastre assuré.

Quand j'arrive devant le Blue Smoke, je sens que ma coiffure n'a plus rien de celle de la vénus glamour, mais tire probablement plutôt du côté de l'épouvantail. À croire que les giboulées de mars n'ont été inventées que pour ruiner les coiffures avant un casting ! Première chose à faire une fois dans le Blue Smoke : trouver un miroir.

Je gravis les marches du perron quatre à quatre lorsque, soudain, j'ai un doute : escalier en marbre, porte finement ciselée, lumière tamisée, mobilier intérieur haut de gamme, portier en costume élégant, voitures de luxe garées devant la porte. Aurais-je sous-estimé le coefficient de « chiquitude » de cet endroit ?

À l'évidence, oui.

Arrivée en haut de l'escalier, j'aperçois même un petit macaron discrètement apposé sur la porte : le Blue Smoke a reçu le prix « So Chic », l'an dernier. Rien que ça. Eh bien, tant pis ! Je serai leur accident stylistique de l'année. Secouer un peu tout ce conformisme promet même d'être assez amusant.

Le regard perplexe que le portier pose sur moi au moment où je m'approche de la porte, l'air de se demander si Halloween a été déplacé à aujourd'hui, me laisse entendre que l'accident stylistique n'est pas du goût de tout le monde. Il en faut plus que cela pour me décourager et je passe devant lui la tête haute… C'est sans compter sur l'hôtesse, hauts talons et tailleur, qui, à peine ai-je posé le bout de mon pied dans l'entrée, se jette en travers de la porte.

– Je suis navrée, mademoiselle, je ne peux pas vous laisser entrer dans cet établissement.

– Mais, j'ai rendez-vous à l'intérieur ! protesté-je.

– Je suis désolée, mademoiselle. L'accès au Blue Smoke est strictement réglementé.

Une dame, tailleur noir, coiffure impeccable, bijoux scintillants, me passe sous le nez et se faufile à l'intérieur. Elle me jette un regard hautain avant d'offrir une mine pleine de compassion à l'hôtesse et au portier.

– Excusez-moi, mais quel est le problème ? Je dois me déguiser comme cette femme pour entrer ici ? dis-je en désignant des yeux la dame élégante.

– Commencez par vous coiffer, lance-t-elle à voix basse en me fusillant du regard.

– J'étais coiffée ! m'écrié-je, désespérée. Ça ne vous est jamais arrivé, à vous, de prendre la pluie ?!

– Je vais vous demander de faire demi-tour, mademoiselle, m'ordonne l'hôtesse.

– S'il vous plaît ! Vous ne pouvez pas être sérieuse… Si ? Je ne peux pas entrer… pour de vrai ?

– Ça suffit, mademoiselle, insiste-t-elle.

– Et vous allez faire quoi ? Vous allez appeler la brigade du bon goût pour me faire décamper ? dis-je d'un air de bravade, décidée à tenter le tout pour le tout.

– Non, je vais commencer par la police, répond-elle très calmement.

– C'est bon, c'est bon, grommelé-je en faisant demi-tour.

Je me retrouve en bas des marches, légèrement vexée.

Hyper vexée.

Pourtant, il faut absolument que j'entre là-dedans. Madame So Chic a fait allusion à ma coiffure. Pour commencer, il me faudrait un miroir, histoire de voir exactement l'étendue des dégâts causés par la pluie. Heureusement, au milieu de la file de voitures garées le long du trottoir, j'aperçois un véhicule providentiel : une grosse berline noire, si lustrée que ses vitres fumées semblent plus réfléchissantes que n'importe quelle psyché.

Je fonce vers le miroir improvisé et me baisse pour me regarder dans la vitre. Ouah ! C'est vrai que la pluie ne m'a pas ratée. On dirait une sauvageonne. Je ne fais pas partie des filles dont le sac à main est un salon de beauté portatif, mais je dois bien avoir quelques barrettes. Reste à les trouver… J'étale le contenu de mon sac à main sur le capot de la voiture. Ah ! Voilà trois barrettes. Au passage, je trouve même un eye-liner et un rouge à lèvres !

Face à la vitre, tout en élaborant un sage chignon, j'exécute mille grimaces visant à singer l'hôtesse qui m'a interdit l'accès au temple du chic. J'agrémente mes mimiques de petites répliques et grommellements. Ça me défoule, et ça me détend.

Une fois le chignon terminé, j'évalue le résultat en essayant quelques poses de star.

Adieu Cendrillon.

Bonjour Miss Hype.

Reste que la veste en cuir est de trop. Je la roule en boule dans mon sac, et j'ajuste le décolleté de mon chemisier, en mode « plongeant ».

Si les vitres fumées font d'excellents miroirs, elles trouvent cependant leurs limites lorsqu'on en arrive à la phase « eye-liner ». Pour avoir une chance de tracer un trait à peu près droit, il faut littéralement se coller à la fenêtre.

Je suis en plein exercice de haute précision lorsqu'un léger ronronnement électrique me fait sursauter. Je manque de me planter le pinceau dans l'œil. Ça vient de la voiture ! La vitre se baisse !

– Le spectacle est vraiment divertissant, mais ce sera plus pratique avec un miroir, non ? fait une voix grave tandis qu'une main me tend un petit miroir.

Il y avait quelqu'un dans la voiture ?!

Oui, c'est le principe de la vitre fumée. On ne voit pas s'il y a quelqu'un derrière.

Passé le premier instant de stupeur, j'éclate de rire.

– Vous avez de la chance ! C'est un spectacle que je réserve aux seuls initiés.

Et je me penche aussitôt vers le miroir pour finir ma session de maquillage.

– Je suis désolée, mais il faut absolument que je rentre là-dedans ! expliqué-je en traçant mon trait, je passe un casting ultra-important et on m'a refusé l'entrée. Franchement, quelle idée de donner rendez-vous dans un endroit aussi snob et coincé ! Je suis sûre que c'est le repaire de tous les vieux garçons maniaques et laids de la ville…

Soudain, je m'interromps, malgré moi. En levant les yeux machinalement, je tombe sur deux océans verts dans lesquels je sombre immédiatement. J'en reste prisonnière quelques instants, qui semblent durer des heures. Puis, autour des yeux, je découvre un visage à la beauté magnétique, dont les traits virils et doux se fondent en une harmonie parfaite. Une peau légèrement mate, un nez d'une finesse sans pareil, une bouche charnue et sensuelle. Des cheveux d'un noir d'encre, légèrement bouclés, qui donnent aux yeux verts un éclat presque surréel.

Mince alors !

C'est une bombe, ce type.

J'en reste bouche bée, l'eye-liner bêtement tendu au-dessus de ma paupière.

– Je vois que vous en avez pour un moment, je vous le laisse, dit l'apparition, en me tendant le miroir.

Sa voix, légèrement rauque, fait naître de doux frissons dans mon échine.

Sans un mot, je saisis l'objet que me tend le demi-dieu. Pour la première fois de ma vie, j'ai arrêté de parler pendant plus de trente secondes. De respirer, aussi.

Pourvu que le choc provoqué par la mâle apparition n'ait pas entraîné de graves lésions cérébrales.

La main agile et délicate disparaît dans la voiture. La vitre remonte. Reste une odeur fine et musquée qui m'enivre.

L'apollon aux cheveux sombres a disparu. Je me retrouve nez à nez avec mon reflet, dans la vitre fumée. Tout juste si je n'ai pas la mâchoire inférieure qui pend.

L'homme splendide et le clown grotesque, ce serait une bonne comédie !

La portière de l'autre côté de la luxueuse voiture claque, ce qui semble réactiver mes fonctions cérébrales.

Le beau spécimen de mâle sort de la voiture et se dirige vers le Blue Smoke. Élégance, démarche souple et puissante. Ce que je vois de dos est tout simplement prodigieux. Je me prends même à rêver à la paire de fesses musclées qui doit se trouver sous le pantalon divinement taillé. Je le siffle… mentalement.

On peut toucher, s'il vous plaît ?

L'homme fait soudain volte-face, me surprenant en flagrant délit de contemplation attentive.

– Surtout, ne me remerciez pas, pour le miroir ! C'est tout naturel ! lance-t-il.

Je bredouille un merci.

Le merci le plus pathétique de l'histoire du merci.

L'homme poursuit son chemin et disparaît dans le lounge après avoir murmuré quelques mots à l'hôtesse. Je donnerais n'importe quoi pour que cet homme murmure quelques mots à mon oreille. Rien que d'y penser, j'en frémis.

La porte du lounge se ferme.

Un mot me vient à l'esprit, de façon cuisante : ridicule. Je n'ai jamais vraiment eu peur du ridicule, mais là, je me sens cruche comme jamais. Un peu comme si, face à ce genre d'homme si séduisant, le coefficient de « cruchitude » était multiplié par trois.

Non, par dix.

En voilà un qui ne doit pas avoir besoin d'annonce dans le journal pour trouver des fiancées. Et à propos d'annonce, je suis en retard !

Le spectacle est terminé. Retour à la réalité : il faut que j'entre là-dedans, moi aussi. Je reprends le trait d'eye-liner là où je l'ai laissé, au milieu de la paupière. Je remets toutes mes affaires dans mon sac. Et le miroir, j'en fais quoi ? En le tournant dans tous les sens pour l'examiner, je me rends compte qu'il est magnifiquement travaillé. Tout à fait le genre de babiole qui coûte aussi cher qu'une voiture. Je ne vais quand même pas le laisser sur le capot ! Au moins, ce miroir est la preuve que je n'ai pas rêvé : l'homme le plus beau du monde a bien croisé mon chemin.

Montée des marches : deuxième ! Cette fois-ci, l'hôtesse et le portier s'effacent. Je m'attends à un petit compliment récompensant mes efforts vestimentaires et capillaires. Rien. Ils se contentent de me laisser passer, sans un mot, en me jetant des coups d'œil discrets – et impressionnés, me semble-t-il. C'est ma métamorphose, qui les laisse sans voix ?!

Eh oui, pas besoin de bijoux et de coiffures à mille dollars ! Le chic, je le porte au naturel, moi !

Bon, je rêve sans doute un peu. Je ne suis peut-être pas si naturelle, là tout de suite, mais j'ai réussi à rentrer !

Une fois à l'intérieur du Blue Smoke, je suis très impressionnée. Lustres gigantesques, fauteuil en cuir, ambiance feutrée. Pas du tout le genre d'endroit que je fréquente. Ça manque de vie, à mon goût… mais je reconnais que c'est classe.

Je m'approche du comptoir des réservations.

– Mademoiselle Clemens. J'ai rendez-vous, murmuré-je.

L'hôtesse hoche la tête, me fait signe de la suivre puis s'élance parmi les allées. À croire qu'il est interdit de communiquer autrement que par gestes dans cet endroit feutré où tout le monde chuchote.

Au bout d'un couloir, elle me désigne une alcôve, s'incline en guise d'au revoir, et disparaît.

Je m'approche, scrutant la pénombre, me demandant à quoi ressemble mon vieux garçon acariâtre, lorsque je l'aperçois, lui ! l'homme de la voiture ! C'est lui qui a passé l'annonce !

À mon arrivée, il se lève et me tend la main, arborant un fin sourire qui frôle l'insolence.

– Simon Stone, dit-il. Vieux garçon maniaque et hyper laid qui raffole des endroits snobs et coincés, souffle-t-il, l'air de jubiler. Vous êtes Ivy, je suppose.

Impossible, il doit bosser pour quelqu'un d'autre ! Je reste muette quelques secondes, désarmée par tant de beauté, troublée par le contact de sa main serrant la mienne.

Deuxième fois en dix minutes que ce type me cloue le bec !

La situation est tellement absurde que je ne peux pas m'empêcher d'éclater de rire. Seulement, je me reprends aussitôt. Dans ce lieu plus silencieux qu'une église, mon rire a retenti aussi fort qu'une bombe atomique.

Mes yeux se posent sur le corps divinement taillé qui se tient face à moi et j'ai du mal à croire ce que je vois.

– D'accord, pour « hyper laid », je me suis trompée. Pour le reste, je demande à vérifier, l'emballage de rêve est peut-être trompeur.

Ça, ce n'était pas indispensable.

Les deux yeux verts sont braqués sur moi, l'air de se demander quel genre d'animal stupide sort des énormités pareilles.

– Heu… et, oui, je suis Ivy Clemens, enchantée, dis-je espérant détourner l'attention.

J'essaie de dire mon nom avec autant de prestance que lui, mais après une telle entrée en matière, mon air sérieux ne trompe personne. Il me semble même voir un sourire s'esquisser sur les lèvres du bel homme.

De pire en pire.

– Pour votre information, nous sommes ici dans un endroit raffiné, et non dans un endroit snob. Vous feriez peut-être bien d'apprendre la nuance, jette-t-il négligemment.

– J'ai tout à fait saisi le sens du mot « raffiné ». La preuve, on m'a laissé entrer ! Je pense qu'ils ont compris que j'étais quelqu'un d'extrêmement raffiné, à l'intérieur.

– À moins que ce ne soit parce que j'ai donné l'instruction de vous laisser entrer, souffle Simon. Je penche d'ailleurs pour cette option. Je pense même que, sinon, toute raffinée que vous soyez à l'intérieur, vous seriez toujours à l'extérieur, à l'heure qu'il est. Et ils auraient peut-être même fini par appeler la brigade du bon goût pour vous chasser. Venons-en aux raisons de ce rendez-vous, reprend-il en m'invitant à m'asseoir.

Il désigne un contrat épais comme un annuaire, posé sur la table, puis plante ses yeux verts dans les miens.

Attention, Ivy, ressaisis-toi, le coup des yeux verts, c'est peut-être une technique pour te faire signer n'importe quoi !

– Je cherche une comédienne qui accepterait de jouer ma fiancée, car il me faut absolument mettre fin à une situation personnelle des plus encombrantes, et qui commence à empiéter sur mon travail d'une façon qui me déplaît fortement, commence-t-il. Vous connaissez Meet Love, le site de rencontre ?

– Bien sûr, on voit de la publicité partout, dis-je.

– Mes parents en sont les fondateurs et ma sœur est leur associée. Le couple est leur obsession et ils ne comprennent pas que je puisse être célibataire.

Célibataire ? Moi non plus, je ne comprends pas.

À ce moment-là, un téléphone bipe dans son sac. Il le sort et l'éteint avec exaspération.

– Ma sœur m'a créé un compte Meet Love, qu'elle gère pour moi, et malgré moi ! Elle me décroche des rendez-vous, exige des comptes-rendus, et ce téléphone, qu'elle m'a offert exprès pour le compte, n'arrête pas de sonner.

Ben oui, tu m'étonnes...

– Tout cela me prend un temps fou. J'ai beaucoup de travail et ça commence à bien faire.

– C'est beau, une sœur qui cherche à faire le bonheur de son frère, dis-je.

Et j'ai aussitôt envie de me filer une claque.

– C'est pour cela que je les ai laissés faire jusque-là, répond Simon très sérieusement. Mais à présent, c'est trop. J'ai autre chose à faire que passer mon temps à gérer des appels et des rendez-vous de ce genre. Il faut absolument que ça cesse ! Voilà pourquoi, je veux leur faire croire que j'ai rencontré quelqu'un.

Il pousse le contrat vers moi, plante une nouvelle fois ses yeux verts dans les miens, comme pour s'assurer que je l'écoute bien.

– Je cherche donc une comédienne capable de tenir le rôle de ma fiancée lors de l'anniversaire de mariage de mes parents. Il aura lieu à Los Angeles la semaine prochaine. Pas de rapports physiques, bien sûr. Et je veux surtout être absolument certain que les sentiments n'auront aucune place dans cette affaire.

« Les sentiments n'auront aucune place dans cette affaire. » Il faudra que je me répète cette phrase chaque fois que mon cœur se mettra à battre aussi fort qu'en ce moment lorsque je croise le regard de feu de ce démon.

– Tout est fait en parfaite légalité. Vous serez déclarée en tant que comédienne, et payée, bien entendu.

Je feuillette le contrat machinalement et tombe sur un nombre. Comme il est à cinq chiffres et qu'il est dans la case « rémunération », mon cerveau embrumé se réveille en sursaut.

– C'est un contrat de combien de mois ?

– Neuf jours. Une semaine dans ma famille, deux journées de répétition. Il s'agit de jouer vingt-quatre heures sur vingt-quatre. Et ce sera dur. Ma famille est redoutable, vous n'aurez pas une minute de répit.

Une semaine avec cet homme superbe ?!

– Le personnage de la fiancée est décrit dans le contrat. Je vous laisse le lire. Il me faut une réponse rapidement, dès ce soir. Vous avez déjà des questions ?

Des questions ? Oui, j'en ai beaucoup. Vos pectoraux sont-ils à la hauteur de ce que laisse deviner votre chemise près du corps ? Est-ce que je peux toucher, pour être sûre de ne pas rêver ? Comment se fait-il que vous n'ayez pas de fiancée ? Comment peut-on être aussi beau ?

– Qu'est-ce que ça vous fait de devoir mentir à vos parents alors que vous avez presque 30 ans ?

Simon sursaute, ses yeux s'enflamment.

J'ai dit ça à haute voix, moi ?

– Parce que vous ne passez pas votre temps à jouer un rôle, vous, peut-être ? réplique-t-il calmement sans me quitter des yeux.

– Heu… si, mais je suis comédienne. Attendez, qu'est-ce que vous voulez dire par là ?

La colère qui a embrasé son regard un instant disparaît pour laisser place à un visage de sphinx magnifique qui semble dire : vous savez très bien de quoi je parle.

Puis son air sérieux reprend le dessus.

– Je me dois cependant d'insister sur une première clause essentielle qui prend effet dès à présent. La clause de confidentialité. Quelle que soit votre réponse, cet échange est placé sous le sceau du secret. Toute fuite d'information, à quiconque, vous exposerait à un procès.

Sa voix est dure, son ton, sévère. Je me sens très intimidée, tout à coup.

– Mais, ma sœur sait déjà que j'ai rendez-vous avec vous !

– Débrouillez-vous avec votre sœur, vous êtes comédienne, non ? ordonne-t-il d'un ton sans appel.

– Il faut bien que quelqu'un sache où je suis ! Qu'est-ce

qui me garantit que vous n'allez pas me découper en morceaux ?!

Simon attrape le contrat, l'ouvre à la dernière page et se met à écrire, en un geste calme et souple.

Oui, il est sexy, même quand il écrit.

Pauvre de moi.

– La clause de confidentialité n'est pas négociable, dit-il tout en continuant d'écrire. Mais, je rajoute une clause, la trente-huitième : je m'engage à ne pas vous découper en morceaux. Sauf si vous trahissez la clause de confidentialité, bien entendu, ajoute-t-il avec un sérieux déconcertant.

Un second téléphone bipe dans son sac. Il le consulte aussitôt, ferme le contrat et se lève précipitamment, me signalant par là que l'entretien est terminé.

– J'attends votre réponse dès ce soir, mademoiselle.

– Mais, et le casting ?

– J'en ai vu assez, souffle Simon, tandis qu'un imperceptible sourire se dessine au coin de ses lèvres.

– Très bien. Je vais donc lire ce contrat et réfléchir à ma réponse, dis-je en saisissant l'annuaire.

– Oui, bien sûr, réfléchissez, dit-il l'air songeur, mais n'oubliez pas qu'il me faut une réponse rapidement.

J'ai dû mobiliser tout ce que j'avais de technique de comédienne pour mimer l'hésitation, mais on dirait bien qu'il n'y croit pas une seconde. Qui résisterait à un tel salaire ? Et qui résisterait à un tel homme ?

Passer sous les yeux incrédules du videur et de l'hôtesse en compagnie de Simon est un moment de bonheur absolu. J'ai très envie de leur faire un pied de nez, mais je ne crois pas que ce geste soit de mise dans un établissement So Chic. Je me contente donc de leur adresser un pied de nez mental.

Au bas des marches du lounge, Simon me serre la main en guise d'adieu.

– Vous avez huit heures pour vous décider, mademoiselle.

Et il regagne sa voiture, de son pas souple et élégant, tandis que je me liquéfie sur place.

***

Aussitôt rentrée, je me jette dans le canapé et ouvre le contrat avec la même fébrilité que s'il s'agissait du dernier script d'un réalisateur oscarisé qui me proposait un rôle-titre écrit sur mesure pour moi.

Au fil des pages, je découvre mon personnage. La fiancée que je dois jouer est une riche héritière dont les parents ont fait fortune dans le commerce de pierres précieuses. Ils habitent une somptueuse demeure dans les Alpes italiennes. C'est même là que les tourtereaux se sont rencontrés, sur une piste de ski : sa future fiancée a failli lui rentrer dedans.

Et, pourquoi ce serait moi, la mauvaise skieuse, et pas lui ?

L'héritière ne s'est jamais faite à l'Europe. Elle préfère New York, ses boutiques, son train de vie, ses sorties.

Zut, moi qui rêve d'aller dans les Alpes italiennes.

Plus bas, un petit article « à lire avec attention et jusqu'au bout, s'il vous plaît » récapitule la façon dont se passe le commerce de pierres précieuses. Un guide des Alpes italiennes et les photos d'une maison magnifique, celle de la famille de la fiancée, sont également joints au contrat.

Plus loin, la clause « tenue vestimentaire » me fait bondir : Simon se charge de la garde-robe et de tout ce qui concerne « les costumes » ! « Et sur ce point la sobriété sera de mise. »

Tout un programme !

Mais c'est la section « attitude générale » qui me fait hurler. Je découvre avec horreur que la fiancée de Monsieur se tient correctement à table, se comporte en tout avec sobriété, et évite les sujets de conversation qui fâchent.

Les sujets qui fâchent sont justement mes sujets préférés ! Si on ne peut parler que de la pluie, du beau temps et des platitudes qui mettent tout le monde d'accord, quel intérêt ?! Autant se taire ! D'ailleurs, plus je lis, plus je comprends que c'est exactement ce que Simon attend de sa fiancée… L'esprit de mon personnage est assez simple à saisir, il n'en a pas. Mon rôle de fiancée se résume à peu près à celui d'une riche héritière qui ne fait pas grand-chose de ses journées.

Je n'ai lu nulle part qu'il était interdit de commenter ce que je lisais sous peine de procès. Et Simon a justement pris soin de noter son adresse mail au cas où j'aurais des questions ! J'ouvre donc ma boîte mail, bien décidée à lui dire ce que je pense de son script.

De : Ivy Clemens
À : Simon Stone
Objet : Sois belle et tais-toi
Cher monsieur Stone,
Je commence à saisir la psychologie de mon personnage : une riche héritière potiche qui vit dans votre ombre. C'est ça, pour vous, la femme idéale ?
Ivy

Comme souvent ce n'est qu'une fois que j'ai cliqué sur « envoyer » et que le mail est parti dans les méandres du Web que je me demande si j'ai vraiment bien fait de l'écrire. Je n'ai pas le temps de me torturer longtemps : quelques secondes après mon envoi, un mail atterrit dans ma messagerie.

Et mon cœur se met à battre d'une façon ridiculement rapide.

De : Simon Stone
À : Ivy Clemens

Objet : Re : Sois belle et tais-toi
Vous acceptez le rôle ou pas ?

De : Ivy Clemens
À : Simon Stone
Objet : Re : Re : Sois belle et tais-toi
Oui, évidemment.

Je regrette immédiatement deux choses. Le « évidemment ». Et le dixième de seconde de temps de réponse. J'aurais dû le laisser mariner un peu !

Quelques minutes plus tard, un nouveau mail non lu s'affiche dans ma boîte mail.

De : Simon Stone
À : Ivy Clemens
Objet : Re : Re : Re : Sois belle et tais-toi
Pour votre information, j'ai écrit le rôle de ce que vous appelez « une potiche » pour éviter que ma famille ne vous prenne pour une sangsue qui en aurait après mon argent. Je vous épargne ainsi une probable tentative d'empoisonnement. Je vous évite également de vous démasquer en disant n'importe quoi sur un métier qui n'est pas le vôtre (ce qui, vous l'avez sans doute lu page 27, vous ferait perdre les trois quarts de votre cachet…).
Mais à la réflexion, vous avez raison : tout cela est beaucoup trop superficiel. D'ailleurs, la profession de vos parents vous agace un peu. Comment peut-on être attiré ainsi par ce qui brille ?! C'est pourquoi, pour que vous ne fassiez pas tout à fait potiche, je rajoute une clause : en réaction à toutes ces futilités familiales, vous vous levez à sept heures tous les matins pour vous adonner à votre passion, le chinois classique, langue à laquelle vous consacrez une thèse qui

promet d'être brillante. (À moins que ce ne soit trop léger pour vous ?)
Je crois même que c'est ce qui m'a séduit, chez vous. (Vous pouvez donc rayer la note 3, page 7, qui précise que notre coup de foudre a eu lieu au sommet d'une montagne italienne, quand vous avez failli me rentrer dedans en ski, et la remplacer par une rencontre face à une poterie chinoise du Néolithique.)
Simon Stone
PS : Je vous remercie de bien vouloir corriger également le contrat, page 13, section « planning de la fiancée », afin d'y intégrer ces nouveaux horaires.

Je souris bêtement à mon écran. Le coup du chinois classique, je dois avouer que ça me fait rire. Mais rapidement, je me reprends. Serait-il réellement séduit par le genre de fille qu'il décrit dans le mail ? De toute façon, je ne sais rien de lui. Le contrat précise qu'il me présentera son travail au cours des répétitions. Simon Stone. Son nom me dit quelque chose, pourtant. Oui ! J'ai vu ce nom en couverture d'un magazine artistique. Oh, mais alors… Serait-ce LE Simon Stone ? Le designer prodige que le monde entier s'arrache ?

Pour en avoir le cœur net, je bondis sur Internet et tape fébrilement son nom. C'est bien lui ! Simon Stone dirige le Stone Studio avec son meilleur ami et associé Franck Ridge. Ses objets font souvent la une des magazines de design, mais depuis quelques semaines, il est partout car le studio Stone collabore avec la réalisatrice Caroline Katz. Dans son prochain film de science-fiction, *Out of Space*, tout se passe à bord d'un vaisseau spatial, en 2180. Et c'est le studio Stone qui conçoit les décors, les costumes, les accessoires et tout le reste. Ce projet colossal a été très médiatisé, il est même déjà question de décliner les décors dans le monde entier, pour les particuliers qui voudraient se faire un intérieur *Out of Space*.

À chaque photo de Simon, je me pâme. Non seulement il

est beau, mais il est brillant. Hyper talentueux. Et moi, je vais jouer les fiancées pour cet homme incroyable ?! Je me sens très intimidée tout à coup.

Les sentiments n'auront aucune place dans cette affaire.

Je comprends mieux à présent. Il me prévenait : aucune chance pour que quoi que ce soit se passe entre nous. Nous n'appartenons pas au même monde. En plus, il doit être courtisé de partout.

Par quel prodige cet homme n'a-t-il pas déjà une fiancée, une femme et plusieurs maîtresses ? Ce n'est pas Internet qui m'apportera la réponse à cette question : tous les articles qui s'y trouvent portent sur le travail. Rien sur la vie privée. Pas le moindre article, pas la moindre photo.

Soudain, on sonne. Je sursaute jusqu'au plafond et je rabats l'écran de mon ordinateur aussi brusquement que si j'étais en train de me livrer à des activités illicites. Lauren ? Vu l'heure, ça ne peut être que Lauren !

– J'arrive ! crié-je en planquant le contrat sous le canapé avec la même fébrilité que si je planquais un kilo de drogue.

Ce n'est pas Lauren, mais un livreur. Ou plutôt, un coursier.

– De la part de M. Stone, explique-t-il en me tendant un paquet.

De la part de Simon Stone ? Mon cœur bat à tout rompre. Mes jambes flageolent. Je balbutie un merci et ferme la porte.

Le contenu du paquet calme immédiatement mes ardeurs. Une méthode d'apprentissage du chinois classique, accompagnée de son lecteur MP3, pour l'accent. Le coup du chinois, c'était sérieux ? Je me sens très bête... En voyant que le colis venait de Simon Stone, je me suis emballée comme une gamine.

Un mot accompagne le colis, de son écriture fine et délicate.

« Vous feriez mieux de vous y mettre dès à présent, il semble que ce soit une langue horriblement compliquée. Je me réjouis à l'idée de passer une semaine en compagnie de quelqu'un d'aussi brillant. »

Finalement, ce paquet arrive à point. J'ai passé une heure à rêvasser devant mon écran face aux photos du beau Simon. La réalité me revient au visage comme un boomerang. Nous sommes liés par contrat. Et il fait de l'ironie, en plus !

À ce moment-là, mon téléphone annonce un SMS. C'est Lauren.

[Alors ?]

[Loser malsain, j'ai laissé tomber.]

En mentant ainsi, j'ai l'impression de créer quelque chose entre Simon et moi, une bulle secrète que nous serions les seuls à partager. La voix de la raison me rattrape aussitôt : s'il y a un secret entre nous deux, il est purement professionnel.

[Je te l'avais bien dit !
Tu viens au concert des Grizzly,
ce soir ?]

[Trop fatiguée…]

Je préfère rester dans mon lit, avec ma première leçon de chinois classique.

Tiens, au fait, comment dit-on « super sexy », en chinois classique ?

3

Pygmalion et moi

Le lendemain matin, à sept heures, je suis réveillée par la sonnette. Le pire des réveils possibles, selon moi. Tout ce que je déteste ! Je n'attends personne. Hors de question de quitter mon lit, hors de question de sortir de sous ma couette. Les rêves pleins de Simon Stone, qui ont peuplé ma nuit, étaient trop doux pour que j'y mette fin !

Deuxième sonnerie.

Je maudis l'importun jusqu'à la dixième génération.

– Allez au diable ! crié-je, avant de cacher ma tête sous l'oreiller.

Troisième appel, insistant. Le sonneur vient de signer son arrêt de mort. Je me lève et, prête à sauter à la gorge de celui qui me tire ainsi du lit, j'ouvre la porte à la volée.

– Vous avez vu l'heu… ?!

Un torse magistral, un visage de demi-dieu, deux yeux verts. Les sons meurent dans ma gorge.

Et ma bouche reste stupidement ouverte pendant quelques secondes.

Simon est là, devant moi ! Costume élégant, légère odeur musquée, chevelure parfaitement ordonnée, traits reposés.

Raffiné. Je crois que je commence à comprendre le sens de ce mot.

À propos de raffinement… je porte… une culotte, pas la plus sexy, et un tee-shirt tout détendu sur lequel il est écrit quelque chose comme *Juicy*. J'ai trouvé ça drôle, sur le coup.

Personne n'était supposé voir ce tee-shirt. Jamais. Surtout pas un homme. Et encore moins un homme comme Simon.

Raffinement proche du néant.

Un mouvement de gêne me monte aux joues. Mais je me reprends vite, Simon n'a pas vraiment l'air de me regarder, il a le nez dans le contrat.

– Ma fiancée se lève à sept heures. C'était presque votre idée. Ne me dites pas que vous n'avez pas fait la correction !

Je m'étouffe.

– Mon idée ?!

Il sort un second exemplaire d'annuaire.

– Ça ne fait rien, dit-il, j'ai réimprimé l'ensemble en deux exemplaires. Si vous vouliez bien signer ces contrats, nous pourrions commencer à travailler.

Il me tend les contrats, que je signe d'un gribouillis rageur. Aussitôt ma signature apposée en bas de la dernière page, Simon, un imperceptible sourire aux lèvres, fait un geste, et un livreur entre.

Moi, je fonce à la salle de bains. Je compte bien traîner sous la douche le plus longtemps possible, histoire de me venger de son arrivée en fanfare. J'entends alors des glissements de cartons qu'on porte et qu'on déplace, des allées et venues, des bruits de choses qu'on bouge. Des « Oui, mettez ça ici. »

Qu'est-ce qu'il fait, là ?

Mais il fouine chez moi ?!

Changement de programme : douche en quatrième vitesse. Je sors en moins de cinq minutes, pour découvrir mon appartement envahi de cartons.

– Eh ! Mais c'est chez moi, là !

– C'était. À présent, c'est votre loge ! Ma fiancée vit chez moi, dans mon loft.

J'ouvre un premier carton et manque de m'étrangler. Des sous-vêtements ! « Sobriété », le mot du contrat me revient à l'esprit en examinant ces culottes et soutiens-gorge en dentelle noire sagement sexy. J'y ajouterai néanmoins « élégance ». La maille est fine et les motifs, très élégants. Un seul de ces ensembles vaut probablement le prix de la moitié de ma garde-robe. Quant à la taille, c'est la mienne. Comment a-t-il fait ?

C'est son œil de designer ou l'habitude d'évaluer les mensurations féminines ?!

– Vous choisissez jusqu'aux culottes de votre fiancée ! Vous êtes un grand malade ! Personne ne verra ma petite culotte, pas même vous !

– Je viens de la voir. Et le livreur aussi, je pense, réplique Simon, hyper sérieux en ouvrant un deuxième carton. Si on passait aux essais ?

Il me tend une jupe droite noire, un chemisier parme orné de fins et discrets motifs floraux ainsi que des escarpins noirs à talons hauts.

– Trop hauts, beaucoup trop hauts. Trop vernis. Trop pointus, dis-je en repoussant les escarpins d'un geste.

Simon s'apprête déjà à dégainer le contrat. Je soupire, prends tous les habits et retourne dans la salle de bains.

Quelques minutes plus tard, j'en ressors, déguisée en femme, plutôt fatale. Simon m'observe, de l'air songeur du metteur en scène jaugeant son personnage. Je me dirige vers le miroir du salon, en tanguant légèrement sur mes talons hauts.

La femme que je découvre dans le reflet est d'une classe et d'une élégance incontestables, mais à des années-lumière de mon style. Simon me rejoint et se place à côté de moi. Face à nos deux reflets côte à côte, mon cœur accélère. Tout son être dégage une impression de force et une sensualité redoutable. Si près de son corps, chaque parcelle du mien s'éveille et vibre avec une violence inouïe. Nos regards se croisent dans le miroir et c'est comme si j'étais transpercée par un désir si fort qu'il en est douloureux. Ses mâchoires se crispent imperceptiblement puis un sourire s'esquisse sur ses lèvres.

– Le costume vous va bien, vous devriez l'essayer dans la vraie vie, finit-il par dire de sa voix grave.

Est-ce un compliment, ou une façon de me dire que je ne suis pas du tout son genre ?

C'est cette voix, elle m'empêche de réfléchir, elle m'ensorcelle !

– Je me sens vraiment déguisée, grommelé-je.

– Comme ça, vous ne confondrez pas la réalité et le travail, souffle-t-il avec l'air insolent que je lui ai déjà vu.

Sa remarque me fait l'effet d'une claque. Je suis donc la seule à sentir cette étrange attraction. S'il me regarde, c'est en pygmalion cherchant les détails qui sonnent faux. Rien de plus. Je me ressaisis.

– Ça ne risque pas d'arriver ! lâché-je, aimable comme une tigresse blessée.

Mon regard foudroyant ne lui fait aucun effet.

Simon ouvre une petite boîte qu'il vient de sortir d'un écrin et me tend une bague.

– La touche finale, annonce-t-il.

Il me tend une bague, sur laquelle trône un fin diamant.

– Elle vient de chez Tiffany.

– Et, je dois m'évanouir ? dis-je en l'enfilant.

– Essayez juste de ne pas la perdre, lâche-t-il, désinvolte.

Après avoir contemplé le résultat pendant quelques secondes, il hoche la tête d'un air satisfait.

– Pour commencer, je vais vous faire visiter « notre » loft, annonce-t-il en se dirigeant vers la porte.

La voiture de Simon est garée derrière le bloc. J'ai pris quelques affaires de rechange que je jette à l'arrière.

– Ce n'est pas James Bond, qui a une voiture comme la vôtre ? dis-je en m'installant.

– Une Lotus, j'aime son design simple, clair et audacieux. En revanche, vous ne pourrez pas vous recoiffer en faisant toutes sortes de grimaces aujourd'hui. Dommage, lâche-t-il l'air espiègle.

À peine ai-je bouclé ma ceinture qu'il me rappelle les grandes lignes de mon personnage. Il peut toujours parler, je ne peux pas me concentrer sur ce qu'il dit. Sa voix est un ensorcellement, une mélodie dont les intonations sensuelles m'enveloppent et me caressent, faisant naître des frémissements inconnus au creux de mes reins. Je tourne la tête dans sa direction. Son corps souple, ses bras musclés et ses mains puissantes s'animent comme autant d'appels à la caresse.

Cet homme est sexy, même quand il conduit.

– Tu m'écoutes, Ivy ? martèle-t-il en garant la voiture.

Il vient de me tutoyer ? Retour en arrière, s'il vous plaît. On dirait que j'ai loupé un épisode important !

– Vous… me…

– Pour le rôle, il va falloir s'habituer à nous tutoyer… autant commencer maintenant.

Eh oui, pour le rôle.

Le « tu » sonne cruellement à mes oreilles. Il me laisse entrevoir toute la douceur qu'il y aurait à l'entendre me tutoyer. Mais il n'a pas de sens, c'est un « tu » de comédie, régit par contrat.

– Oui, bien entendu. Je… Vous… Tu as raison.

Devant nous se dresse un magnifique immeuble en briques rouges. Pas un de ces gratte-ciel tape-à-l'œil de milliardaires qui s'enferment dans les plus hautes tours de verre. Non, un écrin bien caché, dont la magnifique architecture force l'admiration.

En pénétrant dans le loft de Simon, un trouble m'envahit. Jamais je ne suis entrée dans l'intimité d'un homme de cette trempe. Jusqu'à présent, je n'ai fréquenté que des étudiants dont les studios, arrangés sans goût réel, sentaient encore un peu l'adolescence. Ici, tout est masculin et élégant. Des meubles aux tableaux en passant par les lampes, tout a été choisi avec un goût sûr et audacieux.

Je me laisse attirer par l'immense verrière qui inonde l'appartement de lumière. L'immeuble donne sur un parc discret, magnifiquement entretenu, qui brouille tous les repères. Difficile d'imaginer qu'on se trouve à New York, ici, on se croirait plutôt dans la campagne anglaise !

– À cet étage, c'est mon atelier, explique Simon.

Je sursaute, Simon s'est glissé derrière moi, tout près. Son corps de colosse frôle mon dos et ma peau tout entière vibre. *Très mauvais pour ce que j'ai, ça !*

– Magnifique, dis-je, pour masquer mon trouble.

Je fais quelques pas pour visiter le loft, et aussi pour m'éloigner de Simon. Il serait beaucoup trop dangereux de laisser croire à mon corps que quelque chose est possible !

Sur une grande table à dessin, croquis, bloc-notes, carnets et crayons attendent sagement leur propriétaire. Tout est un peu trop bien rangé à mon goût, mais, face à la finesse des dessins épinglés au-dessus du bureau, je ne peux retenir un cri d'admiration.

– Ça te plaît ? demande Simon.

– Ça dépend… À qui le demandes-tu ? À la fiancée ou à Ivy ?

– Aux deux ! souffle Simon, les yeux rieurs.

– La fiancée adore… et elle apprécie aussi ton sens de l'ordre et du rangement… Quant à Ivy, elle adore, elle aussi. Mais elle trouve que tout est trop sage, beaucoup trop sage !

Et en disant ces mots, je fais exprès de déplacer le bloc-notes et tous les crayons.

– J'ai compris, grommelle Simon en remettant tout en place, c'est la dernière fois que je demande son avis à la vraie Ivy !

Je m'affale dans le canapé, contemplant le magnifique écrin dans lequel évolue cette mâle créature.

– Nous sommes pressés, Ivy. On n'est pas là pour prendre le thé ! lance Simon en m'invitant à le suivre.

Autant bien le regarder, cet endroit magnifique, parce que je ne suis pas près de le revoir.

Au même étage que l'atelier, Simon me montre sa chambre.

En voyant son lit, je ne peux m'empêcher de me demander combien de conquêtes il a bien pu emmener ici. Des dizaines, probablement. Des images sensuelles s'imposent à moi. Mais je reprends rapidement mes esprits. Dans le contrat, la question du lit est très claire : une fois dans la famille de Simon, je dormirai dans le lit, lui sur le canapé d'une espèce d'antichambre (clause 15, section « hébergement »). L'étage du dessous est constitué d'un salon immense qui pourrait contenir quatre autobus et d'une cuisine qui pourrait en contenir deux. Comme à l'étage, l'ambiance est au minimalisme, chaque fauteuil, chaque lampe, chaque ustensile de cuisine, arbore des traits simples et sort à l'évidence de l'atelier d'un grand designer.

– Il y a aussi une suite, à l'étage du dessous, pour les amis de passage ou ma famille, explique Simon.

– Tu as les trois derniers étages rien qu'à toi ?!

– Oui, si on résume. C'est bon, tu as tout ça dans l'œil ? On peut passer à la ville ?

Nous remontons dans la voiture. Simon me montre tous les endroits qu'il fréquente, qu'il aime et dont sa fiancée ne peut ignorer l'existence. Boutiques et restaurants chics, salle de concert classique, théâtre, galerie de design, il me fait traverser chaque lieu au pas de course, agrémentant la visite de quelques commentaires qui pourraient m'être utiles.

À la fin de la journée, je pourrais écrire un guide qui s'intitulerait *Le New York de Simon Stone.* Pourtant, je me sens étrangement loin de cet homme. J'attribue d'abord cette distance au fait qu'il évolue dans un monde de luxe, très éloigné du mien. Puis je me rends compte que cette barrière n'est pas liée à l'argent, car Simon a beau vivre dans cet univers luxueux, il est incroyablement humble et simple. Non, je me rends compte qu'il m'a fait visiter les décors de son existence, mais qu'il ne m'a pas parlé du principal acteur : lui.

Comme nous nous dirigeons vers la voiture, je lui demande :

– Et il y a des choses que je dois savoir ? Sur toi, je veux dire.

– Tu sais tout ce qu'il y a à savoir, lâche-t-il. Comment ça avance, le chinois classique ? demande-t-il soudain avec un sérieux redoutable.

Il détourne la conversation, là, non ?

Je baragouine un mot inventé.

– Et ça veut dire ? m'interroge-t-il suspicieux.

– J'ai super mal aux pieds.

Simon sourit.

Je meurs quand il sourit.

– Je ne sais pas qui a inventé ce genre de chaussures, dis-je en m'écroulant sur le siège de la voiture de James Bond, mais de toute évidence, elle avait un chauffeur ! Je ne peux plus faire un pas.

– Tu seras bientôt chez toi, tu pourras remettre tes… comment appelle-t-on ce genre de chaussures ? Des boots… ou même des charentaises, si tu en as envie. Qui sait ce que fait ma fiancée quand elle est toute seule chez elle…

Je l'arrête d'un geste et je prends le sac que j'ai glissé dans la voiture.

– Je ne vais pas chez moi. Mon service commence dans trente minutes chez Ted, un bar de la 121e rue, c'est dans l'autre sens.

Simon paraît surpris.

– Le rôle de fiancée est grassement rémunéré, non ?

– Je ne vais pas commencer à jouer les potiches entretenues, c'est ce que je déteste le plus au monde ! Et puis, dans quinze jours je passe un casting de stand-up. Je n'ai pas écrit une ligne, et ce bar est ma meilleure source d'inspiration. De toute façon, je n'ai pas encore trouvé de prétexte à ma prochaine disparition…

Je commence à me contorsionner, sur la banquette, pour ôter ma tenue de fiancée, en prenant soin de ne pas l'abîmer.

Simon me jette des regards inquiets.

– Tu vas vraiment te changer ici ?

– Si je débarque comme ça chez Ted, il va penser que j'ai été droguée.

– C'est la deuxième fois en une journée que je te vois en petite culotte… Tu n'aurais pas des tendances exhibitionnistes, non ?

– Je te rappelle qu'on est fiancés. Tu ne vas tout de même pas t'offenser pour si peu ?! Avant de faire du stand-up, j'ai joué dans une pièce expérimentale, entièrement nue, dans Central Park…

Simon me dévisage. J'ai la nette impression que ses yeux verts vont lui sortir de la tête.

– C'est rouge ! suis-je obligée de hurler.

La voiture freine un peu brusquement. Simon me jette quelques regards à la dérobée, tandis que j'enfile ma minijupe puis mes boots.

– Nue ? Dans Central Park ? reprend-il.

– Exactement. Ah, ces boots, quel bonheur… Je revis !

– J'imagine qu'il y a eu beaucoup de spectateurs. Peut-être même une émeute…

Ses yeux parcourent mon corps.

Derrière nous un coup de klaxon retentit.

– J'ai eu quelques admirateurs, effectivement, lâché-je négligemment. Eh ! C'est vert !

La voiture repart. Simon me jette à nouveau quelques regards en coin. Est-ce qu'il est en train de s'imaginer la scène ?

– J'aime autant que tu me déposes là, dis-je en désignant l'entrée de la rue. Si mes amis me voient sortir de cette voiture, tu peux dire adieu à la clause de confidentialité. Ils ne me lâcheront pas tant que je ne leur aurais pas dit qui tu es.

J'ôte la précieuse bague de chez Tiffany.

– Je la mets où ?

Simon tend la main, et j'y dépose la bague qu'il glisse dans sa poche, l'air absent.

– Ne la perds pas, il paraît qu'elle vient de chez Tiffany, dis-je.

Au moment de sortir de la voiture, je me heurte à ses grands yeux verts et profonds. Ils me regardent, l'air de vouloir sonder mon âme. Je m'y accroche quelques instants, il me semble qu'ils me retiennent, comme si une force magique les empêchait de se séparer.

– À demain Ivy, dit-il simplement de sa belle voix grave.

Personne n'a jamais prononcé mon prénom d'une façon aussi sensuelle !

Juste avant de claquer la portière, je me penche à l'intérieur de la voiture :

– Ah, au fait, je plaisantais : je n'ai jamais joué nue dans Central Park. Ni nulle part, d'ailleurs ! La seule fois où j'ai joué dans une pièce expérimentale, j'étais déguisée en champignon. Mais il fallait tout de même bien que je me change avant d'aller chez Ted !

Simon me regarde mi-vexé, mi-amusé. Ses yeux lancent des éclats furieux, sa bouche se plisse en un infime sourire.

Même vexé, il reste incroyablement sexy.

– À demain, monsieur Stone, dis-je en claquant la porte.

***

Ce soir-là, le bar est loin d'être plein. Il y a des semaines comme ça, où les gens n'ont pas envie de sortir le soir, même à New York…

Lauren et Victor sirotent un cocktail tout en discutant avec Ted, qui essuie vaguement des verres derrière le comptoir.

– T'étais passé où ? demande Lauren, je t'ai cherchée toute la journée !

– Ne m'en parle pas, dis-je en mimant l'extrême fatigue. Une place s'est libérée, pour un stage d'improvisation de Los Angeles. J'ai passé mon après-midi à courir de l'école au théâtre, pour me procurer toutes sortes d'attestations que j'ai ensuite dû porter en main propre à la secrétaire du formateur.

Presque la vérité.

– C'est génial ! s'écrie ma sœur.

– Oui, finalement, j'ai eu de la chance, dis-je.

– Dois-je comprendre que tu me plantes pour une semaine, demande Ted.

– Je voulais tellement faire ce stage, Ted !

Ça, c'est la vérité. Mais le stage Stone promet d'être beaucoup plus amusant.

– Je te fais marcher, Ivy, je sais que c'est hyper important. Je ne vais pas brider ton talent !

– Merci, Ted, dis-je en posant un baiser sur sa joue, t'es un vrai pote !

– Je comprends mieux pourquoi t'as commandé plein de fringues ! lance Lauren.

– Comment tu sais que je me suis fait livrer des fringues ? demandé-je en essayant de ne pas laisser transparaître une légère inquiétude.

Espérons qu'elle n'ait vu ni le livreur ni le pygmalion top model…

– C'est Angie, tu sais, la nouvelle voisine, qui vient de s'installer au rez-de-chaussée. Elle m'a demandé qui venait te voir si tôt le matin, avec des cartons.

– De quoi se mêle-t-elle ? Elle espionne pour savoir qui fait quoi dans l'immeuble ?

– Ne le prends pas comme ça ! Elle est hyper sympa ! Au moins, elle n'est pas comme tous ces voisins qui te croisent sans jamais dire bonjour !

– Elle est arrivée quand ?

– Il y a quelques jours…

– Et elle travaille à la CIA ?

– Non, je crois qu'elle est prof d'art ancien, ou quelque chose dans le genre.

Ted déboule de la cuisine, brandissant un petit plateau avec cérémonie. En apercevant les petites formes ratatinées qui s'y trouvent, j'ai l'impression d'être prise au piège.

– Maintenant qu'Ivy est là, vous allez pouvoir goûter ma nouvelle expérience ! J'ai amélioré la recette.

Je me lève d'un bond.

– Je crois que le monsieur du fond m'a fait signe pour une commande.

Ted me fait signe de me rasseoir.

– Mais non ! Personne n'a besoin de rien, j'ai fait le tour avant ton arrivée. Assieds-toi donc, ce n'est pas tous les jours que je te le demande !

– Bien tenté, espèce de lâcheuse, me glisse Victor.

– J'ai bien réfléchi, commence Ted, le cheese-kale, ça ne marchait pas. J'ai gardé le chou, mais j'ai remplacé le fromage par une fine couche de gelée de fraise. On bascule franchement du côté du dessert, mais vous allez voir, ça vaut le coup.

Il pose le plateau devant nous. Victor se lève.

– Eh, mais en parlant de fraise, j'y pense ! J'ai rendez-vous avec ma grand-mère ! Je lui ai promis de l'aider à monter sa nouvelle bibliothèque !

Il saisit son téléphone et pousse de grands cris.

– Six appels en absence ! La pauvre, elle doit se demander où je suis passé ! Comment ai-je pu oublier ! En tout cas, merci, Ted, si tu n'avais pas parlé de fraise, jamais je ne m'en serais souvenu ! Et dire que ma pauvre grand-mère m'attend !

Ted n'y voit que du feu, mais, à moi, on ne la fait pas. Tandis que Victor enfile sa veste en quatrième vitesse, j'ai le temps de lui glisser :

– Et tu me traites de lâcheuse ? Tu ne joues pas si bien que ça la comédie, tu sais !

– Dans ces circonstances, c'est chacun pour soi, Ivy. Bonne chance.

Victor se précipite vers la sortie comme s'il y avait le feu. Ted approche le plateau de petits tas verts. Lauren me lance un regard désespéré lorsque son téléphone se met à sonner.

Elle se jette sur l'appareil comme un voleur sur un lingot d'or.

– Quoi ?! Encore ?! Non, n'appelez pas le zoo, je vous en supplie, j'arrive tout de suite ! crie-t-elle.

Elle se tourne vers nous.

– La concierge vient de trouver Devil dans l'escalier ! J'ai encore oublié de fermer le vivarium ! Elle menace d'appeler le zoo si je ne suis pas là dans la minute ! Il semblerait qu'il ait créé une belle agitation dans l'immeuble.

Lauren part en courant, avant que j'aie eu le temps de la traiter de lâcheuse. Le serpent en fuite, tu parles ! J'ai bien vu que le prénom « Victor » s'était inscrit sur son téléphone.

– Il y en aura plus pour nous ! Tant pis pour eux, conclut Ted.

4
Répétition générale

Le lendemain matin, à sept heures, je reçois un SMS de Simon.

[Ça avance, le chinois ?
Une voiture t'attendra à neuf heures,
tu la reconnaîtras…]

Je profite de ces deux heures pour lézarder dans mon studio, ma nouvelle façon de faire du chinois classique. J'ouvre les cartons de vêtements livrés par Simon et je choisis une robe noire de chez Dior. Je dois reconnaître que, même si ce n'est pas mon style, ma silhouette est comme transfigurée… en bien.

À neuf heures, en grande tenue de fiancée modèle, je sors pour rejoindre la voiture envoyée par Simon. Au moment de passer devant la porte de la nouvelle voisine du rez-de-chaussée, je me baisse. À tous les coups, la nouvelle voisine est du genre concierge, à observer par le judas toutes les allées et venues des habitants !

Dehors, je reconnais la berline noire garée à quelques pas de l'immeuble, effectivement. C'est la voiture devant laquelle je me suis recoiffée.

À mon approche, un chauffeur se précipite pour m'ouvrir la portière.

– M. Stone vous attend au studio, explique-t-il.

Seule dans la voiture de Simon, je me prends à humer son

odeur musquée qui imprègne les cuirs. J'ai l'étrange sensation d'être projetée au cœur de la vie d'un homme qui m'est totalement étranger.

L'immeuble qui abrite le Studio Stone est une ancienne usine reconvertie en bureaux de luxe.

J'entre dans le hall, intimidée par la beauté de l'endroit, mal à l'aise dans ma tenue de femme fatale qui ne reflète pas vraiment ma personnalité.

Je me dirige vers l'accueil.

– Bonjour madame, je dois voir M. Stone, dis-je en m'efforçant de prendre un ton assuré.

– Vous aviez rendez-vous, je suppose ? demande-t-elle aimablement.

Cette tenue a au moins un avantage, on me prend au sérieux !

– Oui, nous avions rendez-vous, fait une voix grave et profonde qui me fait frémir.

Simon est derrière moi.

Il est sorti d'où ? Il m'attendait ? Il a guetté la voiture ?

Simon m'invite à le suivre vers l'ascenseur, puis s'efface pour me laisser monter la première.

Une fois que la porte de l'ascenseur s'est refermée sur nous, il me sourit, l'air soudain très détendu.

– Excellent choix, murmure-t-il en regardant la robe. Je vois que tu maîtrises à la perfection la part vestimentaire de ton rôle.

Son regard glisse sur la robe, puis croise le mien, et je sens mes jambes flageoler.

– Personne ne sait qui tu es ici, reprend-il d'une voix légèrement altérée. Un visiteur de marque, à n'en pas douter, vu ton élégance. Personne ne te posera de question, de toute façon, puisque tu es avec moi.

À la sortie de l'ascenseur, j'ai l'impression de débarquer sur Mars. Des dessins de décors et d'objets sont accrochés partout sur les murs, des maquettes sont exposées dans des vitrines.

– Depuis que le studio a été chargé des décors du film *Out of Space*, nous vivons tous à l'heure de l'espace… explique Simon.

L'ambiance est des plus studieuses. La plupart des gens sont penchés sur leur table de travail, d'autres traversent les couloirs au pas de course. Quelques-uns se précipitent sur Simon, invoquant l'extrême urgence d'une requête pour l'interrompre. Simon répond chaque fois avec calme et assurance. De toute évidence, il maîtrise son domaine à la perfection.

Je contemple un extraordinaire décor lunaire dessiné par ses soins lorsqu'un homme s'approche de Simon, un téléphone à la main.

– Monsieur Stone, désolé de vous interrompre, Caroline Katz au téléphone.

– Je vous laisse sur la Lune, souffle Simon, ne bougez pas de là, je reviens.

J'admire les prototypes des décors lorsqu'un homme s'approche. Je reconnais Franck Ridge, l'ami et associé de Simon. Je l'ai vu sur des photos, lors de ma recherche sur Internet.

– Je peux vous aider, mademoiselle, vous cherchez quelque chose ? demande-t-il.

Mince alors, Simon m'avait dit que personne ne me parlerait… Deux secondes de flottement, le temps de repasser le contrat à toute allure dans mon cerveau. Rien à propos de la case « collègues ». Ils ne sont au courant de rien et je n'étais pas supposée parler à l'un d'entre eux.

L'espace d'un instant, je me sens comme un funambule qui s'élance entre deux gratte-ciel, sans filet.

– Je suis étudiante, j'attends M. Stone, il m'a donné rendez-vous pour un stage.

– M. Stone, carrément ? Et quelle est votre spécialité ?

– … Chinois classique. M. Stone m'a dit qu'il y aurait sûrement une place pour moi.

Franck fronce les sourcils.

– Une étudiante en chinois classique dans un studio de design ? C'est lui, le boss, après tout, conclut-il. Et ça ressemble à quoi le chinois classique ?

Au même moment, Simon ressort du bureau.

Le funambule commençait à tanguer dangereusement.

Je lance à Simon un regard qui veut dire : « Sors-moi de ce mauvais pas ! » Les yeux de Simon se plissent imperceptiblement, un léger sourire se dessine sur ses lèvres.

– C'est une langue magnifique ! Et Ivy le parle à merveille, elle va te faire une démonstration, dit-il d'un air narquois qui le rend à la fois très sexy, et très énervant.

Après avoir fusillé Simon du regard, je me mets à baragouiner des sons grossièrement calqués sur ce que j'ai écouté l'avant-veille grâce au MP3.

Non seulement Simon ne fait rien pour abréger mon imitation grotesque, mais il prend manifestement un malin plaisir à m'écouter me débattre avec le soi-disant chinois classique.

– Et vous écrivez également, j'imagine ? demande Franck.

– Bien sûr ! s'empresse de répondre Simon. C'est une écriture magnifique.

Je vois déjà le moment où Simon va me tendre un papier et un pinceau, lorsqu'une vague d'agitation lui fait tourner la tête.

– Caroline Katz ! annonce une femme à mi-voix.

Ces quelques mots déclenchent un mouvement de panique qui me sauve à point d'une noyade dans l'encre de Chine.

– Elle arrive déjà ? s'étonne Franck.

– Oui, elle vient d'appeler, elle a des questions urgentes. Elle préfère les traiter maintenant, de vive voix, explique Simon.

Franck fonce dans son bureau, oubliant son intérêt soudain pour le chinois classique. Simon se dirige tranquillement vers l'ascenseur.

– Dommage, c'était assez intéressant… me glisse-t-il. Vous me direz plus tard de quel nom d'oiseau vous m'avez traité.

Une grande femme sort de l'ascenseur. Caroline Katz. Elle a beau faire de la science-fiction, elle n'a rien d'une extraterrestre. Ou alors une extraterrestre sexy en diable. Grande, fine, longs cheveux sages, maquillage parfait. Elle est très belle.

– Attendez-moi en bas, je vous rejoins dans un instant, me glisse Simon.

Je monte dans l'ascenseur. Avant que les portes ne se ferment, la dernière image que je vois est celle de Simon, souriant à la créature bottée.

Je l'enverrais bien en aller simple sur Saturne, elle.

À l'accueil, au rez-de-chaussée, je patiente en regardant quelques réalisations du Stone Studio exposées dans des vitrines. Soudain, une dame pousse violemment la porte du bâtiment puis traverse le hall au pas de charge. Après avoir jeté un regard à la ronde, l'air méfiant, comme si elle fuyait quelque chose, elle fonce sur l'accueil.

– Simon Stone, est-ce qu'il travaille ici ? demande-t-elle sans un bonjour.

La question est hachée. Comme si sa vie était en jeu.

– Vous avez rendez-vous ? demande calmement l'hôtesse d'accueil.

La femme tourne les talons sans répondre, l'air hagard.

– Vous avez besoin d'aide, madame ? dis-je. M. Stone devrait descendre d'une seconde à l'autre.

– Je ne vous ai rien demandé, à vous, réplique-t-elle d'un air glaçant.

Et elle me bouscule pour atteindre la porte.

C'est quoi, ça, une groupie hystérique ? Elle est très mal polie, mais très jolie. Décidément, Simon est entouré de belles femmes.

J'interroge l'hôtesse du regard. Elle lève les yeux au ciel, apparemment habituée à ce genre de surgissement.

Quand Simon sort de l'ascenseur pour me rejoindre dans le hall, les yeux rieurs ont laissé place au masque sérieux.

– Ça va durer plus longtemps que prévu, Ivy. Ma voiture va

te déposer où tu veux. Je passe te chercher demain à quatorze heures.

Et il repart, me laissant en plan. Je me fais l'effet d'un fou du roi. J'ai diverti ces messieurs, maintenant, on me remet dans ma boîte et on parle sérieusement avec les grandes personnes.

Un SMS de Lauren interrompt mes pensées et me ramène dans le monde qui est le mien.

[Déjeuner chez papa,
tu n'as pas oublié ? J'y suis déjà.]

Bien sûr que si, j'ai complètement oublié.

[Bien sûr que non,
je suis presque en route.]

Super, si Lauren est déjà dans le Queens chez notre père, elle ne me verra pas entrer en grande tenue. Je rentre tout de même en rasant les murs, histoire que la nouvelle voisine du FBI ne me voie pas. Puis, aussitôt mes habits d'Ivy retrouvés, je saute dans le métro.

Le Queens, où vit mon père, n'est pas très loin de Manhattan. Mais lorsqu'on est obsédée par une seule question – Caroline Katz est-elle le genre de femme qu'apprécie Simon Stone ? – et qu'elle tourne en boucle dans son cerveau, le trajet semble interminable.

***

En franchissant la porte de l'appartement de mon père, j'endosse un nouveau rôle… celui de la guerrière en armes. Pour mon père, le stand-up est un passe-temps frivole. J'ai bataillé ferme pour le convaincre de me laisser faire une école de théâtre. Et j'ai perdu. J'ai fait cette école, certes, mais il ne l'a jamais accepté…

– Tu sors de chez Ted ? commence mon père sans préambule.

Il voue une admiration sans bornes à Ted : il a ouvert un bar dont il veut faire un restaurant. Voilà du concret, du solide !

– Non, je…

– Pourquoi arrives-tu si tard alors ? coupe-t-il. Tu as passé ta journée à ne rien faire ?

– Je travaillais pour le casting du New York Comedy.

– Elle a décroché un stage hyper prestigieux, commence Lauren qui joue toujours les médiatrices.

Mon père fait la moue, pas très convaincu.

– Si tu venais me voir, un jour, peut-être que tu changerais d'avis, lancé-je.

Point douloureux de mon existence : mon père n'est jamais venu me voir au stand-up.

– Te voir te livrer à toutes sortes de pitreries, merci bien.

– Tu dis n'importe quoi, papa, s'écrie Lauren.

D'habitude, mon père écoute davantage ma sœur. Ses brillantes études de droit lui donnent du poids. Mais ce soir-là, il la considère avec méfiance.

– Tu as commencé à chercher du travail, Lauren, au fait ?

– Je m'y mettrai après le concert. On doit répéter si on veut être au top, et j'ai besoin d'un peu de temps pour moi.

Mon père lève les yeux au ciel.

– Tu appelles cela de la musique ? De la musique de sauvage, oui… Mais, bon, je suis d'accord, tu as bien mérité de te défouler un peu. Tu me promets que tu chercheras du travail tout de suite après ? C'est quand, d'ailleurs, ce concert ?

– Et toi, papa, quoi de neuf ? dis-je pour changer de sujet à mon tour.

Mon père hausse les épaules, l'air soudain très triste. Il ne s'est jamais remis du départ de notre mère. Il en a conçu une tristesse immense, qui s'est muée en aigreur avec le temps.

Quand nous étions enfants, il s'est comporté en père modèle ! Mais à présent, il est si inquiet à l'idée que nous n'ayons pas de travail qu'il en devient acariâtre.

***

Sur le chemin du retour, Lauren est silencieuse, comme si elle me cachait quelque chose.

– Tu vas vraiment chercher du travail après le concert ? demandé-je, sérieuse.

– Tu ne vas pas t'y mettre aussi ! s'écrie-t-elle.

– Mais non ! Je me dis juste qu'entre mes pitreries frivoles et tes éructations sauvages nous voilà bien, niveau métiers.

Nous nous regardons et éclatons de rire toutes les deux.

Il est tard quand nous sommes de retour dans notre immeuble new-yorkais. Au moment de nous séparer, nous nous serrons dans nos bras.

– À dans une semaine, sœurette, bonne nuit et bon stage !

C'est la première fois que je lui cache quelque chose et je me sens un peu coupable.

En me glissant dans mon lit, je découvre un SMS de Simon.

[Dors bien, Ivy. Demain, nous entrons en scène !]

Je sais qu'il avait du travail, mais je lui en veux un peu de m'avoir plantée si brusquement, tout à l'heure. Je décide donc de lui faire une réponse « coup de griffe ».

[Je ne réponds plus au SMS de travail
après 21 heures.]

[C'est l'homme, pas le metteur en scène,
qui te souhaite bonne nuit !]

Une fois encore, Simon Stone me cloue le bec.

5

Fausse présentation, vrais frissons

Le lendemain, à dix heures, je retrouve Simon dans sa voiture avec chauffeur. Pour cette nouvelle journée, j'ai choisi de porter de nouveau la robe noire de Dior. Je crois qu'elle commence à me plaire. Simon, lui, porte un jean moulant et une fine chemise blanche. Je ne l'ai jamais vu dans cette tenue.

Il attrape lui-même ma valise et, sans effort, la soulève pour la ranger dans le coffre en un geste qui me laisse entrevoir une musculature de rêve.

Il est démoniaque !

Et je suis d'autant plus troublée que je ne sais pas comment lui dire bonjour. Je choisis d'éluder la difficulté en me contentant d'un petit geste de la main. Il me répond par un baiser sur la joue.

Les chastes baisers de ce genre sont inscrits dans le contrat en tant que « manifestations de tendresse utiles à la crédibilité du rôle » (section « attitude des fiancés »). Reste que ce contact sur ma joue électrise tout mon corps.

Je ne suis jamais montée dans un jet privé. En fait, c'est assez simple. Une partie de l'aéroport est réservée à ce genre de vol. Une hôtesse nous accueille, puis disparaît une fois que nous sommes dans l'avion.

Confortablement installée dans un large fauteuil en cuir, je regarde par le hublot, sans perdre une miette du spectacle de la ville qui s'éloigne. Une fois au-dessus des nuages, je lève la tête. Simon me regarde, un léger sourire aux lèvres.

Zut, je devais avoir la tête émerveillée de l'enfant qui monte sur un manège pour la première fois.

– Si tu pouvais arrêter de triturer ta bague, ça fait louche, conseille Simon.

Ah oui, c'était le maître qui regardait sa créature, rien de plus.

– C'est parce que je ne porte jamais de bijou aussi luxueux, dépenser autant d'argent pour un caillou, c'est complètement futile !

– Félicitations, cette repartie est parfaitement dans ton rôle !

– C'est la vérité, je ne suis pas près de porter ce genre de bijou… Pourquoi pas un boulet à la cheville tant qu'on y est ?

– Dommage, se contente de dire Simon en se levant pour nous servir à boire.

***

Quelques heures plus tard, l'avion se pose. Je crois que Simon a travaillé pendant tout le vol. Le bruit du crayon sur le papier m'a bercée et je me suis rapidement assoupie.

La maison des Stone tient plus du manoir que de la maison. Quant au parc qui l'entoure, il est si grand qu'on n'en voit pas le bout. Je pousse un cri de joie.

– J'ai l'impression d'avoir gagné une semaine en pension complète dans un hôtel 18 étoiles. Il y a une piscine à vagues ?

– Ivy, tu n'as rien gagné du tout, tu es ma fiancée, je te remercie de te montrer un peu intimidée. Clause numéro 10. Les choses sérieuses commencent, là ! jette-t-il sur un ton glacial.

Je ne peux pas m'empêcher de pouffer.

– Ah oui, c'est vrai j'oubliais. Je dois être terrorisée à l'idée de rencontrer ma belle-famille. Bonjour madame, bonjour monsieur, dis-je en regardant mes chaussures et en parodiant la fille complètement timide.

Simon ne rit pas du tout. Ses yeux verts étincellent de colère.

– Pas la peine d'en faire des tonnes, non plus. Un juste milieu, c'est possible ?

– Je déteste les justes milieux.

Cette fois, ses yeux me foudroient.

– On ne rigole plus, là, Ivy. Pas de faux pas.

– Oui, je sais, article 5 du contrat. Si ta famille me grille par ma faute, je perds les trois quarts de ma rémunération… En revanche, de ton côté tu ferais bien de sourire un peu. Ça n'a pas l'air de te faire hyper plaisir de présenter ta fiancée. Et je te rappelle que si on est grillés par ta faute, j'ai l'intégralité de ma rémunération !

Je crois qu'il a envie de m'étrangler. Et ça me plaît.

Dès que nous gravissons les marches du perron, la porte s'ouvre en grand. Une femme se précipite vers nous. La mère de Simon, probablement.

– Je n'y croyais plus ! s'écrie-t-elle, en me serrant dans ses bras à m'étouffer.

Une tendresse infinie émane de cette femme, j'en suis la première surprise. Après m'avoir ordonné de l'appeler par son prénom – Madeline – elle me prend par le bras et m'entraîne dans le salon. Un homme, qui me prie de l'appeler Charles, le père de Simon, me serre la main avec chaleur. Leur sourire est si franc que j'en suis touchée, pour de vrai.

– Je suis si content de vous voir, souffle Charles en serrant son fils dans ses bras.

Vu le cahier des charges, je m'attendais à rencontrer des gens un peu coincés et avares de sentiments. C'est tout le contraire !

La porte du salon s'ouvre alors à la volée et une jeune femme, à peine plus jeune que moi, bondit vers nous comme une diablesse. Elle se jette littéralement dans les bras de

Simon, qui ébouriffe ses cheveux courts avec tendresse.

Elle se dégage de l'étreinte de son frère pour se planter devant moi.

– Moi c'est Arianna. Plus personne n'y croyait, tu sais, me dit-elle en me tutoyant d'emblée. Vous vous êtes rencontrés comment ? demande-t-elle sans détour, d'un air malicieux.

– Enfin, Arianna ! proteste Madeline, tu es bien curieuse !

Madeline est si amusée qu'il est facile de deviner qu'elle meurt d'envie de poser la même question.

– Oui, je suis curieuse ! Mais c'est de la faute de Simon ! Il a été si discret à propos de cette rencontre, rétorque Arianna.

L'espace d'un instant, j'ai l'impression qu'Arianna connaît trop son frère pour être dupe de cette mascarade, et qu'elle a tout deviné, dès la première seconde.

– Bien sûr que je suis resté discret ! s'écrie Simon, faussement fâché. Regardez-vous, tous les trois, on dirait des loups affamés face à une biche ! Je n'avais pas envie que vous débarquiez chez moi et que vous la disséquiez vive pour lire le contenu de son cerveau !

– Je veux juste savoir si vous vous êtes rencontrés par Meet Love, insiste la sœur.

– Bien sûr que non ! Laissez-nous respirer.

– Simon a raison, ma chérie, ne commence pas avec tes questions, reprend Madeline.

– Attends au moins que nous soyons à table, ironise Charles en regardant sa montre. Nous dînons dans cinq minutes.

Lorsque nous passons dans la salle à manger, je ne peux m'empêcher d'être impressionnée. Si je ne jouais pas un rôle, je crois que je serais réellement intimidée : la vaisselle et la décoration sont dignes d'une table royale !

Tout ça en mon honneur !

Soudain, je me rends compte que cette famille est en train de vivre un instant de bonheur sans pareil. Ils ont attendu ce moment depuis des mois, voire des années. Leur joie est profonde et sincère, et moi, la cause de cette joie débordante, je joue la comédie ! J'en ai presque mauvaise conscience.

Un hold-up familial, ça existe ? C'est ce que je suis en train de faire.

Au cours du repas, tout le monde est aux petits soins pour moi. Les plats succulents se succèdent et chacun s'inquiète de savoir si j'apprécie.

Au départ, Simon fait exprès de monopoliser la parole, il parle de ses projets dans le détail, et pose beaucoup de questions à sa famille. Seulement, Arianna n'est pas dupe.

– Et si tu la laissais parler un peu, frérot ?

– Est-ce que vous avez toujours vécu à New York ? demande alors Madeline, sautant sur l'occasion.

Je débite sagement ma tirade sur l'Italie, un si joli pays ! Je préfère New York, certes, mais les montagnes, tout de même, sont magnifiques, sans parler de la gastronomie.

La question de Madeline a ouvert le bal. De « Est-ce que vous aimez le caviar ? » à « Vous avez fait de la danse, étant petite fille ? » en passant par « Votre grand-mère a eu vos parents à quel âge ? » et « Vous jouez aux dominos ? », les questions fusent. Simon m'avait prévenue que ce serait difficile, je ne m'attendais pas à passer un oral !

– Est-ce que vous avez rencontré Caroline Katz ? demande soudain Charles. Tout le monde parle d'elle en ce moment.

– Je la trouve magnifique, cette femme, quelle classe ! s'écrie Arianna. Tu la connais bien, toi, Simon ? Vous êtes toujours aussi proches ?

– Elle est beaucoup moins impressionnante en vraie.

J'ai coupé la parole à Simon, qui s'apprêtait à répondre. Et j'ai lâché cette repartie un peu brusquement. Oui, Caroline Katz est belle et pleine de charisme. Mais bon, ça va, c'est moi la fiancée, oui ou non !

Arianna m'observe avec son petit air malicieux. Je me demande soudain si elle n'a pas fait exprès de poser cette question, pour voir ma réaction. Et elle semble satisfaite.

Je jette un coup d'œil à Simon. Il a un petit sourire en coin que je lui ai déjà vu. Mon mouvement d'humeur ne lui a pas échappé, à lui non plus, et j'ai l'impression qu'il est flatté.

À moins qu'il ne fasse semblant, lui aussi.

Stop. Je suis perdue !

Madeline, délicate, change habilement de sujet.

– Vos parents sont diamantaires, n'est-ce pas ? J'ai justement une pierre dont je voudrais connaître la valeur. Est-ce que vous pourriez leur transmettre une photo ?

– Bien sûr, dis-je en reprenant contenance.

À ce moment-là, le père de Simon apporte une bouteille de vin.

– Excellent vin italien, en votre honneur ! lance-t-il.

– Ah ! Merci, c'est vrai que j'adorerais visiter l'Italie, lâché-je négligemment.

Un silence. « J'adorerais visiter l'Italie » ?! Mes parents sont supposés y vivre ! J'ai fait toute une tirade à ce propos. Je viens de me prendre les pieds dans le tapis, toute seule comme une grande ! Et avant la fin de la première mi-temps !

– Je croyais que tes parents y vivaient ? fait Arianna avec les yeux du chat qui commence tout juste à s'amuser avec une souris.

– Ils y vivent depuis moins d'un an, intervient Simon, et Ivy ne leur a pas encore rendu visite. Il est d'ailleurs prévu que nous y allions le mois prochain, n'est-ce pas mon amour ?

Disant ces mots, il prend ma main et me regarde avec une telle intensité que j'en chavire. Personne ne m'a jamais regardée comme ça, que ce soit pour de vrai ou pour de faux, d'ailleurs. Il passe ensuite sa main dans mon dos et pose un baiser au coin de mes lèvres.

Liquéfaction presque totale.

Ce contact me plonge dans un état second proche de l'hébétude, mais je comprends très bien sa manœuvre : il fait diversion en leur donnant de l'amoureux transi, espérant ainsi faire oublier mon impair à sa sœur et à ses parents.

Il est assez bon comédien, à sa façon. On y croirait, à cet

élan de tendresse ! De mon côté, je n'ai pas vraiment besoin de me forcer : mon sourire est le plus niais que j'aie jamais arboré.

On dirait bien que Simon a réussi à rattraper ma gaffe, mais Arianna ne lâche pas si facilement.

– Elle vient de quelle bijouterie, cette bague ? Quand on a des parents dans le commerce de pierres précieuses, on doit être très exigeante, non ?

Simon se lève et pose ses deux mains sur mes épaules. Je sens son corps derrière moi, comme une présence envoûtante.

– Ce que je vous propose, dit-il, c'est de noter toutes vos questions par écrit et de les remettre à Ivy demain matin. Elle tâchera d'y répondre d'ici la fin du séjour. En attendant, Ivy n'osera jamais vous le dire, mais elle est très fatiguée. Et moi aussi, d'ailleurs.

Il enserre mes épaules dans ses grandes mains d'une façon qui déclenche un séisme dans mon corps.

– Qu'en penses-tu, Ivy ? demande-t-il en se penchant vers moi.

Je n'en pense rien. Ces lèvres près de mon oreille, c'est trop pour moi.

– Oui, heu, je…

Je me lève en remerciant mes hôtes pour l'excellent dîner. Et le compliment est plus que sincère.

Simon me prend par la main et m'emmène dans la suite qui nous est réservée. Nous restons face à face quelques secondes, puis Simon lâche ma main et c'est comme un arrachement.

Je m'effondre dans un fauteuil.

– Je suis épuisée ! C'est comme si j'avais été interrogée par la police toute la journée. Tu aurais dû leur faire signer un contrat, à eux aussi.

– J'y penserai pour la prochaine fiancée, dit-il avec sérieux.

Douche froide : si je suis une fausse fiancée, cela laisse la place libre à une éventuelle vraie fiancée. C'est ce qu'il est en train de me rappeler, là. Tout ceci n'est qu'une mascarade ! Tous les gestes de tendresse ne sont que comédie. Pourtant, chaque fois que nous nous sommes frôlés, au cours de la soirée, j'ai senti mon cœur s'accélérer, mes jambes se dérober. Suis-je la seule à avoir ressenti cette attraction quasi magnétique ?

Simon s'est allongé sur le canapé, conformément au contrat. Les mains derrière la tête, les pieds nus sur les accoudoirs, il offre le spectacle de son corps déployé nonchalamment. Sous sa chemise, je devine son torse impeccable, les muscles parfaitement dessinés. Il a fermé les yeux et je reste à le contempler à la dérobée. Je n'ai qu'une envie, me jeter sur lui.

– Tu as quelque chose à me demander ? Quelque chose à propos du contrat, j'entends, demande Simon, sans même ouvrir les yeux.

Un contrat, voilà tout ce qui nous lie.

– Non, bafouillé-je d'une toute petite voix.

– Alors bonne nuit, Ivy, souffle-t-il de sa belle voix grave.

Fin de la soirée. Rideau.

Le lit est immense et confortable. Comment est-il possible de fermer l'œil lorsqu'un tel homme dort à quelques mètres et qu'une simple porte nous sépare. Et puis, c'est quoi son problème ? Comment peut-on être aussi désirable et présenter une fausse fiancée à sa famille ?

6

« Je te rejoins »

Quand je me réveille, le lendemain, l'antichambre est vide. Simon n'est plus sur le canapé. Je m'aventure dans la salle à manger familiale. Simon est là, qui prend son café avec sa sœur. Leur évidente complicité me touche. Il porte une chemise et un jean sombres qui font ressortir encore ses yeux verts. Il n'a pas pris le temps de se raser et sa barbe naissante lui donne un air des plus charmants.

– Eh non, tu vois qu'elle ne s'est pas enfuie pendant la nuit, jette Simon à sa sœur dès qu'il m'aperçoit.

Il se lève pour me prendre dans ses bras et, après avoir posé un baiser sur le coin de mes lèvres, s'occupe de mon petit déjeuner, en fiancé attentionné parfait.

– Je n'ai pas osé te réveiller, souffle-t-il sans me quitter des yeux, tu dormais si bien.

Un réveil comme celui-ci, j'en veux bien tous les jours de ma vie.

C'est bien moi qui viens de penser ça ? Lauren, sors de ce corps !

Je remarque alors qu'il a les traits tirés, lui aussi, ce qui le rend sexy en diable. Aurait-il eu du mal à dormir, sur son canapé ?

J'espère bien, non mais !

Charles et Madeline ne tardent pas à nous rejoindre et me demandent avec sollicitude si j'ai bien dormi.

– Comme un bébé, dis-je.

Ma voix a sonné un peu faux. En même temps, je viens de dire un gros mensonge. Je ne me suis endormie qu'à l'aube, et j'ai mal dormi. Je ne pouvais pas fermer l'œil, sachant Simon étendu là, tout près de moi. Simon me regarde comme s'il tentait de deviner la vérité.

– Ivy, que dirais-tu de m'accompagner choisir les fleurs, pour la réception de ce soir ? Si Simon veut bien te lâcher deux minutes, bien sûr.

J'accepte de bon cœur, ça va me faire du bien de prendre l'air, j'en ai si grand besoin. Mais je regrette aussitôt. Arianna va me bombarder de questions !

Avant de monter en voiture avec Arianna, Simon me serre dans ses bras.

– Génial, deux heures d'interrogatoire avec le haut-commissaire aux affaires privées, glissé-je à son oreille.

Il se met à rire.

– J'aimerais bien entendre ce que tu vas lui raconter à mon sujet.

Son rire, c'est la première fois que je l'entends. Un rire clair et timbré qui fait vibrer chaque parcelle de mon être. Tout à fait le genre de rire qu'on ne se lasse jamais d'entendre. Pendant notre escapade, Arianna ne m'écrase pas de questions, elle se contente de me faire visiter la ville. Aurait-elle mordu à l'hameçon ?

Une fois chez le fleuriste, elle un peu de mal à se décider et je lui suggère les pivoines, qu'elle fait livrer directement à la maison.

Lorsque nous sommes de retour, les pivoines ont déjà été livrées et toute la famille approuve mon choix.

– Mon Ivy n'aime que les roses, me glisse Simon faussement sérieux.

– *Ton* Ivy est décidément beaucoup trop classique.

***

Le soir, les invités arrivent et emplissent peu à peu le parc et le salon. Des oncles, tantes et cousins, des amis de la famille, Simon me présente à tant de monde que j'ai l'impression de voir autant de nouvelles têtes en une soirée qu'en un an. Je suis l'objet de toutes les curiosités attentionnées. Simon ne me quitte pas d'une semelle, il a passé son bras autour de ma taille et me serre parfois contre lui. C'est peut-être pour de faux, mais je frémis pour de vrai. J'aimerais profiter de ce contact grisant, mais les questions des invités requièrent toute ma concentration.

À mesure que la soirée progresse, ma vigilance baisse. Je ne peux plus m'empêcher de profiter de ce corps viril et doux contre lequel je me love avec de moins en moins de retenue. De son côté, il me semble que Simon aussi s'abandonne à des gestes moins contrôlés.

Est-ce qu'il se passe quelque chose, là ?

Au détour d'une conversation, un ami de la famille parle d'un groupe de métal dont il a vu le concert. Je le connais, ce groupe, le batteur est un ami de Victor !

– Ah oui, leur batteur est très bon, et sympa aussi ! Je l'ai croisé une fois après un concert.

Au moment où je prononce ces mots, je me souviens avoir parlé plusieurs fois, à ces mêmes gens, d'une salle de concert dans laquelle nous sommes supposés avoir écouté de la musique classique, Simon et moi, parce que, comble du bonheur, nous partageons les mêmes goûts musicaux et détestons tous les deux « la musique de sauvage » (clause 31, section « goûts de la fiancée »). En tout cas, c'est ce que j'ai débité, pas plus tard qu'il y a une demi-heure, à ces mêmes gens.

Un silence perplexe se fait autour de moi.

– Ah ! Mais vous aimez, le métal ? demande l'ami en question, très étonné.

– Enfin, je dis ça… Non, pas du tout ! Moi je ne m'y connais pas ! C'est ce qu'a prétendu ma sœur. C'est elle qui fréquente ce genre d'endroit…

– Ta sœur ? Tu n'es pas fille unique ?

Je ne sais pas d'où est sortie Arianna, mais elle est sortie. Un peu comme si elle était restée cachée toute la soirée en attendant ce moment où j'allais me contredire. Et elle vient de bondir hors de sa boîte comme un démon. Le sourire gigantesque, l'air de dire : « Je le savais, je l'ai deviné à la première seconde. »

– Ma sœur spirituelle, j'entends, précisé-je immédiatement.

Je tente de me rattraper aux branches… Je m'enfonce dans les sables mouvants.

– Ta sœur spirituelle ? Mais c'est passionnant, ça, glisse Arianna, pas du tout convaincue. Vous vous êtes rencontrées dans un genre de secte, c'est ça ?

– Oui, exactement ! Une secte satanique. Moi je m'en suis sortie, les sacrifices d'animaux, c'était pas mon truc, mais elle, la pauvre…

Plus c'est gros plus ça passe, non ? Enfin, j'espère, sinon je crains le pire !

– Excusez-nous un instant, murmure Simon en m'entraînant à l'écart.

Nous nous éloignons de la fête, le long des allées du parc de la propriété.

J'ai beau avoir progressé en déplacement à talons, je ne suis pas encore tout-terrain, et ce n'est pas facile de marcher sur les graviers avec des escarpins. Le bras de Simon se serre autour de ma taille, pour me soutenir, mais il ne dit rien. Il est probablement fâché. Il va me demander de faire attention, c'est pour cela qu'il m'entraîne à l'écart.

L'air est agréablement doux, la rumeur de la fête nous parvient encore, mais nous sommes suffisamment éloignés pour entendre les bruissements des arbres et des plantes. Soudain, Simon s'arrête, au détour d'un bosquet. Nous nous faisons face à présent et il a laissé sa main sur ma taille.

– Pardon, c'est sorti tout seul, dis-je. Le coup de la secte satanique, je ne sais pas ce qui m'a pris, je suis vraiment désolée.

Simon pose un doigt sur mes lèvres.

– Je crois que nous avons tous les deux besoin d'un entracte, souffle-t-il.

Sa main glisse alors le long de ma joue et il attire doucement mon visage vers lui. Ses lèvres se posent sur les miennes. Et il m'embrasse. Un baiser doux d'abord, et de plus en plus fougueux, trahissant une impatience trop longtemps contenue. Nos langues se cherchent, sagement d'abord puis se livrent à un ballet tumultueux. Des milliards de frissons traversent mon corps qui s'amollit entre les bras puissants de Simon. Je m'abandonne à ce baiser sans retenue et lorsque Simon s'écarte légèrement pour reprendre son souffle, il me semble qu'on m'arrache une partie de moi-même.

– Ma sœur est là, souffle Simon, contrarié.

L'ombre d'Arianna se dessine sur le chemin.

– Tout le monde vous cherche, c'est le dessert !

Arianna repart dans l'autre sens comme un elfe. Simon et moi reprenons le chemin de la terrasse en silence. Nos deux corps restent enlacés. Dans l'obscurité, ses yeux brillent d'un éclat singulier.

Est-ce que c'était pour faire illusion une bonne fois pour toutes que Simon m'a embrassée de la sorte ? Pourtant, non, j'en suis certaine, Simon m'a embrassée avant l'arrivée de sa sœur.

Avant ? Pour de vrai, donc ? J'ai envie de hurler de joie.

Pendant la fin de la soirée, je me sens flotter sur un nuage. Je tente de me reprendre, histoire de ne pas me trahir bêtement à la première question, mais je ne peux plus penser qu'à ce baiser. Ces lèvres sur les miennes… il me semble avoir entrevu le paradis. Heureusement, à partir de cet instant, les stars de la soirée sont les parents de Simon, et leurs trente-cinq ans de mariage, je peux donc rêvasser en toute impunité.

Lovée contre le corps de Simon, la soirée passe comme

un songe. J'ai bien conscience de jouer avec le feu, mais je m'abandonne à ce doux contact en essayant de faire taire la part de moi qui ne cesse de me rappeler que nous jouons la comédie. Demain, la fête sera terminée, le baiser, oublié.

En attendant, j'ai bien le droit d'en profiter un peu !

Il est tard déjà, quand les lèvres de Simon frôlent mon oreille.

– Tu peux aller te coucher, Ivy, si tu veux. Je te rejoins.

Ses mots, jetés sans témoin, comme une promesse plutôt que comme une réplique, me troublent au plus profond de moi-même.

J'entre dans la chambre un peu avant Simon et m'allonge sur le canapé de l'antichambre, bien décidée à réclamer la suite du baiser. C'est fou ce que c'est épuisant, de jouer ce genre de comédie. Je me sens vidée, nerveusement et physiquement.

***

Le lendemain de la fête, je me réveille, dans mon lit. Qu'est-ce que je fais là ? J'ai quitté Simon qui m'a susurré « Je te rejoins » et je me retrouve seule dans ce grand lit ?!

Les images de la veille me reviennent. De retour dans l'antichambre, j'ai dû m'endormir sur le canapé comme une vieille chose. Et Simon, gentleman, m'a portée ici.

J'ai l'impression de me réveiller d'un rêve qui se termine trop tôt. À présent l'enchantement est brisé, la magie de la veille est rompue, et je ne saurais jamais ce que Simon entendait par « Je te rejoins ».

Il est déjà sept heures du matin. Je me souviens que la fiancée se lève tôt et je n'ai pas envie de me retrouver seule ici, comme hier. Après une douche rapide dans la salle de bains attenante à ma chambre, j'enfile une jupe sombre et un chemisier de soie.

Lorsque j'entre dans l'antichambre, Simon est là, sur le

canapé. Il dort, tout habillé. Les mouvements calmes de sa respiration soulèvent doucement son torse magnifique.

Le spectacle vaut le détour.

Après avoir contemplé quelques instants le bel endormi, mon regard est attiré par un carnet de croquis ouvert, posé sur le bureau. Il a dessiné, hier, et j'ai envie de voir. Je m'approche du bureau : ce sont ses dernières idées pour les décors. Il a même dessiné un meuble futuriste incroyable ! On se croirait sur une autre planète, et dans le même temps on voudrait l'avoir dans son salon.

À côté du carnet de croquis, un bloc-notes gribouillé dans tous les sens attire mon attention. Je me mets à le feuilleter sans vergogne. Après tout je suis sa fiancée.

D'accord, cela ne me donne aucunement le droit de fouiller dans ses papiers...

– Ça va, je ne te gêne pas trop ?

Je me retourne d'un bond. Simon se tient sur un coude, il me regarde, mi-fâché, mi-amusé de me prendre en flagrant délit. Ses yeux verts braqués sur moi me font frémir. Il a les cheveux en bataille et ses traits, pleins de sommeil, le rendent encore plus beau. Il passe machinalement la main dans ses cheveux en un geste qui achève de me faire fondre.

Pour reprendre contenance, je montre l'horloge.

– La fiancée se lève à sept heures, tu te souviens ?

– La fiancée a peut-être du chinois à réviser. Mais le contrat ne dit rien à mon sujet, réplique-t-il, rieur, en arrangeant son oreiller. De toute façon, pas le dimanche, fait remarquer Simon. Maintenant si tu pouvais arrêter de fouiner dans mes papiers.

– Aurais-tu oublié la clause 17, page 41 ? dis-je en parodiant son ton à lui. Ta fiancée a le droit de fouiller dans tes papiers. Et le gros marshmallow qui aurait avalé un tabouret, là, c'est un fauteuil du futur ou ton feutre qui a bavé ?

Un oreiller m'arrive en pleine tête.

– Hé !

Je ramasse l'oreiller et lui jette aussitôt en retour.

– Raté, s'exclame-t-il en interceptant magistralement le coussin au vol.

Il me le relance immédiatement, accompagné de deux autres, que j'évite de justesse. J'en ramasse un et je fonce sur Simon, bien décidée à lui asséner quelques coups d'oreiller directement sur la tête, histoire d'être sûre de ne pas manquer ma cible. Son bras se détend brusquement et saisit mon poignet, doucement mais fermement, suspendant mon geste. Avant que j'aie eu le temps de penser à m'en servir, mon autre main se retrouve prisonnière de la sienne. Je résiste et tente de me dégager.

Il me lance un sourire insolent.

– Sérieusement, Ivy, tu penses pouvoir me battre au bras de fer ?

– Je ne m'avoue jamais vaincue, Simon Stone, dis-je en escaladant son corps pour avoir plus de prise.

– Je n'en doute pas, murmure-t-il.

Nous luttons quelques instants. Je tente de me libérer de son étreinte tout en attrapant l'oreiller. Chaque fois, il m'en empêche avec une agilité incroyable. Soudain, entre deux mouvements pour me dégager de ses mains puissantes, je tombe sur ses grands yeux verts. Nos regards se mêlent, ses yeux sont immenses. Leur éclat singulier me saisit, et je m'arrête aussitôt de gesticuler.

Je ne sais pas comment j'en suis arrivée là, à califourchon sur lui, mais j'y suis. Le léger embarras qui m'envahit laisse rapidement place à un trouble sensuel des plus agréables. Je ne bouge plus et lui non plus. Il ne fait aucun mouvement pour me chasser. Dès que j'ai arrêté de me débattre, il a relâché son étreinte autour de mes poignets, mais une de mes mains est toujours prisonnière de la sienne. Il glisse ses doigts dans les miens et nos deux mains restent ainsi, enlacées l'une dans l'autre. Entre mes jambes, je sens tressaillir mon intimité, et il me semble qu'un léger soubresaut vient de troubler le souffle calme de Simon.

Sans me quitter des yeux, il remet lentement en place une mèche de mes cheveux, qui se sont défaits pendant la bataille. Ce frôlement libère des milliers de frissons qui courent dans tout mon corps. Un léger soupir m'échappe. Ses mains de colosse saisissent alors mes hanches, et, me tenant fermement afin de me garder sur lui, Simon se redresse. Nos deux visages sont très proches, à présent, et nos lèvres se frôlent.

– Tout dépend du type de bras de fer, Simon, murmuré-je, je pense pouvoir gagner celui-ci.

Il pose alors ses lèvres sur les miennes. Les effleure d'abord puis les goûte avec passion en un baiser sauvage. Nos langues se cherchent avec urgence et le désir qui couvait depuis trop longtemps au creux de mes reins éclate de façon impérieuse. Il mordille ma lèvre inférieure avec douceur, mes cuisses se serrent autour de ses hanches, comme malgré moi.

– Pour ce genre de bras de fer, je n'ai aucune chance, Ivy, tu es si belle, souffle Simon.

Ses baisers glissent à présent dans mon cou. Mes mains se perdent dans ses cheveux défaits. Il faudrait s'arrêter, maintenant, avant que tout ne devienne trop compliqué. Mais je ne peux pas m'y résoudre. Lui non plus. La tension est trop forte. Nos corps se frôlent depuis trop longtemps, et rien ne peut arrêter le corps-à-corps fougueux auquel ils s'apprêtent à se livrer.

Mes mains glissent sous la chemise de mon apollon et la douceur de sa peau me fait tressaillir. Mue par un désir sauvage, j'ouvre brusquement la chemise de Simon, arrachant même quelques boutons au passage. Il y a trop longtemps que je veux voir ce que cachent ses vêtements.

Je ne suis pas déçue par ce que j'y trouve, c'est le moins qu'on puisse dire. Ravie par tant de beauté, je me fige même quelques instants, le souffle coupé, pour contempler le torse parfaitement dessiné de mon demi-dieu. Jamais je n'ai vu de peau si belle, de muscles si bien ciselés, de proportions si harmonieuses.

Ce type vient d'une autre dimension ou quoi ?

Au-dessus de la hanche, une légère cicatrice donne à l'ensemble un charme des plus virils. J'effleure d'abord ce torse à la peau mate et douce, comme pour vérifier que mes yeux ne m'ont pas trompée. Mes doigts suivent les lignes de cette musculature avec avidité. Rapidement, ma bouche exige de goûter, elle aussi, la peau divinement fine de cet homme si beau. Ma bouche explore alors chaque parcelle de ce torse de marbre, que j'effleure, goûte et mordille tour à tour, encouragée par les tressaillements qui naissent sous mes doigts et sous mes lèvres.

À mesure que mes caresses se font plus avides, les mains de Simon se font plus nerveuses, plus insistantes. À présent, il froisse mes boucles blondes d'une façon qui m'électrise délicieusement, lançant des milliards de fourmis voluptueuses à l'assaut dans mon crâne. Glissant ses mains le long de mes joues, il relève mon visage vers le sien. Puis, après l'avoir contemplé quelques secondes, il m'attire à lui pour un nouveau baiser, presque sauvage cette fois, qui achève de m'enflammer.

Nos bouches se dévorent, nos mains se cherchent, tout mon corps n'est qu'un cri de désir. Je me cambre pour inviter Simon à poursuivre son exploration, impatiente de sentir ses mains courir sur mon corps frémissant. Comme s'il avait deviné mon désir, ses caresses se font plus fermes et plus audacieuses, mes soupirs se font plus lascifs.

Sous son baiser fougueux, mes cuisses se sont serrées plus encore autour de ses jambes. Sous ma jupe, ma culotte, léger rempart entre mon intimité et son corps, frotte contre son pantalon. Je me cambre plus encore, et oscillant doucement sur Simon, je sens son sexe palpiter. Le devinant gonflé de désir, mon intimité devient dangereusement humide. Un léger gémissement m'échappe, auquel il répond par un soupir.

– J'ai envie de toi, Simon, soufflé-je d'une voix altérée par le désir.

Joignant le geste à la parole, j'esquisse un geste vers la

ceinture de mon apollon, pour poursuivre le déshabillage. Le bel homme m'interrompt avec douceur.

– Attends, souffle-t-il d'une voix devenue rauque.

Dans ses yeux, plongés dans les miens, une infinie tendresse le dispute à un désir puissant et animal. Après avoir écarté mes mains avec délicatesse, il arrache le sage chemisier parme qu'il a choisi pour sa fiancée et le jette dans la pièce sans ménagement. Rapidement, en un mouvement dont les enchaînements m'échappent, la jupe droite et élégante suit le même chemin. On peut dire que l'effeuillage a été rapide !

– Ce n'est pas avec elle que j'ai envie de faire l'amour, souffle-t-il d'une voix rauque, c'est avec toi, Ivy.

Ces mots sonnent à mes oreilles avec une douceur infinie et je me cambre face à lui pour qu'il puisse achever ce qu'il a commencé. Mon corps brûle de désir et je n'attends plus qu'une chose, me retrouver nue contre lui.

Il s'apprête à me défaire de mes sous-vêtements, mais à la vue de ma culotte rouge en dentelle, il s'arrête brusquement.

Oui, elle est à moi, cette culotte. J'ai estimé que j'avais le droit de garder le contrôle sur cet aspect du costume…

Un sourire espiègle se dessine sur le visage de Simon. Ses doigts glissent le long de l'élastique de ma culotte, explorent la dentelle, remontent le long de mes fesses, en une danse qui m'arrache des soupirs. Il dessine le tour de mon soutien-gorge, frôlant mes seins gonflés, tendus vers lui, frémissants.

– Rien de tout ça n'appartient à ma fiancée, glisse-t-il, l'air mutin.

Les caresses diaboliques de cet homme m'ont jetée dans un état d'hébétude et de désir qui m'ôte toute forme de réflexion.

– Alors qu'est-ce que tu attends pour les enlever ! glissé-je, consumée de désir.

Ses yeux s'étirent.

– Ce sera avec grand plaisir, Ivy, souffle-t-il.

Sa voix s'est perdue, étranglée par le désir.

Sans un mot, il me saisit par les hanches et m'allonge sur le dos. Près de moi, son corps me domine, et ses mains ont tout le loisir de courir sur mon corps offert.

Simon tire doucement ma culotte et la fait glisser le long de mes jambes. Ses mouvements lents, entrecoupés de caresses langoureuses, me mettent à la torture. Je voudrais lui hurler d'arracher cette culotte sans plus de ménagement, mais les sons refusent de sortir de ma bouche. Ma voix est étranglée par toutes les sensations voluptueuses qui m'assaillent, et seuls quelques gémissements, qui semblent naître au plus profond de moi, résonnent dans la chambre. À en juger par le regard de Simon, il sait qu'il me met au supplice. Il fait exprès de me l'infliger et de le prolonger.

Une fois débarrassée de ma culotte, je me tortille pour lui faire comprendre qu'il est temps de me libérer de mon soutien-gorge. Simon a décidé d'abréger ma langoureuse torture et me débarrasse de l'étoffe qui emprisonnait ma poitrine. Face à mon corps nu, Simon interrompt quelques instants ses gestes et murmure plusieurs fois mon prénom, presque douloureusement. Ses yeux verts parcourent ma peau laiteuse, et son regard s'embue d'émotion, me semble-t-il. Il s'apprête à dire quelque chose mais sa voix meurt, ses lèvres embrassent goulûment mes seins, puis titillent mes tétons tendus de désir.

Ces caresses sont rapidement suivies par d'autres plus charnelles, plus aiguisées. Sa langue, accompagnant le ballet de ses mains, goûte la peau de mon ventre puis, extase délicieuse, joue avec mon nombril, faisant naître mille décharges électriques. Quand Simon relève la tête, plongeant une nouvelle fois ses yeux dans les miens, c'est pour interroger mon désir. Touchée par cette attention, je l'encourage d'un gémissement d'impatience. Sa main glisse alors le long de mon ventre et s'approche doucement de mon sexe. Mes jambes s'écartent instinctivement pour l'accueillir ; jc suis tout humide.

Après quelques caresses précises qui me transportent dans d'autres dimensions, ses doigts pénètrent mon intimité. Simon ne m'a pas quittée des yeux et son regard dit assez son étonnement de trouver mon sexe si humide. Ma respiration s'accélère d'une dangereuse façon, mais loin de me laisser un instant de répit, l'apollon poursuit son exploration. Ses doigts s'enfoncent plus profondément et je suis au bord du gouffre. Ma vue se trouble sous l'effet du plaisir. Sans interrompre la douce progression de ses doigts à l'intérieur de mon intimité, ses lèvres prennent les miennes, et il les mordille d'une insoutenable façon, qui menace de me faire chavirer. Puis sa bouche descend le long de mon corps et s'approche de mon sexe. Bientôt sa langue fait connaissance avec mon intimité et joue avec mon clitoris. Il est si précis et si incisif que je me sens perdre pied. Le plaisir accumulé explose en un orgasme foudroyant. Je sais que nous sommes suffisamment éloignés de la maison et que personne ne peut nous entendre, aussi, je ne cherche pas à étouffer les gémissements que m'arrachent les assauts de Simon.

Une fois que j'ai repris mon souffle, je me rends compte que Simon porte encore son jean. La bosse que je sens contre ma jambe me dit assez qu'il est plus que temps de l'en délivrer. Je me redresse, défais les boutons, qui cèdent tout seuls sous la poussée de son membre viril, puis fais glisser le jean au sol. Mes mains se livrent à une première exploration du fessier musclé de mon apollon au travers de son boxer noir. Un soupir m'encourage à poursuivre et je libère enfin le sexe de mon amant. Son membre viril, trop longtemps contenu, se dresse avec force, imposant, gorgé de désir, il est d'une taille impressionnante. À sa vue, je frissonne de désir, et je n'ai plus qu'une envie, le sentir en moi. Je le prends dans ma main et le caresse doucement, puis plus fermement, encouragée par les gémissements de Simon.

– J'ai envie de toi, Simon, dis-je, la voix étranglée par le désir, maintenant !

Simon s'écarte alors de moi. L'arrachement est terrible. Il quitte l'antichambre pour disparaître dans une autre pièce.

Heu, j'ai dit quelque chose qu'il ne fallait pas ?

Il revient, et en deux bonds se retrouve tout contre moi.

– Ne me dis pas que tu as pensé que je partais, souffle-t-il amusé.

Je ne dis rien, trop d'émotions m'assaillent en cet instant. Simon le devine.

– Moi aussi j'ai envie de toi, Ivy, à en mourir, souffle-t-il avant de m'embrasser avec une intensité nouvelle.

J'aperçois un carré brillant et je comprends alors qu'il est allé chercher un préservatif. Il le déplie en un mouvement et l'enfile. Je m'offre à lui, palpitante, et il me pénètre en un doux mouvement contrôlé qui me plonge dans une extase infinie.

Nous oscillons à l'unisson. À chaque va-et-vient, il entre plus profondément en moi. Le plaisir monte si vite que je le supplie de ralentir ses assauts. Ce qu'il fait, mais c'est presque pire. Je tente de me contrôler, mais mon intimité exulte. Alors je renonce, je ne cherche plus à résister et je me laisse emporter par la vertigineuse vague de volupté. Sentant que je me laisse aller entre ses bras, mon amant reprend ses assauts, plus rapides et plus forts. Je ne peux plus rien faire d'autre que m'abandonner à l'orgasme prodigieux auquel m'a menée mon amant. Simon me rejoint dans la volupté et s'abandonne dans un grognement de plaisir. Il a attendu que j'atteigne l'orgasme avant de goûter à son tour au plaisir suprême. J'en suis profondément touchée. Plus de fausse fiancée, plus de contrat, plus de comédie. Juste deux corps qui ne savent plus très bien où sont leurs limites tant le plaisir a brouillé leurs repères. L'orgasme m'a laissée muette, mais quand j'ouvre les yeux, je croise ceux de Simon. Il me sourit en caressant mon ventre et nous reprenons notre souffle lovés l'un contre l'autre.

7

Chef de gang

Jamais un homme ne m'a donné autant de plaisir. À croire que mon corps n'attendait que celui de Simon pour connaître ces états de volupté dont je ne soupçonnais pas l'existence. Comme si nos deux corps étaient faits l'un pour l'autre et qu'ils s'étaient enfin trouvés.

Au secours, je parle comme Lauren !

Et pourtant, c'est de cela qu'il s'agit. Sinon, comment expliquer cette alchimie entre nous ?

Soudain, Simon se lève d'un bond, ramasse ses habits et se dirige vers la salle de bains.

Il me plante, là ?

Est-ce que c'était merveilleux pour moi seulement ?

Tout en reprenant les habits de la fiancée, je réfléchis. Ce que je prends pour de l'alchimie est peut-être tout simplement du savoir-faire. Simon a dû multiplier les conquêtes. Il a l'habitude des femmes, il sait les séduire et leur donner du plaisir.

– Puisque nous sommes réveillés. Je vais te montrer quelque chose, lance Simon en sortant de la salle de bains.

Tout le monde dort encore en ce lendemain de fête. Nous sortons de la villa à bord d'une voiture de sport. Alors qu'il me suffit de le regarder pour que ma peau s'électrise, j'ai la nette impression que Simon garde ses distances, comme si rien ne s'était passé entre nous.

Après quelques kilomètres effectués en silence, nous

marchons jusqu'à une crique, paradisiaque dans la lumière du matin.

– C'est merveilleux, soufflé-je.

Simon sourit.

– Je l'ai achetée avec mon premier gros contrat. Je l'ai gardée pour moi tout seul jusqu'à présent.

Dois-je comprendre que je suis la première femme à fouler le sable de cette plage ? Je voudrais poser la question mais je n'ose pas. Et puis, soudain, j'ai comme un sursaut : qu'est-ce qui me prend, de me poser autant de questions ! Ça ne me ressemble pas de demander des garanties aux hommes ! Je n'ai jamais été ce genre de fille !

Je me trouve sur une plage de rêve en compagnie d'un homme superbe. J'ai pris le pied le plus étourdissant de toute ma vie. Que demander de plus ? Rien !

J'enlève mes chaussures et cours vers la mer. J'ai maintenant de l'eau jusqu'aux mollets. Elle est glaciale. Soudain une vague plus haute que les autres m'asperge jusqu'à la taille. Je chancelle et inéluctablement tombe à l'eau en hurlant toutes sortes d'insultes.

Pas sûre que la fiancée modèle pousse ce genre de cri…

Dans mon dos j'entends le rire de Simon et cela me fait du bien. Magnifique, il est allongé sur le sable et son regard est pensif. Je m'assieds à ses côtés, en gardant mes distances, moi aussi.

N'empêche, je donnerais cher pour savoir quel genre de pensées occupe son esprit à cet instant…

– Tu n'espères pas monter dans ma voiture ainsi trempée, Ivy, lance Simon, le sourire espiègle, lorsque nous regagnons le véhicule.

– Très bien, dis-je en m'éloignant, tu expliqueras à ta famille que tu m'as laissée ici…

Simon capitule en riant et m'ouvre la portière.

Sur la route, aux côtés de Simon, j'ai du mal à chasser les images de son corps nu. La cicatrice entrevue sur sa hanche me revient à l'esprit. J'ai décidé de prendre le bon côté des choses, cela implique de ne pas faire comme si rien ne s'était passé.

– C'est quoi, au fait, la cicatrice sur ta hanche ? demandé-je avec détachement.

Les mâchoires de Simon se crispent. Son regard change, pour se faire froid et distant.

– Je rajoute une clause au contrat : Pas de question sur la vie privée.

Le mot *contrat* m'arrive en pleine figure et le ton polaire de Simon me frappe comme un coup de poing dans le ventre. Je pensais pouvoir me contenter de profiter de l'instant présent sans demander davantage. Je me rends compte que je me suis trompée, mais je ravale mes larmes.

– Je trouve que c'est un peu facile d'ajouter des clauses en cours de route, dis-je en m'efforçant de prendre un ton léger.

J'ai déjà joué la tristesse, mais il est assez dur de feindre la légèreté quand on a envie de pleurer.

– Peut-être, mais c'est comme ça, tranche-t-il en me regardant intensément.

Il a parlé sur un ton douloureux.

– Ça n'a rien à voir avec ce qui s'est passé, souffle-t-il en esquissant un mouvement pour effleurer ma joue, qu'il réprime aussitôt.

De retour chez les Stone, Arianna nous accueille avec des éclats de rire.

– T'es tombée dans l'eau ou Simon a essayé de te noyer ?

– Je crois qu'il aurait mieux fait.

J'ai prononcé cela avec un sérieux qui n'échappe pas à Simon. Et le regard qu'il me lance en réponse m'émeut jusqu'aux larmes. Sentant l'émotion me gagner, je prétexte le besoin de me doucher pour m'éclipser.

Lorsque je reparais au salon, seule Arianna s'y trouve. Le journal local est arrivé. Je le saisis machinalement, espérant me changer les idées. En première page, une grande photo d'un homme balafré me fait frémir.

– « Libération prochaine de Tyler Walker », déclamé-je sur un ton comique. Planquez-vous ! Il fout vraiment la trouille, ce mec.

Arianna se décompose et m'arrache le journal des mains.

– Heu, j'ai dit quelque chose de pas drôle ? demandé-je face à ses mains tremblantes.

– Simon ne t'en a pas parlé ?

– Heu… non, enfin si bien sûr.

Il y a quelque chose que j'aurais dû savoir. Or, plutôt que de me cuisiner, Arianna sort de la pièce, tentant de masquer son trouble. Je l'entends appeler sa mère sur un ton qui me fend le cœur.

– Simon a vu ça ? demande Madeline, paniquée.

En consultant Google sur mon téléphone, j'apprends que Tyler Walker est une sombre célébrité. Un chef de gang dont le tableau de chasse comprend même des femmes et des enfants.

La grande classe.

Est-ce que la famille Stone a quelque chose à voir avec ce monstre ?

Pendant le déjeuner, je constate qu'Arianna a perdu sa belle humeur et qu'elle a fait disparaître le journal. Simon ne desserre pas la mâchoire. Quant à Charles et Madeline, ils peinent à masquer leur inquiétude.

Ambiance.

Juste après le déjeuner, Simon porte mes bagages jusqu'à la voiture.

– Nous partons, déclare-t-il d'un ton neutre.

Je l'ai entendu expliquer à sa famille qu'il devait rentrer en urgence, pour régler des questions relatives au décor de *Out of Space*. Ses parents ne s'en étonnent pas et nous remercient mille fois d'être passés les voir.

Je ne pose pas de question devant la famille, de peur de

faire une gaffe, mais j'ai hâte de me retrouver en tête-à-tête avec Simon.

Dans le jet privé, Simon se détend.

– Le bilan de la supercherie est très concluant, ma famille n'y a vu que du feu.

– Je me demande tout de même si Arianna n'a pas flairé quelque chose.

– Elle m'a révélé le mot de passe de mon profil Meet Love pour que je puisse supprimer mon compte, c'est donc qu'elle n'y a vu que du feu !

Il ouvre une bouteille de champagne et s'assied face à moi.

– Tu as été une super comédienne.

Il parle de quel moment, là ? Est-ce qu'il a pensé que je jouais la comédie quand nous avons fait l'amour ?

– Ta famille est vraiment sympa. Ils te couvent un peu comme un poussin, non ?

Simon fronce les sourcils, son visage se ferme.

– Non, mais je me moque pas ! m'écrié-je aussitôt. Je t'envie. Parce que moi, ce genre de famille joyeuse et unie, c'est pas exactement ce que j'ai connu.

C'est bien la première fois que je fais ce genre de confidence à quelqu'un. Je me tais aussitôt. Pourquoi se confier à Simon, ma mission est terminée. C'est bien ce que nous sommes en train de fêter. Va-t-on se revoir ? Quelle est la suite ?

– Le contrat ne prévoyait-il pas une semaine en famille ? demandé-je, m'efforçant de prendre un air détaché.

– J'avais compté large, au cas où, mais puisque l'illusion est parfaite, pas besoin de rester. Et puis j'ai beaucoup de travail, les fauteuils marshmallow à reprendre, par exemple. Mais sois sans crainte, tu seras payée intégralement.

Je suis donc la seule à avoir vécu quelque chose. Je ne peux pas lui en vouloir, mais ça me fait mal.

Simon reçoit alors un e-mail, sur son téléphone, et se décompose.

– Tu ne devrais pas m'envier tant que ça… souffle-t-il bouleversé.

– Qu'est-ce qui se passe Simon ? Je peux faire quelque chose ?

– Rien, Ivy, tranche-t-il.

Autant y aller franchement, et dire ce que j'ai sur le cœur.

– Est-ce que ça a un rapport avec Tyler Walker ? Ta sœur a fait une drôle de tête quand elle l'a vu sur le journal.

Simon me regarde comme si je venais de lui planter un couteau dans le dos.

– Il y a quelque chose que tu ne dirais pas, même à ta fiancée ?

J'ai prononcé ces mots avec tendresse, et je me suis approchée de lui, au point de toucher son corps. Mais il s'écarte brusquement.

– Je n'ai pas de fiancée, justement, je te rappelle. Le tutoiement, c'est dans le contrat, c'est pour la fausse Ivy. Je vous rappelle qu'on fait semblant au cas où vous l'auriez oublié.

J'encaisse le coup.

– Très bien, puisqu'on parle business, parlons contrat, vous ne pouvez pas le rompre de façon unilatérale c'est une nouvelle clause que j'ajoute ! Libre à vous de me vouvoyer, mais nous sommes encore liés l'un à l'autre pour quatre jours, que vous le vouliez ou non ! m'exclamé-je sans pouvoir retenir ma colère et déterminée à avoir le dernier mot.

On ne se débarrasse pas de moi comme ça, monsieur Je-te-propose-un-contrat-puis-je-couche-avec-toi.

II

Qui est vraiment Simon Stone ?

8

Atterrissage en urgence

C'est vrai, j'ai joué avec le feu. Accepter de tenir le rôle de la fiancée d'un homme aussi beau et aussi désirable que Simon Stone, le richissime designer, c'était risqué.

Mais j'aime relever les défis. Et pour une comédienne, cela représentait un entraînement de choc ! D'autant qu'il n'était précisé nulle part dans le contrat que le statut de faux fiancé donnait à Simon le droit de me briser le cœur, pour de vrai !

Dans le jet privé qui nous ramène à New York, la température vient de chuter de vingt degrés. J'ai pourtant parfaitement rempli le contrat : sa famille, qui n'arrêtait pas de le tanner parce qu'il n'avait pas de fiancée, a cru à notre couple !

Il a pourtant suffi d'un e-mail pour que Simon redevienne M. Stone.

D'accord, c'est lui le boss, mais est-ce que ça lui donne le droit de m'écarter d'un revers de la main sans explication ?

Je suppose que oui.

Et la puissance du désir qui a aimanté nos deux corps l'un vers l'autre, est-ce que, ça aussi, il le balaie d'un geste ?

Je suppose que oui.

Je me sens naïve, tout à coup. J'ai eu l'impression qu'il se passait quelque chose entre nous. Je me suis trompée. De mon côté, j'ai laissé tomber le masque de la fausse fiancée pour laisser parler mon désir ; Simon n'a probablement fait qu'endosser un rôle qu'il doit bien connaître, celui du séducteur.

Cette idée me jette dans un abîme de désespoir et de tristesse. Moi qui ai toujours privilégié les relations sans lendemain, je me rends compte que mes sentiments ont commencé à déraper hors du contrat, sans même que je m'en aperçoive.

De temps à autre Simon lève les yeux vers moi et me regarde d'une si douloureuse façon que je me demande si c'est bien moi qu'il voit. Il semble souffrir et ça non plus je ne peux pas le supporter. Pourtant il m'a éconduite si durement que je n'ose plus dire un mot.

Je voudrais que l'avion ne se pose jamais, j'ai trop peur de ce qui va se passer à la fin de ce voyage. Et en même temps, je voudrais que cet insupportable silence prenne fin.

***

À l'aéroport, la voiture noire de Simon nous attend. Le visage fermé, perdu dans ses pensées, il m'ouvre la portière et donne mon adresse au chauffeur. Dois-je comprendre qu'il ne monte pas avec moi ? Je l'interroge du regard. Ses beaux yeux verts sont devenus impénétrables.

– Nous nous verrons plus tard, lâche-t-il sans desserrer les dents.

Plus tard, ça veut dire quoi exactement ?

Pourquoi ai-je l'impression que ça veut dire « plus jamais » ?

La portière claque. Me retrouver seule à l'arrière de cette voiture, sans Simon, c'est pire qu'un arrachement. Nous étions liés par contrat. Je savais que notre relation était un CDD. J'étais pourtant loin de m'imaginer que nous allions nous quitter comme ça !

La voiture démarre. Je ne me retourne pas. Je suis vide, triste, anéantie. J'ai envie de pleurer et de hurler comme jamais. J'ai toujours fui ce genre de situation et j'ai bien fait ! La douleur est insoutenable.

La voiture s'arrête devant chez moi. Le chauffeur sort mes valises et me salue sobrement avant de reprendre le volant, l'air un peu désolé.

Je regarde, comme une idiote, la voiture s'éloigner. Je sens la colère monter. Je suis furieuse contre Simon qui me laisse plantée là, dans cet état, sans un mot d'explication. Furieuse contre moi, aussi. Comment puis-je me laisser faire de la sorte ? A-t-on idée de se mettre dans des états pareils pour un homme ?

Je me suis perdue moi-même avec tous ces masques et ces mensonges ! Je veux redevenir celle que j'étais avant le contrat, avant ma rencontre avec Simon : l'insouciante Ivy, la fille indépendante, dont aucun lien n'entrave la liberté. Je sors le contrat de mon sac et je le déchire en mille morceaux. Les pages déchirées atterrissent dans la première poubelle. Sur le coup, ça me fait un bien fou ! Mais la seconde d'après, je me sens plus mal encore.

Ma dignité et mon cœur sont bons à jeter à la poubelle, eux aussi ?!

En entrant dans le hall de l'immeuble, je tombe sur une femme qui arrose les plantes vertes, celles dont personne n'a jamais le temps de s'occuper. Je devine immédiatement qu'il s'agit d'Angie, la nouvelle locataire dont m'a parlé ma sœur. Lauren a immédiatement adopté la nouvelle voisine, mais je n'ai pas très envie de la rencontrer. Ce n'est pas spécialement contre elle : c'est juste que je suis d'humeur à ne rencontrer personne !

Je rase le mur, comptant sur ma mine renfrognée pour dissuader la voisine de m'aborder.

– Bonjour ! Vous êtes la sœur de Lauren, n'est-ce pas ! lance la femme.

Raté.

J'ai les cheveux blonds et bouclés, ma sœur les a noirs et

lisses. Si la voisine m'a reconnue, c'est que Lauren lui a fait mon portrait.

La voisine est une belle femme. Le visage un peu marqué par la vie, certes, mais son regard bleu est d'une vivacité qui lui donne beaucoup de charme.

– Je me présente, je suis Angie, dit-elle en me tendant la main. Le stage d'improvisation s'est bien passé ?

Mes yeux s'embuent. Je maudis Lauren d'avoir raconté ma vie à la voisine. Je me maudis moi aussi : pourquoi les simples mots de *stage d'improvisation* menacent-ils de faire couler mes larmes !

En fait, là, tout de suite, la moitié des mots de la langue est susceptible de me faire pleurer.

– Lauren m'a parlé de vous. Vous faites du théâtre, du stand-up, n'est-ce pas ? C'est merveilleux !

– Oui c'est ça, dis-je.

Je voudrais juste aller chez moi et me réfugier sous ma couette le temps que cette horrible douleur s'apaise !

– Vous êtes un peu pâlotte, je trouve, reprend la voisine. Vous avez beaucoup travaillé là-bas, non ? À moins que ce ne soit l'alimentation ?

Elle me lance un regard inquiet, l'air d'attendre que je lui raconte ce qu'il m'arrive.

Je veux rentrer chez moi !

– J'ai ce qu'il vous faut, déclare-t-elle.

La voisine disparaît dans son appartement au moment où Lauren débarque avec Devil. Le serpent jaune et blanc est sagement enroulé autour de son cou.

– Ah, je me disais bien que j'avais reconnu ta voix ! dit-elle en m'embrassant.

Elle fronce les sourcils.

– Ça ne va pas fort, toi. Je me trompe ?

Je suis comédienne, mais je n'essaie même pas de masquer ma peine. Je me contente de soupirer.

La voisine ressort avec une bouteille qu'elle me tend.

– Jus d'orange bio frais, pressé ce matin. Ça va vous remettre sur pied. Eh ! Bonjour Lauren ! lance-t-elle, visiblement ravie de croiser ma sœur.

Angie aperçoit alors Devil.

– Il est magnifique ce python royal albinos ! dit-elle en l'effleurant.

– Vous aimez les serpents ? s'écrie ma sœur. C'est tellement rare ! La plupart du temps, les gens me traitent de folle et s'enfuient en courant. Vous vous y connaissez ?

– Un peu… répond modestement la voisine.

Lauren lui fait un petit signe pour lui dire qu'elles se parleront plus tard. Et elle m'accompagne dans mon appartement.

– Qu'est-ce qui ne va pas ? demande-t-elle doucement, une fois chez moi. Je ne peux pas croire que quelque chose se soit mal passé sur le plan professionnel… Y aurait-il un homme derrière ce visage maussade ?

Je suis dans une situation pour le moins étrange. Je n'ai le droit de rien dire, clause de confidentialité oblige – car même si j'ai déchiré le contrat, j'imagine que ça ne vaut pas résiliation… Pourtant, j'ai envie de délester mon cœur. Je pourrais parler de Simon toute la journée.

– Un homme, oui. Comme je n'en ai jamais rencontré, lâché-je à bout de force. Magnifique. Un visage ciselé par les dieux, des muscles parfaits, et une voix !

– Rien que ça… Et il s'est passé quelque chose entre vous…

– J'avais l'impression, grogné-je. Mais manifestement, je suis la seule à l'avoir ressenti. Il ne veut pas me revoir. Enfin, c'est ce que son comportement a laissé entendre.

– Tu crois qu'il s'est fichu de toi ?

– Non, je ne pense pas. Je crois que quelque chose dans sa vie est compliqué. À la sortie de l'avion, quand nous nous sommes séparés, j'ai cru qu'on m'arrachait une partie de moi-même. Et à présent, je me sens anéantie. Comme s'il me manquait. Je ne comprends pas ce qu'il m'arrive.

– Je crois que ça porte un nom : ça s'appelle un chagrin d'amour, déclare ma sœur. En un sens, je suis soulagée, je croyais que ça ne pouvait pas t'arriver, sourit-elle.

– Tout de suite les grands mots ! m'exclamé-je. Je ne suis pas amoureuse. Je suis blessée dans mon amour-propre !

Lauren lève les yeux au ciel.

– Tu devrais essayer de le revoir, non ? Ne fais pas comme à chaque fois, en tout cas…

– Comment ça ?

– Si cet homme te plaît, dis-le-lui ! Ne joue pas je ne sais quelle comédie dont tu as le secret et qui consiste à fuir dès que quelqu'un est susceptible de te plaire. Tu dis que vous êtes sortis de l'avion ensemble. Il habite New York, donc ! Essaie de le revoir ! Il joue dans quel théâtre ?

– Dans quel théâtre ?

Heureusement, le chagrin d'amour a bon dos, et ma sœur ne remarque pas mon embarras.

– Tu l'as rencontré au stage d'improvisation, non ? S'il fait du stand-up, vous allez forcément vous recroiser à un moment ou à un autre. Il faut que tu le revoies et que tu lui parles !

Vu comme ça, c'est vrai que c'est simple…

Soudain, Lauren aperçoit ma valise.

– T'as emporté tout ça ?!

– Ah oui, mais il y avait du beau monde, là, j'ai fait attention.

– Tu veux que je t'aide à ranger tes affaires, propose-t-elle.

– Non !

Lauren est un peu surprise. J'ai crié « non » sur le même ton que si je cachais un cadavre dans ma valise.

– Je ne voudrais pas te mettre en retard, avec mes histoires. Tu sortais, non ? dis-je pour me rattraper.

– Nous avons une répétition avec le nouveau bassiste.

Je ne l'ai pas remarqué tout de suite, noyée que je suis dans ce que Lauren appelle « un chagrin d'amour », mais ma sœur est habillée plutôt sexy.

– Tu me parles de tenue vestimentaire… T'es pas mal dans ton genre !

– Le bassiste que nous avons recruté est à tomber, avoue ma sœur. Tu as raison, je suis un peu en retard ! ajoute-t-elle en se dépêchant de sortir pour que je ne lui pose aucune question.

Je me retrouve seule avec ma valise pleine des habits de la fausse fiancée, mon cœur en miettes et le jus d'orange multivitaminé de la voisine dans les mains.

Par quoi commencer ?

***

Le lendemain, quand j'ouvre les yeux, je ne me sens pas beaucoup mieux que la veille.

Mon cœur ne s'est donc pas réparé tout seul pendant la nuit ?

Je saute hors de mon lit : je vais me mettre au travail, ça va me changer les idées. Dans quatre jours, je participe à une soirée de casting organisée par le New York Comedy. Des programmateurs de théâtre de tout New York seront dans la salle, pour rencontrer de jeunes auteurs et comédiens de stand-up.

Une fois assise à mon bureau, je comprends vite que le chagrin amoureux ne ronge pas seulement le cœur. Il attaque aussi le cerveau : à la fin de la matinée, je n'ai pas écrit une ligne pour mon stand-up. Enfin si, j'en ai écrit plusieurs… imprégnées de Simon. Digne d'une adolescente amoureuse !

Où finit la passion, où commence le ridicule ?

Ça peut toujours faire un thème de stand-up…

***

Deux jours plus tard, les choses ne se sont pas améliorées. Penser à une personne au point de ne plus pouvoir travailler, c'est précisément le genre de situation que j'ai toujours voulu éviter ! La vraie Ivy était dans l'action et ne passait pas toutes ses journées à rêvasser à un homme ! Il est temps de faire quelque chose. Pousser Simon à sortir de son silence, par exemple.

Je vais sur ma messagerie électronique et clique sur « nouveau message ». Simon ne voulait pas parler, il acceptera peut-être d'écrire…

Après l'angoisse de la page blanche, l'angoisse du mail vide.

De : Ivy Clemens
À : Simon Stone
Objet : Contrat
Simon,
Je précise une clause : il va sans dire que les jours où on ne se voit pas ne sont pas comptabilisés. Le décompte ne reprendra que quand nous nous reverrons. Il nous reste donc exactement quatre-vingt-seize heures à passer ensemble. Et pour le moment, c'est moi qui suspends le contrat pour quatre jours, en raison d'un spectacle à préparer. Il faudra donc vous passer de la riche héritière.
Ivy

Au moment où j'appuie sur « envoyer », je me sens soulagée. La balle est dans son camp. Il ne reste plus qu'à attendre une réponse…

Attendre une réponse, ça peut être terriblement long, ça, non ? Aucune idée. L'ancienne Ivy n'était pas du genre à attendre des réponses ! De toute façon, j'estime que l'effort suprême que je viens d'accomplir mérite une récompense. Plutôt que de rester devant mon écran, au risque d'appuyer cent fois sur « actualiser », je me lève pour aller voir ce qui se passe dans le frigo. Il doit bien rester quelque chose susceptible de me réconforter…

À peine ai-je quitté ma chaise que le bruit qui indique l'arrivée d'un nouveau message me fait me rasseoir immédiatement. Le nom de Simon Stone vient d'apparaître dans les e-mails non lus. Temps de réponse record ! Un cri de joie m'échappe.

Oups, tout l'immeuble a dû l'entendre, celui-là.

Mais, rapidement, une nouvelle angoisse me tombe dessus. Une réponse si rapide, est-ce que ça peut être mauvais signe ?

Je clique.

De : Simon Stone
À : Ivy Clemens
Objet : Re : Contrat
Quatre jours ? La riche héritière va me manquer, mais pas autant que vous.
Profitez-en pour travailler le chinois classique.
Simon

Je reste quelques instants scotchée à mon écran. Il y a le mot *manquer* associé au mot *vous*. À moi, quoi.

Ne pas hurler de joie. Parce que là, ce ne serait pas seulement l'immeuble qui entendrait, mais tout New York.

Je relis l'e-mail. Oui, enfin, je me suis un peu emballée, c'est la riche héritière qui lui manque d'abord. Est-ce qu'il pense vraiment ce qu'il écrit ? Est-ce que je vais lui manquer pour de vrai ?

Est-ce que je vais vraiment me lancer dans une entreprise de décomposition-dissection-analyse de la moindre virgule ?!

Mais pourquoi se retrancher derrière une plaisanterie ? C'est sérieux, là ! Pourquoi faut-il qu'il emploie ce ton léger ?

Peut-être parce que c'est moi qui ai commencé sur ce ton...

Ce message me laisse sur ma faim. Il ne parle pas de se revoir. Pourquoi n'a-t-il pas répondu à cette question ?

Peut-être parce que je ne l'ai pas posée...

Et si je ne lui avais pas écrit, m'aurait-il donné des nouvelles ?

Stop !

On se calme. L'e-mail laisse entendre que nous nous reverrons, mais plus tard.

N'est-ce pas exactement ce qu'il m'a dit à la sortie de l'avion ? « Nous nous verrons plus tard. »

Retour à la case départ.

Pas tout à fait quand même, puisque j'ai appris que je lui manquerai.

Si je me sens mieux, je n'ai pas pour autant réussi à me sortir Simon de la tête. C'est mon corps qui s'y met à présent. Je repense à sa peau, à son odeur, à sa voix.

Ce type est une drogue dure.

Une seule option, le travail ! Quand je suis descendue de l'avion, j'étais si troublée que j'ai oublié de rendre à Simon la précieuse bague de fiançailles de chez Tiffany. Elle est sur ma table et je joue avec en cherchant l'inspiration.

Combien de filles sur terre rêvent de ce genre de bijoux ? Moi, je n'en rêvais pas du tout et pourtant j'en ai une. Seulement c'est une fausse... Enfin c'est un vrai diamant qui vaut une fortune. Elle n'a pas de valeur, cependant, puisque je suis une fausse fiancée. Une fausse fiancée avec une vraie bague.

Compliqué ? Vraiment ?

Eh ! Mais ça ferait une bonne entrée en matière, ça... Je me jette sur mon stylo pour noter cette idée, ça m'en donne une autre : j'enchaîne sur le *beautiful bastard* qui m'a donné, ou plutôt... prêté ce bijou et je lui taille un portrait à l'acide.

9

Nouveau départ

Ce soir, la bague de chez Tiffany au doigt, j'interprète mon sketch sur le *beautiful bastard* au New York Comedy, devant un public de directeurs de salles.

Ce qui s'est passé entre Simon et moi m'a donné une sorte de rage dont les effets comiques semblent efficaces, à en juger par les rires qui fusent de la salle.

Un genre de grand méchant loup moderne. Il ne va pas vous tuer, mais c'est peut-être pire... Et contrairement à l'adage, ça ne vous rendra pas plus forte, bien au contraire ! Vous allez vous comporter d'une façon très étrange, dont vous ne pensiez pas être capable. Des choses inavouables...

Des choses aussi inavouables que tracer des lignes de son prénom sur une feuille de papier...

Après le show, je me sens mieux. J'ai passé quatre jours à me demander si j'allais mourir de chagrin ; parler à mots couverts de ma relation amoureuse m'a fait du bien. Les rires des spectateurs m'ont même aidée à prendre de la distance.

Avant de me rendre dans le bar du théâtre, pour échanger avec les programmateurs qui ont assisté aux représentations, je vais dans ma loge me reposer quelques minutes.

En poussant la porte, je découvre qu'un énorme bouquet de pivoines m'attend. Il semble composé de toutes les pivoines disponibles chez tous les fleuristes de New York...

C'est la première fois qu'on me fait livrer des fleurs dans ma loge.

La première fois qu'on me fait livrer des fleurs tout court, en fait.

Une carte est attachée au bouquet.

« Pour Ivy. »

L'écriture fine qui trace les lettres de mon prénom me fait l'effet d'une décharge électrique.

Simon.

C'est lui qui m'a fait livrer ces fleurs ! Mes fleurs préférées, il le sait ! La fausse fiancée aime les roses, la vraie Ivy préfère les pivoines ! C'est donc à moi qu'il les offre, la vraie moi.

Si je ne m'évanouis pas de bonheur, c'est parce que, dans la même seconde, on frappe à la porte de ma loge. J'ouvre.

Là, je peux m'évanouir.

C'est Simon. Et il est à tomber. Chemise blanche parfaitement taillée, jean ajusté. Magnifique. Splendide. Son visage parfaitement détendu rompt avec la dernière image que j'avais gardée de lui.

– Merci, les pivoines, mes fleurs préférées.

Pas facile de faire une phrase correcte quand on est hyper émue.

Simon a dû comprendre l'idée. Il sourit et fait un pas vers moi. En même temps que l'espace entre nos deux corps se réduit, l'air se charge de sensualité et la température de la loge augmente de plusieurs degrés.

Je lève les yeux vers les siens. Ils ont retrouvé le terrible éclat vert qui a le pouvoir de me jeter dans des états de désir avancé.

– J'ai été rude dans l'avion, souffle-t-il sans me quitter des yeux, en faisant un nouveau pas vers moi. J'avais reçu une mauvaise nouvelle par e-mail et je ne voulais pas vous mêler à certaines affaires trop compliquées. Vous me pardonnez ?

Sa voix me fait l'effet d'une caresse. Je tressaille. Simon me vouvoie toujours, mais ce « vous » résonne avec une douceur incroyable. Rien à voir avec le « vous » dur et cassant de l'avion.

Comment ne pas lui pardonner ?

Son regard se fait légèrement inquiet. Je me rends compte que je n'ai toujours pas répondu à sa question, trop occupée à le contempler.

– Je vous pardonne, oui.

Ma voix est à peine un murmure et les mots sont sortis presque malgré moi. Bien sûr, j'aurais pu me montrer plus *bitch*, à la hauteur de sa « bastardise ». Mais le léger sourire de soulagement qui se dessine sur ses lèvres me prouve que j'ai bien fait. Et puis, je me sens très soulagée, moi aussi. Je n'avais pas le cœur à le faire mariner.

En ce qui concerne les « certaines affaires trop compliquées », je me dis qu'il se confiera à moi, s'il le souhaite. Pour le moment, je préfère profiter de sa présence sans trop me poser de questions.

La vraie Ivy est de retour !

– Je suis venu pour commencer à épuiser mon crédit de jours. Je ne voudrais pas finir avec un procès pour contrat non honoré, souffle-t-il, les yeux de nouveau rieurs.

– Mais je ne joue pas pour vous, ce soir, monsieur Stone !

Puisqu'il me vouvoie, je décide de continuer sur ce ton.

– Je vois pourtant que vous portez la bague… Donc ça veut dire qu'on compte un jour de contrat, non ? Et à propos de bague, j'ai assisté à la performance. J'ai beaucoup ri. Vous jouez vraiment bien. Et votre portrait du *beautiful bastard* est très drôle.

– Il faut dire que j'avais un beau modèle, dis-je en plantant mes yeux dans les siens. Vous êtes pas mal dans le rôle du *bastard* qui disparaît puis réapparaît comme ça !

– C'est vraiment comme ça que vous me voyez ? demande-t-il, soudain soucieux.

– C'est du théâtre, je déforme la réalité. Beaucoup…

– Alors cela veut dire que vous ne me trouvez pas

magnifiquement séduisant ? Je suis déçu. Et en tout cas, la prochaine fois, je serai encore plus *bastard*, histoire de vous donner de la matière.

– La prochaine fois ? Parce que vous comptez m'inviter à l'anniversaire d'une arrière-grand-tante ? En tout cas, si c'est pour fêter Noël en famille, je vous conseille de réserver dès à présent. Et ça vous coûtera cher. C'est peut-être dans plus de six mois, mais je suis assez demandée : beaucoup de gens cherchent de fausses fiancées pour qu'on leur fiche la paix dans les dîners de famille.

Simon retrouve un air sérieux tout à coup. Il fait un nouveau pas vers moi. Ses yeux plongent dans les miens, comme pour m'attirer à lui.

– Je ne suis pas venu vous voir pour vous embaucher comme comédienne. Je veux connaître la vraie Ivy, explique-t-il, rompant le ton de plaisanterie badine qui était le nôtre jusqu'à présent.

Je me sens flattée, heureuse, mais aussi terriblement gênée tout à coup. La vraie Ivy est-elle à la hauteur des attentes d'un homme tel que Simon ? La fausse fiancée n'est-elle pas plus intéressante que la vraie Ivy ?

Finalement, ça m'arrangeait bien de jouer la comédie.

Comme aimantée par le regard de Simon, je me suis approchée de lui. Et la proximité de nos deux corps me ramène à l'instant présent, faisant aussitôt taire tous mes doutes. Simon pose sa main sur ma taille. Je me sens frémir. C'est à ce moment qu'on frappe à la porte de la loge. Instinctivement, je fais un pas en arrière, pour me détacher de Simon.

– Oui, dis-je en tentant de masquer le trouble qui altère ma voix.

Lauren passe la tête par la porte.

– T'es là ?! Il y a des gens qui te cherchent !

Le stand-up, les directeurs de salles, le monde alentour… j'avais oublié tout ça. Je viens de participer à une soirée de casting au New York Comedy et si je veux trouver du travail et percer dans le milieu, je ferais bien de descendre.

– J'arrive !

– Bien sûr que des gens vous cherchent. Vous avez été géniale ! Je vous laisse. On se voit vite. J'ai hâte de connaître la vraie Ivy, glisse Simon d'une voix douce.

En sortant, il effleure discrètement mon bras nu. Cette légère caresse, comme un au revoir chargé d'une tendre promesse de sensualité, me fait tressaillir jusqu'à la pointe des cheveux.

Après avoir salué Lauren d'un léger signe de tête, Simon s'éclipse.

La tête de ma sœur est assez comique. Ses yeux sont sur le point de s'extraire de leur orbite, et sa lèvre inférieure pend dangereusement. Je fais comme si je ne voyais rien, histoire de ne pas avoir à parler de Simon, et je passe devant elle comme si de rien n'était pour descendre au bar, là où tout le monde se retrouve après la soirée.

Le directeur du New York Comedy en personne vient me voir pour me féliciter. Il m'offre de jouer dans son théâtre plus souvent et me présente à plusieurs personnes qui comptent dans le milieu du stand-up et qui ont apprécié mon show : programmateurs, acteurs chevronnés et directeurs de salles. Celui du Cellar Club, un théâtre en vue, me propose même de venir faire la première partie d'une célébrité du milieu.

La bague de fiançailles m'a porté chance...

***

Lauren a passé la soirée à discuter avec des connaissances et, à la fin, nous regagnons notre immeuble ensemble.

– C'était qui, dans ta loge ? finit-elle par demander.

– Un directeur de salle.

– Oui, bien sûr, un directeur de salle, évidemment, sourit ma sœur, pas dupe.

Une fois arrivées sur notre palier, nous découvrons un

panier de fruits devant chacune de nos portes.

– Ne me dis pas que ça vient de la voisine ! m'écrié-je.

– Attends, c'est hyper gentil ! fait Lauren en ramassant le panier.

– Quel genre de voisine offre des paniers de fruits bio à ses voisins ? dis-je, un peu agacée.

– C'est marrant, dit Lauren de son air de sœur espiègle. Je me posais la même question… Quel genre de directeur de théâtre offre des pivoines à une artiste ? Ses fleurs préférées, en plus.

J'attrape le panier de fruits.

– Hyper sympa, cette voisine. Bonne nuit, Lauren !

***

Le lendemain, je traîne au lit. Blottie sous ma couette, je contemple le bouquet de pivoines, sur ma table de nuit.

Oui, j'ai mis le bouquet sur ma table de nuit, pour l'avoir près de moi au moment de m'endormir.

Oui, j'ai sombré du côté fleur bleue de la force.

La sonnerie de mon portable me tire de ma rêverie. Le nom de Simon, qui s'affiche sur mon écran, me jette d'abord dans un état de paralysie totale.

Comment ça marche, déjà, le téléphone ?

– Allô.

J'ai tenté de prendre un style suave. Mais c'est une voix ridiculement aiguë qui est sortie de ma bouche.

Je ne parle jamais comme ça ! Jamais ! Pourquoi maintenant ?!

– Est-ce que je peux passer vous chercher ? demande Simon sans préambule.

Sa voix à lui est légèrement voilée, très sexy. Et je suis sûre qu'en plus il ne fait aucun effort pour ça !

– Quand j'ai dit que je voulais connaître la vraie Ivy, c'était la vérité… Alors, je peux venir vous chercher ?

Je m'entends bredouiller quelque chose comme « Oui, bien sûr. »

– Quand ? demande-t-il.

– Quand vous voulez, dis-je d'une petite voix.

– À tout de suite alors, murmure-t-il.

Si le sourire s'entend au téléphone, alors je viens d'entendre celui de Simon.

Dès que j'ai raccroché, l'opération sauve-qui-peut commence. Je bondis hors de mon lit et file sous la douche. Une seconde d'hésitation au moment de m'habiller. Minijupe, boots motarde, chemise ? Est-ce que je n'aurais pas quelque chose d'un peu plus classe ?!

Il a dit « la vraie Ivy » !

Quelques minutes plus tard, on sonne. Il était déjà dans le coin ou quoi ?

La mâle silhouette qui entre dans mon appartement me fait frissonner. Cet homme est si beau ! Rapidement, cependant, une gêne m'envahit. Quand le demi-dieu est entré dans mon appartement, la première fois, il l'a fait en employeur. Il était clairement là pour le travail et il n'a absolument rien regardé autour de lui, trop occupé à jouer les pygmalions et à parfaire ma tenue de fausse fiancée. Cette fois-ci, il a l'air de regarder ma tanière avec un intérêt non dissimulé.

Pour me donner une contenance, je termine de me coiffer devant lui. J'attache mes cheveux en un vague chignon : pas question que mes boucles folles ne tombent devant mes yeux et me privent de la moitié du spectacle.

– Un café ? proposé-je en m'efforçant d'avoir l'air aussi naturel que si j'invitais tous les jours Zeus en personne au petit déjeuner.

– Volontiers, répond-il sans détacher ses yeux de moi.

Moi qui voulais masquer mon trouble, c'est raté ! Son regard sur moi me fait autant d'effet que s'il promenait ses mains sur ma peau ! Je me sens rougir.

Pour reprendre contenance, je me concentre sur le café,

en tentant d'oublier pour qui je le prépare.

Voilà. Ne pas quitter des yeux la cafetière…

– Vous avez une façon assez spéciale de faire le café, non ? remarque Simon avec malice.

– Quel genre de façon, dis-je en allumant la cafetière et en m'efforçant de me concentrer sur le voyant lumineux.

– Vous ne mettez pas de café dans le filtre ?

Grillée. Sa présence me trouble au point que j'en deviens ridicule !

Et ça l'amuse, en plus, on dirait.

Une fois que j'ai réparé mon forfait, Simon me tend un énorme sac en papier qui porte le logo de la meilleure boulangerie de New York. J'en ai souvent entendu parler, mais je n'y ai jamais mis les pieds : la moindre viennoiserie coûte le quart de mon budget loyer.

Résumons la situation : aujourd'hui, pour le petit déjeuner, j'ai les meilleurs croissants de la ville et le plus bel homme du monde.

Là, tout de suite, j'adore ma vie.

Mes yeux brillent de gourmandise et cela fait sourire Simon. Mais, alors que je m'apprête à prendre le sac qu'il me tend, il l'éloigne par jeu et brandit un panier de fruits.

– J'ai trouvé ça devant votre porte. Vous vous faites livrer ce genre de choses ?

Oh non ! La voisine a encore frappé !

– Vous avez une alimentation hyper saine… Si vous ne mangez pas de pâtisseries, vous pouvez me le dire, je ne serai pas vexé.

– J'ai une voisine légèrement envahissante. Elle a décidé de veiller à la santé de l'immeuble. Elle nous dépose des paniers de fruits, à ma sœur et à moi, depuis qu'elle est arrivée…

– Ah, alors c'est probablement elle que j'ai croisée en entrant ici.

– Vous l'avez croisée ?!

– Elle a l'air sympathique.

– Ah non, vous n'allez pas vous y mettre, avec cette voisine ! Qu'est-ce que vous avez tous à la trouver sympathique ?!

– Elle n'a pas tort, c'est très sain, ce qu'elle vous propose, dit-il en riant.

Il me tend un croissant.

– Votre sœur habite le même palier ? C'était la jeune fille qui est venue vous chercher, hier ? demande-t-il.

– Nous sommes très proches. Elle habite de l'autre côté du couloir.

Le déjeuner est féerique. Assis tous les deux dans le canapé, nous nous dévorons du regard. Simon voulait connaître la vraie Ivy, et il me pose effectivement beaucoup de questions. Je me rends compte qu'il est très fort pour me faire parler... Je lui relate les propositions des deux directeurs, la veille, et poursuis avec mon goût pour la comédie et le stand-up.

– Je monopolise la conversation. Mais vous...

– Vous êtes passionnante, Ivy, enchaîne-t-il.

Il m'a coupé la parole. Il ne veut pas parler de lui ou quoi ?

Simon semble soudain un peu soucieux, une ombre passe sur son visage.

– Ivy, souffle-t-il. Je regrette ce qui s'est passé dans l'avion, je vous l'ai dit. Ça vous gênerait qu'on se tutoie de nouveau, contrat ou pas contrat ?

La joie m'empêche de répondre. Mon sourire est éloquent. Lui aussi sourit.

– Et tu pourrais aussi m'expliquer pourquoi les bagues de fiançailles te font fuir de la sorte ? demande-t-il en riant, mettant immédiatement en pratique le tutoiement.

Ah zut, c'est le moment de vérité du petit déjeuner.

– Pas de question personnelle, dis-je avec malice, tu connais bien cette clause, je crois, puisque tu l'as toi-même ajoutée.

Le tutoyer me fait une sensation étrange. C'est un vrai « tu », cette fois, qui a un sens, et ça me fait bizarre.

Bizarre en bien.

– Tu as déjà joué le rôle d'une avocate pour maîtriser aussi bien les règles contractuelles ?

Le petit déjeuner se poursuit sur ce ton. Nos yeux ne cessent de s'accrocher. Chacun de ses regards aiguillonne mon corps. Notre conversation est entrecoupée de moments de silence de plus en plus longs, chargés d'une tension sensuelle qui m'empêche presque de respirer. Le dévorer des yeux ne me suffit plus, c'est tout mon corps qui a faim de lui à présent.

– J'aimerais te montrer un endroit de New York où je ne t'ai pas emmenée durant le tour officiel de la dernière fois, dit-il soudain en se levant.

Si nous restons trois minutes de plus sur ce canapé, il est à peu près certain que nous allons dépasser le cadre du contrat une nouvelle fois. J'accepte la promenade. Même si excéder les termes du contrat dans ce sens-là était loin de me déplaire.

Nous sortons dans la rue. L'air est doux. Simon me frôle plusieurs fois. Son grand corps de fauve à côté de moi me donne envie de me blottir contre lui. Je n'ose pas lui prendre la main. Je crois qu'il hésite à prendre la mienne. Je ne vois pas du tout où nous marchons ni où nous allons. Il peut bien me montrer n'importe quoi. Tout est beau autour de moi, je découvre la ville de New York sous un jour inconnu.

Un voile de guimauve devant les yeux.

Soudain, je me fige. De l'étal d'un marchand de journaux, le portrait assassin de Tyler Walker vient de me sauter au visage. Le rêve à la guimauve vole en éclat. Retour à la réalité. Je sens que Simon se trouble. Nous sommes si proches que le frisson qui traverse son corps passe à travers le mien.

– Évidemment, tu ne voudras rien me dire à ce sujet, dis-je d'une voix douce.

Il hésite puis se tourne vers moi, visiblement bouleversé. Ses yeux verts brûlent d'un éclat de rage mêlé d'une intense tristesse.

– Cet homme, là, Tyler Walker, a tué ma mère quand j'étais enfant. Je l'ai vu. C'est mon témoignage qui a permis de l'arrêter. La police pense d'ailleurs qu'il va chercher à me tuer dès sa sortie de prison, pour finir le travail et pour se venger. C'est en tout cas ce qu'il a dit à ses codétenus. Le commissariat m'a contacté pour me prévenir.

– Mais… je ne comprends pas… tu veux dire que Madeline n'est pas ta mère biologique ?

– Non, Madeline et Charles m'ont adopté.

Il marque une pause, n'a visiblement pas envie d'en dire plus à ce sujet. Je reste sans voix face à cette histoire que je n'aurais jamais pu soupçonner. Rien, absolument rien ne le laissait présager ! J'ai plus de mal que lui à garder mon calme et je dois lutter pour ne pas me laisser submerger par l'émotion. Il a vu sa mère se faire tuer sous ses yeux ? Je ne sais que dire. Quelle parole pourrait répondre à une telle tragédie ?

– Seulement, Walker n'a aucun moyen de me trouver, reprend-il. J'ai changé de nom. Personne ne sait qui je suis. Personne n'a le moyen de découvrir mon vrai nom. Sans compter que j'ai bien grandi depuis le temps. J'étais un enfant, il ne connaît pas mon visage d'adulte.

La voix de Simon est ferme. Il n'est pas impressionné, il n'a pas peur. Il m'informe de la situation, c'est tout.

– Tu peux t'enfuir en courant, je comprendrai, dit tristement Simon, les yeux dans le vague.

– Mais pourquoi voudrais-tu que je parte en courant ?

Il ne réagit pas à ma phrase, comme bloqué par des émotions trop puissantes. Je ne peux pas le laisser se renfermer sur lui-même, seul…

– Il a dû te falloir bien du courage pour dénoncer un chef de gang alors que tu n'étais qu'un enfant. Beaucoup de gens n'auraient probablement jamais parlé. Non seulement je ne vais pas partir en courant, mais j'espère que nous allons nous revoir.

En disant cela, j'ai pris sa main dans les miennes. Il me semble que son corps s'apaise à ce contact. Simon me regarde. Je sens qu'il est ému par mes paroles. Je le suis, moi, par cette histoire. En la partageant avec moi, il me manifeste sa confiance et j'en suis touchée.

Simon prend mon visage dans ses mains.

– Bien sûr que nous allons nous revoir. Je crois que j'ai encore à apprendre de la vraie Ivy.

Ses lèvres se posent sur les miennes. Je ne sens plus rien d'autre que ce contact. Comme si toutes mes terminaisons nerveuses s'y trouvaient réunies et vibraient de plaisir sous le doux baiser que nous échangeons.

Nous n'avons pas visité le lieu qu'il souhaitait me montrer, mais ce n'est que partie remise. D'autant que, maintenant, je suis certaine d'une chose : j'ai envie de passer du temps avec cet homme exceptionnel.

10

Back to work

Le lendemain, je prends mon petit déjeuner à la même place que la veille. Je repense aux révélations de Simon. Il a été adopté dans des circonstances tragiques, mais il affronte l'existence sans aigreur, sans rancœur. Et ça le rend plus attachant encore… Je nous revois ensuite, sur ce même canapé, à nous dévorer des yeux. J'ai l'impression de regarder un film romantique, le premier de ma vie.

Et c'est moi qui joue dedans.

La sonnerie de mon téléphone me tire de mes pensées. Le nom de Simon s'inscrit sur l'écran, mon cœur s'emballe.

Le film continue !

– Il se passe quelque chose de grave, lâche Simon sans préambule.

Sa voix est terriblement sensuelle au téléphone, mais cette fois-ci, elle est aussi terriblement sérieuse. J'ai déjà entendu ce ton professionnel. C'est le Simon du contrat qui m'appelle. Je devine immédiatement ce qui se cache derrière le mot *grave*.

– Laisse-moi deviner. Ta mère ou ta sœur débarquent.

– C'est pire, Ivy, les deux ! réplique Simon, hyper sérieux. J'ai reçu un coup de téléphone d'Arianna. Elles viennent toutes les deux à New York, pour faire du shopping.

Je ne peux pas m'empêcher d'éclater de rire. La perspective de jouer une nouvelle fois sa fiancée me réjouit et je ne parviens pas à cacher mon enthousiasme. Tous les prétextes sont bons pour côtoyer le beau Simon.

– Je t'ai bien dit que ta sœur avait un doute. À mon avis, sous couvert de rendre visite au gamin de 30 ans, elle vient vérifier si tu es bien fiancé.

– Je te rappelle que tu as encore quatre jours à honorer contractuellement, réplique Simon d'un ton très professionnel, manifestement piqué par la plaisanterie. Quand elles viennent à New York, elles habitent l'étage qui est au-dessous du mien. Ce qui signifie que tu dois venir vivre chez moi.

En matière d'invitation, on aura fait plus romantique.

– Et comme tu pourras le relire dans le contrat…

Ah oui, le contrat...

– Il y a un problème, coupé-je. Je ne peux rien relire dans le contrat… Je l'ai… malencontreusement déchiré, dis-je, penaude.

Une seconde de silence.

– Vraiment ?! Malencontreusement déchiré ? J'aimerais beaucoup que tu m'expliques dans quelles circonstances, tu as *malencontreusement* déchiré le contrat… dit-il avec malice, l'air de jubiler de me prendre en flagrant délit de crise de colère puérile. Malheureusement, le temps presse, reprend-il avec sérieux. J'en refais un autre rapidement. Pour les quatre jours restant et les trois nouveaux. Tu n'as pas défait tes valises, il me semble. Tu n'auras qu'à sauter dans la voiture que je t'envoie.

Une heure plus tard, j'ai eu le temps de me déguiser en fausse fiancée. Un coursier m'apporte un contrat. Je le signe, sans le lire, un peu fâchée de voir Simon passer aussi rapidement de « je-veux-connaître-la-vraie-Ivy » à « n'oublie-pas-que-nous-sommes-liés-par-contrat »…

– La voiture de M. Stone vous attend, dit le coursier une fois le nouveau contrat signé.

Je jette un œil dans le couloir. Lauren ne s'étonnera pas de ne pas me trouver chez moi si elle décide de me rendre visite. En revanche, si elle me voit passer avec mes valises, je suis cuite. Et à présent, je dois aussi me méfier de la voisine… Mais de ce côté-là, on dirait bien que tout va bien : pas de panier de fruits devant ma porte.

***

Arrivée chez Simon, je m'efforce d'avoir l'air sérieux : *back to work*. J'ai pourtant du mal à étouffer un fou rire face à sa mine grave. C'est complètement dingue. Cet homme n'a pas peur d'un chef de gang qui s'est promis de se venger, mais il craint l'arrivée de sa mère et de sa sœur…

Ça le rend encore plus attachant. Et en plus, il est sexy quand il est sérieux.

Je m'effondre dans le canapé et envoie mes escarpins en l'air, histoire de mettre un peu de désordre dans cet endroit trop bien rangé. En suivant leur vol plané, je remarque cependant que, depuis ma première visite, Simon a arrangé deux ou trois choses… ou plutôt dérangé deux ou trois choses. Quelques crayons éparpillés sur une table, une pile de livres posés à même le sol, et quelques habits çà et là.

Je me redresse.

– Le léger désordre, c'est supposé être ma patte personnelle ? Tu veux que je te montre ce que c'est, le désordre, en vrai ?!

Sous le regard paniqué de Simon, je fonds vers son bureau où bloc-notes et carnets sont disposés en d'impeccables piles. Je n'ai malheureusement pas la possibilité de sévir : on sonne. Simon a juste le temps de cacher mes valises, de me jeter un regard assassin ; moi de renfiler mes escarpins et de lui lancer un regard espiègle. Madeline et Arianna sont là.

Les retrouvailles sont joyeuses. Le pire c'est que je suis contente de les revoir, moi aussi. Et maintenant que je sais que Simon a été adopté, et dans quelles circonstances il l'a été, je suis admirative : c'est un véritable et profond amour qui règne entre les différents membres de cette famille qui l'a sauvé !

Arianna, toujours aussi taquine, l'air de traquer le moindre indice, sourit malicieusement.

– Simon, tu es encore chez toi à cette heure-ci ? On s'attendait à ne trouver qu'Ivy à la maison.

– Je ne me lasse pas du délicieux caractère d'Ivy, le matin, rétorque Simon.

Il pose un baiser sur mes lèvres et effleure mon dos de sa main.

Contacts à 200 volts chacun !

– Nous avons prévu une journée shopping, qu'en dis-tu, Ivy, tu nous accompagnes ? demande Madeline.

Panique à bord ! Je n'ai pas les adresses shopping de la fiancée. Mes boutiques préférées sont à Brooklyn, je vais me faire démasquer en moins de deux. Et puis j'ai du boulot.

– Pas de chance, j'avais prévu de longue date de passer la journée avec ma sœur spirituelle. Elle n'est pas très en forme…

Simon me jette un regard assez cocasse, que je traduis par : « Et si tu ne commençais pas tout de suite les acrobaties… » Je lui réponds par une moue discrète : il fallait bien que je trouve un prétexte pour décliner l'offre ! Mais cette fois-ci, Arianna n'a pas l'air de se formaliser de l'existence de cette sœur spirituelle.

– Je vous aide à porter vos valises dans votre appartement, puis je file au studio. Je suis déjà en retard, dit Simon en regardant sa montre.

En fait il veut surtout éviter que sa mère et sa sœur ne voient mes valises, qu'il a juste poussées sous la table de la cuisine.

Nous descendons tous les quatre à l'étage du dessous. Les appartements de Madeline et Arianna sont à l'image de ceux de Simon, sobres et classes. Au moment où Simon s'apprête à sortir, je le rattrape par le bras, sous couvert de lui dire au revoir. Il s'immobilise immédiatement, se tourne vers moi et plonge ses yeux dans les miens. Je sens sa peau tressaillir au contact de la mienne. Délicieuse sensation…

C'est moi qui lui fais cet effet ?

– Ce soir, je vais au concert de ma sœur, et je ne veux pas la rater, murmuré-je.

Il ne répond rien et m'embrasse rapidement comme un mari embrasserait sa femme avant de partir au travail.

– Tu restes prendre un thé avec nous, tout de même ? demande Arianna une fois que Simon est parti.

Il faudrait refuser, prétexter un emploi du temps serré, mais je les trouve si sympathiques que je n'ai pas la force de dire non. Je m'entends bien avec elles, je crois. Madeline est d'une bonne humeur et d'une bienveillance à toute épreuve. Et Arianna est débordante d'énergie. Passer du temps en leur compagnie, c'est autant de risque de se retrouver percée à jour, mais ça me fait du bien. Elles sont chaleureuses, simples, aimantes. Pas comme mon père, toujours à traquer les problèmes, à chercher la petite bête afin d'avoir quelque chose à reprocher aux gens.

Je suis en train de m'attacher à ma fausse belle-famille. Pire que glissant.

***

J'ai passé la journée chez moi, à travailler mon stand-up. Le soir, un peu avant le concert de Lauren, je reçois un SMS. Simon a décidément un étrange pouvoir sur moi : la simple apparition de son nom sur mon téléphone me rend flageolante…

[Ma fiancée serait-elle libre,
avant son concert, pour venir boire
un verre au Blue Smoke,
avec ma mère et ma sœur ?]

Un SMS de boulot, donc.

Si on m'avait dit que mes SMS de boulot ressembleraient un jour à ça...

[Oui, bonne idée. Un bar assez *raffiné*, à ce qu'il paraît. Ta fiancée doit adorer.]

[Méfie-toi, on m'a dit qu'ils ne laissaient pas entrer tout le monde…]

Je repense à notre rencontre, au Blue Smoke. En me faisant refuser l'entrée à cause de ma tenue rock'n'roll, je m'étais donnée en spectacle…

Cette fois-ci, quand j'arrive devant le bar, en grande tenue de fausse fiancée, le portier me gratifie d'un « bonjour mademoiselle » très cérémonieux qui me donne envie d'éclater de rire. Il ne m'a pas reconnue, c'est évident ! Comment pourrait-il faire le lien entre la sauvageonne décoiffée qui lui avait tenu tête et la sage jeune fille habillée avec classe que je suis devenue.

– À quel nom avez-vous réservé ? demande poliment l'hôtesse, loin de se douter qu'elle m'a déjà vue, elle aussi.

L'effet fausse fiancée a encore frappé !

Simon, Madeline et Arianna sont déjà installés et sirotent des cocktails. Simon se lève à mon arrivée, pose un baiser rapide sur le coin de mes lèvres et me prend la main.

Je commande un cocktail, moi aussi.

Un léger sourire se dessine sur son visage. Je sais à quoi il pense.

– Pas de problème pour entrer ? glisse-t-il discrètement en me jetant un regard complice.

Une fois assis, il garde ma main dans la sienne et caresse légèrement ma paume avec son pouce. Ce contact me fait un tel effet que je n'entends plus rien de ce qui se raconte autour de moi.

– Tu rêves ? demande Simon en me regardant intensément.

Oui, je rêve, exactement.

– Si on vous dérange, dites-le, fait Arianna en riant.

– On a des places pour un concert de musique classique,

Schumann. Des bonnes places en plus, dit la mère. Vous nous accompagnez ?

Schumann, le nom me dit quelque chose : le compositeur préféré de Simon, d'après le contrat !

– Ah ça tombe mal ! dit Simon. Ivy et moi allons à un concert de métal. Les Rattle Snake, le groupe de la sœur spirituelle d'Ivy. Super musique. Il faudra que je vous fasse écouter.

Je reste bouche bée. Il connaît le groupe de ma sœur, donc. Et il m'accompagne au concert ? Il vient avec moi ? On y va ensemble ? On passe la soirée tous les deux ?

Ah non, j'y suis, on est en représentation, là, c'est du bluff ! Il faut que je fasse plus attention, il est bon comédien, dans son genre.

Il sort de sa veste un exemplaire du CD des Rattle Snake et le tend à sa sœur.

Comment s'est-il procuré ce CD semi-amateur tiré à cinq cents exemplaires ?

– Pas mal du tout, cet album, dit Simon, visiblement amusé par mon air surpris.

– OK, je rends les armes, lâche Arianna. Je vous l'avoue, votre couple, je n'y croyais pas.

– Mais enfin, Arianna, ça ne va pas bien ! s'indigne Madeline en lui faisant les gros yeux.

– Ne le prends pas pour toi, Ivy ! C'est plutôt du côté de Simon que j'avais des doutes. J'en étais même à me dire qu'il avait peut-être demandé à une amie de jouer une sorte de… fausse fiancée.

Arianna est décidément très perspicace. Je lui conseillerais bien de devenir détective privé… mais, compte tenu des circonstances, je me contente de lever les yeux au ciel, l'air de dire : « Où vas-tu chercher tout ça ! »

– Mais si Simon, qui préférerait mourir plutôt que d'aller à un concert de métal, accepte d'y aller avec toi, reprend-elle, alors là, je dis OK, il t'aime.

Ça me fait bizarre d'entendre ça. Je risque un regard à Simon. Pas du tout décontenancé, il me serre contre lui et pose négligemment un baiser dans mes cheveux.

– Excuse-la, ma chérie, dit-il le regard rieur, ma sœur ne sait pas toujours ce qu'elle dit…

Soit le coup du concert de métal était sa botte secrète, le truc pour mettre un point final aux suspicions de sa sœur. Soit…

Soit… je préfère ne pas y penser.

– Très bien, coupe Madeline, maintenant qu'Arianna a fini de jouer les petites sœurs casse-pieds. Que dites-vous de sortir tous les quatre un autre soir ? Après-demain, par exemple ?

– Après-demain, impossible. Je teste mon sketch de stand-up.

Un blanc.

C'est moi qui ai dit ça ? Oui, qui d'autre ?

La giga-gaffe.

Je donnerais n'importe quoi pour ravaler ces derniers mots. J'ai été tellement troublée par la révélation d'Arianna que j'ai complètement baissé la garde !

Le sourire de la petite sœur s'étire. Ses yeux ressemblent tout à fait à ceux du serpent de Lauren. Et encore, Devil a l'air d'un ange à côté du sourire diabolique d'Arianna.

– Tu veux dire que tu es *comédienne* ? demande Arianna.

Il me reste une cartouche, une seule : le grand numéro de tragédienne.

Et il va falloir tout donner…

Je mets mes deux mains devant mon visage.

– Oui, je suis comédienne ! Oui, je fais du théâtre ! J'ai supplié Simon de ne pas vous le dire ! J'avais peur de ne pas être acceptée par sa famille.

Mon ton larmoyant attendrirait une pierre. Retirant mes mains de devant mes yeux – ils sont embués, à présent, toute une technique – je lève mon regard implorant vers les deux femmes.

– Si j'avais dit que j'étais comédienne, vous auriez pensé que je n'en avais qu'après son argent, n'est-ce pas ?! Alors pour me faire accepter j'ai inventé cette histoire d'héritière. Simon ne voulait pas. C'était mon idée ! Je vous ai menti, et je vous demande pardon.

Une larme glisse même le long de ma joue. Madeline et Arianna ont le souffle coupé. Une expression de compassion se peint sur leur visage.

– Je lui avais bien dit que ça ne vous posait pas de problème ! se défend Simon. Mais sans ce mensonge, elle refusait de vous rencontrer ! Elle ne m'a pas laissé le choix.

– Ah ! OK ! C'est pour ça que j'avais l'impression que tu cachais quelque chose, s'écrie Arianna. Je comprends mieux, maintenant. J'avais eu un bon pressentiment concernent la comédie, c'est juste que je m'étais trompée de sens. Je pensais que ça avait à voir avec votre couple, en fait c'était seulement ton métier ! Simon est incapable de jouer la comédie, lui, de toute façon.

Hum. Je ne me prononcerai pas sur la question.

La mère et la sœur de Simon s'efforcent alors toutes deux de me rassurer.

– Tu ne devrais pas avoir honte, Ivy. C'est merveilleux de vivre de son art. Et le théâtre, c'est fantastique, dit Madeline en essuyant la larme qui glisse le long de ma joue.

Les deux femmes se lèvent pour aller au concert et, au moment de me dire au revoir, me serrent dans leur bras avec mille protestations de tendresse.

Cette fois, c'est sûr, je vais droit en enfer.

J'attends qu'elles soient bien parties pour m'effondrer dans mon fauteuil. Je tourne enfin les yeux vers Simon, dont j'ai évité de croiser le regard. Les yeux rieurs, il fait mine de m'applaudir.

Moi, je ne suis pas très fière de ma performance. Je commence à me sentir très mal à l'aise.

– Ça ne te fait rien de leur mentir comme ça ? demandé-je à Simon.

– Je n'ai pas l'impression de leur mentir tant que ça, Ivy, objecte-t-il en plongeant ses yeux dans les miens.

Je lui demanderais bien quelle comédie il joue, lui, à présent, mais j'ai besoin d'un remontant : sous le regard amusé de Simon, j'avale mon cocktail d'un seul trait.

– En tout cas, beau solo, vraiment. Je suis très impressionné. « Supplié » ? C'est ce que tu as dit, non ? Tu m'as *supplié* ? Et tu m'as supplié comment ? J'aimerais bien avoir une démonstration… Ce qui est bien, c'est que c'est un peu tous les jours les montagnes russes avec toi. On croit à chaque instant que tu vas nous entraîner au fond du précipice, et au dernier moment, tu te rattrapes à un brin d'herbe et tu t'en tires.

– Qu'est-ce que tu crois, je ne voulais pas perdre les trois quarts de ma rémunération ! lancé-je d'un air provocateur.

Je me lève.

– Bon, si je veux avoir le temps de me changer, moi…

– Tu pars sans moi ?! dit Simon en se levant aussitôt. Je t'accompagne, pour de vrai.

Je le regarde, perplexe.

– J'ai vraiment envie d'assister au concert de ta sœur, précise-t-il.

Est-ce qu'il donne le change, là ?

Nous montons tous les deux dans la voiture de sport de Simon. Il s'arrête en bas de chez moi. Je file me changer et nous repartons pour le bar de Ted, où le concert a lieu.

Au moment d'entrer, Simon me prend la main.

Pour de vrai, donc. À moins qu'il ne soupçonne sa sœur de nous avoir fait suivre ?

– Tu ne m'as jamais raconté dans quelles conditions tu avais malencontreusement déchiré le contrat… souffle-t-il soudain, espiègle.

Je m'arrête, me tourne vers lui et plante mes yeux dans les siens.

– Eh bien, j'étais triste, et folle de rage, aussi. Je t'en voulais de m'avoir plantée de la sorte. Je ne voulais plus te revoir, et je mourais d'envie de te revoir.

J'ai avoué la vérité d'un bloc. Sans détour. Après toutes ces comédies, j'ai besoin d'un peu de vérité.

Simon sourit. Sa main serre la mienne un peu plus fort. Son autre se pose sur ma taille, il m'attire à lui. Nos visages se touchent presque, je peux sentir son souffle.

– Si tu savais comme je m'en suis voulu. Je ne savais pas comment faire pour revenir vers toi. Quand j'ai reçu ton e-mail, ça a été comme une délivrance.

Nos bouches se joignent alors en un baiser langoureux. Ses paroles, ajoutées à la douceur de ses lèvres, me précipitent dans une tempête de sensations délicieuses, mais une question m'empêche de profiter pleinement de ce moment :

– Je suis un peu perdue entre le vrai et le faux, Simon, dis-je en reprenant mon souffle.

– Parce que ça t'a semblé être un faux baiser ? demande-t-il avec douceur. Un deuxième te permettrait peut-être d'en avoir le cœur net, dit-il en s'approchant de nouveau de mes lèvres.

Pas de doute, c'est un vrai baiser.

Qu'est-ce qu'il implique ?

Oh, là ! Du calme ! N'allons pas sur ce terrain.

Autant se laisser aller. Je fais ça très bien d'habitude. Mais cette fois, c'est un peu différent. Près de Simon, je me sens pleine de vie. Comme si mon cœur battait différemment. Et je ne peux m'empêcher de me demander quelle est la nature exacte de notre relation. Parce que, de mon côté, je me demande si je ne suis pas en train de tomber amoureuse…

« Amour ». Le mot tabou auquel je m'interdis de penser. Le sentiment que je crains le plus au monde.

Ne serait-il pas déjà un tout petit peu trop tard ?

Nous poussons la porte du bar, la musique est trop forte et trop entraînante pour continuer à se poser des questions… Et puis Simon m'invite immédiatement à danser.

Nous sortons tout juste du Blue Smoke, établissement select où Simon semblait tout à fait dans son élément. Et là, au milieu d'un bar plein à craquer, empli de gens qui dansent plus ou moins furieusement sur des airs de métal, il est tout aussi à l'aise !

Cet homme est un caméléon.

Les mouvements de la foule nous précipitent plusieurs fois l'un contre l'autre et chaque fois, c'est comme une décharge électrique. Danser avec lui, c'est tout simplement merveilleux. Il a la souplesse et l'élégance du fauve, la force du colosse. Et j'ai l'impression de danser comme une déesse, moi qui n'ai jamais rien fait d'autre que me trémousser !

À la fin du concert, je croise des connaissances que je salue un peu rapidement, sans présenter Simon. Lauren m'envoie un baiser, de loin, elle aussi, et rejoint le nouveau bassiste. Il est pas mal, effectivement, et il assure ! Ma sœur me connaît suffisamment pour savoir que si je ne viens pas, c'est que j'ai une bonne raison. Mais elle me lance plusieurs fois un regard qui signifie : « Tu ne perds rien pour attendre. »

– Je rêve où tu fais en sorte qu'on ne rencontre pas ta sœur ni tes amis ? interrompt soudain Simon.

– Tu ne l'as pas inscrit dans le contrat, si ?

Simon ne dit rien, l'air d'encaisser le coup, puis nous quittons le bar.

Une fois dans la voiture, Simon pose ses grands yeux verts sur moi.

– Puisqu'il est question de contrat, tu te souviens que tu es supposée rentrer dormir chez moi, dans les conditions établies par la clause « hébergement » ?

– Ce sera la première fois que je vais passer la nuit dans notre appartement ! m'écrié-je.

Le mot *notre* a créé une distance un peu gênée entre nous

deux. Bien sûr que ce n'est pas notre appartement. Et ce *notre* donne l'impression de précipiter les choses, ce qui n'est pas du tout ce que je veux.

– Une semaine dans le loft de deux cents mètres carrés va me changer de mes vingt mètres carrés. C'est juste dix fois plus grand que chez moi, ajouté-je pour faire diversion.

En poussant la porte, je découvre que les lieux ont légèrement changé depuis ce matin. Simon a entreposé des objets et des meubles susceptibles de me plaire. Je dois reconnaître qu'il a vu juste. J'aime beaucoup les deux vieux fauteuils club vintage en cuir un peu usé.

– Je voudrais que tu te sentes bien chez moi, glisse-t-il.

Je me précipite vers son bureau.

– Tu fais quoi, là ?

– Ce que je n'ai pas pu finir ce matin…

Au moment où je m'apprête à mettre un peu de désordre sur le bureau, je me fige. Simon a travaillé chez lui, aujourd'hui, on dirait. De nouveaux objets du futur ont fait leur apparition sur ses blocs de dessin, aux côtés de photos des précédents prototypes.

– C'est magnifique. Surtout cette incroyable lampe, là ! Oh ! Et les fauteuils marshmallow, tu les as retravaillés ! J'ai hâte de les tester en vrai, à présent ! C'est très réussi !

Je me rends compte que je jacasse à propos de son travail alors que je n'y connais rien en design.

– Excuse-moi, dis-je en me tournant vers lui. Je dis ce qui me passe par la tête sans vraiment réfléchir…

Simon me prend les mains.

– Ta spontanéité m'est précieuse, Ivy. Tu avais raison à propos des fauteuils. Il fallait les retravailler. Autour de moi, les gens osent rarement me dire ce qu'ils pensent…

– Ta fiancée idéale ne serait donc pas aussi soumise que celle du contrat ? demandé-je d'un air espiègle.

– Tu en doutais, vraiment ? répond-il sans me quitter des yeux.

Est-ce que ça veut dire que je suis tout de même un petit peu son genre ?

Mieux vaut ne pas y songer.

Je m'affale dans le fauteuil club en cuir patiné.

– Par contre, je te préviens, je veux bien dormir ici et faire semblant de vivre avec toi, mais je vais au stand-up deux fois cette semaine et je dois aussi passer voir Lauren. Ce n'est pas négociable.

– Mais être ma fiancée ne t'empêche d'aller nulle part, Ivy. Tu fais ce que tu veux, absolument ce que tu veux. Tu crois vraiment que je rêve d'une fille qui m'attendrait bien sagement à la maison ?!

– Je ne sais pas… Je ne sais pas à quoi tu rêves, Simon…

J'ai dit cela d'une petite voix. C'est vrai que je le connais mal. Tout ce que je sais c'est que je perds la tête quand je le vois, que son corps me plonge dans des états inconnus mais que j'adore, et que j'ai envie de passer du temps avec lui parce que quand il est près de moi je me sens la force de soulever des montagnes.

Il s'approche.

– Là tout de suite ? Tu veux vraiment savoir à quoi je rêve ?

Sa voix est d'une douceur qui contraste avec l'intensité de son regard de feu. Le vert de ses yeux lance un éclat presque insoutenable. Quelque chose frémit au creux de mes reins. Je suis attirée par Simon comme jamais cela ne m'était arrivé. Je sens qu'il l'est par moi et ça me plaît encore plus. Mais quelque chose me retient de me jeter dans ses bras : même si nous jouons la comédie, nous deux, sous le même toit, c'est comme si nous brûlions les étapes…

Sa main se pose délicatement sur ma joue. Ma peau s'embrase. Un violent désir me saisit.

Tant pis pour les doutes et les questions !

– J'aimerais bien savoir, oui, dis-je la voix étranglée, sans le quitter des yeux.

Même si j'ai mon idée sur la question…

Sa main m'attire doucement à lui. Je me lève. Nos lèvres s'effleurent en un sage baiser qui me fait vibrer de la tête aux pieds. Rapidement, cependant, sa langue cherche la mienne avec fougue. Bien décidée à laisser de côté tous mes doutes, je lui rends son baiser avec une ardeur qui le fait frémir. Simon mordille alors ma lèvre inférieure et tout mon corps se tend vers lui.

À l'instant où il a posé ses lèvres sur les miennes, mon corps a pris le contrôle. Je le lui laisse bien volontiers et m'abandonne au désir sauvage qu'a libéré notre baiser. Sans décoller ma bouche de la sienne, je pousse doucement Simon vers le fauteuil en cuir, au milieu du salon. Le colosse ne résiste pas, il s'assied et m'attire à lui, de ses mains puissantes, afin que je m'installe à califourchon au-dessus de son corps de rêve.

Je crois que nous allons offrir à ce fauteuil un baptême peu conventionnel...

Les mains puissantes de mon hercule s'agrippent à mes hanches, glissent dans mon dos et sur mes fesses. Ses caresses sont fébriles, elles trahissent l'intensité de son désir et achèvent d'embraser le mien. Ses mains passent alors derrière mon cou, remontent le long de ma tête pour se perdre dans ma chevelure bouclée. Attirant une nouvelle fois ma bouche contre la sienne, il m'embrasse avec avidité.

Tout mon corps brûle, à présent, et le désir me traverse de façon lancinante. Je me cambre, presque malgré moi. J'ai envie de Simon, tout mon corps le réclame, je le désire d'une façon sauvage à laquelle il serait vain de résister. Et je sens qu'il a envie de moi, lui aussi, de la même façon.

Si tout autour de nous n'est que comédie, notre attirance est bien réelle. Il est impossible de mentir sur ce point. Impossible de nier la force de l'attraction qui nous jette l'un vers l'autre.

– Je me trompe, où nous rêvons à la même chose ? murmuré-je dans un souffle, faussement innocente.

– Sois plus précise, Ivy. Je ne suis pas sûr de bien comprendre, répond Simon, d'un ton qui achève de me perdre.

Joueuse à mon tour, je décide de le prendre au mot.

– Plus précise ? Comme tu voudras. J'ai envie de toi, Simon. Et si tu me fais attendre une minute de plus, je ne réponds plus de rien.

J'ai prononcé ces mots d'une voix étranglée, et pour lui prouver que je risque réellement de perdre le contrôle, mon corps se plaque contre le sien, mes cuisses se ferment autour des siennes.

Mes paroles ne restent pas sans effet… Simon me répond par un soupir rauque, chargé de désir. Son corps se tend, ses mains se crispent sur mes hanches puis plongent sous ma jupe retroussée sur mes cuisses. Les mains de mon amant glissent le long de ma taille puis se fraient un chemin vers mes fesses, qu'il presse au travers de la dentelle. Il caresse doucement mon sexe, déjà humide, au travers du tissu, puis, d'un geste sûr et précis, il fait glisser ma culotte le long de mes jambes.

À cet instant, je bénis le printemps, particulièrement clément, qui me permet de ne pas porter de collant… Nue sous ma jupe, je me redresse, me cambre, et je perçois le frémissement du sexe de mon apollon, sous son jean, contre mon intimité. Sentir son désir grandir tout contre moi m'arrache un gémissement. Mon sexe est de plus en plus humide. Ma soif de Simon est presque insoutenable. Je murmure son prénom. Il soupire le mien.

J'arrache la légère chemise blanche qui s'interpose entre son torse et moi. Je crois que j'ai fait sauter les boutons. Mon empressement amuse Simon. Et son sourire lascif est à se damner.

Après avoir contemplé le torse parfait qui s'offre à mon regard, je veux le goûter. Seulement, j'ai si faim de Simon que mes baisers se font mordillements. Ma langue et mes dents partent à l'assaut de ses tétons, de ses épaules et de son cou. Mon bel amant grogne de contentement. Ses mains se serrent sur mes fesses, m'entraînant dans un léger va-et-vient. Je sens grossir le sexe de Simon, emprisonné dans son jean. J'ai bien l'intention de l'en libérer et mes mains se posent sur sa ceinture tandis que mes cuisses se serrent encore autour de lui.

– Ivy, tu me rends fou, souffle-t-il.

Simon défait alors lui-même la ceinture et les boutons de son jean, en un mouvement rapide, presque brusque. Quelques secondes plus tard, le jean vole dans la pièce, rapidement suivi par le boxer noir. Libéré de toute entrave, son sexe se dresse contre mon ventre, gonflé de désir et d'impatience. Ses proportions parfaites et impressionnantes me font soupirer de désir.

Simon entreprend de me déshabiller, mais il est trop tard. Face au membre imposant de mon demi-dieu, mon intimité se consume. Je ne peux plus attendre.

D'une main, j'attrape mon sac et le renverse sur le sol, un carré luisant en tombe. Simon l'aperçoit, l'attrape, l'ouvre et, avec agilité, déroule le préservatif sur son sexe.

Simon m'interroge du regard, comme pour s'assurer une dernière fois de mon désir. Je me sens alors devenir féline et me soulève légèrement pour pouvoir m'empaler sur le sexe offert de mon amant. En un grognement rauque, Simon m'attrape par les hanches et me pénètre entièrement, d'un seul coup.

En même temps que son sexe me transperce, une douce volupté irradie mon corps et un gémissement m'échappe. Au creux de mon intimité, je sens chaque centimètre de son membre. À chacun de ses mouvements, je contracte mon sexe autour du sien pour le retenir. Mon bel amant soupire alors de satisfaction et ses assauts s'accélèrent. Sentant le plaisir me gagner je m'abandonne à son étreinte, laissant tous mes repères se brouiller.

Nous sommes sur le point de perdre le contrôle, tous les

deux, mais je perçois qu'il résiste, en maître de mon plaisir. Il veut être absolument certain de me mener à l'orgasme, et j'en suis touchée.

J'ai fermé un instant les yeux et quand je les rouvre, c'est pour plonger dans le vert de ses grands yeux de fauve. À cet instant, ses mouvements s'intensifient et mon intimité explose en un orgasme foudroyant. Les contours de mon corps se dissolvent dans l'exquise sensation. Ma bouche s'entrouvre et je m'entends pousser un long cri de jouissance auquel répond un gémissement, le sien.

La tête posée sur l'épaule de Simon, je reprends mon souffle. Il me serre tendrement dans ses bras et sa main caresse ma chevelure.

En même temps que la conscience me revient, je me rends compte que je lui ai littéralement sauté dessus. Un mouvement de pudeur me gagne, tout à coup.

– J'aime bien les rêves de la vraie Ivy, susurre-t-il au creux de mon oreille.

Son ton est si tendre que mes doutes disparaissent dans l'instant.

Mon désir est apaisé, mais je sens bien que mon corps est loin d'être rassasié. Face à un tel homme, il est impossible d'arriver à satiété.

– Et encore, ce n'est que le début, soufflé-je d'une voix lascive.

– J'ai hâte de voir ça, réplique-t-il.

Sans autre forme de procès, il m'emporte dans sa chambre comme si je ne pesais rien, et me dépose sur son lit. Il s'allonge à côté de moi et, posant doucement ses mains sur mon chemisier, il entreprend d'en défaire un à un les boutons.

– Nous avons tendance à faire les choses à l'envers, tous les deux… Ça me plaît bien, confie-t-il.

C'est vrai que je suis encore habillée…

Il n'y a rien de plus à ôter de son côté, mais mes mains se promènent le long de son torse et dessinent le contour de ses muscles. Partout où je l'ai mordillé, je couvre à présent son corps de baisers doux et humides.

Ma jupe glisse lentement le long de mes cuisses. Mon soutien-gorge ne tarde pas à disparaître, lui aussi. Et nos deux corps nus se plaquent l'un contre l'autre tandis que nos mains poursuivent leurs caresses.

M'écartant de lui doucement, Simon me contemple. Face à ce corps parfait, j'ai soudain la sensation de ne pas être à la hauteur. Ses muscles, sa peau, tout semble sortir tout droit d'une gravure de mode.

Je me demande bien ce qu'il peut trouver au mien.

– Tu es belle, Ivy, tu le sais ? Je crois que tu ne te doutes pas à quel point… prononce-t-il comme s'il avait lu dans mes pensées.

Ses doigts entreprennent alors une douce exploration des contours de mon corps. Nos mouvements sont plus lents, mais le désir n'est pas moins cuisant. Les mains de mon amant effleurent mes seins, ses lèvres ne tardent pas à goûter ma peau, elle aussi, et tout mon corps s'embrase de nouveau.

Simon s'allonge alors sur moi. Je sens son sexe contre ma cuisse. Déjà dur, il a repris des allures conquérantes. Un gémissement implorant m'échappe. Je veux le sentir en moi une nouvelle fois. Seulement Simon prend son temps. Ses doux baisers s'attardent sur mes seins, ses doigts jouent avec la naissance de mon sexe, sans s'aventurer plus avant. Je me cambre en gémissant d'impatience. Simon s'en amuse, et ralentit sa descente, comme pour me faire gémir davantage.

– Simon, dis-je d'une voix suppliante, tu ne peux pas me faire ça !

– Faire quoi, Ivy ? demande-t-il tandis que ses doigts tournent autour de mon sexe sans y pénétrer.

– Je suis à la torture, là.

– Et je crois que ça me plaît, grogne-t-il.

Un nouveau gémissement m'échappe. Simon cesse alors son impitoyable jeu et descend le long de mon corps. Ses doigts écartent légèrement mon sexe tandis que sa langue vient titiller mon clitoris. Sous cet assaut d'une précision diabolique, je suis sur le point de rendre les armes, mais je m'efforce de me retenir et je tire délicatement Simon à moi.

Il attrape son jean, dont il sort un nouveau préservatif qu'il enfile rapidement. Il saisit une de mes cuisses et me pénètre doucement. Son lent va-et-vient me transporte et j'entrevois immédiatement les abords du septième ciel. Chaque fois, il s'enfonce un peu plus en moi. Chaque fois, j'atteins un nouveau palier du plaisir. Chaque fois, je sens son sexe frémir, comme s'il était sur le point de succomber, lui aussi, mais il sait exactement quand ralentir, quand accélérer et il nous maintient au bord de l'orgasme en une délicieuse extase.

Mes mains se perdent dans ses cheveux, et j'attire mon front contre le sien. Ses mouvements se font alors plus durs, plus rapides, et ses gémissements plus rauques. Je murmure son prénom, dans un souffle, et nous nous laissons emporter ensemble par un nouvel orgasme, aussi long qu'intense.

Je suis sur le dos, je reprends mon souffle. Simon caresse mes cheveux doucement, je pose ma tête sur son torse et sa main plonge dans ma chevelure, qu'il caresse avec une douceur qui m'émeut.

11

La vie en rose guimauve

Le lendemain, pour la première fois, je me réveille dans le lit de Simon, à ses côtés. Les fois précédentes, il était sur le canapé. Conformément au contrat.

Les images de la nuit me reviennent. Malgré moi, je souris. Simon, en amant tendre et sauvage, s'est montré infatigable. Ce n'est qu'au petit matin que nous nous sommes endormis, dans les bras l'un de l'autre, épuisés tous les deux.

Je viens de vivre la nuit la plus intense de toute ma vie.

– Je peux savoir ce qui te fait sourire ? murmure Simon de cette voix sensuelle qui m'a fait perdre la tête cette nuit.

J'ouvre les yeux. Simon est tourné vers moi, appuyé sur un coude. Sa main effleure doucement mon bras, électrisant aussitôt ma peau.

Zut, je devais avoir l'air complètement niaise, à sourire bêtement toute seule.

Sa main remonte le long de mon bras, suit le contour de mon épaule puis de mon visage. Je passe mes bras autour de son cou pour l'attirer à moi. Il se laisse faire, et se retrouve sur moi. Ses lèvres effleurent alors les miennes.

Après la meilleure des nuits, le meilleur des réveils.

– Alors ? laisse tomber Simon au creux de mon oreille.

– Alors quoi ?

– Tu ne m'as pas répondu. Qu'est-ce qui te fait sourire ?

– Cette nuit, c'était prodigieux. Et puis, me réveiller dans tes bras… c'est presque magique. J'ai du mal à y croire tout à fait… Je me demande si c'est bien réel.

– C'est bien réel, je te le confirme. Et j'ai passé une nuit divine, murmure-t-il dans mon oreille, entre deux baisers.

Il marque une pause. Ses yeux se font rieurs.

– Et puis, c'est beaucoup plus confortable que de dormir sur un canapé.

Cette remarque lui vaut un coup d'oreiller. Il attrape aussitôt mes poignets, fermement mais tendrement, puis plonge ses yeux dans les miens.

Le fauve est de retour.

– Méfie-toi, Ivy, menace-t-il, tu sais comment ce genre de jeu risque de se terminer, avec moi…

Il est vrai que, la première fois que nous avons fait l'amour, tout avait commencé par une bataille d'oreillers… Je fais mine de réfléchir.

– Non, je ne me souviens pas… Pas du tout. Comment ça peut se terminer ?

– Je serais bien tenté de te montrer ça tout de suite… grogne-t-il.

Ses bras musclés m'étreignent. Son corps se plaque contre le mien. Mon désir s'éveille aussitôt. Je sens naître le sien.

– Alors montre-moi, fais-je faussement innocente.

– Ça attendra, malheureusement, dit-il en s'écartant. Je devrais déjà être parti.

Et comme pour confirmer ses paroles, son téléphone se met à sonner. Il ne décroche pas, mais saute du lit.

Faire un procès à quelqu'un pour cause de frustration, c'est possible ?!

Je me console en contemplant le grand corps musclé qui se déploie devant moi. Simon se dirige vers la douche, je me lève à mon tour et ouvre mes valises à la recherche d'habits.

– Tu comptes défaire tes valises, un jour ? lance Simon depuis la salle de bains. Je t'ai laissé de la place dans le dressing !

Je t'ai laissé de la place dans le dressing ?!

Le mot *dressing* n'a jamais fait partie de mon vocabulaire. Mon appartement fait la taille de l'un de ses placards.

Et puis, je n'aime pas trop l'idée de m'installer chez Simon. On commence par laisser quelques affaires et on se retrouve prisonnière.

En même temps, il ne s'agit pas de *mes* habits, mais de *ses* habits… puisque ce sont ceux de la fausse fiancée. Cette idée ne me plaît pas du tout non plus ! Après la nuit que nous avons passée, ces valises me rappellent que je joue un rôle. Je ne fais pas partie de la vie de Simon pour de vrai.

J'ai apporté quelques vêtements à moi, et je décide de faire un savant mélange entre les deux Ivy. Il est temps que je reprenne en main mon personnage !

– Café ? propose la voix mâle de Simon.

Je le rejoins dans la cuisine. Il sort tout juste de la douche, mais il n'a pas pris le temps de se raser, manifestement pressé. Il termine de boutonner sa chemise en même temps qu'il prépare le café. Le spectacle est sublime…

Le téléphone sonne une nouvelle fois et Simon décroche.

– Tout va bien. Oui, j'arrive. Non n'appelez pas tout de suite le 911, dit-il, rieur.

Je crois comprendre que d'habitude Simon est au travail depuis au moins deux heures. Pourtant, il prend le temps de nous servir du café et de s'asseoir face à moi.

– Pas mal, cette nouvelle façon de s'habiller… commente-t-il en plongeant ses yeux dans les miens. Le mélange entre tes habits et ceux de la fiancée-comédienne crée quelque chose d'original, élégant, atypique, amusant, un brin provocateur : c'est tout à fait toi. J'aime beaucoup.

Je suis touchée par le compliment et troublée. Je suis en train d'évoluer, là, on dirait. Je change un peu depuis que je suis avec lui… ou depuis que je travaille pour lui ?

Il s'approche, me prend dans ses bras et m'embrasse. Je passe mes bras autour de son cou. La peau de sa nuque, encore un peu mouillée, réveille en moi des sensations grisantes.

Il me suffit de m'approcher de cet homme pour avoir immédiatement envie de lui.

– Tu sais, j'apprécie de plus en plus la vraie Ivy, me confesse-t-il.

– Dommage que tu sois déjà fiancé, glissé-je avec malice en me détachant de lui.

Les contours du rôle sont de plus en plus flous !

Ça me ravit… tout autant que ça m'inquiète.

***

Aujourd'hui, je suis restée travailler chez Simon. Je me sens bien dans son appartement, et j'en suis la première étonnée. J'ai décidé d'écrire un prochain stand-up sur les voisins intrusifs. Et les idées me viennent plutôt facilement. Il faut dire que j'ai un modèle…

Au milieu de l'après-midi, la sonnerie de mon téléphone m'interrompt. Le nom de Simon me fait sursauter.

– Ivy ?

Mon prénom prononcé de la sorte me laisse sans voix. Je suis obligée de faire un effort pour rester concentrée, comme si j'étais hypnotisée. Il faudra pourtant que ça cesse ! C'est ridicule !

– Je te dérange ? reprend-il.

– Non, au contraire. Je séchais sur mon prochain stand-up.

– Le *beautiful bastard* a-t-il encore fait des siennes ? demande-t-il espiègle.

– Non, j'ai changé de sujet ! Le *beautiful bastard* ne va pas non plus devenir la star de tous mes stand-up ! Et puis, ces derniers temps, il s'est montré plus *beautiful* que *bastard*…

– Vraiment ? Tu m'en vois ravi. Et sinon, mon appartement est-il encore debout ?

– Ah ! Je me disais bien que le *bastard* n'était pas bien loin…

J'entends le rire de Simon, comme une extase délicieuse.

– Si tu n'as rien de prévu ce soir, que dirais-tu de me rejoindre au studio ? Il y a quelque chose que j'aimerais te montrer, et on pourrait dîner ensemble.

– Ta fiancée te manque, déjà ?

– Non Ivy me manque. Alors, tu es libre ?

Que répondre à ça ?

– Oui.

– Je t'envoie ma voiture, conclut Simon.

***

Dans le hall d'accueil du Stone Studio, je donne mon nom à l'hôtesse. Un immense sourire étire aussitôt son visage. Elle fait de gros efforts pour rester neutre mais parvient mal à dissimuler sa curiosité. Lorsque je me dirige vers les ascenseurs, elle me suit même du regard, à la dérobée. La première fois que je suis venue ici, elle s'était montrée aimable, mais ne m'avait pas réservé un tel accueil. Je me demande s'il y a quelque chose de bizarre avec ma tenue, mais ne repère rien de suspect.

Simon m'attend à la sortie de l'ascenseur. Ses yeux brillent d'un éclat qui trahit autant la malice que la joie de me voir. L'ensemble est assez flatteur.

À ma grande surprise, alors même qu'il y a des gens autour de nous, il prend délicatement mon visage dans ses mains et pose un baiser sur mes lèvres.

Quel accueil ! Mais… heu… Il fait quoi, là ? On n'est pas tout seuls !

Simon me prend ensuite la main et m'emmène vers les nouveaux projets de décors. Depuis ma première visite, de nombreux prototypes ont été construits et je suis très impressionnée par le résultat.

– Ça te plaît ? demande-t-il.

Je hoche la tête.

– On se croirait dans l'espace !

Simon me serre contre lui et pose un baiser dans mes cheveux. Tout à l'heure, j'ai été surprise par son accueil à la sortie de l'ascenseur. Là, j'ai vraiment le sentiment que quelque chose m'échappe.

– Heu, tu fais quoi, là ?

Son sourire s'étire.

– Tu n'aurais pas signé le nouveau contrat sans le lire par hasard ?

Je fronce les sourcils. Il jubile.

– Dans cette nouvelle version, tu es ma fiancée également au studio. Nouvelle clause.

– Tu aurais pu me le dire !

– C'était dans le contrat, mon amour. Personne ne t'a jamais dit qu'il ne fallait jamais signer un contrat sans l'avoir lu ? Ça peut être très dangereux…

– Pourquoi tu as fait ça ?

– Parce que j'en avais envie, lâche-t-il d'un air désinvolte qui me donne envie de lui sauter dessus pour l'étrangler.

Ou pour lui faire l'amour ?

– Et il y a d'autres choses que tu as modifiées ?

– Pas grand-chose, non. Juste le passage qui m'interdisait de te découper en morceaux. Et aussi, j'ai rajouté une clause spécifiant qu'on pourrait se voir même si le contrat est terminé. On n'aura plus besoin de contrat pour se voir, en somme.

Il me regarde avec une telle intensité que j'en frissonne. Est-ce sa façon de me dire qu'on va continuer à se voir et qu'on entame quelque chose qui s'apparente à une relation ? Ça veut dire qu'on est ensemble. Je n'ai jamais été si loin avec quelqu'un. Mes sentiments s'emballent. Je suis heureuse, mais la panique me gagne. Au fond de moi, comme un vieux réflexe de survie, un signal d'alarme intérieur vient de passer au rouge.

Danger ! Couple ! Boulet ! Privation de liberté ! Menace d'autodestruction !

Mon trouble n'échappe pas à Simon.

– Enfin, si tu le veux aussi, bien sûr, poursuit-il.

Ses yeux de fauve se voilent d'une inquiétude toute sensuelle. La part spontanée de moi-même, celle qui profite de l'instant présent sans se poser mille questions, reprend le dessus. Je me jette dans les bras de Simon et l'embrasse à pleine bouche, fougueusement.

D'abord étonné, il me rend ensuite mon baiser avec passion.

– Ça veut dire *oui*, au cas où tu en douterais, précisé-je tandis que nous reprenons notre souffle.

– En tout cas, je suis rassuré sur un point. Tu te donneras en spectacle même quand tu ne seras plus ma fausse fiancée.

Je me rends soudain compte que je lui ai bondi dessus alors que nous sommes sur son lieu de travail. Je jette un rapide coup d'œil alentour. Zut, quelqu'un nous a vus ! Mais Simon n'est pas du tout embarrassé.

– Ah ! Franck ! lance-t-il. Tu tombes bien ! Ivy, tu te souviens de Franck, mon associé. Et aussi mon ami. Franck, Ivy, ma fiancée.

Je tends la main à Franck en souriant, ravie d'avoir droit aux présentations officielles après une première rencontre fugace quelques jours auparavant.

– Alors, ça avance cette thèse en chinois classique ? demande Franck.

Mince, j'aurais peut-être bien fait de le lire, ce contrat. Je ne sais pas s'il y a de nouvelles clauses concernant mes activités intellectuelles. Je regarde Simon, espérant qu'il me viendra en aide.

– Ivy est étonnante, et il paraît que son accent est parfait ! jette-t-il.

Il me donne en pâture à son ami, là, ou quoi ! Et, en plus, il arbore son sourire insolent qui veut dire : « Débrouille-toi, c'est tellement plus drôle ainsi. » Je le foudroie du regard et commence à baragouiner quelques mots inventés, lorsque je vois le sourire de Simon et celui de Franck s'étirer.

– OK, vous me faites marcher, tous les deux ! m'exclamé-je soudain.

– Je suis au courant de la supercherie, avoue enfin Franck en riant. J'ai compris à la première seconde où je vous ai vue. Ensuite, je n'ai plus lâché Simon, et il a fini par tout m'avouer. J'aurais bien aimé assister à la soirée d'anniversaire d'ailleurs… Il paraît que vous avez été remarquable.

– Nous sommes donc face à une rupture de contrat, dis-je en regardant Simon. Qu'est-ce qui est prévu dans ce genre de cas ? Mon salaire est doublé ?

– Je suis le seul à savoir, reprend Franck. Vraiment le seul. Et Simon ne m'a rien dit ! J'ai tout deviné. Alors je ne pense pas qu'on puisse parler d'une rupture de contrat…

– OK, vous défendez votre ami, c'est normal. Vous savez comment on dit « Craignez ma terrible vengeance » en chinois classique ?

Je baragouine quelques mots inventés de supposé chinois classique et je les accompagne de gestes de combat.

– C'est quoi, cette langue ? demande une voix grave.

Je me retourne d'un bond. Caroline Katz vient de sortir d'un bureau. La belle femme me regarde comme une bête curieuse.

– Caroline, je vous présente Ivy, ma fiancée, avance Simon, un sourire en coin.

Son bras s'est posé dans mon dos, me faisant presque oublier où je me trouve.

– Quelle est cette langue que vous parlez ? Les sonorités sont fascinantes, dit Caroline.

– C'est… du chinois classique, dis-je de mauvaise grâce.

– Intriguant, n'est-ce pas ? renchérit Simon.

– C'est passionnant, oui ! s'écrie Caroline. Je serais ravie d'en discuter avec vous un jour, Ivy. C'est tellement rare de rencontrer des gens qui parlent des langues inhabituelles. C'est si poétique. Et puis, je suis toujours à la recherche de sonorités nouvelles, pour mes films de science-fiction. Vous accepteriez de m'en parler à l'occasion ?

Je comprends alors que Caroline est tout à fait le genre *work addict*. Elle est si intéressée par les possibilités cinématographiques du chinois classique qu'elle semble ne pas avoir entendu que j'étais la fiancée de Simon ! Je me sens rassurée, tout à coup. La première fois que j'ai vu Caroline Katz, j'ai été impressionnée par sa beauté et son charisme, au point d'en être un peu jalouse.

– Bien sûr. J'ai toujours rêvé de doubler un extraterrestre !

Je suis si contente de découvrir qu'elle n'est pas du tout intéressée par Simon que j'en rajoute même une couche : je baragouine une nouvelle fois quelques mots de supposé chinois classique.

– Ça veut dire « avec plaisir », précisé-je.

Simon me lance un regard qui semble dire : « N'en fais pas trop non plus. » Je lui réponds par une moue qui signifie : « Il me semble que c'est toi qui as commencé. »

– Oui, il faut vraiment qu'on en parle, souffle Caroline.

Elle s'éloigne ensuite avec Franck, à qui elle a l'air de faire les yeux doux.

– Ah, et félicitations, pour les fiançailles ! jette-t-elle au moment de passer une porte.

Simon m'entraîne vers son bureau.

– Alors. Tu es rassurée ? laisse-t-il tomber au creux de mon oreille.

– Rassurée ? De quoi tu parles ? fais-je innocemment.

Le soir des présentations avec sa famille, je m'étais laissé piquer par une remarque d'Arianna sur la beauté de Caroline, laissant malgré moi transparaître ma jalousie.

– Non, je dis ça au cas où tu aurais été… disons… jalouse…

– Jalouse ? Jalouse ! Rien que ça !

De son bureau, au dernier étage de l'immeuble, on accède à une terrasse arborée. Simon me prend par la main et me guide à travers la végétation. Une fois au milieu des plantes et des arbres, on oublierait presque que l'on se trouve à

New York ! Dans la douceur de ce soir de printemps, c'est tout simplement magique.

Soudain, je pousse un cri de surprise. Les deux fauteuils de l'espace, que j'avais qualifiés de marshmallows, sont là !

– On les a fait construire ce matin. Je me suis dit qu'il te revenait l'honneur de les tester…

Je ris et m'affale dans l'un d'eux. Ils sont fabriqués dans une nouvelle matière, m'explique Simon en s'asseyant en face de moi.

– Je vais devoir rester tard ce soir, mais j'ai pensé qu'on pourrait dîner ici tous les deux, qu'en penses-tu ?

Il désigne une table sur le côté. Je ne l'ai pas vue, en arrivant, elle est recouverte de mezzés qui semblent tous plus appétissants les uns que les autres.

Installée sur le toit de cet immeuble, dans les fauteuils de l'espace, en compagnie d'un dieu vivant, et après avoir passé la nuit au septième ciel… je suis en apesanteur !

12

Coloc ? Non merci.

Simon est rentré tard du studio, ces deux dernières nuits, et il a dormi sur le canapé du salon. Me réveiller seule dans son grand lit me laisse un goût un peu étrange, surtout après la nuit que nous avons passée. Pourtant, je me sens soulagée.

Les nuits avec Simon sont presque comme une drogue. Et devenir accro si vite me fait un peu peur. J'ai besoin de temps et d'espace pour me remettre au travail. Sans compter que je ne sais pas trop à quoi rime notre relation.

Bien sûr, Simon a écrit dans le contrat que nous pourrions nous revoir à la fin du contrat. Mais décider par contrat que nous pouvons nous voir sans contrat… Ça fait tout de même beaucoup de fois le mot *contrat* au sein de notre relation.

Pourtant, que je le veuille ou non, je me sens bien dans l'appartement de Simon. Malgré mes doutes, j'éprouve un véritable bien-être. On prend notre temps, tout en habitant déjà ensemble.

Eh oui, c'est possible. Tout est possible avec cet homme.

Je poursuis mon travail sur le nouveau stand-up consacré aux voisins. Je le teste demain, au théâtre. Dans l'appartement de Simon, c'est comme si l'inspiration me venait naturellement. J'ai également passé un peu de temps avec sa mère et sa sœur, que j'apprécie de plus en plus.

Ce soir, Ted nous a invitées à prendre un verre dans son bar, Lauren et moi. Tous les membres du groupe sont là, et ça me fait du bien de les voir. Je fais la connaissance du nouveau bassiste, vraiment sympa. Je ne m'étonne pas que ma sœur soit immédiatement tombée sous le charme.

Comme il y a du monde, Lauren ne me pose aucune question sur le mystérieux directeur de théâtre qui me couvre de pivoines… À moins que ce soit pour éviter celles que je ne manquerais pas de lui poser à propos du bassiste ?

***

Prétextant mon stand-up du lendemain, je quitte la soirée avant la fin et prends la direction de chez Simon.

Au pied de l'immeuble, une silhouette attire mon attention. Elle semble rôder autour de l'entrée. Et puis, soudain, je la reconnais : c'est la femme, plutôt belle, qui était entrée comme une furie dans le hall de Stone Studio quand j'y étais allée pour la première fois ! Elle cherchait Simon, l'air complètement hagard, et elle m'a envoyée balader quand je lui ai demandé si elle avait besoin d'aide.

Comme la première fois, son élégante silhouette me frappe. Que fait-elle ici, on dirait qu'elle attend ? Il ne peut s'agir d'une coïncidence : elle cherche à voir Simon.

Profitant d'un moment où elle consulte son téléphone, dos à l'entrée, je me faufile dans l'immeuble.

Une fois dans l'appartement, je fonce dans la pièce du fond, celle dont la fenêtre donne sur la rue, pour observer la femme. Il fait nuit dehors, je n'ai pas fait de bruit en entrant et n'ai pas allumé la lampe. Comme je m'approche de la fenêtre, une porte claque à l'étage, celui de l'atelier de Simon.

Le loft de Simon est un duplex, et il a conservé les deux entrées. Je me dirige vers l'escalier et gravis les marches au triple galop.

– Simon ?!

N'osant pas crier, comme si la femme pouvait m'entendre, de dehors, je monte en toute hâte pour voir Simon. Personne. Pourtant, je viens d'entendre la porte d'entrée.

– Simon ?!

Personne dans l'atelier, ni nulle part à l'étage. Je ne comprends pas, j'ai pourtant entendu une porte claquer : Simon a dû rentrer. Soudain tout s'éclaire. Simon n'est pas rentré, il vient de sortir ! La porte a claqué parce qu'il est parti.

Je me précipite une nouvelle fois à la fenêtre. La femme n'est plus là. Elle l'attendait ?! Ils sont partis ensemble ?! C'était un rendez-vous !

Je me sens très mal tout à coup. J'ai l'impression d'avoir reçu un coup de poing dans le ventre. Qui est cette femme ? Et qu'a-t-elle de plus que moi, pour que Simon disparaisse avec elle au début de la nuit ?

C'est officiel, je suis...

Jalouse.

Encore une chose dont je n'avais jamais ressenti les effets de façon aussi cuisante.

Je m'allonge sur le canapé. Je décide d'attendre le retour de Simon. J'ai l'impression que c'est la seule chose qui pourra m'apaiser.

Les heures défilent, Simon ne rentre pas. Je passe une bonne partie de la nuit à tourner comme un lion en cage. Je ne cesse de repenser à la façon dont Simon a menti à sa famille, avec aisance et sans remords ! Pourquoi ne ferait-il pas la même chose avec moi ? Sa sœur l'a dit incapable de jouer la comédie, mais si elle savait ! Son frère est un acteur né !

Ou un menteur né !

La différence me paraît soudain bien mince…

Je ne connais pas le vrai Simon, en fait. Et je me demande soudain si toutes ses petites allusions à la vraie Ivy n'étaient pas un moyen pour me mettre dans son lit…

Épuisée par tant de doutes, je finis par m'endormir, à l'aube, sur le canapé.

***

Quelques heures plus tard, le soleil me réveille. Il fait grand jour. J'ai la sensation de me sortir d'un mauvais rêve. Les yeux fermés, je repense aux événements de la veille. Simon n'est pas rentré. Je l'ai attendu, moi, Ivy, et j'ai fini par m'endormir.

Sur le canapé !

La porte d'entrée claque. J'ouvre un œil. Simon est là, qui me regarde, rieur. Il a une veste sur le dos. Il tient un sachet de croissants de la boulangerie de luxe, les mêmes que ceux qu'il m'a apportés quand il est venu chez moi. Mon cœur se serre. La boutique était probablement sur le trajet de l'appartement de sa belle inconnue.

– Tu dors sur le canapé, toi, maintenant ? demande-t-il en souriant.

Et il est d'excellente humeur, en plus !?

Je le fusille du regard, sans répondre.

– T'as passé une bonne nuit ? demande-t-il, soudain inquiet.

– Excellente, et toi ?

Ma voix est aussi aimable que celle d'une lionne à qui on vient de retirer son petit. Simon est surpris par la rudesse de mon ton.

– Non, je n'ai pas très bien dormi, dit-il avec une simplicité étonnante. Et toi, tu n'as pas l'air dans ton assiette ? Que se passe-t-il ?

Pas très bien dormi, tu m'étonnes.

– Si, si, ça va. J'ai du travail, je pars directement aux répétitions pour mon stand-up de ce soir.

Je me lève d'un bond. Sans passer par la case douche, j'enfile mon manteau. J'ai besoin de rentrer chez moi.

Ne pas dire les choses et prendre la fuite. Je crois que je suis en train de faire exactement l'inverse de ce que Lauren m'a recommandé. Mais c'est plus fort que moi.

Simon tente de me retenir.

– On ne prend pas le petit déjeuner ensemble ? J'ai des super bonnes choses. Pas de panier bio, certes… Mais il semble que tout ce que contient ce sachet va te plaire.

Je ne suis pas d'humeur à plaisanter. J'attrape mon sac sans un regard pour Simon.

– Vraiment, Ivy. Tu vas partir comme ça ? Même pas un café ?

– Je n'ai pas faim. Et je suis en retard.

Il a l'air déçu. Mais je refuse de jouer les bonnes copines. Il a passé la nuit dehors, je ne peux pas faire comme si de rien n'était. C'est trop pour moi. Il ne manquerait plus qu'il me raconte sa folle nuit d'amour avec cette femme. « Elle a l'air un peu folle comme ça, mais c'est un super coup. Pourquoi tu fais cette tête ? Ne me dis pas que… Attends Ivy, on a craqué, tous les deux, mais tu n'as tout de même pas cru qu'on était ensemble ! »

Je me sens triste. En même temps, nous ne nous sommes rien promis. De quel droit pourrais-je l'empêcher de passer la nuit avec quelqu'un d'autre ? Il n'a pas cherché à créer une relation. Moi qui avais peur d'être prisonnière d'un couple prématuré ! On est tout juste colocataires !

***

Retrouver mon appartement me fait un bien fou. Je passe la journée à réaménager mon intérieur, histoire de me le réapproprier. De toute façon, le contrat se termine bientôt, je ne vais pas tarder à réintégrer mon appartement-dressing.

Le soir, au stand-up, je teste mon nouveau sketch. Malgré le ton assez aigre que je n'ai pu m'empêcher d'employer, les spectateurs semblent s'amuser de mes sorties sur les voisins pénibles. À la fin du spectacle, Ted vient me voir dans ma loge. Je suis contente de le voir. J'ai bien besoin de me détendre avec un vieil ami. Nous buvons quelques bières et je ne peux m'empêcher de partager avec lui mon nouveau point de vue sur l'amour, la plus grande supercherie de tous les temps.

– Si tu me disais ce qui se passe, Ivy ? finit-il par demander.

Son ton est si empathique que je laisse libre cours à mes émotions : j'ai besoin de réconfort, je me jette dans ses bras.

– Lauren avait raison, souffle Ted, ça sent l'amour à plein nez.

Cette traîtresse de Lauren n'a aucun sens de la clause de confidentialité. Mais je suis trop bouleversée pour lui en tenir rigueur, et je me blottis dans l'étreinte réconfortante de Ted qui me berce doucement.

Soudain, j'entends un bruit, comme une toux embarrassée. Il y a quelqu'un dans la loge ?

J'ouvre les yeux. Madeline et Arianna sont là. Elles me regardent, perplexes. Je me dégage aussitôt des bras de Ted.

– On voulait te faire une surprise. On était venues te voir pour te prouver qu'on se fiche que tu sois comédienne, dit Madeline avec une moue légèrement dégoûtée.

– Parce que seul le bonheur de Simon nous importe… Et le fait qu'il t'aime, ajoute Arianna qui a perdu son air espiègle.

Elles ne cessent de regarder ma main. Je la regarde à mon tour.

Oh non ! Je n'ai pas la bague ! Je l'ai ôtée le temps du spectacle !

– Ce n'est pas ce que vous croyez ! m'exclamé-je.

La pire défense !

– Je peux tout vous expliquer !

Non, en fait, je ne peux rien vous expliquer…

– Tu ne me présentes pas ? demande Ted en s'approchant.

– Si, bien sûr, je te présente, Madeline et Arianna, la mère et la sœur de Simon, mon fiancé.

– Quoi ?! Tu t'es fiancée ! Et tu ne m'as rien dit ! s'écrie Ted.

Le regard de mépris que me jettent Madeline et Arianna me fait mal au cœur. Sans un mot de plus, visiblement outrées, elles quittent la loge.

Cette fois, je ne vois pas quelle pirouette pourra me remettre sur pied… La supercherie est découverte. Mais pire encore, que va croire Simon ? Que j'ai un copain et que je ne le lui ai pas dit ! Et s'il rompait le contrat avant que j'aie pu lui parler de mes vrais sentiments ! Je réalise que je ne veux pas le perdre… Il a peut-être couché avec quelqu'un la nuit dernière, mais moi, j'en suis incapable ! Et je ne veux pas qu'il pense ça de moi !

III

Danger… Émilie

13

Sur les traces de Simon

Depuis que Simon m'a engagée pour jouer les fiancées afin que sa famille cesse de vouloir le caser à tout prix, j'ai exécuté toutes sortes de numéros de haute voltige improvisés et je me suis tirée des situations les plus délicates ! Cette fois, c'est la chute.

Ted me regarde avec des yeux ronds.

– Je t'expliquerai, lui envoyé-je en partant à la poursuite de Madeline et Arianna.

Je ne pourrai rien lui expliquer du tout. Si je n'ai dit à personne – pas même à ma sœur ! – que j'étais la fausse fiancée de Simon Stone, le plus bel homme de la planète, c'est parce qu'il m'a fait signer une clause de confidentialité !

Devant le théâtre, je cherche Madeline et Arianna du regard, mais elles ont déjà disparu. Me surprendre, sans ma bague de fiançailles, dans les bras d'un autre homme, qui est tombé des nues en apprenant que je suis fiancée… J'ose à peine imaginer ce qu'elles pensent de moi. Elles étaient furieuses. Elles ont dû sauter dans le premier taxi. Je hèle une voiture jaune à mon tour, et lui donne l'adresse du loft de Simon.

Mon sang bout dans mes veines. Je suis bien obligée de me rendre à l'évidence. Ma priorité n'est pas de rattraper Arianna et Madeline, mais bien de détromper Simon. Et ce qui m'inquiète le plus, ce n'est pas tant que le contrat soit découvert et que je perde ma part de la rémunération, mais c'est que Simon pense que j'ai un copain. Alors même qu'il a passé la nuit avec une autre, j'ai besoin qu'il sache que je n'ai personne dans ma vie !

Mon état est bien plus grave que je ne le pensais !

Moi qui ai toujours été libre et indépendante, jamais je n'aurais pensé me retrouver un jour à supplier un chauffeur de taxi de slalomer entre les voitures sur la file de droite pour rejoindre un homme !

Comment ça, on n'est pas dans un film ?

Ah bon, vous pourriez perdre votre licence ?!

Quand j'arrive enfin au pied du loft de Simon, j'ai l'impression que cent ans se sont écoulés. Un siècle pendant lequel Madeline et Arianna ont probablement eu mille fois le temps de lui raconter la scène à laquelle elles ont assisté.

À peine ai-je ouvert la porte du loft que Simon bondit devant moi. Il tente de se contenir, mais je vois bien qu'il est hors de lui. Vu sa tête, il sait tout. Les mâchoires crispées, il me fixe de ses yeux verts, comme s'il tentait de me désintégrer. Il est terrible, et séduisant. Terriblement séduisant.

Cet homme est encore plus sexy quand il est fou de rage.

Le seul problème, c'est que c'est moi qu'il a envie d'étrangler.

– Tu peux m'expliquer ? jette-t-il.

Son ton froid et dur me fait l'effet d'un électrochoc.

– Ce n'est pas ce que tu crois ! dis-je sans le quitter des yeux.

Il m'arrête d'un geste.

– Ce que tu fais hors contrat ne me regarde pas, Ivy. Mais là, tu le mets en péril !

Il me parle du contrat ?! Il n'y a donc que cela qui l'intéresse ?! Il se fiche du reste ! J'accuse le coup. L'espace d'un instant, j'avais imaginé qu'il serait… Oui, j'avais imaginé qu'il serait *jaloux*, ne serait-ce qu'un tout petit peu ! Je me suis trompée. Et finalement, pourquoi s'offusquerait-il de savoir que je fréquente quelqu'un puisque lui, de son côté, en fait de même.

Je suis si déçue que j'en ai les larmes aux yeux. Je reste face à lui, les bras ballants, incapable de dire un mot.

– Je comprends pourquoi tu tiens tant à ton indépendance, reprend-il dans un souffle. Tu refusais de me dire pourquoi tu détestes les bagues de fiançailles. Je le sais, à présent ! Tu ne t'engages jamais parce que tu veux être libre de multiplier les conquêtes et les amants !

– C'est faux ! m'écrié-je, piquée au vif. Et puis, je te trouve bien mal placé pour me faire ce genre de reproche. Toi, qui disparais la nuit, pour ne revenir qu'au matin !

Les yeux de Simon s'arrondissent. Il me regarde comme si je m'étais mise à parler en chinois classique pour de vrai.

– Je ne comprends pas du tout de quoi tu parles, Ivy.

– Tu ne m'as pas vue, mais je t'ai vu, moi. Je *vous* ai vus ! Tu as quitté le loft juste au moment où je rentrais. Tu es parti avec une femme ! Elle t'attendait dehors ! Tu n'es revenu que le lendemain. Pas très compliqué d'imaginer ce que vous avez fait… Si tu pensais passer inaperçu, c'est raté !

Il plante ses yeux dans les miens.

– Ivy, si j'ai quitté le loft, c'est pour dormir à l'étage, dans une chambre de bonne… soupire-t-il.

Il marque une pause, comme s'il hésitait à poursuivre et se passe la main dans les cheveux. C'est la première fois qu'il fait ce geste. Est-ce qu'il le fait lorsqu'il ment ?

Le pire, c'est qu'il est à se damner quand il fait ça.

– … Parce que te savoir dans l'appartement sans pouvoir passer la nuit avec toi, c'était trop dur ! reprend-il brusquement. J'avais envie de me jeter sur toi ! Seulement, je ne voulais pas qu'on prenne des habitudes de couple alors que tout est si nouveau. Ne pas précipiter les choses pour ne pas te faire fuir, toi qui tiens tant à ton indépendance… Si j'avais su… poursuit-il d'un air de dépit.

Ces paroles me troublent. L'entendre dire qu'il avait envie de se jeter sur moi réveille aussitôt mon désir. Mais je me souviens qu'il est bon comédien, lui aussi, contrairement à ce que prétend sa sœur… Tous les avertisseurs sont au rouge. Cet homme est redoutable ! Il parviendrait presque à me faire oublier qu'une femme l'attendait, hier soir !

– Et cette femme qui te cherche partout ? Qui t'attend au pied de l'immeuble, qui vient te chercher à ton studio !

– Il n'y a personne dans ma vie, Ivy ! À part…

Il s'arrête, brusquement, comme s'il se censurait lui-même, et pose sur moi ses yeux verts. Son regard est si intense que je me sens presque mal à l'aise. Il allait dire quoi, là ? Mon cœur fait de drôles de bonds dans ma poitrine. Je ne comprends plus du tout ce qui se passe.

Il fait un pas dans ma direction, sans me quitter des yeux.

– De qui parles-tu, Ivy ? demande-t-il.

– La première fois que tu m'as fait visiter le Stone Studio, je t'ai attendu à l'accueil, tu t'en souviens ? Une femme a alors débarqué. Elle te cherchait. Elle semblait un peu perdue et très agitée. Hier, j'ai vu cette même personne, en bas de chez toi. J'ai du mal à croire à une coïncidence… D'autant qu'elle a disparu en même temps que toi…

Simon ne dit plus rien, il attend la suite, comme suspendu à mes lèvres.

– Très belle, brune, grande… commencé-je.

Simon se décompose. Il ne s'attendait clairement pas à ce que j'aie croisé sa conquête du moment.

– Et tu lui as parlé ? demande-t-il d'une voix blanche.

– Au studio, elle avait l'air si inquiète que je lui ai proposé mon aide. Comme elle te cherchait, je lui ai dit que tu descendais. Mais elle m'a envoyée promener. J'ai pensé qu'elle était folle. Elle est probablement simplement folle de toi.

Simon est livide. Il s'est mis à faire les cent pas dans le salon. Voilà, j'y suis. J'ai touché juste. Jusqu'au bout, il a joué la carte « Je nie tout en bloc ». Mais là, il est coincé. Il ne peut plus me mentir. Maintenant, je comprends pourquoi cette femme m'a parlé de façon si agressive. Si Simon a pratiqué le mensonge avec elle, comme il le pratique avec moi, il y a de quoi devenir fou.

Le visage fermé, Simon allume son téléphone. Il est si absorbé qu'il semble avoir oublié jusqu'à ma présence.

– OK, j'ai besoin de sortir, moi. Jouer les invisibles, ce n'est pas mon genre.

Pas de réponse. Simon est ailleurs. On dirait qu'un mur infranchissable s'est dressé entre nous. J'attrape ma veste et je pars, en claquant la porte le plus fort possible. J'ai dû faire trembler tout l'immeuble.

Ça ne me fait même pas de bien.

Dehors, il fait nuit. J'ai besoin de marcher et je décide de faire le tour du bloc. Je me sens mal. J'ai le sentiment de m'être fait piéger. Pourtant, je suis seule responsable. Je me suis prise à mon propre jeu d'actrice-fiancée. Simon, lui, ne m'a jamais rien promis d'autre qu'un contrat. D'ailleurs, il me l'avait dit dès le départ : les sentiments n'auront pas de place dans cette affaire. Je n'aurais pas dû prendre ces mots à la légère. Je ne peux même pas lui reprocher d'être un *bastard* !

Et puis, je dois bien m'avouer que je me suis trompée moi-même. Je me suis raconté que tout ce que j'éprouvais pour Simon, c'était du désir, et que je ne faisais que profiter du moment présent, comme à mon habitude. En réalité, j'étais en train de m'attacher à lui. Je ne voulais pas l'admettre parce que ça me faisait peur. Et j'avais bien raison ! Sans compter qu'au fond de moi je savais que cette relation était impossible. Un type aussi riche et brillant… avec une fille comme moi !

Il ne me reste qu'une solution : l'oublier. Cette simple idée me fait horriblement mal. Pourtant, je n'ai pas le choix. Je vais même soigner le mal par le mal. Il faut que Simon me dise en face que nous nous sommes juste envoyés en l'air pour le *fun*, parce que l'occasion se présentait. Ce sera dur à entendre, mais sans cela, je ne pourrai pas tourner la page.

Et mon cerveau atteint de « guimauvite aiguë » continuera à se faire toutes sortes de films dont le demi-dieu sera le personnage principal…

Je respire un grand coup : je suis prête à entendre la vérité !

Je regagne le loft, seulement, il est vide. Je fais le tour des pièces. Personne. En poussant la porte de son atelier, pour voir s'il ne s'y est pas retranché, je constate quelque chose de très inhabituel : du désordre – au sujet duquel je ne suis pour rien. Je m'approche. On dirait que quelqu'un a remué toutes les feuilles. Des crayons ont roulé par terre, ainsi que le bloc-notes. Je le ramasse, et je parviens à lire : « 263, 146e W ». Simon a écrit cette adresse en appuyant si fort qu'il l'a gravée dans la feuille du dessous.

La 146e rue se trouve à Harlem. Est-ce un lieu de rendez-vous ?

J'ignore absolument si tout cela a un sens, mais une chose est sûre : je ne reste pas ici. J'ai cru devenir folle la nuit dernière, à guetter le retour de Simon, il est hors de question de revivre ça. Ivy, la vraie Ivy, n'attend personne toute une nuit, dans un appartement, en tournant comme un hamster dans sa roue ! Elle passe à l'action ! Je décide donc de me rendre à l'adresse indiquée sur le papier. Au moins, ça m'occupera.

J'attrape mon sac et me dirige vers le métro.

Une fois sur place, avant même de trouver le numéro 263, j'aperçois la berline de Simon, garée à quelques mètres. Difficile de la manquer, elle détonne, dans ce quartier plutôt modeste. Mon cœur cogne fort contre ma poitrine. Je suis soulagée de me trouver face à cette voiture – preuve que je suis bien sur la bonne piste – mais dans le même temps, une boule me noue l'estomac : mes soupçons se confirment. Chez qui se rend-il ainsi, en plein milieu de la nuit ?

Le numéro 263 est un immeuble assez vétuste. En me postant sur le trottoir d'en face, je vois que les lumières du premier étage sont allumées. Deux ombres se détachent. Je reconnais immédiatement la grande silhouette musclée de Simon. Ses gestes souples et félins m'arrachent un soupir. Il est parfait, en acteur de muet. Le problème, c'est sa partenaire – mince, agile, féminine –, que j'identifie comme la femme que j'ai déjà croisée. Mon cœur se déchire : il m'a donc bien caché son existence…

À en juger par les grands gestes des deux protagonistes, la discussion est très animée. Le personnage féminin lève les bras au ciel, Simon lui répond en joignant les mains. Ils ne cessent de s'approcher et de s'éloigner. Je n'ai pas le son, mais cela fait très « querelle d'amoureux ». Je devine quel est l'argument de la pièce muette qui se joue sous mes yeux : elle m'a vue entrer dans l'immeuble, et elle lui fait une scène de jalousie. Simon lui explique que je ne compte pas, qu'elle est la seule à ses yeux – comment peut-elle en douter ? – et que je ne suis qu'un contrat. Bien sûr la vraie fiancée, ce sera elle !

Pitié, faites que je n'assiste pas à la réconciliation !

J'en ai assez vu. Pourtant, je ne peux me détacher de la fenêtre, comme hypnotisée par ce douloureux spectacle.

Soudain, l'inconnue quitte le cadre, bientôt suivie par Simon. Quelques secondes plus tard, elle déboule hors de l'immeuble, comme une furie. Les yeux fous, elle marche droit devant elle et me frôle sans me voir. Dommage. Je me sens d'une humeur de tigresse : j'accepterais volontiers de me battre pour récupérer Simon. À main nue ou dans un duel à l'ancienne, je lui laisse même le choix des armes.

Simon ne tarde pas à sortir, lui aussi.

– Émilie, reviens ! lance-t-il.

Comme ça, les présentations sont faites.

Elle ne l'attend pas et se dirige vers une voiture, sans un regard pour lui. Il s'élance à sa poursuite. De mieux en mieux : Simon court après une autre femme, sous mes yeux. Avec un peu de chance, je vais assister au dénouement : demande en mariage, un genou à terre, avec une bague de chez Tiffany dont le solitaire brillera sous la clarté de la lune.

Ou du réverbère, en l'occurrence.

Quand Simon passe devant moi, il s'arrête net. Il m'a vue, lui, et me dévisage, stupéfait, comme s'il venait d'assister à l'apparition d'un fantôme.

Il veut peut-être que je le pince pour l'assurer qu'il n'est pas en train de rêver.

– Qu'est-ce que tu fais là, Ivy ?

– Tu pourrais au moins être honnête !

Il jette un regard à la femme – Émilie, donc – qui monte dans sa voiture, puis pose les yeux sur moi, l'air paniqué. La voiture démarre en trombe et passe tout près de nous sans un coup de frein.

Simon me prend par le bras :

– Tu ne peux pas rester là, il faut que tu rentres avec moi.

Je me débats.

– Non, je rentre chez moi !

Il me lâche, un peu étonné. J'en profite : je sors la bague et la lui jette.

– Comme ça, tu pourras l'offrir directement à Émilie, quand tu l'auras rattrapée. Et dis-lui de ne pas s'inquiéter. Je sors de ta vie. C'est fini cette mascarade ! Je romps le contrat, je me fiche de ne pas être payée.

Je tourne les talons et repars en direction du métro. Simon m'appelle. Je fais la sourde oreille. Sa voiture démarre, les pneus crissent. Je l'entends faire demi-tour : c'est à la suite d'Émilie qu'il vient de se lancer.

Cette fois, c'est le coup fatal.

Quand je rentre dans le métro, les larmes coulent le long de mes joues. Je suis allée chez Simon pour le supplier de croire que je n'avais pas d'autre homme que lui dans ma vie, et finalement je découvre que c'est lui qui a une autre femme.

Quelques minutes plus tard, mon téléphone sonne. Je ne réponds pas. Il sonne, encore et encore, puis le métro aidant, il n'y a plus de réseau. Tant mieux.

De retour chez moi, je suis comme un zombi. Je jette le bouquet de pivoines que Simon m'avait offert et que j'avais l'intention de faire sécher pour le garder toute ma vie. Ensuite, je passe une bonne heure sous la douche.

Tant pis pour la planète.

Quand je sors de la salle de bains, mon téléphone sonne. Je l'éteins. De toute façon, je ne décrocherai pas. Je n'ai pas envie d'entendre Simon m'expliquer ce que j'ai déjà compris. J'ai eu les images et cela me suffit largement.

Je rallumerai mon téléphone dans un an, quand j'aurai oublié toute cette histoire.

Je me pelotonne sur le canapé. J'ai froid comme en hiver, alors que nous sommes au printemps. Elle est bien loin la Ivy indépendante qu'aucun sentiment n'enchaînait à un homme.

Soudain, on frappe à ma porte. À cette heure ?

– Ivy ! Il faut que je te parle ! Je suis venu puisque tu ne réponds pas au téléphone !

Quoi ?! Simon est là ! Je me recroqueville sur le canapé comme si un voleur était à ma porte.

– Je sais, j'ai perdu ma part du contrat, je m'en fiche, Simon, crié-je. Va-t'en !

– Ouvre-moi, c'est important, Ivy !

– Va au diable !

Je me réfugie dans ma chambre, dans mon lit, sous ma couette, la tête sous l'oreiller pour ne plus l'entendre. Simon tambourine contre la porte pendant quelques minutes encore. Puis plus rien. Il est parti. C'est terminé. Les larmes coulent le long de mes joues. Jamais je ne me suis sentie aussi triste.

C'est à ça que mène l'amour ?! Je ne suis pas près de m'y laisser reprendre !

14

Croissants chauds

Le lendemain, je me lève avant le jour. Comme je me suis couchée tard, je n'ai dormi que quelques heures. Et encore… Dire que je n'ai pas très bien dormi est un euphémisme : dès que je sombrais enfin dans le sommeil, j'étais réveillée par d'horribles cauchemars. Et chaque fois que je me réveillais en sursaut, c'était pour me rappeler que la réalité était encore pire que ces mauvais rêves.

Plutôt que de continuer à tourner dans mon lit, à ressasser les images de la veille, autant me lever.

Je rallume mon téléphone.

Jamais je ne pourrai attendre un an…

Les appels en absence de Simon s'arrêtent autour de une heure du matin, juste avant qu'il ne tambourine à ma porte.

Derniers signes de vie avant disparition des radars.

Tandis que je me prépare du café, un peu comme un automate, on frappe à ma porte. Il est à peine sept heures. Il s'agit probablement de Lauren, qui vient chercher mon sèche-cheveux, de l'après-shampoing ou une tranche de pain… Voir ma sœur me fera du bien.

– Lauren ? dis-je en m'approchant

– Je ne partirai pas, Ivy, je dois te parler.

C'est la voix de Simon ?! Il est déjà là ?

Après la nuit que je viens de passer, entendre sa voix me trouble. Il ne partira pas, je le sais au ton qu'il emploie, parfaitement déterminé.

Ne sachant que répondre, j'entrouvre la porte, en laissant la chaînette de sécurité. Simon est là, habillé comme la veille, les cheveux en désordre.

Il est resté là toute la nuit ?

Même avec les traits tirés de quelqu'un qui n'a pas dormi, Simon reste beau. Magnifique, même. Je ne sais pas si on peut en dire autant de moi... J'ai les yeux bouffis et je porte un vieux tee-shirt confortable. Autant dire, très laid.

J'ai bien fait de laisser la chaîne de sécurité... J'aurais pu me jeter dans ses bras.

Je me reprends aussitôt, c'est dingue tout de même : je viens de passer la pire nuit de ma vie à cause de cet homme. Je me suis juré de tout faire pour l'oublier, et après l'avoir entrevu trois secondes, j'ai envie de lui sauter dessus. Il a un pouvoir magique, c'est certain. Ou maléfique.

Le diable dans un corps de dieu grec.

Il se passe la main dans les cheveux, comme il l'a fait la veille.

– Laisse-moi te parler, Ivy.

J'ai compris : ce geste, c'est son arme ultime. Et associé à sa voix douce et sensuelle, c'est le coup de grâce. J'ouvre la porte. Simon bondit dans l'appartement, comme s'il craignait que je change brusquement d'avis et que je le laisse dehors.

– J'ai dormi chez ta voisine, sur une chaise, explique-t-il. Je suis resté collé à sa porte d'entrée pour entendre les bruits du palier et être sûr de ne pas rater ton départ. Et puis je me suis décidé à venir...

– Tu as dormi chez la voisine ?!?

– Elle m'a entendu tambouriner, hier, et m'a proposé de m'héberger pour la nuit pour que je puisse te voir dès le matin.

– Super ! Comme ça, elle est au courant de tout, dis-je, un peu renfrognée.

– Tu te trompes, elle ne m'a posé aucune question. Il n'y

avait qu'une condition à mon hébergement, c'était que je te donne ça, dit-il en montrant un panier de fruits.

Je suis agacée par cette voisine qui se mêle de tout. Mais je dois bien reconnaître que, sur ce coup-là, je suis contente qu'elle ait hébergé Simon. C'est un peu grâce à elle s'il est là pour mettre fin à cette horrible nuit au cours de laquelle j'ai cru ne jamais le revoir.

Simon pose le panier sur la table, un léger sourire aux lèvres.

– Elle m'a aussi demandé de m'assurer que tu faisais du sport régulièrement. Et, dernière chose, elle se demande si tu dors suffisamment…

– Je vois, grogné-je, hier, je t'ai envoyé au diable, et tu y es vraiment allé.

– Je la trouve très sympa, moi, cette Angie.

Il l'appelle par son prénom ?! Elle a un pouvoir magique, elle aussi ? Dans ce cas, tout s'éclaire ! Entre magiciens, ils doivent s'entendre.

– Elle a beaucoup voyagé. Chez elle, il y a toutes sortes d'objets anciens qui viennent des quatre coins du monde, poursuit Simon. Elle en connaît l'histoire. C'est passionnant. Et très inspirant pour un designer.

Si cette femme n'avait pas l'âge d'être notre mère à tous les deux, je serais jalouse.

– Quoi qu'il en soit, j'ai imaginé que tu préférerais ce genre de chose, dit Simon. J'ai demandé à un coursier d'aller acheter quelques viennoiseries, dit-il en brandissant un sachet.

Je reconnais le logo de la meilleure boulangerie de New York. Et je me souviens du petit déjeuner, pris en compagnie de Simon, quelques jours plus tôt. Ce moment faisait partie de la top liste des meilleurs instants de ma vie.

Il était même classé premier.

– Tu… tu as fait appel à un coursier ?

– Je ne voulais pas quitter mon poste d'observation et risquer de te rater, s'il te prenait l'envie de sortir aux aurores…

Un croissant ? propose-t-il en me tendant le sachet de viennoiseries.

Face au sachet de viennoiseries, je me souviens que j'ai un estomac et qu'il n'a rien reçu depuis hier midi. Face à Simon, je me rends compte que je reprends vie, comme si j'étais restée en apnée depuis la veille.

Je devrais peut-être l'enfermer ici... Il y a souvent des princesses prisonnières, pourquoi pas des princes ?

– Merci, ça fait du bien, je n'ai pas mangé depuis une éternité. Mais, j'espère que tu n'as pas l'intention de m'acheter avec des viennoiseries… dis-je, un sourire en coin.

– Je voudrais seulement que tu m'écoutes, Ivy…

Il s'assied sur le canapé, je l'y rejoins.

– Cette femme s'appelle Émilie, commence-t-il d'un ton simple et sincère. Son frère Alan a été tué par Tyler Walker en même temps que ma mère.

Je me fige. Comme si je venais de recevoir un coup de massue sur la tête.

– Après cet horrible événement, j'ai été adopté, tu le sais. J'ai déménagé, loin. J'ai aussi changé de nom. Seules ma famille proche et la police connaissent mon ancienne identité. Je n'ai jamais oublié, ni ma mère ni ce que j'ai vu… mais ma nouvelle famille m'a donné tant d'amour que j'ai réussi à me reconstruire.

Un léger sourire passe sur ses lèvres quand il pense à sa famille. Je me sens très émue tout à coup, à la fois touchée et impressionnée, tant par Simon que par sa famille.

– Je n'ai gardé aucun lien avec le passé, mais Émilie et moi, nous nous sommes retrouvés par hasard à l'université. Nous étions sur le même campus. Je ne l'avais pas reconnue, mais, elle, elle m'a immédiatement identifié. Voilà pourquoi elle connaît ma nouvelle identité. Et elle était ravie de me revoir : pendant toutes ces années, elle n'a pensé qu'au passé. L'unique but de son existence, c'est la vengeance.

Je repose mon croissant. Je n'ai plus faim tout à coup. Je

me rapproche de Simon, je l'encourage du regard, afin qu'il poursuive son récit.

– Elle nous rêve en un genre de Bonnie and Clyde. Elle m'en avait parlé à l'université, mais je ne l'avais pas prise au sérieux, et puis elle a disparu, un matin. La libération de Tyler Walker l'a fait sortir du silence. L'e-mail que j'ai reçu dans l'avion, c'était elle, qui reprenait contact avec moi pour me parler de « notre » projet d'assassinat ! Je lui ai répondu qu'il était hors de question d'assassiner qui que ce soit, tu penses bien ! Elle n'a pas répondu.

Simon plonge ses yeux dans les miens, comme s'il y puisait la force de continuer.

– Aussi, quand tu m'as dit qu'elle tournait autour de l'appartement, je me suis dit qu'il fallait lui parler, de toute urgence. Je lui ai suggéré de se faire aider, afin qu'elle puisse enfin tourner la page et aller de l'avant, mais elle est partie, folle de rage. Tu l'as bien vue, hier…

Cette histoire me bouleverse tant que mes yeux s'embuent. Je n'avais aucun moyen de deviner ce qui se passait, mais je me sens très mal d'avoir fait une telle crise de jalousie. Émilie n'est ni une maîtresse, ni une groupie, ni une rivale amoureuse. J'ai cru que Simon réglait une querelle sentimentale, il se débattait avec les fantômes de son passé.

– J'ai tellement honte d'avoir réagi comme ça… C'était puéril… Je veux être là pour toi, Simon, à présent. Je veux que tu saches que tu peux compter sur moi.

Il me jette un regard sombre, comme s'il mettait ma parole en doute. Je me rends compte alors que je ne lui ai pas expliqué ce qui s'était passé avec Ted, et que je n'ai pas dissipé le malentendu.

– Je ne sais pas ce que t'ont dit ta mère et ta sœur, à propos de la situation dans laquelle elles m'ont trouvée, dans ma loge, quand elles sont venues me voir au stand-up.

– Des horreurs, lâche Simon.

– J'ai cru que tu venais de passer la nuit avec cette femme, j'étais dépitée et à bout de nerfs. Je me suis littéralement écroulée dans les bras de Ted pour y trouver le réconfort dont j'avais besoin : un réconfort amical, rien de plus ! Ted est un ami ! C'est là que ta mère et ta sœur sont entrées, et m'ont trouvée… Et comme j'avais respecté une certaine clause de confidentialité, que tu connais bien, Ted est tombé des nues quand il a appris que j'étais soi-disant fiancée…

Le visage de Simon se détend.

– Un vrai vaudeville, en somme… sourit-il.

La comédie aurait pu se terminer en tragédie. Mais comme tout s'arrange, je souris, à mon tour.

– Ted n'a toujours été qu'un ami pour toi ? demande-t-il en crispant imperceptiblement les mâchoires.

– On se connaît depuis longtemps… Jamais nous n'avons été attirés l'un par l'autre.

– Quand ma mère et ma sœur m'ont dit ce qu'elles avaient vu, reprend-il sérieusement, j'ai cru devenir fou de douleur. La veille, tu t'étais enfuie, sans un mot d'explication. J'ai eu peur de te perdre, Ivy.

Je me blottis dans ses bras.

– Je suis très touchée que tu me fasses confiance et que tu me confies ton passé, Simon. Tu me pardonnes d'avoir réagi comme une enfant ?

Un sourire éclaire son visage.

– Tu ne pouvais pas savoir, murmure-t-il, je ne t'en avais jamais parlé. Et maintenant, moi, je sais aussi quelque chose d'important, qui me touche beaucoup…

– De quoi s'agit-il ?

– Je sais que tu es jalouse, lâche-t-il avec un sourire en coin, et je crois que ça me plaît !

– Jalouse ! Tout de suite les grands mots, répliqué-je en lui jetant un regard espiègle.

Et puis je me reprends. Je n'ai pas envie de jouer à « je t'envoie des piques, je joue la comédie et je te vanne ». Il est temps que je lui dise ce que j'ai sur le cœur.

– En fait, si, tu as raison. Quand j'ai cru que tu étais parti avec cette femme, mon cœur s'est brisé. J'ai essayé de lutter, je t'assure, mais c'était peine perdue. Et en même temps, tu en aurais eu parfaitement le droit, on ne s'est rien…

Simon m'arrête en posant un doigt sur mes lèvres. Puis il s'approche de moi pour m'embrasser, d'abord doucement, puis nos langues se cherchent avidement et notre baiser se fait fougueux. J'ai eu tellement peur de le perdre que je me jette sur lui comme une assoiffée.

– En parlant de jaloux, tu ne le serais pas un peu, toi aussi ?

– Tout de suite les grands mots, rétorque-t-il les yeux rieurs.

Simon me serre contre lui avec une force et une tendresse qui révèlent la peur qu'il a eue de ne plus jamais me revoir, lui aussi. Je me blottis contre son torse de géant, passe mes bras autour de son cou et nous nous enlaçons en une étreinte passionnée. Je me sens fébrile, tout à coup. Mon corps est en proie à un mélange de désir et de soulagement. Nous basculons tous les deux sur le canapé et nos deux corps se retrouvent plaqués l'un contre l'autre.

– Je serais bien resté avec toi toute la journée sur ce canapé, souffle Simon entre deux baisers, en se redressant délicatement. Mais je dois me rendre au studio Stone.

Un coup d'œil à l'horloge m'apprend qu'il est bientôt neuf heures. J'ai perdu la notion du temps, avec tout ça… La journée de travail commence. Enfin, pour Simon, elle devrait déjà avoir commencé.

– Je te dépose au loft ? reprend Simon, entre deux baisers.

– Au loft ? Ta mère et ta sœur sont toujours là ?

Ses bras se serrent autour de ma taille.

– Ce n'est pas la raison pour laquelle je te propose de t'emmener, Ivy. À défaut de passer la journée à tes côtés, je serais heureux de te savoir chez moi.

Après avoir eu si peur de le perdre, me retrouver chez lui m'aidera à m'apaiser.

Quand nous sortons de l'appartement, Simon me prend

tendrement la main et je me laisse gagner par la douceur de ce contact. Au moment où nous passons devant la porte de la voisine, il pose un baiser dans mon cou, qui m'électrise jusqu'à la pointe des cheveux.

– Je suis sûre qu'elle est ravie, elle tenait absolument à nous réconcilier.

Je marmonne pour la forme, mais dans le fond, je suis contente qu'elle soit intervenue.

***

En entrant dans le loft de Simon, j'ai l'impression de revivre.

– Je suis heureuse de me retrouver ici, lui dis-je sans détour.

– Je suis heureux de te retrouver ici, répond Simon du tac au tac.

Un nouveau baiser nous unit, mais la sonnerie du téléphone de Simon nous sépare. Il décroche, ne dit rien, tout d'abord, puis je l'entends rire, de ce rire qui me fait vibrer jusqu'à la moelle…

– J'arrive, dit-il en raccrochant.

Il se tourne vers moi.

– Franck te salue, et te demande si tu ne devrais pas être en train de réviser le chinois classique plutôt que de me retarder alors que le Stone Studio a besoin de moi pour valider des nouveaux éléments de décor… Et il te rappelle au passage que Caroline Katz est toujours très intéressée, qu'elle espère te revoir bientôt et qu'il veut à tout prix assister à votre entretien en chinois.

Nous rions tous les deux. Simon me prend dans ses bras puis, après un dernier baiser, part se préparer.

Quelques minutes plus tard, il revient, lavé, rasé et changé. Il a passé la nuit à courir après deux femmes, il n'a dormi que quelques heures – et sur une chaise ! – et rien n'y paraît ! Je ne sais pas comment il fait. Je devrais peut-être consacrer mon prochain stand-up à ce genre de super-héros.

Il existe, je le fréquente. Une fois qu'on y a goûté, on ne peut plus s'en passer. Pas de chance pour vous, j'ai bien peur qu'il n'y en ait qu'un seul. Et il est à moi.

Oui, ce serait une bonne idée pour la première partie de Jessie Green, que je dois faire dans quelques jours.

Une fois Simon parti, je m'allonge sur le canapé, mon carnet à la main, pour noter mes idées sur le gentleman qui vient de quitter le salon. Je voudrais rester concentrée, mais rapidement, mes pensées vagabondent. Le cuir est plein de l'odeur de Simon. Être allongée ainsi, c'est comme se trouver dans ses bras. Je n'ai presque pas fermé l'œil de la nuit. Aussi, lovée dans le canapé, je m'endors, à peu près certaine de retrouver Simon au milieu de mes rêves.

15

Opération « Devil »

Mon téléphone vibre. J'ouvre les yeux. J'ai dormi une partie de la journée. La lumière baigne le salon. Il va falloir que je me remue, si je ne veux pas devenir un gros chat obèse qui passe ses journées dans le loft.

En même temps, ce ne serait pas si désagréable.

Au secours, c'est vraiment moi qui ai dit ça ?! Il est temps de faire quelque chose !

Le SMS qui m'a réveillée vient de Lauren.

[On se retrouve chez Ted, ce soir ?
Il veut nous faire goûter des nouveautés.
Et tu pourras faire plus ample connaissance
avec Oscar…]

Je souris toute seule devant mon téléphone.

[Tu emmènes ton nouveau bassiste
à une dégustation de Ted ?
Tu es bien sûre de ce que tu fais ?]

[Il est consentant.]

[Amoureux ?]

[N'exagérons rien.]

[Audacieux ?]

[C'est certain.]

Ce petit échange me fait rire. Je me rends compte que ma sœur me manque, tout comme les soirées chez Ted. Je ne l'ai pas revu depuis qu'il a appris que j'étais « fiancée » et je me demande bien s'il en a parlé à Lauren… Parce que, si c'est le cas, elle aura soumis tous les gens qui me connaissent à la question, jusqu'à ce qu'elle obtienne des réponses…

***

Quand j'arrive dans le bar, tout le monde est déjà là. Ted fond aussitôt sur moi comme un aigle sur sa proie, une assiette de petits-fours à la main.

À moins que ce ne soient des fruits de mer ?

– Je n'ai parlé à personne de ce que tu sais… Je ne suis pas bien sûr de ce que j'ai entendu, d'ailleurs, tellement c'était… surréaliste, dit-il en me collant l'assiette de fruits de mer sous le nez.

À moins que ce ne soient des petits-fours ?

– Serais-tu en train de me vendre ton silence ?

– Pas du tout ! réplique-t-il. D'ailleurs, j'imagine que tu attendais que nous soyons tous réunis pour nous annoncer cette heureuse nouvelle. Et je n'ai pas voulu gâcher la surprise ! Le problème, c'est que je ne vois pas l'heureux élu…

J'éclate de rire.

– Ne me dis pas que tu as pris tout ça au sérieux ! C'est la seule façon que j'ai trouvée pour me débarrasser de cette famille collante. Figure-toi qu'ils tiennent absolument à me caser avec leur fils, une espèce de boulet. Mais maintenant qu'ils pensent que je le trompe, je crois qu'ils me laisseront tranquille.

Ted me regarde en souriant.

– Tu t'imagines que je vais croire à ces salades ? Je sais très bien quand tu joues la comédie, Ivy. Je suis un de tes premiers fans, ne l'oublie pas…

– D'accord, c'est vrai. Mais il n'empêche que je ne suis fiancée à personne ! Et si cela devait arriver un jour… Attention, j'ai bien dit si cela *devait arriver un jour*, je te jure de faire appel à toi comme traiteur. À condition que tu ne dises rien aux autres.

– Serais-tu en train d'acheter mon silence, Ivy ?

– Exactement.

Et pour montrer que je ne plaisante pas, j'attrape deux petits-fours sur le plateau.

– À propos de salade, il y en a dans cette… tartelette au citron ?

– J'ai décidé de me contenter de faire des choses plus classiques, sinon banales. La tarte au citron est au citron, la génoise à la fraise… à la fraise.

– Excellente décision, si tu veux mon avis, dis-je en mordant dans la réduction.

Ted ne me reparle plus de cet incident et, quelques minutes après mon arrivée, Lauren demande notre attention pour faire une déclaration.

– On a une bonne nouvelle ! Notre CD est tombé entre de bonnes mains. Celles d'un producteur de Chicago qui veut nous entendre jouer en live pour nous proposer un contrat.

– Nous partons demain, ça s'est fait vite ! annonce Victor, le batteur.

– D'où le champagne, lance le bassiste en ouvrant une bouteille.

– Et les petits-fours, ajoute Ted.

– Je vous les conseille, ils sont excellents, dis-je.

Ted me jette un regard en coin.

– N'en fais pas trop non plus Ivy, ça va se voir, glisse-t-il.

– Mais non, je te promets, je les trouve vraiment bons !

Je ne sais pas si c'est la perspective de l'album ou le

nouveau bassiste, mais ma sœur flotte sur un nuage… Cela explique pourquoi elle ne s'est pas aperçue de mes allées et venues, ces derniers jours. Je comprends aussi que, contrairement à ce qu'elle a promis à notre père, chercher du travail dans le domaine du droit est passé tout en bas de sa *to-do* liste.

Pendant la soirée, je m'approche de Lauren.

– Je me demande si tu n'avais pas raison, sœurette, glissé-je discrètement à son oreille.

– Si, toujours, mais à propos de quoi en particulier ?

– À propos de l'amour. À vous voir, Oscar et toi, on dirait que tu l'as trouvé, ton prince charmant.

– Je serais toi, je ne m'aventurerais pas trop sur ce terrain. Je te rappelle que tu as été vue, accompagnée – bien accompagnée – à notre dernier concert.

Nous rions toutes les deux.

– J'ai tout de même un petit problème, Ivy. Le rendez-vous est à Chicago et le producteur ne veut pas entendre parler de Devil. Il a peur des serpents. Est-ce que tu pourrais le garder ? Il déprime quand il est tout seul.

– Pas de problème.

Après avoir dit oui, je me souviens que je n'habite plus tout à fait chez moi en ce moment. Mais finalement, quel est le problème ? J'emporterai le serpent chez Simon. Je ne vais pas refuser un service à ma sœur sous prétexte que je loge temporairement ailleurs. Et puis de toute façon si je dis non, elle se doutera de quelque chose. Or le contrat qui me lie à Simon et sa clause de confidentialité sont toujours de mise.

En revanche, à la fin de la soirée, il m'est impossible de laisser Lauren en plan et de retourner chez Simon. Elle a tout un tas de conseils et de consignes à me donner pour le bien-être de son python. Je ne vais pas repartir chez Simon au milieu de la nuit, avec le vivarium sous le bras. Ce n'est pas l'envie qui m'en manque, mais je crois que ça me fera du bien de me retrouver un peu chez moi. Et puis, je veux dire au revoir à Lauren et lui souhaiter bonne chance, demain avant son départ.

J'écris donc à Simon.

[Je suis coincée chez moi
pour une histoire de sœur.
Clause de confidentialité oblige.]

[Elle commence à être embêtante, cette clause.]

[Le contrat finit bientôt,
si je ne m'abuse.]

[Et j'ai hâte d'en fêter la fin avec toi.]

Je ne peux pas m'empêcher de tressaillir à ces mots. La fin du contrat, qu'est-ce que ça veut dire exactement ? Mon portable vibre. Simon m'a écrit un nouveau message.

[La fin du contrat et le début
de notre histoire, la vraie.]

J'ai envie de hurler joie, mais Lauren est à côté de moi, alors je me contente de hurler de joie mentalement.

[J'ai hâte !]

[Moi aussi et j'ai déjà plein d'idées
pour fêter ça…]

***

Le lendemain, dès que ma sœur a disparu dans le taxi, j'en appelle un à mon tour. Devil, le vivarium et moi prenons la direction du loft de Simon.

– Tu vas voir mon gros, l'endroit où je t'emmène est immense…

Devil déroule tranquillement ses anneaux.

– C'est vrai que pour toi ça ne change pas grand-chose.

Quand j'arrive chez Simon, le loft est vide. Simon est déjà parti au studio. Je dépose le vivarium dans une pièce du fond, histoire qu'il soit bien tranquille.

Après avoir installé Devil à son aise, je commence à travailler pour le stand-up. Je reprends mon thème sur le super-héros gentleman, celui dont l'exemplaire unique habite ce loft.

Au milieu de l'après-midi, une porte claque. Simon est de retour, les bras chargés de sacs des meilleures épiceries de la ville.

– Ma mère et ma sœur mangent avec nous avant de repartir pour Los Angeles. Je vais cuisiner moi-même. Et puis… j'avais envie de te voir, dit-il en me prenant dans ses bras et en posant des baisers dans mon cou.

– Ah ? Ta mère et sa sœur…

– Si ça ne te fait pas plaisir, je décommande. Et je cuisinerai pour toi toute seule, promet-il.

– Ce n'est pas ça, c'est que… Qu'est-ce que tu leur as dit, pour la fois où elles m'ont trouvée avec Ted ?

– Rien. Tu inventeras bien quelque chose, je te fais confiance. Et puis, tes improvisations me manquent.

– Et elles ne t'ont pas interrogé depuis ?

– Non. Elles m'ont dit ce qu'elles avaient vu, c'est tout. Elles ne se mêlent pas de ma vie privée.

– Non, tu as raison, dis-je espiègle. Elles veulent juste te caser ! Mais à part ça, elles ne se mêlent pas de ta vie privée !

Simon fait mine de m'étrangler, puis se dirige vers la cuisine.

– Bœuf *wagyu*, annonce-t-il.

– Le bœuf le plus raffiné de la planète !

Et le plus cher aussi…

– Je rêvais d'en goûter ! J'ai hâte d'être ce soir, finalement !

Simon me jette un regard ravi puis se lance dans une préparation culinaire élaborée. Le spectacle est total. Cet homme est sexy, même quand il cuisine.

***

Arianna et Madeline sont là, c'est la première fois que je les revois depuis qu'elles m'ont surprise dans les bras de Ted. Elles sont un peu gênées. Moi aussi.

– Si je ne lui ai pas parlé des fiançailles, c'est parce qu'il venait de rompre les siennes, dis-je sans préambule, pressée d'en finir avec cette histoire. Je n'ai pas eu le cœur de lui annoncer les miennes. Ensuite, vous êtes parties si vite que je n'ai pas eu le temps de vous rattraper. Et puis, je devais consoler Ted.

Simon arbore un léger sourire, l'air de dire qu'il est content de retrouver l'équilibriste de l'improvisation.

– Nous sommes désolées, reprend Madeline. C'était plus fort que nous.

– Mais ce n'est pas si grave, n'est-ce pas ? reprend Arianna, un sourire aux lèvres. Vous vous aimez tellement que le malentendu n'a pas pu durer plus de quelques minutes !

– Maintenant que tout est clair, le sujet est clos, si ça ne vous dérange pas, déclare Simon d'un ton sans appel.

Au moment où le cuisinier le plus sexy du monde apporte le plat le plus fin du moment, un cri terrible retentit. Ça vient d'Arianna. Difficile de croire qu'un tel hurlement sort d'une bouche humaine. Arianna se lève de sa chaise d'un bond et, agrippant la nappe, fait tomber tout ce qui se trouve dessus en un épouvantable fracas. Le bœuf *wagyu* vient d'échapper de justesse à la catastrophe.

Là, en matière de spectacle, je suis battue.

– Un serpent ! finit-elle par articuler.

Oups.

– Comment ça, un serpent, ma chérie ? demande Madeline, visiblement inquiète pour la santé mentale de sa fille.

Je cherche le coupable lorsque, tout à coup, j'aperçois Devil : il se faufile derrière le rideau pour s'y cacher. Les serpents sont sourds, mais vu le cri qu'a poussé Arianna, il a dû sentir les vibrations… et il doit être mort de trouille.

Tandis que je récupère délicatement le pauvre python, Arianna pousse un nouveau hurlement et fait un pas en arrière.

– Tu aurais pu me prévenir que vous aviez un serpent, Simon ! s'écrie-t-elle complètement paniquée.

Elle se précipite hors de la pièce. Madeline l'accompagne en tentant de la calmer. Simon me jette un regard assassin.

– Qu'est-ce qu'il fait là, lui ?

– Désolée, j'ai mal fermé son vivarium.

– Non, je veux dire qu'est-ce qu'il fait *chez nous*…

Il a dit « chez nous » sans la moindre hésitation.

Le problème, c'est qu'il l'a dit sur un ton qui signifie clairement « je vais t'étrangler ».

– C'est ma… heu… ma sœur… ma sœur spirituelle, tu sais, je le lui garde, il déprime quand il reste tout seul.

– Est-ce que quelqu'un peut enlever cette bête de la pièce, s'il vous plaît ? finit par demander Madeline.

J'emporte Devil dans le fond du loft, pour le replacer dans son vivarium.

Simon m'accompagne.

– Et tu n'as pas jugé bon de m'en parler ? demande-t-il, contenant sa colère.

Quand il fait cette tête, il est à tomber et je pourrais faire l'amour avec lui, là, tout de suite, à même le tapis.

– Tu ne m'avais pas dit que ta fiancée était libre ?

– Ça n'a rien à voir, Ivy ! Ma sœur ne pourra pas rester dans le même immeuble que ce serpent. Surtout s'il s'est déjà échappé une fois. Elle en a une peur panique.

– Je suis vraiment désolée. Ça ne se reproduira plus. J'ai bien fermé le vivarium. Il est absolument impossible qu'il en ressorte. Ce serpent se faufile, mais il n'a pas encore appris à ouvrir la boîte avec ses crochets, dis-je en souriant.

Simon ne rit pas. Il me foudroie une nouvelle fois du regard.

Si ses yeux lançaient vraiment des éclairs, je serais morte foudroyée il y a bien longtemps déjà.

– Ivy, vivarium fermé ou pas, Arianna a la phobie des serpents. Elle ne se sentira mieux qu'une fois qu'il sera parti.

– Une phobie ?

– Oui, tu ne sais pas ce que c'est peut-être ? Tu n'en as aucune, toi ?

– Je crois que non.

Simon a retrouvé son air espiègle.

– Vraiment ?! Et ton problème avec les bagues de fiançailles, tu appelles ça comment ?

– Ce n'est pas du tout la même chose ! Avoir peur d'un python albinos, c'est complètement irrationnel, puisque ce genre de serpent est parfaitement inoffensif. Alors oui, ça, c'est une phobie. Mais pour les bagues de fiançailles, c'est très différent…

– Ivy, débarrasse-toi de ce serpent, coupe Simon. Si tu ne le fais pas, c'est moi qui m'en charge : il paraît que c'est très bon, rôti au four. Malheureusement pour toi, tu ne pourras pas y goûter, parce que je t'aurais étranglée avant.

OK, j'ai compris, il est fâché, pour de vrai.

Quand nous revenons au salon, Arianna a repris un peu de couleur.

– Je suis désolée, Arianna. J'avais accepté de m'occuper de ce serpent sans savoir que tu étais phobique. Ne t'en fais pas, je vais passer un coup de fil. Dans une heure, il n'est plus là.

Le problème, c'est que je ne vois pas bien à qui le confier, tous les membres du groupe sont partis, et de toute façon, personne ne sait que je suis chez Simon.

Devinant ce qui me pose problème, Simon me rejoint dans le couloir.

– Je sais qui serait ravie de s'en charger, c'est Angie : à en juger par son intérieur, elle a vécu de nombreuses années en Amérique du Sud. Je suis certain qu'elle n'a pas la phobie de ce genre de bestioles.

– C'est vrai que la fois où elle a vu Devil, elle a eu l'air de l'adorer… Mais elle le dira forcément à Lauren.

– Je ne crois pas. Elle vous envoie peut-être des paniers bio, mais elle sait tenir sa langue. D'ailleurs, elle ne lui a pas dit que j'avais dormi chez elle pour te voir dès l'aube. Alors que je suis certain qu'elle a deviné quelle était la nature de notre relation…

– Ah oui, eh bien, elle est forte, parce que moi je me demande toujours quelle est la nature de nos relations, dis-je provocante.

– Vraiment ? souffle Simon en me prenant dans ses bras et en posant un baiser dans mon cou avant d'ajouter d'un air espiègle : Tu souhaites peut-être que nous précisions cela par un nouveau contrat ? En attendant, si tu ne dépêches pas de passer ce coup de fil, je mange ta part de bœuf *wagyu*.

Son rire résonne quand il quitte la pièce et retourne au salon.

J'échangerais volontiers ma part de bœuf wagyu contre le cuisinier…

***

Le lendemain, pendant le petit déjeuner, je m'excuse une nouvelle fois auprès d'Arianna et je promets qu'aucun serpent ne sortira plus de sous le rideau puisqu'il vient d'être confié à une amie.

Le visage démoniaque d'Arianna, m'inquiète. La scène avec Ted a peut-être de nouveau éveillé ses soupçons. À moins qu'elle n'ait décidé de se venger du serpent. Quoi qu'il en soit, je n'aime pas trop ce sourire.

– Et si nous organisions une fête avec ta famille et la nôtre, Ivy. Parce que vous n'avez pas réellement fêté vos fiançailles, si ? lance-t-elle.

Paf ! Reprise des hostilités ! Je comprends parfaitement ce qu'elle fait – j'ai déjà fait ça mille fois moi-même : elle tire sa dernière cartouche, ou plutôt sa dernière bombe atomique. Avec le coup de la fête officielle, elle tente le tout pour le tout.

– J'ai plein d'idées pour organiser cette merveilleuse réception, poursuit-elle. Et j'ai déjà même passé quelques coups de fil. Samedi, ça vous irait ?

Je regarde Simon, très embêtée. Je peux toujours tenter un : « Samedi ? Je ne peux pas, j'ai piscine. » Mais cela me paraît faible.

– Vous ne voulez pas crier votre bonheur sur tous les toits ? reprend Arianna.

– C'est très gentil de proposer cela, mais non, nous ne tenons pas spécialement à crier notre bonheur sur les toits, nous souhaitons simplement le vivre tranquillement, réplique Simon. De toute façon, ce week-end, nous ne sommes pas là.

Pas là ? Il a piscine ?

Ou alors, on va jouer la comédie chez une grand-mère.

Simon me prend dans ses bras et pose un baiser au coin de mes lèvres. Je frémis des pieds à la tête.

– Nous sommes en voyage. Je pensais faire la surprise à Ivy mais je suis obligé de le dire maintenant : je nous ai organisé un week-end à deux. On a besoin de se retrouver seuls, justement.

Mon cœur bat si fort dans ma poitrine que Simon doit le sentir. Il me sourit, l'air assez fier de son effet. Moi aussi, je souris, mais bêtement, je crois.

– Je n'ai jamais vu Simon partir en week-end ! Je ne savais même pas qu'il connaissait le sens de ce mot, lâche Arianna visiblement impressionnée.

***

J'ai déjà pris le jet privé. Mais cette fois-ci, Simon s'assied à côté de moi, passe sa main autour de mes épaules et ne me quitte pas des yeux. Ça change des deux voyages précédents !

– J'ai le droit de demander où nous nous rendons, à présent ?

– Là où nous n'aurons plus de rôle à jouer pour personne, dit-il tendrement. De toute façon, les dix jours de contrat sont écoulés.

– Ah, oui ? Alors en quels termes sommes-nous ici ?

Il me dévore des yeux.

– Nous étudierons la question une fois sur place, qu'en dis-tu ?

***

À notre arrivée, une voiture nous attend et nous mène dans un port. Là, Simon m'invite à monter à bord d'un bateau, parfaitement dessiné, aussi beau à regarder que son propriétaire. Je peux d'ailleurs le contempler sans gêne puisque nous sommes seuls à bord et que c'est Simon lui-même qui prend la barre.

Après une heure de navigation, une île apparaît à l'horizon. Le sable est blanc, la mer est translucide, quelques palmiers apportent des touches vertes qui rendent l'ensemble parfaitement paradisiaque. À peine avons-nous sauté à terre que Simon me prend dans ses bras.

– L'île m'appartient. Il n'y a personne d'autre que nous ici. Et nous allons pouvoir fêter la fin du contrat comme il se doit.

– La fin du contrat ? Ça veut dire que j'ai le droit aux questions sur la vie privée ?

– Tu peux toujours essayer, répond Simon, joueur, en s'étendant sur le sable.

Je ne peux pas m'empêcher de regarder son corps puissant

s'étirer au soleil. Il porte une chemise et un jean. Il est sexy en diable et je jurerais qu'il le fait exprès pour détourner mon attention. Appuyé sur un coude, il plonge ses yeux dans les miens. La lumière intensifie encore leur magnifique couleur verte.

– Alors, ces questions ? demande-t-il en s'allongeant sur le dos, les bras derrière la tête.

Sous ce regard, je ne me souviens plus exactement ce que je voulais lui demander. Je ne sais pas à quel moment il a retiré ses chaussures, mais pour ma part je suis toujours en ballerines. Je les envoie valser et m'assieds à côté de lui, tout en jetant des coups d'œil au splendide paysage.

– Tu as emmené beaucoup de fiancées, ici, avant moi ?

– Des vraies ou des fausses ?

Si je m'attendais à ça !

– Je plaisante, Ivy. Tu es la première à découvrir cet endroit. Jusqu'à présent, je l'ai gardé jalousement pour moi seul.

Apprendre que je suis la première femme à fouler des pieds le sable de cette plage me fait un drôle d'effet. Et sa voix chaude et sensuelle me fait vibrer à l'intérieur.

– Mais, tu en as eu beaucoup, des fiancées ?

Il se remet sur le dos, les yeux mi-clos.

– Des fausses, non, aucune. Une vraie, oui. Elle m'a quitté, malheureusement. Je l'aimais, beaucoup, d'après mes souvenirs.

Ma respiration se coupe net. C'était une mauvaise idée d'interroger cet homme sur ses amours. Quand on a un corps comme celui qui se prélasse sous mes yeux, on a forcément des tonnes d'histoires de cœur, sans parler d'histoires de sexe !

– Ivy, tu es toujours là ? demande Simon, malicieux.

Je ne suis plus très sûre de vouloir jouer aux jeux des questions. Mais je ne peux pas m'empêcher de poursuivre. Je veux en savoir davantage !

– Et c'était il y a longtemps, cette fiancée ?

On dirait qu'il est sur le point d'éclater de rire.

– Hum… Oui, relativement. Je devais avoir 4 ans, peut-être 5. Elle m'a quitté parce que je lui ai donné un coup de pelle, dans le bac à sable de l'école, je crois.

– Ce n'est pas du jeu, Simon ! Et si j'avais une pelle sous la main, c'est moi qui t'en donnerais un coup !

Son visage redevient sérieux.

– À part cette fiancée-là… Je n'en ai eu aucune, vraie ou fausse. J'ai eu quelques aventures, bien entendu, mais rien qui ait compté.

Le simple fait d'entendre qu'il a eu des aventures me remue le cœur, mais je ne peux pas lui en tenir rigueur. Questions aventures, j'en ai eu, moi aussi.

– Nos vies amoureuses ont l'air de se ressembler, alors, commenté-je en m'allongeant à côté de lui.

– À une différence près, Ivy. Je n'ai pas la phobie des bagues de fiançailles, moi.

Je ne réponds rien. Mais il se redresse à nouveau sur le coude et plonge ses yeux dans les miens.

– D'où te vient cette peur ?

– Ma mère a quitté le foyer quand nous étions petites, elle disait qu'elle étouffait. Depuis ce jour-là, je me suis juré que je ne serais plus jamais dépendante affectivement de quelqu'un.

– Mais la dépendance affective et l'amour, ça n'a rien à voir ! réplique-t-il doucement.

– Je l'apprends petit à petit.

C'est la première fois que j'évoque ce sujet. Je n'avais parlé du départ de ma mère à personne. Et je ne suis pas très à l'aise.

Et puis de toute façon, c'était à moi de poser des questions !

– Tu me parles de phobie. Et toi, tu n'en as aucune ?

Il sourit, fait mine de réfléchir, hésite un instant.

– Les chihuahuas, lâche-t-il.

J'éclate de rire.

– Si tu ne joues pas le jeu, ce n'est pas drôle. Enfin, si,

c'est drôle, mais ce n'est pas du jeu ! J'ai répondu sérieusement, moi ! Et tu refuses de te montrer tel que tu es !

Il se redresse et prend un air indigné.

– C'est la vérité, Ivy ! Mon arrière-grand-tante en avait un ! Et l'animal me détestait farouchement. La tante comme la bête, d'ailleurs. Et le chihuahua m'a même mordu, une fois ! Ce n'est pas très aimable de se moquer de mes faiblesses, fait-il, faussement fâché.

Nous rions tous les deux, puis nos yeux se croisent et ne se détachent plus.

– Tu comptes rester habillée en fiancée modèle, alors que nous ne sommes plus dans ma famille, qu'il n'y a plus de contrat et qu'il fait trente degrés ? Parce que moi, non.

Il se lève d'un bond et, sans me quitter des yeux, défait un à un les boutons de sa chemise.

– Comme ça, tu me verras tel que je suis, c'est ce que tu voulais, non ?

À la vue du corps prodigieux qui se dévoile peu à peu, le mien commence à bouillir.

Il commence un strip-tease, là, ou je rêve !

Si c'est sa façon à lui de fêter la fin d'un contrat, je veux bien en signer un nouveau dès demain, juste pour avoir le plaisir d'en célébrer une nouvelle fois la fin !

– Tu ne dis plus rien Ivy, que se passe-t-il ?

– Je regarde. Je te regarde, Simon.

– Je vois ça, murmure-t-il.

Son jean vole, Simon se retrouve devant moi en boxer. J'attends la suite, impatiente, mais mon amant s'arrête là.

– Pour le reste il va falloir patienter, Ivy. Surtout si tu restes en tenue de fiancée new-yorkaise, qui est sexy certes, mais…

Je commence à retirer mon chemisier, impatiente de me retrouver dans la même tenue que lui, mais il m'arrête d'un geste et avance doucement vers moi.

En même temps qu'il pose la main sur le premier bouton de mon chemisier, il m'embrasse avec passion. Je lui rends son baiser et nos langues se cherchent avec fougue. Je mordille sa lèvre inférieure, comme pour le supplier de me déshabiller plus vite. Seulement, il prend son temps, embrassant chaque parcelle de ma peau à mesure qu'il la dénude. Sous le feu de ses baisers avides et de ses caresses, mon intimité s'embrase. J'ai envie de cet homme, comme une folle !

Le lent effeuillage auquel il me soumet entretient la montée de mon désir. Mon chemisier puis ma jupe rejoignent ses vêtements à lui, quelque part sur le sable. Il s'allonge alors sur moi et goûte la peau de mon cou avec sa langue.

Mes mains explorent son torse et ses fesses. Je le pousse délicatement sur le côté, il m'aide à me hisser sur lui et nos corps roulent dans le sable doux.

Après quelques étreintes, Simon se dégage, glisse ses bras sous mon corps et me soulève dans les airs avec une facilité déconcertante.

Mon amant m'emporte vers la seule maison de l'île, la sienne. Elle semble magnifique, mais à cet instant précis, mes sens sont trop occupés par les bras musclés dans lesquels je me trouve pour apprécier les subtilités architecturales. Sa peau, son odeur, sa voix, ses gestes, tout m'enivre chez lui. Je n'ai plus qu'une envie, faire l'amour avec lui. À en juger par la fébrilité avec laquelle il donne un coup d'épaule dans la porte d'entrée, il est dans le même état que moi.

La porte s'ouvre. J'imagine qu'elle n'est jamais fermée à clé.

Ou alors, il vient de la briser…

Tandis que nous traversons un salon somptueux, nos bouches se cherchent. Mon corps se love dans les bras de Simon. Une nouvelle porte cède devant nous, derrière laquelle je découvre une salle de bains sublime.

Nous sommes couverts de sable, j'en avais presque fait abstraction, pas Simon.

Il me dépose sous la douche. Je pousse d'abord un cri de surprise en sentant l'eau froide sur mon corps, mais rapidement les gouttes d'eau ruisselant sur ma peau tendue de désir sont comme des milliers de caresses qui, ajoutées à celles que me prodigue Simon, enflamment mon désir. Plaquée contre mon apollon, je sens croître le sien. Après avoir dégrafé lentement mon soutien-gorge, ses mains empoignent mes seins avec une fermeté empreinte de douceur puis sa langue titille mes tétons d'une exquise façon. Mon soupir de plaisir l'encourage à poursuivre. Ses dents mordillent alors la pointe de mes seins avec une avidité qui m'électrise. Puis délaissant ma poitrine, sa langue descend le long de mon ventre, joue un instant avec mon nombril puis se fraie un chemin jusqu'à mon sexe.

Lorsque sa bouche approche de mon intimité, au travers de ma culotte trempée, le désir rend mes jambes flageolantes. Aussitôt, ses deux mains se serrent sur mes hanches, m'empêchant de vaciller. Passant ses doigts sous le tissu mouillé, il caresse mes fesses, la naissance de mon sexe puis fait glisser la pièce de dentelle le long de mes jambes.

Face à ma nudité offerte, Simon suspend un instant ses gestes, l'air de contempler ce qu'il voit, puis sa bouche se rapproche à nouveau, ses doigts se referment sur mes fesses tandis que sa langue pénètre doucement mon intimité. L'onde de plaisir qui m'assaille aussitôt me fait gémir. J'en veux davantage et me cambre afin de faciliter les jeux de mon amant. Il redouble alors ses assauts et sa langue s'enfonce en moi avec dextérité.

Je suis en train de me liquéfier de plaisir sous cette douche.

L'eau ruisselle toujours sur nos deux corps et elle me semble brûlante à présent. Comme si toutes mes sensations étaient décuplées et que chaque parcelle de mon corps goûtait des voluptés inconnues. Tout mon corps bouillonne et le marbre des parois de la douche, contre lesquelles je m'adosse, m'apporte une fraîcheur bienvenue.

Simon s'occupe à présent de mon clitoris et le titille d'une façon qui achève de me rendre folle. Un gémissement de plaisir, que je ne cherche pas à réprimer, m'échappe.

Nous sommes seuls sur cette île, autant lui faire honneur…

– Si tu continues, je…

L'orgasme fulgurant qui me submerge me cloue le bec. J'aurais voulu demander à Simon de ralentir, mais je n'en ai pas eu le temps. Dès que j'ai ouvert la bouche, sa langue s'est faite plus insistante, plus précise encore, comme pour me faire taire. Inutile alors de tenter de résister à la vague de plaisir qui m'emporte. Autant s'y abandonner corps et âme. Le long cri de jouissance qui me traverse m'étonne moi-même.

Je reprends mon souffle. Mon amant se relève et me prend dans ses bras. J'entoure son cou et me blottis contre lui incapable de prononcer une parole après ce déferlement de sensations.

– La vraie Ivy a un goût délicieux, murmure-t-il.

Les formes généreuses du sexe gonflé de désir de mon apollon, parfaitement révélé par son boxer trempé, m'indiquent qu'il est temps de l'en libérer. Posant ma main sur le morceau de tissu mouillé, je remonte, en une caresse appuyée, le long du boxer pour glisser ma main à l'intérieur. Un grognement de désir m'invite à accélérer la libération. Je m'exécute, puis saisis le sexe tendu vers moi et lui imprime un doux mouvement de va-et-vient. Simon enfouit sa tête dans mon cou en soupirant de plaisir.

J'embrasse chaque centimètre carré de son corps, des tétons au nombril, afin de lui infliger le délicieux supplice qu'il vient de me prodiguer.

– J'ai envie de te goûter tout entier, moi aussi, lui glissé-je.

Le corps de mon Simon tressaille, son sexe frémit dans ma main, et mon intimité, qui vient pourtant d'être comblée, pulse de nouveau de désir.

Ma bouche descend alors vers le bas-ventre de mon amant, dont le souffle s'accélère. Je m'agenouille devant lui et explore de mes lèvres et de ma langue le sexe magnifique de mon colosse. Ses mains se ferment dans mes cheveux et sur mon crâne, trahissant l'impatience de son désir, et aiguillonnant le mien.

– Ivy, murmure alors Simon d'une voix implorante.

Je prends alors le sexe de mon apollon tout entier dans ma bouche et j'effectue de légers mouvements, d'abord lentement puis de plus en plus rapidement, tout en agaçant son gland avec ma langue. Simon gémit de plaisir. Son sexe palpite en moi, mon intimité frémit. Il me semble même que je pourrais jouir ainsi.

– Arrête, Ivy ordonne-t-il soudain, en me tirant doucement vers lui.

Il pose ses lèvres sur les miennes et dans le même temps, attrape un préservatif dans un tiroir. Une fraction de seconde plus tard, le morceau de latex est déroulé sur sa verge. Simon me saisit alors par la taille et me porte comme si j'étais une plume. Mes jambes s'enroulent autour de sa taille, les bras du bel homme passent sous mes fesses. Simon m'emmène à travers la maison. L'air est torride et l'eau rafraîchit ma peau d'une délicieuse façon. Ainsi emportée, le sexe contre celui de mon amant, je sens le désir devenir presque insoutenable. Je ne peux m'empêcher de gémir et de faire onduler mon bas-ventre.

Simon visait une chambre, mais notre désir l'un de l'autre est trop impérieux. Il me pose délicatement sur une commode providentielle, au milieu du couloir, mes jambes se serrent de plus belle autour de sa taille et mon hercule s'enfonce en moi, complètement. La décharge de plaisir qui me transperce est si forte que je soupire le prénom de Simon, presque sans m'en rendre compte.

Maîtrisant parfaitement ses mouvements, mon colosse effectue un va-et-vient puissant. Chaque fois il me pénètre plus profondément et chaque fois il me fait accéder à de nouveaux sommets de volupté. Il gémit, lui aussi, puis m'embrasse sauvagement. À cet instant je ne sais plus où je suis ni qui je suis. La seule chose dont je suis certaine, c'est que je me trouve dans les bras de Simon et qu'aucun homme ne m'a jamais donné autant de plaisir. Je ne savais même pas que ça pouvait être comme ça, le sexe. L'orgasme est d'une telle intensité que je mords l'épaule de Simon. Sa respiration s'accélère et il ne tarde pas à me rejoindre dans l'orgasme. Nos corps se mêlent en une jouissance extraordinaire qui me laisse sans voix.

Nous restons quelques instants les yeux dans les yeux, comme hébétés par ce qui vient de nous traverser. Puis Simon sourit, pose un baiser léger sur mes lèvres et me porte jusqu'à un lit immense, au milieu d'une chambre claire aménagée avec goût.

– C'est donc là que tu voulais m'emmener…

– Oui, mais il y avait une urgence, non ? murmure-t-il en souriant.

Simon a passé son bras autour de mes épaules et je me blottis contre lui. Allongé sur le dos dans une posture qui évoque le repos du guerrier, il reprend son souffle, lui aussi.

Soudain, Simon se dégage doucement et se lève pour se saisir d'une bouteille dans un seau à glace. De toute évidence, quelqu'un est venu préparer la maison, avant notre arrivée sur l'île. Avec une élégance et une habilité sans pareille, il fait sauter le bouchon.

– On fête quelque chose ?

– La fin du contrat, oui. Et nous.

– Je croyais qu'on venait de le faire, dis-je lascive.

Il sourit et me tend une coupe. Nous trinquons. Je trempe mes lèvres dans le champagne, délicieux. Jamais mes sens n'ont été aussi aiguisés. Il me semble sentir chacune des fines bulles contre mon palais. Simon est assis face à moi et me regarde.

Alors qu'il s'approche pour effleurer mon visage de sa main, j'aperçois qu'une goutte de champagne brille sur ses lèvres. Je me penche vers lui et pose mes lèvres sur les siennes afin d'y goûter. Une ivresse me gagne alors et je tressaille si fort que je renverse une partie de ma propre coupe de champagne sur mes seins nus. Simon à son tour pose sa bouche sur mes seins pour y laper les quelques gouttes. Puis sa langue se déplace vers mes tétons, qui se tendent immédiatement sous ces assauts.

Je repose ma coupe et celle de mon amant, d'autorité.

– Ce n'est pas de champagne dont j'ai soif, Simon, dis-je en le poussant légèrement.

Simon n'oppose aucune résistance. Plus que consentant, il m'aide à m'installer sur lui et saisit mes fesses, sans me quitter des yeux. Contre mon sexe, je sens déjà le sien palpiter d'un désir sauvage et intact. Simon ouvre un tiroir dont il fouille le contenu à tâtons. Son mouvement, rendu brusque par l'impatience, fait tomber au sol toute une poignée de préservatifs.

À ce rythme-là, nous aurons bien besoin du contenu de ce tiroir.

Je lui arrache le préservatif des mains et, les yeux plongés dans ceux de mon colosse, le déroule moi-même sur son sexe tendu. Je m'appuie alors sur son torse impeccable et m'empale sur son sexe offert. Cette fois-ci, c'est moi qui prends le contrôle. Simon me l'abandonne bien volontiers et me laisse lui imposer mon rythme, sans me quitter des yeux, caressant doucement mes hanches puis mes seins avec dextérité. Mon sexe se serre autour du sien à chaque mouvement et mon amant gémit, ravi de se laisser mener ainsi au bord du gouffre et d'y résister. Nous oscillons à l'unisson, mais moi qui voulais faire durer cette danse délicieuse, je suis déjà au bord de la jouissance.

Le champagne bu sur les lèvres de Simon a donc des vertus aphrodisiaques !

Lorsqu'il comprend qu'un nouvel orgasme me guette, Simon se laisse aller et nous nous abandonnons ensemble au plaisir, sans nous quitter des yeux.

– Elle a l'air superbe, cette maison. J'ai tout visité ?

demandé-je, lovée dans les bras de mon amant tendre et magnifique.

– Je crois que tu as vu toutes les pièces, effectivement. Il ne reste que mon bureau. Je te le ferai visiter tout à l'heure, murmure-t-il entre deux baisers, d'un ton plein de promesses.

16

Créatures marines

L'île a résonné de nos gémissements de plaisir jusque tôt ce matin. Sur la plage, sous la douche, partout dans la maison, il n'y a pas un endroit de ce paradis terrestre qui n'ait été témoin de nos ébats.

La nuit la plus exaltante de toute ma vie.

Par les persiennes, le soleil qui se lève caresse délicatement nos peaux nues. Simon dort encore. Mon corps est fourbu de plaisir et pourtant mes sens sont déjà en éveil, le réclamant de nouveau, comme si mon désir pour lui était insatiable.

Réveiller la bête, est-ce bien sage ?

Je commence à embrasser le cou de mon amant, puis ses épaules, son dos, la naissance de ses fesses.

– C'est dangereux ce que tu fais, là, Ivy, grogne-t-il en se jetant sur moi.

– J'aime ce genre de danger, dis-je en riant.

Aussitôt, il me prend dans ses bras, se lève d'un bond et m'emporte en direction de la plage. Il s'enfonce jusqu'à la taille dans l'eau bleue et fait mine de me jeter à la mer. Je me débats en riant et Simon finit par me lâcher. L'eau tiède finit de nous réveiller et nous nous étreignons dans les flots avec passion.

Après ce premier bain, nous retournons vers la maison.

– Je meurs de faim !

Simon m'attrape par la taille pour me serrer contre lui.

– Moi aussi, grogne-t-il en me couvrant de baisers. Et dès

que nous aurons pris le petit déjeuner, je te prouverai que mon appétit d'ogre est insatiable.

Fruits des îles et autres délices exotiques, le petit déjeuner est somptueux. Puis la journée s'étire, tour à tour douce et languide puis sensuelle et passionnée. Main dans la main, nous partons à la découverte des poissons multicolores ou lézardons au soleil entre les baisers et les caresses torrides.

Le soir, tandis que nous nous reposons, allongés l'un contre l'autre dans la douceur d'une brise légère, Simon me tend une petite boîte emballée de papier brillant. J'ouvre de grands yeux étonnés.

– Pas de panique, Ivy, plaisante Simon. Ce n'est que ce qu'on appelle communément un cadeau. Ne me dis pas que tu n'en avais jamais vu ?

Je souris.

– Je n'ai pas tellement l'habitude qu'on m'offre des cadeaux. Et je suis toujours un peu embarrassée face aux surprises, dis-je pour justifier mon silence.

– C'est pour ça que j'ai organisé ce voyage, assure Simon. Pour t'offrir ce cadeau sans que tu puisses t'enfuir. Enfin… tu peux toujours essayer, dit-il en tendant la main vers le large, je crois que New York, c'est par là.

Je pose un baiser sur son épaule en riant.

– Je ne comptais pas m'enfuir ! Qu'est-ce que c'est ?

– Le principe du cadeau, c'est que tu dois l'ouvrir, pour savoir ce qu'il contient…

Je défais délicatement l'emballage, découvrant un écrin finement ciselé. Je l'ouvre et pousse un cri de surprise en découvrant un bracelet, tout en arabesques argentées ornées de quelques pierres sombres. Tout à fait mon style ! Je le passe immédiatement à mon poignet puis l'admire sous tous les angles, faisant scintiller les pierres dans la lumière.

– Magnifique ! Je suis en maillot de bain. En bas de maillot de bain, plus précisément. Et ce bracelet suffit à m'habiller ! Je suis sûre qu'on me laisserait entrer au Blue Smoke dans cette tenue ! C'est somptueux et simple en même temps.

Je me tourne vers Simon pour l'embrasser.

– Tu as vraiment bien choisi ! On dirait qu'il a été créé spécialement pour moi !

Simon sourit d'une façon énigmatique.

– Je suis content qu'il te plaise et que tu trouves qu'il te ressemble, parce que c'est toi qui l'as inspiré.

Je me fige.

– Tu veux dire que… c'est toi ? C'est toi qui l'as créé, pour…

J'ai du mal à poursuivre, tant cela me semble incroyable.

– Oui, pour toi, tu peux le dire. Ta liberté, ta féminité un peu sauvage, c'est tout ça que j'ai voulu mettre dans ce bracelet.

J'entoure son cou de mes bras et je l'embrasse à pleine bouche.

– C'est top secret pour l'instant, mais après les décors du film de science-fiction, je veux donner une nouvelle orientation au Stone Studio, explique-t-il. J'ai beaucoup cherché, ces derniers mois, et tu m'as donné l'envie de dessiner des bijoux. J'ai commencé par ce bracelet… D'autres pièces suivront. La ligne de bijoux aura pour nom ton prénom.

J'en reste bouche bée.

– Tu veux dire que des femmes porteront des bijoux « Ivy » ?! dis-je, amusée, sans vraiment y croire.

– Exactement, répond Simon très sérieusement. Tu es mon égérie, en quelque sorte. Mais celui que tu portes est un prototype. Aucune femme n'aura le même. Un bracelet unique pour une femme unique.

On dirait une publicité, sauf qu'il l'a fait, pour de vrai !

– Je ne sais pas quoi dire, Simon, je suis vraiment flattée… Mais, c'est un peu beaucoup, non ?

– Je me sens bien avec toi, j'aime ta spontanéité, ta beauté… Et tu me donnes l'envie d'explorer de nouveaux univers, personnels et artistiques.

Tout en contemplant le bracelet, je me laisse bercer par ces paroles qui sonnent si agréablement à mon oreille. Je n'ai pas envie de m'enfuir, bien au contraire. Je roule sur Simon.

– Moi aussi, je me sens bien avec toi Simon. Mieux qu'avec personne !

Les mots sont sortis tout seuls. Et je ne les regrette pas. Nous nous enlaçons et notre étreinte glisse rapidement en d'ardentes caresses.

***

Sur cette île, aux côtés de Simon, c'est comme si le temps avait été aboli. Lorsqu'il annonce le moment de rentrer, je suis incapable de dire combien de temps nous sommes restés là.

Pendant que Simon prépare le bateau qui nous ramènera à l'aéroport, je plonge dans l'eau transparente pour un dernier bain.

Dans la maison, j'ai trouvé un appareil photo étanche et je mitraille les poissons multicolores. En me remémorant les étreintes auxquelles ils ont assisté, je souris.

Si on m'avait dit un jour qu'un poisson rayé me rappellerait une nuit torride…

À quelques mètres de moi, j'aperçois une tache de couleur violette. Une petite méduse translucide oscille dans le courant. C'est la première fois que je vois ça, quelle couleur ! Je la prends en photo une dizaine de fois. Le courant la rapproche, je l'ai même en gros plan, mais, au passage, elle effleure ma main.

Aïe ! Ça pique, ces trucs-là !

Je me redresse, Simon est là, qui me regarde.

C'est de loin le plus beau spécimen marin qu'il m'ait été donné d'admirer pendant ce week-end.

– Le bateau est prêt, déclare-t-il.

Une fois sur le bateau, je transfère les photos de l'appareil sur mon téléphone. Cette petite méduse violette sera mon fond d'écran et le souvenir de ce week-end m'accompagnera partout.

Après le trajet en bateau, que j'ai passé blottie contre Simon, nous montons dans l'avion. Ma main est un peu rouge, là où la méduse m'a effleurée. Pas très glamour. Mais la lumière est tamisée et mes mains se baladent sur le corps de Simon et non sous ses yeux. Comme je me sens fatiguée, je m'allonge en travers du fauteuil en cuir. Pour finir ce séjour paradisiaque en beauté, je m'endors, la tête sur les genoux de Simon, sentant ses légères caresses sur mon corps.

***

Lorsque Simon me réveille, j'ai la tête lourde. Et l'impression d'avoir dormi cent ans, pourtant, je suis encore fatiguée.

– On atterrit, Ivy, m'informe Simon doucement entre deux baisers.

– Déjà ? dis-je en bâillant.

– Tu dormais profondément, sourit-il. J'ai eu un mal fou à te réveiller.

– Je crois que tu m'as épuisée, Simon.

– Alors j'espère que tu as repris des forces pendant le vol, parce que je compte bien t'épuiser encore et encore.

Cette perspective me fait tressaillir, mais en m'étirant, je me rends compte que j'ai mal partout. Un peu comme si j'avais de la fièvre. D'ailleurs, j'ai très chaud.

Et pas seulement parce que Simon vient de se lever, m'offrant le spectacle de son corps musclé.

Je n'ai pas envie de jouer les geignardes, je prends sur moi. L'air du dehors me fera sûrement du bien.

À la descente de l'avion, l'air doux n'a pas du tout l'effet escompté. Je crois même que c'est pire. Descendre les marches pour atteindre le tarmac me semble un effort surhumain, je me tiens à la rampe comme à une béquille. Une fois au sol, tout se met à tourner autour de moi. Je m'agrippe au bras de Simon.

Sa voiture n'est qu'à quelques mètres, mais cela me paraît le bout du monde.

– Je suis flatté que tu tentes de me retenir aussi frénétiquement, mais tu sais, Ivy, je ne vais pas m'enfuir, moi. Je vais juste partir travailler.

Simon sourit. Il pense que je joue la comédie ?! Oh non ! Une fois, mon ronchon de père m'avait dit de son ton sentencieux : « À force de jouer la comédie, plus personne ne te prendra au sérieux ! » Ne me dites pas que cette heure est arrivée ?!

– En d'autres termes, tu n'es pas obligée de faire du cinéma et de jouer les mourantes. Dès ce soir, je te rejoins et j'espère bien te tenir éveillée toute la nuit, murmure-t-il.

En toutes autres circonstances, j'aurais tremblé de désir à cette perspective. Là, je voudrais simplement que tout s'arrête de tourner. Soudain, Simon fronce les sourcils.

– Tu te sens bien, Ivy ? Mais non ! Tu es toute pâle.

– J'ai l'impression de bouillir de l'intérieur…

En disant ces mots, je me sens vaciller. Simon a passé son bras derrière ma taille et me soutient fermement.

– Ivy ! Tu as mal quelque part ? demande-t-il, inquiet.

– Partout oui, articulé-je. Je crois que je me suis fait piquer par un truc. Une espèce de bidule violet.

Je tends mon téléphone, pour lui montrer le portrait de mon agresseur, mais mon bras est complètement ankylosé ! Je n'ai même plus la force de tenir mon téléphone, qui tombe par terre. Je commence à paniquer sérieusement. Je ne sens plus que ma tête, qui pèse cent kilos et dont le contenu semble être en train de fondre.

J'entends Simon crier des mots que je ne comprends pas. Je n'ai même plus la force de m'accrocher à son bras. Tout tourne plus vite, je me sens partir pour je ne sais quels limbes.

La dernière image que j'emporte est celle de Simon. Je crois qu'il hurle mon prénom.

***

Je me réveille dans un lit très frais et très blanc. Un tube sort de mon bras. Une perfusion. Un bandage entoure ma main. Que s'est-il passé ? À mon autre bras, je découvre un bracelet finement ouvragé. Tout me revient. Simon, l'île paradisiaque, les poissons, la ligne de bijoux, la petite méduse dont je voulais faire un fond d'écran.

Je me sens engourdie, mais je constate qu'au bout du bras revêtu du bracelet, il y a Simon. Il tient ma main, qui paraît minuscule ainsi blottie dans les siennes. Je lève les yeux vers son visage. Son sourire achève de me réveiller. Malgré ses protestations, je me redresse pour constater que nous sommes dans une clinique. Une clinique de luxe. S'il n'y avait pas une perfusion dans mon bras gauche, je jurerais que nous sommes dans un hôtel cinq étoiles.

Simon glisse une mèche de mes cheveux derrière mon oreille et murmure mon prénom, avec un mélange de soulagement et de tendresse.

– Tu m'as fait tellement peur, Ivy ! Et moi qui ai d'abord cru que tu jouais la comédie… Je m'en veux tellement ! « L'espèce de bidule », comme tu dis, c'est une méduse extrêmement toxique ! Il est si rare d'en apercevoir dans ce coin que je n'ai pas pensé à te mettre en garde !

– Elle m'a à peine effleurée, dis-je.

– C'est pour ça que tu ne t'en sors pas trop mal.

Ses mains enserrent la mienne, ses yeux plongent dans les miens.

– Tu aurais pu mourir, Ivy.

Je hausse les épaules.

– Tu aurais été débarrassé de ta fausse fiancée ! Tout le monde t'aurait laissé tranquille avec ces histoires de mariage, dis-je pour plaisanter.

Simon ne rit pas. Il s'approche de moi et prend mon visage dans ses mains.

– Quand je t'ai dit que je me sentais bien avec toi, je ne t'ai pas dit toute la vérité. La vérité, c'est que je t'aime, Ivy. S'il t'arrivait quelque chose, je ne le supporterais pas.

– C'était dans le contrat, ça ? J'aurais vraiment dû la lire, cette nouvelle version.

– La comédie a assez duré, reprend Simon. Il n'y a plus de contrat entre nous, Ivy. Depuis plus longtemps que tu ne le crois, d'ailleurs. Je t'aime, contrat ou pas contrat, vraie Ivy ou fausse fiancée, j'aime tout chez toi. Quand je t'ai vu perdre connaissance, j'ai cru mourir d'angoisse.

Ces mots dans la bouche de Simon me rendent folle de joie.

Du bonheur en intraveineuse…

– Et pour ton information, si tu souhaitais t'enfuir en courant, tu ne peux pas. Parce que tu as une perfusion dans le bras, ajoute Simon.

Je souris à mon tour. Je n'ai plus envie de me mentir.

– Je ne vais pas m'enfuir, Simon, dis-je en passant mon bras autour de son cou. Je t'aime, moi aussi. Je ne voulais pas me l'avouer, mais je ne peux pas me passer de toi.

Le visage de Simon s'illumine et nos lèvres se rapprochent pour un doux baiser.

Jusqu'à présent l'amour n'était pour moi qu'un mot vide de sens. Mais à présent, je comprends la force de ce sentiment…

Et j'en suis transportée de joie.

Avancer sans masque, c'est un peu effrayant, certes, mais ça fait un bien fou. Je me sens vivante, tout à coup. Contrairement à ce que je pensais, le sentiment amoureux est loin d'être une chaîne ! Aimer Simon et être aimée de lui me donne une incroyable sensation de liberté. Comme si tout était possible pour nous, à présent.

Une fois que je serai débarrassée de cette perfusion qui me cloue au lit, bien entendu.

– Je vais prévenir le médecin que tu es réveillée, énonce Simon entre deux baisers.

Le médecin m'explique que je l'ai échappé belle. La méduse qui m'a piquée est hautement toxique. La perfusion contient un sérum qui va me remettre sur pied, et la brûlure se soignera par une crème adaptée.

– Je vous garde en observation jusqu'à demain, conclut-il. Au cas où vous développeriez une allergie successive à la piqûre.

Une fois le médecin parti, Simon se lève.

– Ton père et ta sœur ne vont pas tarder.

– Lauren ? Mon père ?

– Je me suis permis de chercher le numéro de ta sœur dans ton téléphone. Je l'ai prévenue que tu étais à la clinique.

Son attention me touche.

– Merci, c'est vrai que je serai contente de voir Lauren. Et tu t'es présenté comment ? Est-ce que t'as joué la comédie à ton tour, demandé-je, soudain malicieuse.

– J'ai donné mon nom sans préciser qui j'étais. Il ne s'agissait pas de faire des révélations, surtout sans t'en parler. J'ai dit que nous revenions de voyage. Ta sœur était tellement sous le choc qu'elle ne m'a posé aucune question, de toute façon.

Il se lève et enfile sa veste. Il part ? Est-ce qu'il a honte ? En même temps, c'est moi qui l'ai tenu à distance de ma famille et de mes amis, jusqu'à présent. J'ai fait bien attention de ne le présenter à personne lorsque nous sommes allés au concert des Rattle Snake.

– Tu ne restes pas ? supplié-je d'une toute petite voix.

Simon sourit.

– Imagine que ton père me demande comment on s'est rencontrés ? Je lui dis quoi ? « Oh bah je lui ai fait un contrat de comédienne. On a couché ensemble et puis je me suis attaché… Normal. » À sa place j'arracherais la tête du type qui ferait ça à ma fille.

Sa façon de présenter les choses me fait rire. Je suis soulagée de voir qu'il n'est pas farouchement opposé au fait de rencontrer ma famille. C'est juste une question de temps. De toute façon, une clinique, même cinq étoiles, ce n'est pas le meilleur endroit pour présenter son petit ami. Surtout quand on a un père ronchonneur et que la situation est un peu compliquée à expliquer…

En m'entendant rire, Simon prend délicatement mon visage dans ses mains et pose un baiser sur mes lèvres.

– Je reviens très vite, Ivy, glisse-t-il avant de disparaître comme un héros masqué.

Lauren et mon père ne tardent pas à débouler dans la chambre, complètement paniqués.

– Je vais bien ! La méduse toxique m'a à peine effleurée, je sors demain a dit le médecin, lancé-je pour les rassurer.

Ma sœur se jette sur moi, visiblement soulagée d'apprendre que je ne suis pas si mal en point. Mon père dissimule son émotion, mais je vois qu'il partage le soulagement de ma sœur.

– Tu nous as fait peur, Ivy, pourquoi faut-il toujours que tu nous fasses ce genre de coup ?

C'est bien mon père. Comme si j'avais fait ça avec l'intention de nuire !

– Je n'ai pas fait ça pour vous embêter, dis-je. J'étais en week-end, et c'est arrivé par hasard. Je prenais juste une photo.

– Mais que faisais-tu sur cette île, demande mon père en levant les yeux au ciel.

– Je prenais des vacances, papa. Tu es vraiment obligé de râler ?! Je sais ce que j'aurais dû faire : j'aurais dû jouer la comédie et faire semblant d'être au plus mal, histoire que tu t'occupes de moi avec gentillesse, comme quand j'avais 6 ans. Tu n'étais pas si ronchonneur, à l'époque !

Mon père finit par sourire.

– Pardon, Ivy, c'est que tu nous as fait peur…

De son côté, Lauren ne dit rien et se contente de sourire. Maintenant qu'elle a vu que j'allais bien, je devine qu'elle n'a plus qu'une idée en tête : en savoir plus sur le mystérieux Simon qui l'a prévenue. Elle ne dira rien devant mon père, mais je suis sûre qu'elle attend qu'il soit parti pour lancer l'assaut.

Au moment où celui-ci nous quitte pour rentrer chez lui, rassuré de me voir en forme, je remarque qu'il dit à peine au revoir à Lauren.

– Il y a un problème ? demandé-je une fois seule avec ma sœur.

– Oui, je crois qu'une de ses filles est à la clinique. Elle s'est fait piquer par une méduse et elle est restée inconsciente pendant quelques heures.

– Lauren, il t'a à peine dit au revoir !

– Il est fâché parce que je lui ai appris que je ne voulais pas travailler dans le droit mais faire de la musique. Le ton montait dangereusement lorsqu'on a reçu le coup de fil de Simon. Simon Stone, c'est ça ?

Son regard s'allume d'un éclat malicieux, mais elle bondit soudain sur son sac.

– Avant que j'oublie, j'ai un truc pour toi.

Lauren me tend une bouteille.

– C'est de la part de la voisine. Jus d'herbe vitaminé, détoxifiant naturel. Très tendance, paraît-il. Et efficace contre plein de choses, dont les piqûres de méduse !

– La voisine ! Mais comment sait-elle que je suis ici ?

– Je suis repassée chez moi à la hâte. Ou plutôt chez toi, pour te prendre quelques affaires… J'ignorais que tu avais un chevalier servant… Papa attendait dans la voiture et j'ai croisé la voisine. Je lui ai dit ce qu'il se passait. Elle m'a demandé si c'était le mystérieux prétendant complètement fou de toi qui m'avait prévenue.

– Quoi, mais elle te l'a dit ?!

– Il a dormi sur une chaise pour ne pas te louper.

– Ça aussi !

– Ne lui en veux pas. J'étais dans tous mes états. Elle a raconté ça pour me rassurer : pour me faire comprendre que tu étais entre de bonnes mains et qu'il ne pouvait rien t'arriver.

Je grommelle.

– Alors ? reprend ma sœur.

– Alors quoi ?

– Ce prétendant ! Entre ce magnifique bracelet qui te donne l'air d'une reine alors même que tu as une perfusion dans le bras, et le magnifique bouquet de pivoines, il a de bonnes idées… Parce que c'est bien le même homme, n'est-ce pas ? Celui que tu fréquentes en secret depuis quelque temps déjà.

– Rien à voir ! m'écrié-je.

– C'est étrange, parce que je l'ai aperçu de loin, en entrant dans la clinique, il parlait à une infirmière. Pas exactement le genre de mec qui passe inaperçu…

Ça, c'est le moins qu'on puisse dire…

– Bon, OK, inspecteur Sœurette, tu as gagné, je me mets à table. Mais c'est loin d'être élégant de ta part, de profiter du fait que je suis à l'agonie ! C'est vrai, on passe du temps ensemble. Et toi si tu m'expliquais ce qui se passe avec…

Lauren m'arrête d'un geste.

– « C'est vrai, on passe du temps ensemble. » Et tu crois que je vais me contenter de ça !

– Je préfère être prudente avant de le présenter à tout le monde, c'est tout. Mais je dois avouer que je me sens bien avec lui, je crois que je l'aime.

Si j'ai dit « je crois », c'est juste pour ménager ma sœur. Rien qu'avec ce demi-aveu, elle est au bord de l'évanouissement.

– Tu veux que j'appelle l'infirmière ? suggéré-je pour plaisanter. Dis-moi plutôt comment ça s'est passé, à Chicago.

– Plutôt très bien. Le producteur nous propose de faire une

maquette. Forcément, ça va nous prendre un peu de temps. D'où la colère de papa…

– Tu as bien raison de suivre tes envies, déclaré-je en embrassant ma sœur. Et nous savons toutes les deux que papa est un râleur né…

Une fois Lauren partie, l'infirmière vient s'assurer que tout va bien. Une idée me traverse alors l'esprit. Ma relation amoureuse étant clairement en train d'évoluer, c'est le bon moment pour un test de dépistage du VIH.

Le soir, Simon revient me voir. Nous dînons ensemble. J'ai beau avoir une perfusion dans le bras et me trouver dans une clinique, le repas est digne d'un restaurant étoilé ! J'ignorais que ce genre de chose était possible.

17

Qui ment ?

Simon a passé la nuit auprès de moi, mais quand je me réveille, il a disparu. Lorsqu'il revient dans la chambre, il sort un papier de sa poche.

– Hier, j'ai profité du moment où ta sœur et ton père étaient là pour faire un test. Maintenant qu'on sait tous les deux qu'on s'aime, on est ensemble, n'est-ce pas ?

Sur ma table, je vois qu'un papier a été déposé, probablement pendant que je dormais encore. C'est le test de VIH que j'ai effectué, moi aussi. Je lui tends alors le papier.

– J'ai eu la même idée, dis-je.

Nous éclatons de rire.

– Plus rien ne s'interposera entre nous, à présent, glisse-t-il dans un sourire plein de sous-entendus qui me chatouille le ventre.

Toute confortable que soit la clinique, j'ai hâte de sortir. Avant de me laisser rentrer chez moi, le médecin m'adresse quelques dernières recommandations.

– Il vous faut du repos, mademoiselle. M. Stone m'a promis de veiller sur vous, si vous en êtes d'accord. Sans quoi, il vous faudra rester ici encore quelques jours.

– Je choisis l'option Simon Stone.

Une fois dehors, je me rends compte que je me sens encore un peu faible, comme si je récupérais tout juste d'avoir livré une bataille – ce qui est à peu près le cas, vu que chaque parcelle de mon corps s'est défendue contre le poison de la méduse. Comment une si petite chose peut-elle faire autant de dégâts ?!

Avant de monter dans la voiture, Simon m'enlace.

– J'ai promis au médecin de prendre soin de toi… En d'autres termes, je t'emmène chez moi, Ivy. Et tu ne peux pas refuser.

Je me contente de sourire. Je me vois déjà me prélasser dans le grand canapé, au soleil ! Avec Simon à mes côtés…

***

Le lendemain, je me réveille en pleine forme. Je me suis endormie tôt, comme une masse. Simon a veillé sur mon sommeil. J'ai senti ses lèvres se poser dans mon cou de temps à autre.

– Je me remets au travail aujourd'hui, dis-je à Simon. La première partie de Jessie Green a lieu après-demain, et je me sens d'attaque !

Simon fronce les sourcils.

– Oui, je sais ce que tu penses : est-ce bien raisonnable ? La réponse est oui. Je me sens déjà nettement mieux. Jessie Green est une comédienne que j'admire et dont le talent est salué par tous. Si le directeur du Comedy Cellar est convaincu par ma prestation, il me proposera un contrat pour la saison. Et puis pour rien au monde je ne manquerais cette soirée. Surtout pas pour une pieuvre qui mesure la taille de ma main… Je vais peut-être même m'en inspirer pour mon stand-up…

– J'ai hâte d'entendre ça, enchaîne Simon en me serrant dans ses bras.

– Et je t'ordonne d'aller travailler, toi aussi. Tu as déjà veillé sur moi pendant trois jours. Je vais finir par y prendre goût.

Simon m'embrasse, et après m'avoir fait promettre de l'appeler si je me sentais mal, il se décide à retourner au studio Stone.

***

Aujourd'hui, c'est le grand jour. L'essai en première partie de Jessie Green, c'est ce soir. Dès mon réveil, j'ai le trac. Cela fait longtemps que ça ne m'est pas arrivé. Ces dernières semaines, j'ai tant joué au New York Comedy que j'y suis presque comme chez moi. Je connais tout le monde. J'y ai mes habitudes, et même quelques fans. Cette fois-ci, il va me falloir conquérir un nouveau public et être à la hauteur du lieu. Sans compter que Jessie Green elle-même m'écoutera probablement. Bien sûr, c'est très excitant, c'est une nouvelle étape dans ma carrière, mais c'est aussi un peu inquiétant.

Je m'apprête à ouvrir mon ordinateur, pour peaufiner une dernière fois mon texte, lorsque quelque chose de brillant attire sur la table mon attention. C'est la bague de la fausse fiancée ! Je l'ai rendue à Simon – ou plutôt, je la lui ai jetée au visage – lorsque je l'ai suivi à Harlem. Un petit papier est enroulé dans l'anneau.

« Je crois que ceci fait partie de ton costume de scène… »

Je souris et lui envoie aussitôt un SMS.

[Je te remercie, c'est exactement
ce qu'il me fallait pour vaincre le trac !]

[J'ai hâte de te voir jouer.
Même si je préfère quand tu ne joues
que pour moi…]

Ce soir, Simon part en voyage d'affaires au bout du monde, mais il m'a promis qu'il aurait le temps d'assister à la représentation, juste avant que son avion ne décolle. Je suis contente qu'il soit là, mais je me demande si cela ne contribue pas encore davantage à me filer le trac.

***

Quand je pousse la porte du théâtre, l'assistante du directeur m'accueille et me mène à une loge, juste en face de celle de Jessie Green. Comme elle sort au moment où j'entre dans la mienne, elle me serre la main avec sympathie.

– On m'a beaucoup parlé de vous, Ivy.

– Je suis très flattée de jouer en première partie de votre show, dis-je.

Et aussi très intimidée.

J'ai à peine le temps de lui parler qu'un journaliste l'alpague pour une interview.

– À bientôt ! lance-t-elle avant de disparaître. Je vous écouterai ce soir.

Cette fois, j'ai vraiment le trac !

Dans ma loge, quelques minutes avant d'entrer en scène, je me concentre. J'ai passé la bague de Simon à mon doigt, un peu comme un porte-bonheur. Elle fait partie de mon personnage de stand-up. J'ai aussi rajouté quelques accessoires de la fausse fiancée : les escarpins noirs, par exemple, qui font un malheur avec mon jean un peu déchiré. Ma relation avec Simon a nourri mon personnage de théâtre. Je porte également le bracelet que Simon m'a offert, mais ce bijou n'est pas celui du personnage de stand-up, c'est bien celui de la vraie Ivy.

Je me sens heureuse, et c'est tout à fait l'état d'esprit nécessaire pour monter sur scène. Et puis j'ai hâte de tester mon nouveau stand-up, en partie inspiré par Simon. Je commence par évoquer les animaux mignons les plus dangereux du monde, pour faire le parallèle avec d'autres grands animaux potentiellement dangereux, à savoir les hommes.

***

Je suis sortie de scène sous les applaudissements. Je regagne ma loge, la tête encore un peu dans mon spectacle. Quelques secondes plus tard, Simon me rejoint.

– Tu as vraiment du talent, Ivy, j'ai beaucoup ri, dit-il en me prenant dans ses bras.

– Ne serais-tu pas un public un peu partial ?

– Tu te trompes, les gens autour de moi riaient également !

Nous nous embrassons.

– Je suis content que tu portes le bracelet… et… la bague aussi…

– La bague, c'est pour ma tenue de scène ! Et d'ailleurs, il faudrait que je la remplace par une fausse ! Je suis bien la première comédienne de stand-up à arborer une vraie bague de chez Tiffany comme costume. Parce que c'est une pièce du costume, je te le rappelle !

– Je sais. Mais je n'ai pas besoin de bague, ni de pacte, ni de contrat. Je t'aime, Ivy, murmure-t-il, et cela me suffit. Je n'ai jamais laissé personne m'approcher. Je n'ai jamais parlé de mon passé, et ça, c'est plus fort qu'une bague !

Les mains de Simon glissent le long de mon dos et s'y attardent.

– Et je voulais te dire… Les escarpins, c'est très sexy, avec ce jean. J'étais même un peu jaloux, je dois l'avouer, de voir que d'autres hommes semblaient te trouver à leur goût.

À ces mots, et sous ses caresses, je sens mon ventre fourmiller de désir.

– Dommage que tu partes au bout du monde négocier l'exportation de tes décors… dis-je d'une voix lascive.

– Tu ne perds rien pour attendre. Je serai bientôt de retour, Ivy. Et nous rattraperons le temps perdu.

– Tu ne devrais pas être parti, déjà ?

– J'ai un peu retardé mon départ pour pouvoir te serrer dans mes bras.

Nous nous embrassons fougueusement. Puis, sur le pas de la porte de la loge, nous nous décidons enfin à nous séparer.

Je ramasse mes affaires tranquillement. Avant de retourner dans la salle pour assister à la performance de Jessie Green, je reste quelques minutes à rêvasser. La loge est encore pleine de l'odeur de Simon, et je veux en profiter. Les journées vont être longues en attendant son retour. Je suis amoureuse. Ce n'est pas si terrible que ça, finalement. C'est même plutôt chouette.

Soudain, on frappe à la porte de la loge. Simon reviendrait-il me faire un dernier baiser ? J'ouvre, et mon sourire se fige, comme tout le reste de mon corps, d'ailleurs. Je fais un pas en arrière. Émilie se tient devant moi.

– Vous êtes sa fiancée, n'est-ce pas ? demande-t-elle sans préambule.

Bien sûr, je ne suis pas obligée de répondre. Je pourrais tout aussi bien lui dire que ça ne la regarde pas. Mais l'envie sauvage de marquer mon territoire me prend.

– C'est exact, réponds-je sobrement.

Le visage d'Émilie reste parfaitement impassible. On dirait bien qu'elle se fiche complètement que quelqu'un soit la fiancée de Simon. Une angoisse me saisit alors. Je suis seule ici, cette femme semble dangereuse.

– J'ai l'impression qu'il ne vous a rien dit, n'est-ce pas ? poursuit-elle simplement.

– Rien dit, je… heu, à quel propos ?

– Quel lâche ! ricane-t-elle. Dites-lui de ma part qu'il va payer, pour l'enfant qui est mort à cause de lui !

Comment ça « à cause de lui » ?

– Comment ça, « à cause de lui » ?! m'écrié-je. Quel enfant est mort à cause de lui ?

Émilie a déjà tourné les talons. Je me précipite à sa suite.

– Vous mentez ! Je suis sûre que vous mentez !

Elle se retourne tranquillement, sûre de son fait.

– Eh bien, demandez-lui, si vous ne me croyez pas. Et vous verrez bien qui ment, ici.

Se pourrait-il que tout ce que m'a raconté Simon soit faux et que cette femme dise vrai ?

Impossible ! Il n'aurait pas pu inventer toute cette histoire… C'est trop gros…

Mais n'ai-je pas moi-même mis en pratique la règle qui veut que plus c'est gros, plus ça passe ?

IV

Coupable… de quoi, en fait ?

18

Spectres

Un enfant serait mort, par la faute de Simon ? Je reçois les mots d'Émilie comme une gifle. Entendre Simon se faire traiter de lâche par cette femme me fait vaciller.

En donnant foi à ses paroles, j'ai la sensation de trahir mon amant, de lui planter un couteau dans le dos. Je ne peux pas la croire, je ne veux pas la croire… pourtant, que je le veuille ou non, le doute s'instille en moi comme un poison. Émilie fait partie du passé de Simon. Elle sait peut-être des choses que j'ignore. Elle était si sûre d'elle qu'il est difficile de ne pas la prendre au sérieux.

Et si Simon me menait en bateau depuis le début ? Il a tout de même conçu l'idée de recruter une fausse fiancée pour tromper sa famille ! Jusqu'à quel point est-il capable de jouer la comédie ? Il m'aurait menti ? Alors que nous venons tout juste de nous dire que nous nous faisions confiance !

Il faut qu'il m'explique de quoi il retourne. Simon est en route pour le bout du monde, mais à cet instant il n'est pas encore dans l'avion et si je me dépêche, j'ai encore une chance de le joindre. Dans ma loge, il n'y a pas de réseau. Je ramasse mes affaires à la hâte et me précipite dehors, courant presque dans le couloir du théâtre, serrant mon téléphone contre moi.

– Ivy !

John Stawson, le directeur du Comedy Cellar se trouve face à moi. Il me sourit en désignant sa montre.

– C'est de l'autre côté, le spectacle ! Je vous cherche partout ! Le show de Jessie commence !

Jessie Green. Je viens de faire sa première partie au Comedy Cellar. Une soirée d'essai, avec une saison à la clé. Je devrais redouter son verdict, mourir d'inquiétude à l'idée de savoir si le directeur a apprécié ma prestation et s'il m'embauche. Seulement, à cet instant précis, une question me parasite : Simon est-il responsable de la mort d'un enfant ?

Je voudrais baragouiner une excuse qui me permettrait de quitter le théâtre au plus vite, mais, prise de court, je ne trouve pas l'inspiration. Sans me laisser le temps de dire quoi que ce soit, le directeur m'entraîne gentiment vers la salle.

– Jessie a adoré votre stand-up et votre présence sur scène ! confie-t-il comme nous entrons. Et moi aussi ! J'ai hâte d'en discuter avec vous !

Jessie Green, ravie de me rencontrer ? Le directeur également ? En toute autre occasion, j'aurais hurlé de joie. Mais je ne sais plus où je suis, j'ai comme un vertige. Je m'entends dire : « Oui bien sûr, merci à vous, c'est très aimable. » *La repartie la plus plate de toute ma carrière.*

Heureusement, trop impatient d'assister au show de Jessie Green, le directeur du théâtre n'entend pas vraiment ma réponse. Nous nous installons au premier rang, juste au moment où la comédienne entre sur scène sous les applaudissements.

Assister à un spectacle comique lorsque l'on soupçonne l'homme que l'on aime d'être responsable de la mort d'un enfant et de vous l'avoir caché… le supplice ! Mais il y a encore plus cruel : assister à un spectacle comique lorsque l'on soupçonne l'homme que l'on aime d'être responsable de la mort d'un enfant, de vous l'avoir caché, et de l'apprendre par une femme qui rêve de s'associer à lui dans la vengeance, façon *Bonnie & Clyde*.

Je suis fan de Jessie Green. J'admire tout chez elle, son

humour, son écriture, son jeu, sa présence… mais ce soir, ses répliques se mêlent à celles d'Émilie, dont les mots « quel lâche ! » ricochent encore dans mon esprit en une douloureuse litanie. Tout cela se mêle aux rires des spectateurs et du directeur du théâtre d'une façon très désagréable.

Soudain, des applaudissements tonitruants marquent la fin du spectacle. Je n'ai pas tout suivi, mais je bats des mains avec les spectateurs, comme un automate. Le directeur applaudit à tout rompre, et se lève même de son siège.

– Incroyable show ! n'est-ce pas ?

– Excellent, oui ! balbutié-je en m'efforçant de sourire.

Je suis sincère. Malgré mon esprit légèrement encombré, j'ai pu mesurer l'ampleur du talent de Jessie Green. Dommage que je n'aie pas pu vraiment en profiter.

Je ramasse mes affaires, prête à m'enfuir, seulement, le directeur me prend par le bras.

– Vous venez boire un verre au bar du théâtre ?!

Deuxième tentative d'évasion : ratée !

John m'entraîne vers un bar dans le fond du théâtre. Immédiatement accaparé par d'autres personnes, il n'a pas le temps de m'interroger en détail sur ce que j'ai pensé de la performance de Jessie. Il me présente de temps à autre comme une « jeune comédienne des plus prometteuses ». Je tente à nouveau de sourire, mais mes pensées sont ailleurs.

Soudain, je me retrouve face à une Jessie Green radieuse, qui me félicite. C'est le monde à l'envers ! Je la congratule à mon tour. Je voudrais lui faire part de mon admiration pour son travail, mais incapable de formuler une réplique constructive, je me réfugie derrière des compliments assez vagues. La seule phrase qui me vient est une question : « Est-ce que quelqu'un peut me dire si Simon est responsable de la mort d'un enfant ? »

Heureusement pour moi, la star est vite appelée ailleurs.

– Nous aurons l'occasion de parler ensemble très bientôt, j'en suis sûre ! lance-t-elle en s'éloignant.

– Sur quoi portera votre prochain show ? me demande alors le directeur, revenu face à moi.

– Probablement sur la lâcheté, réponds-je sans réfléchir.

Il me regarde, un peu étonné.

– La lâcheté ? Très original. Je vous fais confiance pour traiter le sujet de la façon la plus comique qui soit !

La lâcheté, j'ai vraiment dit ça, moi ?

– Nous en parlerons tranquillement plus tard. Il faut que nous nous voyions très bientôt pour les plannings. Vous joignez-vous à nous pour le dîner ?

C'est l'ouverture que j'attendais ! Je décline poliment. Il n'insiste pas et me promet de me rappeler. Après l'avoir remercié avec enthousiasme, je me précipite dehors.

Enfin libre !

Libre de me torturer l'esprit avec les mots d'Émilie.

Dès que je me suis un peu éloignée du théâtre, je compose le numéro de Simon. Son téléphone est éteint et je tombe sur la voix sensuelle de son répondeur, qui m'invite à le rappeler plus tard. Il est déjà dans l'avion… Sa voix agit comme une caresse qui m'électrise. Passée par le filtre de la machine, elle délivre tous ses accents suaves avec une force nouvelle que je perçois comme si je les entendais pour la première fois.

Incapable de laisser un message, je rentre. Une fois chez moi, je frappe à la porte de Lauren : j'ai besoin de lui parler, de tout lui raconter. Ma sœur n'est pas chez elle.

Je regagne mon appartement, y tourne en rond pendant un bon moment puis me décide à agir. Je ne peux pas rester sans rien faire. Tant pis, je parlerai à Simon par répondeur interposé. Il finira bien par rallumer son téléphone.

La voix grave de Simon m'invite pour la deuxième fois à laisser un message. J'aurais préféré laisser des messages romantiques, voire sexy… Pourtant, je me lance…

– Simon… Émilie est venue me voir, dans ma loge, après

ton départ. Elle m'a parlé d'un enfant… qui serait mort, soufflé-je après un long silence. Elle a dit que tu y étais pour quelque chose. Je ne comprends pas, Simon. De quoi s'agit-il ? J'ai besoin de savoir. Est-ce qu'elle dit vrai ? Elle était si sûre d'elle…

J'ai du mal à prononcer ces mots et mon message est entrecoupé de blancs et d'hésitations.

Simon m'a parlé de confiance, et je m'y suis jetée à corps perdu, heureuse de franchir une étape dans ma relation avec cet homme, ravie de découvrir qu'être amoureuse était un sentiment magnifique. Tout ça pour quoi ? Pour trébucher sur un cadavre ?!

***

Le téléphone n'a pas sonné. Simon n'a pas appelé. C'est la première pensée qui me traverse l'esprit quand je me réveille, le lendemain. Pourtant, à l'heure qu'il est, il a forcément trouvé mon message ! Il est sorti de l'avion depuis longtemps, sa journée de travail à Tokyo est commencée. Pourquoi ne pas me répondre ?! Pourquoi me laisser dans cet état de doute insupportable !?

Je meurs d'envie de le rappeler, mais je ne le fais pas. Mon message était hésitant, mais le motif de mon appel était clair : c'est à lui de me contacter. Si je reste ici, je vais passer la journée à regarder mon téléphone en le suppliant de sonner, et ça, il n'en est pas question !

Il est à peine neuf heures quand je tape à la porte de Lauren. Personne. Ma sœur n'est toujours pas chez elle. Je fonce alors chez Ted. Je prendrai mon petit déjeuner dans son bar. J'ai besoin de voir du monde !

Quand j'arrive dans le café, ma sœur s'y trouve déjà. Assise face à une assiette de gâteaux, elle est en pleine discussion avec Ted. En me voyant débarquer de si bonne heure, ils ouvrent de grands yeux. Mais vu ma tête, ils ne se risquent à aucune plaisanterie sur mon arrivée exceptionnellement matinale.

– Il y a un problème ? demande ma sœur, légèrement inquiète.

– J'aurais aimé vous parler de Simon et de notre histoire dans un contexte un peu plus joyeux… dis-je sans préambule. Mais il y a urgence sentimentale.

– Simon ? Le demi-dieu s'appelle Simon ?! sourit Ted.

Je hoche la tête et soupire, prête à leur raconter notre histoire depuis le début…

Mais c'est quoi, le début, en fait ? Avant ou après le contrat ?

Je décide de tout avouer.

Et quand bien même je trahirais la clause de confidentialité, je m'en moque. Je viens de décréter qu'elle a pris fin avec le contrat.

Je viens d'ailleurs de rajouter cette clause : « urgence : si je ne parle pas de cela à quelqu'un, je vais devenir folle »

– Simon m'a embauchée comme comédienne, sous contrat. Il avait besoin d'une fausse fiancée pour faire illusion face à sa famille. Mais nos sentiments ont dérapé.

– Tu es bien la seule personne au monde à te mettre dans ce genre de situation… plaisante ma sœur.

– Où est le problème, demande Ted, votre idylle m'a l'air des plus romantiques ?

– Le problème, c'est qu'on vient de m'affirmer que Simon était responsable de la mort d'un enfant !

Les sourires s'effacent sur leurs lèvres.

Pour ne pas trahir le secret de Simon, je leur raconte sans trop de précision qu'une femme, ancienne amie de mon amant, est venue m'« avertir » de son passé plus que trouble. J'évite les mots *folle* et *menace* pour ne pas inquiéter Ted et Lauren.

– Il faut que tu parles à Simon, tranche Ted. Tu ne peux pas laisser quelqu'un se glisser entre vous sans entendre sa version des faits !

– Il est au bout du monde ! Et c'est bien ce qui me rend folle ! Je lui ai laissé un message auquel il n'a pas répondu ! Je l'aime et j'ai besoin de savoir ce qui s'est passé.

Ma sœur ouvre de grands yeux incrédules.

– Oui, Lauren, je sais! Je viens d'avouer que j'étais amoureuse de lui. Mon état est bien plus grave que tu ne le pensais ! Il est aussi bien plus sévère que ce que j'imaginais…

J'attrape un muffin – au citron apparemment – pour me remonter le moral.

– Très bon, Ted, tu progresses ! Qu'est-ce que tu en penses Lauren ? Ils sont excellents, non ?

Ted et Lauren ne répondent rien. Je remarque alors que mes amis sont comme pétrifiés.

– Qu'est-ce que vous avez, on dirait que vous avez vu le diab…

Je viens de me retourner, et je me fige à mon tour.

Ah non, je comprends, ils ont vu un demi-dieu…

Simon est là, juste devant moi. Son visage magnifique, son torse somptueux de marbre grec, ses yeux verts dans lesquels on meurt d'envie de se noyer.

Je devrais avoir l'habitude, moi. Pourtant, non, chaque fois, je suis complètement bluffée.

Il ne devait pas être à l'autre bout du monde ?

– J'ai eu ton message en arrivant à Tokyo, commence-t-il devinant mon étonnement. Je suis immédiatement remonté dans l'avion. Tu n'étais pas chez toi. Je me doutais que tu serais là…

Lauren et Ted ont soudainement des choses à faire au fond du bar et nous nous retrouvons seuls, Simon et moi.

L'air inquiet qui flotte sur son visage le rend plus beau encore. Ses yeux plongent dans les miens et il m'est de plus en plus difficile de résister à la force d'attraction qui émane de lui.

Je voudrais me jeter dans ses bras, mais les derniers événements me reviennent et je reste sur ma chaise, non sans peine.

– Émilie a raison, souffle alors Simon d'un ton inhabituellement grave. Il faut que je te parle, mais pas ici.

Émilie a raison ?! Mais ça veut dire que…

L'aveu me tombe dessus comme un coup de tonnerre. Simon me prend alors par le bras et je me laisse entraîner à l'extérieur.

Devant le bar, la voiture noire de Simon nous attend. Je crois que Ted et Lauren ne m'en voudront pas pour le départ précipité. Comme nous montons dans la berline, j'aperçois leurs visages ahuris. Ils ne peuvent s'empêcher de jeter des coups d'œil dehors. En toute autre circonstance, j'aurais ri face à leur tête. Mais l'air grave de Simon m'inquiète et je n'ai pas le cœur à m'amuser de leur surprise.

La voiture file dans les rues de New York. À l'arrière, le silence est pesant. Simon est perdu dans ses pensées, il attend que nous soyons chez lui pour parler.

Une fois dans le loft, je me laisse tomber dans le canapé, m'attendant au pire. Simon, lui, fait les cent pas, cherchant manifestement les mots justes avant de commencer. Il passe la main dans ses cheveux, en ce geste sexy qui me plonge chaque fois dans un état second.

– Je n'ai jamais parlé de ça à personne, Ivy… Je veux dire… pas même à ma famille adoptive. Pas même à la police… Seule Émilie est au courant, je le lui ai avoué quand je suis allé la trouver à Harlem.

J'attends la suite, tétanisée, suspendue à ses lèvres.

– Tu te souviens, je t'ai dit que quand Tyler Walker a débarqué chez nous et qu'il a tué ma mère et Alan, j'étais dans une pièce à côté.

– Bien sûr, je me souviens, murmuré-je. C'est même ce hasard qui t'a permis d'échapper au massacre.

– C'est là que je ne t'ai pas tout dit, Ivy…

Ses mâchoires se serrent, ses mains se crispent. Je sens qu'il est à la torture.

– En réalité, ce n'était pas Alan qui était visé, c'était moi, lâche-t-il tristement. Si je suis vivant aujourd'hui, c'est parce que Tyler Walker a pris Alan pour moi…

Simon s'assied près de moi. Je prends ses mains dans les miennes, pour l'encourager à poursuivre.

– Mon père biologique était marié à la sœur de Tyler Walker, mais il l'a trompée, avec ma mère. C'est de cette union illégitime que je suis né, et le chef du gang a considéré cela comme une insulte. Le seul moyen d'y remédier, selon lui, c'était de nous supprimer, ma mère et moi… Au moment du meurtre, j'étais dans la pièce à côté. Et si je n'étais pas dans le salon, c'est parce que je boudais. Une histoire de jeu que j'avais perdu. Une querelle d'enfants, rien de plus.

Un triste sourire éclaire son visage.

– Quand Tyler est entré, il a vu Alan. Il a pensé que c'était lui, le fils illégitime.

Simon s'est arrêté un instant. Il a besoin de reprendre son souffle, comme si chaque mot lui demandait un terrible effort.

– De ma cachette, j'ai entendu Tyler Walker demander : « C'est ton fils ? » Ma mère a alors pris Alan dans ses bras et a répondu par l'affirmative. Elle lui a volontairement laissé croire qu'Alan était l'enfant qu'il cherchait à éliminer… Alors oui, Émilie a raison, je suis responsable de la mort de cet enfant.

Je suis à la fois soulagée et horrifiée par cette explication.

– Simon, tu n'es pas responsable ! m'écrié-je.

Simon se lève d'un bond et reprend ses allées et venues dans le salon.

– Ma mère a sacrifié Alan pour me sauver ! C'est moi qui devrais être mort ! Je suis un usurpateur ! Je lui ai volé sa vie !

Je me lève à mon tour, pour le forcer à se rasseoir près de moi et à m'écouter.

– Tu ne peux pas t'accuser, Simon ! Comment un enfant pourrait-il être responsable d'une chose pareille ! S'il y a un monstre dans l'histoire, c'est Tyler Walker, personne d'autre !

Quant à ta mère, elle a réagi comme elle a pu, en suivant un instinct maternel que personne ne peut juger !

Simon se tait un instant, les yeux dans le vide, il est très loin de moi, tout à coup.

– Tu n'en as jamais parlé, à personne ?

– Lorsque j'ai témoigné, enfant, je n'ai rien dit. Je croyais que la police m'arrêterait si je leur répétais les mots de ma mère. Plus tard, j'ai eu peur que ma famille adoptive me rejette s'ils apprenaient la vérité, et puis j'ai craint la vengeance de la famille d'Émilie.

Mon cœur se serre en imaginant Simon, enfant, seul face à ses terribles angoisses, craignant sans cesse que ses parents adoptifs découvrent la vérité et l'abandonnent.

– Simon, ce n'était pas de ta faute ! Que tu l'aies cru enfant, c'est une chose, mais tu ne peux pas continuer à le penser. En grandissant, tu as bien dû te rendre compte que tu n'y étais pour rien ?!

– C'est plus fort que moi, Ivy. Je me suis toujours senti coupable d'avoir volé cette vie. Voilà pourquoi je ne t'ai jamais rien dit. J'ai eu peur que tu me voies autrement, que tu me quittes.

– Mais enfin, Simon, comment as-tu pu imaginer cela de moi une seule seconde !

– Tu ne m'en veux pas ?

– Non seulement je ne t'en veux pas, mais je ne comprends même pas comment tu peux concevoir cette idée !

Un soupir de soulagement lui échappe.

– Il est temps que tu te libères complètement de ce passé, tu ne penses pas ? Tu devrais raconter la vérité à tes parents adoptifs et à ceux d'Émilie.

Le visage de Simon se durcit.

– Ça, jamais, Ivy ! Surtout pas à ma famille !

– De quoi as-tu peur, Simon ? Comment peux-tu douter que leur réaction soit différente de la mienne ?! Quant à la famille d'Alan, elle a le droit de connaître la vérité.

– J'ai avoué la vérité à Émilie. Tu as vu le résultat ! Ça l'a rendue folle de rage !

Simon s'arrête un instant.

– Je m'en veux de t'avoir mêlée à cette affaire, Ivy !

– Tu as bien fait, au contraire. Nous sommes deux, à présent, pour affronter ton passé.

À ces mots, son visage se pare d'un lumineux sourire. Ses lèvres s'approchent des miennes et se joignent à elles en un tendre baiser. Au contact de ce corps sublime, mes sens s'éveillent et un frisson court dans mes veines. Lorsque nos bouches se séparent, Simon a retrouvé son calme et son assurance.

– J'ai prévenu la police, dès que j'ai eu ton message, explique-t-il. Compte tenu de mon passé, ils prennent l'histoire au sérieux. Mais à ce stade, les menaces d'Émilie sont vagues. D'après mon propre détective, elle a quitté New York.

– Et ton voyage d'affaires à Tokyo ?

– Franck a accepté de se charger du début des négociations. Je ne pouvais pas supporter de te savoir ici, loin de moi, avec les accusations d'Émilie. Je ne pouvais pas t'en parler par téléphone. Je suis revenu en urgence…

Tout simplement !

Son sourire se fait piquant.

– Et je ne regrette pas. J'ai bien fait de débarquer sans prévenir… J'ai entendu ce que tu as dit à Lauren et Ted…

– À quel sujet ?

– À mon sujet ! Tu as dit que tu m'aimais et je dois t'avouer que je suis heureux d'apprendre que la situation est plus sévère que tu ne le pensais !

Ah, il a entendu…

Et ça ne me gêne pas.

J'ai décidément bien changé au contact de cet homme.

– Je dois repartir maintenant, Ivy. Les réunions les plus importantes concernant le rachat des décors par une chaîne de design japonais ont lieu demain.

Les bras de Simon s'enroulent autour de moi et il m'attire à lui pour un baiser d'au revoir plein de promesses. Il a beau repartir au bout du monde, je me sens plus proche de lui que jamais.

19
Enfances

Je suis tirée de mon travail par le bip de mon téléphone. Découvrant le nom de Simon, je sens mon cœur battre plus fort dans ma poitrine.

[Je suis de retour à New York.
Hâte de te serrer dans mes bras…]

[Quand ?]

[Quand tu veux…]

Pour plaisanter, j'écris :

[Maintenant !]

Quelques secondes plus tard, on frappe à ma porte. J'ouvre. Simon est là, devant moi. Son jean moulant et sa chemise noire me donnent des idées peu avouables. D'ailleurs, je lui saute littéralement dessus. Amusé par mon enthousiasme, Simon se laisse faire et, prenant délicatement mon visage entre ses larges mains, il pose ses lèvres sur les miennes. Nos langues se cherchent et virevoltent, libérant chez moi des milliards de sensations divinement excitantes.

Je n'ai même pas attendu que la porte soit fermée pour me jeter dans ses bras !

J'invite Simon à entrer et, à l'abri des regards, nous savourons la joie de nous revoir. Une fois l'émotion des retrouvailles passée, je comprends, à la façon dont il me regarde, qu'il a quelque chose d'important à me dire.

– J'ai réfléchi à ce que nous nous sommes dit, commence Simon en se détachant de moi. Tu as raison. Je ne peux plus vivre entouré de spectres. Jusqu'à présent, je me suis considéré moi-même comme une espèce de fantôme. À présent, je me sens la force d'affronter mon passé. Pour commencer, je vais rendre visite aux parents d'Émilie… Pour les miens, on verra plus tard.

Je me blottis contre le torse musclé de mon amant.

– C'est courageux de ta part, Simon ! Quand comptes-tu y aller ?

– Le plus tôt sera le mieux. Je pensais m'y rendre tout de suite… Acceptes-tu de m'accompagner ?

– Que je t'accompagne ?! Mais… je suis étrangère à cette affaire… tu crois vraiment que…

– Tu es étrangère à cette affaire, c'est vrai, concède-t-il. Mais tu fais partie de ma vie et j'ai besoin de ta présence.

C'est l'aveu le plus touchant que j'aie jamais reçu. Avant même de lui donner ma réponse, je me penche vers lui et l'embrasse tendrement.

– Bien sûr, Simon, je viendrai avec toi. J'irai avec toi où tu le souhaiteras…

Ma voix s'est faite murmure. Je suis la première surprise par mes paroles. Jamais je n'ai fait ce genre de promesse à quiconque.

Mais jamais je n'ai eu envie de suivre quiconque au bout du monde…

Simon me sourit et me serre plus fort dans ses bras.

– Je sais ce que ce genre d'aveu représente pour toi, Ivy…

– Oui, enfin, je garde ma liberté, tout de même, hein… dis-je, mi-sérieuse.

Simon rit, de son rire sensuel et grave qui fait chaque fois vibrer quelque chose, enfoui au plus profond de moi-même, et qui me donne envie de passer le reste de mes jours avec lui.

Voilà pourquoi je crains pour ma liberté !

Et voilà pourquoi j'aime ça.

– Je suis heureux que tu acceptes, Ivy. Tu es un peu comme un talisman, glisse-t-il à mon oreille.

– Simon Stone serait-il superstitieux ?

– Il me semble que tu l'es un peu aussi. Ne m'as-tu pas avoué qu'une certaine bague de fausse fiancée te portait chance ? Toi, tu as la bague, moi, je t'ai, toi…

***

Avant de partir, j'envoie un message à ma sœur et à Ted pour les rassurer, mais sans entrer dans les détails pour ne pas trahir les confidences de Simon. Une fois dans la voiture, ce dernier m'apprend que Westhill, le village dans lequel il a grandi, est à trois cents kilomètres de New York.

Tandis que Simon conduit, je ne me lasse pas d'admirer son beau profil, et de temps à autre, il me jette un coup d'œil qui me laisse fébrile. Je ne vois pas les heures passer. Peu à peu cependant, le visage de mon amant se fait plus grave, et je comprends que nous approchons de Westhill.

– Le détective qui se charge de surveiller les activités d'Émilie m'a prévenu qu'elle avait quitté New York. Il n'a pas réussi à retrouver sa trace, annonce-t-il soudain.

– Tu crois qu'elle s'est réfugiée chez ses parents.

– Nous allons vite le savoir, conclut Simon.

Pour être plus discrets, nous nous sommes garés à l'entrée de Westhill. Je regarde autour de moi, intriguée. C'est donc là qu'il a grandi ? Le village est des plus communs, une bourgade paisible, jusqu'au jour du drame, qui a sans doute marqué les esprits à jamais.

– C'est la première fois que je reviens ici, explique Simon

en me prenant la main. En près de vingt ans, on dirait que les choses n'ont pas changé. Comme si le temps s'était arrêté…

Il semble ému. Je le suis, moi aussi. Je l'imagine, enfant, jouant dans ces rues. Et sachant ce qui s'y est passé, je fais un effort pour retenir mes larmes.

Simon n'a pas besoin d'une Ivy larmoyante !

Comme s'il avait deviné quel combat je livre contre moi-même, sa main serre la mienne. Ce contact me redonne de l'énergie.

Après quelques pas dans les rues désertes, Simon s'arrête devant une maison modeste, visiblement habitée. En vingt ans, plusieurs familles s'y sont probablement succédé. Ont-elles vécu ici en ignorant quel drame s'y était joué, se demandant simplement pourquoi les voisins les saluaient à peine, déménageant peut-être dès qu'ils apprenaient quel horrible meurtre avait eu lieu dans leur salon ?

– C'est là que j'ai vécu. La chambre, la mienne, c'était la petite fenêtre à l'étage, là. Enfin, parfois, j'ai le sentiment que ce n'est pas tout à fait moi qui ai vécu ici, mais un autre petit garçon…

– Justement, Simon, en revenant ici, tu vas retrouver ce petit garçon ! Il fait partie de toi et tu ne peux pas le condamner à rester caché dans cette maison pour toujours !

Simon hoche la tête et me sourit. Quand nous nous approchons de la maison qui fait face à la sienne, son visage s'assombrit.

– La maison de la famille d'Émilie Fish, souffle-t-il.

Je frissonne. Depuis vingt ans, tous les jours, ils ouvrent leurs volets sur la maison dans laquelle leur enfant a été assassiné. Je n'imagine pas la douleur que cela doit être pour eux.

Émilie a grandi ici, contemplant tous les jours le théâtre du crime, incapable de s'en défaire, assistant au fil des années aux emménagements et départs des habitants de la maison.

Nous sommes devant la porte, à présent. Si les parents

d'Émilie sont les spectres d'un passé tragique, Simon représente la même chose à leurs yeux. Mon estomac se noue, mais Simon, lui, frappe à la porte avec une sérénité qui m'impressionne. Sa main ne tremble pas. Il a décidé d'affronter son passé et il le fait avec confiance.

La femme qui nous ouvre a les cheveux déjà presque entièrement blancs et le visage marqué d'une infinie tristesse qui me serre le cœur.

– Bonjour madame, je cherche Émilie, serait-elle ici, par hasard ?

La voix de Simon est légèrement altérée, mais une grande douceur émane de son être. Comment ne pas l'admirer en cet instant ? Moi qui étais déjà si attirée par lui, je mesure alors à quel point j'en suis amoureuse.

– Elle est passée en coup de vent. Elle est repartie, sans dire où elle allait.

Ses yeux se perdent un instant dans le vague. Elle ne va pas l'avouer à des étrangers, mais elle est inquiète, cela se sent.

– Qui êtes-vous, demande-t-elle alors, pourquoi cherchez-vous Émilie ?

– Madame, je suis Simon, le petit garçon qui…

Il fait un geste vague vers la maison d'en face, il n'a pas besoin de poursuivre. Mme Fish pâlit, ouvre de grands yeux et pose une main sur le bras de Simon, pour se retenir, car elle vacille et manque de tomber à la renverse.

– Simon ? s'écrie-t-elle en plissant les yeux pour mieux voir.

Son mari s'approche, attiré par la voix inhabituelle de sa femme et peut-être par le prénom qu'elle a prononcé assez fort.

– C'est… Simon, le…

Mme Fish ne parvient pas à terminer sa phrase. Sa voix meurt dans sa gorge, nouée par l'émotion. Elle pointe un doigt tremblant vers Simon.

Le père d'Émilie regarde Simon d'un air de surprise douloureuse, mêlée de méfiance. Le choc doit être rude. Face à Simon, il ne peut probablement pas s'empêcher d'imaginer ce que serait devenu son fils.

– Qu'est-ce que vous lui voulez, à ma fille ? Je ne sais pas si ça lui ferait vraiment du bien, de vous voir, dit-il, méfiant.

– Elle est venue me trouver plusieurs fois.

– Vous vous êtes revus ? Elle ne nous l'a jamais dit ! s'exclame sa mère. Comment vous êtes-vous retrouvés ?

– Nous nous sommes retrouvés par hasard à la fac. C'est elle qui m'a reconnu.

Étonnés, les parents d'Émilie nous invitent à entrer dans leur maison.

– Vous savez que Tyler Walker sort de prison, n'est-ce pas ? reprend Simon une fois que nous sommes assis dans un canapé. Si Émilie a cherché à me revoir, à plusieurs reprises, c'est parce qu'elle souhaite que nous nous vengions.

Un mauvais sourire passe sur le visage du père.

– Bonne idée, oui.

– Je ne compte pas m'associer à ce projet. Je suis ici, car j'ai des choses importantes à vous dire, sur la façon dont se sont déroulés les événements auxquels j'ai assisté, enfant.

– Nous savons très bien ce qui s'est passé, grogne le père.

Sa femme l'interrompt d'un geste, suspendue aux révélations annoncées par Simon.

– Je n'ai jamais osé l'avouer, mais c'est moi que Tyler Walker voulait tuer, et non votre fils, lâche Simon d'un bloc. Vous savez que ma mère a été victime d'un règlement de compte. Si j'ai survécu au massacre, c'est que l'assassin a pris Alan pour le fils illégitime de son beau-frère. Et ma mère ne l'a pas détrompé. Je suis désolé de ne pas vous l'avoir dit avant, vous aviez le droit de savoir mais j'avais peur…

Les parents d'Alan restent muets de surprise. Le ciel vient à peu près de leur tomber sur la tête.

– Vous voulez dire qu'Alan est mort par votre faute ? jette M. Fish.

– J'avais 6 ans, monsieur, quant à ma mère, elle…

– Il n'y a pas de mots pour qualifier votre mère, coupe-t-il. Dehors, tonne le père en désignant la sortie, ne prononcez pas ici le nom de cette femme ! Quant à vous, qui avez volé la vie de mon fils, vous ne valez pas mieux ! C'est lui qui devrait être assis sur ce canapé, aujourd'hui, pas vous !

Il regarde Simon d'un air qui me fait froid dans le dos.

– J'espère qu'Émilie pourra nous venger comme il se doit. Maintenant, sortez !

Sous cette dernière menace à peine déguisée, la porte claque sur nous.

– Ils ne sont visiblement pas près de me pardonner, souffle Simon. J'ai même causé plus de mal qu'avant.

Je prends Simon par la main et l'entraîne vers la sortie du village.

– Simon, tu as bien fait de leur parler. Nous ne sommes pas parents, personne ne peut dire comment nous aurions réagi dans la même situation… Mais il faut croire en l'avenir, croire au temps qui guérit… Maintenant qu'ils connaissent la vérité, ils vont changer d'attitude, j'en suis certaine.

Lorsque nous montons dans la voiture pour quitter le village, Simon reste silencieux. À mesure que nous nous éloignons, son visage s'apaise.

– Ce secret me rongeait. Il fallait leur dire. Tu as raison, faisons confiance au temps.

Après quelques kilomètres, il se gare au milieu de la campagne.

– Derrière cette colline, il y a un endroit que j'adorais étant enfant. J'y venais avec ma mère. J'aimerais le revoir, avec toi.

Enlacés, nous marchons quelques minutes le long d'un chemin qui débouche sur un immense lac. En cet après-midi de fin de printemps, les promeneurs et les baigneurs y flânent en grand nombre.

Je me blottis entre ses bras et nous nous allongeons sur l'herbe.

– En venant ici, au milieu de nulle part, ma mère pensait se faire oublier de Tyler Walker… Ou peut-être s'attendait-elle à ce que ça arrive un jour. Elle a tout fait pour changer de vie. Jusqu'au jour fatal, j'ai été parfaitement heureux. Ici, par exemple…

Simon a réussi à conserver des images heureuses de son enfance, malgré ce qu'il a vécu ! Je suis très impressionnée.

– Toi qui me reprochais de ne rien savoir de moi, tu sais tout, dit-il soudain. Moi, je ne sais toujours rien de toi, de ton enfance…

– J'ai fait du poney. Quand j'avais 8, non 9 ans. J'adorais, en particulier, un poney…

Simon me regarde, amusé puis m'arrête d'un geste.

– Non, Ivy, je veux dire pour de vrai… Sans le costume de la comédienne. Ça ressemblait à quoi ton enfance ?

J'ai effectivement tendance à faire des pirouettes quand il s'agit d'évoquer mon enfance… C'est même devenu une telle habitude que je ne m'en rends plus compte. Simon est le seul à l'avoir remarqué. Il faut dire que le dossier est chargé…

Pour la première fois, je me sens prête à confier cette partie de ma vie que je garde enfouie tout au fond de moi. La tête posée sur le torse de mon amant, je me laisse aller à la douceur de cet instant. Apaisée par le mouvement de sa respiration, je sens venir les mots.

– Mon enfance a surtout été marquée par le départ de ma mère.

– Que s'est-il passé ? demande Simon, très étonné.

– C'était une aventurière complètement fantasque. Enfin, ça, c'est ce qu'elle disait, parce que, en ce qui me concerne, en guise d'exploratrice, j'ai seulement connu une femme très enrobée, aux coiffures et tenues toujours négligées, qui se regardait des heures dans la glace en disant que ses filles lui avaient volé son corps et sa vie... Ensuite, pour se remonter le moral, elle se préparait des encas pantagruéliques. Et ça aussi, c'était de notre faute... sous prétexte qu'elle s'ennuyait à la maison, elle n'arrêtait pas de manger.

La violence de ces scènes me revient tout à coup au visage.

– Pour elle, la maison était une prison. Et comme tu peux l'imaginer, la vie n'était pas vraiment rose, pour nous non plus. Elle se plaignait tout le temps, de nous essentiellement. Un matin, elle a fait ses valises et elle nous a quittés pour l'Amazonie ou je ne sais quelle destination exotique.

– Quel âge avais-tu ?

– Je venais de fêter mes 7 ans, Lauren devait en avoir 6. Je me souviens que mon père avait acheté un gâteau d'anniversaire à la crème, dont elle avait mangé les trois quarts à elle toute seule. Comme à son habitude, elle avait fait toute une crise pour ne pas figurer sur la photo. Elle détestait ça, puisque nous l'avions apparemment rendue grosse et laide. Une semaine après, elle a dit qu'elle en avait assez. Et elle a claqué la porte...

– Tu n'as plus jamais eu de nouvelles ?

– Au début, si. Elle nous a même téléphoné plusieurs fois. Mais ma sœur et moi refusions de lui parler tant nous étions fâchées. Elle nous a écrit quelques cartes postales colorées du bout du monde, et chaque fois nous pleurions pendant des jours entiers. Un soir, j'ai entendu mon père lui dire, au téléphone, que puisqu'elle n'avait pas l'intention de revenir, elle ferait tout aussi bien de ne plus nous écrire, parce que cela nous faisait plus de mal que de bien. Il avait raison, en un sens. Quelques années plus tard, nous avons déménagé, et nous avons décidé de jeter les trois cartons qui lui appartenaient, sans même les ouvrir !

– Tu veux dire que tu n'as rien gardé d'elle ?

– Aussi bizarre que ça puisse paraître, non. Lorsque nous nous sommes débarrassés de ses affaires et des quelques photos que nous avions d'elle, je n'y ai vu aucun inconvénient.

J'ai même trouvé ça très libérateur ! Je crois que j'en avais besoin pour pouvoir avancer.

– Tu n'as aucun bon souvenir avec elle ?

– Si, des tas… et c'est peut-être ça le pire ! Parfois, elle allait vraiment bien. Souvent quand elle nous emmenait nous promener au parc, on la sentait revivre. Elle inventait des jeux pour nous, se montrait tendre, riait… et on passait des moments inoubliables. Puis elle redevenait notre mère, « triste et gémissante », comme disait Lauren. Et ce sont ces souvenirs-là qui nous sont restés. Les bons, ma sœur et moi les avons oubliés car nous ne pouvions pas pardonner le reste.

Simon effleure mes épaules, tendrement.

– Je suis impressionné, Ivy. Après ce que tu as enduré, et vu la façon dont tu y as fait face, je comprends mieux d'où te vient ta force de caractère ! Et après son départ, c'est ton père qui s'est occupé de vous ?

– Oui, et très bien ! Il a fait face, sans se plaindre ! Seulement, depuis que nous avons quitté la maison, ma sœur et moi, il devient de plus en plus sombre et austère. Maintenant, je me rends compte qu'il a été brisé par le départ de sa femme, lui aussi. On l'a tous été… Mais moi, face à mon père et ma sœur, je la défendais. Je faisais celle qui la comprenait. En réalité, elle me manquait horriblement et je lui en voulais, bien sûr ! Je n'arrêtais pas de me demander pourquoi elle ne nous avait pas emmenées. Et je me le demande encore ! C'est peut-être là que j'ai commencé à jouer un rôle. Tu es bien le seul à t'en être rendu compte, le jour du casting au Blue Smoke.

À l'évocation de cette rencontre, les caresses de Simon se font plus insistantes.

– Tu n'as jamais songé à la revoir ?

– Si, j'aimerais lui demander ce qui peut pousser une femme à quitter sa famille comme elle l'a fait. Mais je n'ai aucune idée de l'endroit où elle est. Et je ne sais pas comment m'y prendre pour la chercher.

Simon ne dit rien, son regard est pensif. Je reste silencieuse un instant puis, estimant que j'ai fait assez de confidences pour le moment, je me hisse sur lui et je le couvre de baisers. Il m'entoure de ses bras, me serre plus fort contre son torse, et nos baisers deviennent dangereusement excitants.

Dommage que nous ne soyons pas seuls au bord de ce lac !

À la fin de l'après-midi, comme nous remontons en voiture, le téléphone de Simon sonne. Il ne connaît pas le numéro, mais décroche et, dès les premiers mots de son interlocuteur, son visage se tend imperceptiblement.

– J'ai réfléchi après votre départ…

Avant de partir, Simon a laissé sa carte aux parents d'Émilie. On dirait que Mme Fish appelle en cachette de son mari, mais elle a beau parler à voix feutrée, cela résonne dans la voiture et j'entends ses paroles, entrecoupées de douloureux soupirs.

– J'aurais certainement fait la même chose à la place de votre mère. Je ne vous en veux pas, à vous. Vous n'y êtes pour rien. Bien entendu, il m'est difficile de dire que je pardonne à votre mère, mais j'imagine quel genre de réflexe a dû la pousser à agir ainsi. Le monstre c'est Tyler Walker, ce n'est pas vous. Mon mari n'est pas encore prêt à pardonner, mais ça finira par arriver. Il se rendra à l'évidence, forcément, lui aussi. Tout cela nous a permis de réaliser qu'il était temps que nous prenions soin de notre autre enfant encore en vie, et qui a visiblement besoin de nous.

Lorsqu'il raccroche, Simon sourit.

– Tu avais raison, souffle-t-il.

Et sa voix vibre d'une émotion qui m'atteint au plus profond de moi-même.

20

« Je le savais »

Sur la route de New York, je me sens légère. Nous avons tous les deux baissé la garde et nous allons pouvoir nous aimer, sans que rien ni personne ne parasite notre relation.

– Je peux savoir ce qui te fait sourire ainsi ? demande Simon après m'avoir jeté un regard en coin.

Je suis sûre que j'ai un sourire béat, à la limite du ridicule. *Avant de connaître Simon, je ne savais même pas que mon visage pouvait afficher cette mine.*

– Tu ne devrais pas plutôt regarder la route ?

– Difficile de regarder la route lorsque ton sourire est si radieux… Alors ?

– Je me dis juste que je n'ai jamais été aussi proche de quelqu'un. C'est idiot, j'imagine que c'est ce que les gens ressentent quand ils sont amoureux.

– Serais-tu en train de reconnaître que ce n'est pas si mal que ça, finalement, d'être en couple ?

– Être en couple, je ne sais pas si c'est bien… Mais être en couple avec toi, oui, ce n'est pas si mal…

À cet instant, mon téléphone vibre. Je découvre un message de Lauren.

[Ivy, tu es introuvable !
Ton chevalier t'aurait-il enlevée ?
Vous venez au concert, ce soir ?]

Ça me fait drôle, ce « vous ». Simon n'est plus caché par une clause de confidentialité. Après ce qui s'est passé dans le bar, il fait officiellement partie de ma vie…

Je crois que mon sourire niais s'agrandit encore.

– Ma sœur se demande où je suis.

– Elle s'inquiète ? demande Simon.

– Non, elle me sait en bonne compagnie… Elle m'écrit pour me rappeler qu'il y a un concert des Rattle Snake, ce soir. Elle veut savoir si nous venons.

Le « vous » m'a bien plu. Le « nous » sonne encore plus agréablement à mes oreilles. Je viens de proposer à Simon de passer la soirée avec ma sœur et mes amis, sans nous cacher, sans jouer de rôle ! Nous sommes déjà allés à un concert des Rattle Snake ensemble, mais nous étions liés par contrat, et je n'avais présenté Simon à personne.

Simon pose un instant ses grands yeux verts sur moi. Ils brillent d'une lueur que je n'y ai encore jamais vue. Un large sourire éclaire son visage.

– Si *nous* venons ? J'aime bien ce « nous », Ivy.

Il pose sa main sur ma cuisse. À ce contact, des frissons courent sur ma peau, traversent mon corps en un doux frémissement que je reconnais comme les signes avant-coureurs du désir.

– Ce sera la première fois que nous ferons quelque chose tous les deux en public, sans être ni officiellement fiancés pour de faux ni faussement ensemble pour de vrai, rit-il.

– Cette fois-ci, ce sera nous deux, pour de vrai, sans masque.

Soudain, un doute me traverse l'esprit.

– Ta sœur a pourtant dit que tu n'aimais pas le métal… La fois dernière, tu étais venu pour faire illusion, non ?

Sur ma cuisse, ses doigts entament une légère chorégraphie et il me devient de plus en plus difficile de me concentrer sur ses paroles.

– La dernière fois, je suis venu parce que j'en avais envie. Je n'aimais pas le métal avant de te connaître. Mais j'adore aller à un concert de métal avec toi ! Je suis tombé amoureux, Ivy. J'ai envie de découvrir ce que tu aimes.

– Alors, on y va vraiment tous les deux !

– Sauf si tu as l'intention de me cacher, comme la dernière fois…, ajoute-t-il d'un air espiègle.

– Hum… je pourrais peut-être te faire passer pour mon faux fiancé… qu'en dis-tu ?

– Ton faux fiancé ? répète-t-il, faisant mine de réfléchir. Ça dépend du contrat, et je ne suis pas comme toi, je les lis, moi, avant de les signer. Et je risque de rajouter quelques clauses qui ne figuraient ni dans le premier ni dans le deuxième, souffle-t-il en me jetant un regard plein de sous-entendus.

Simon sourit.

– Je suis bien content qu'elle n'existe plus, cette clause de confidentialité, poursuit-il.

– Et à ta famille, tu leur as dit quoi ? demandé-je curieuse.

– Rien. Tu es toujours ma fausse fiancée, mais je t'aime pour de vrai. On verra plus tard ce qu'on leur dit exactement. C'est ce que stipulait le dernier contrat, non ?

– Je ne sais pas, je ne l'ai pas lu.

À la vérité, je n'ai pas très envie de lever le mystère. Je me rends compte que tenir le rôle de la fausse fiancée me convenait bien, puisque je gardais une part de liberté. Je ne sais pas si j'ai très envie d'être présentée officiellement à la famille de Simon. Pas maintenant, en tout cas, c'est trop tôt. Je n'ai pas quitté le statut de fausse fiancée pour endosser le costume de la vraie…

Aussi, pour le moment, je décide de botter en touche : je vais faire ce que je sais faire le mieux, profiter de l'instant présent. Je n'ai pas envie de réfléchir à ce genre de chose, j'ai envie de passer du temps avec Simon.

Et j'ai envie de lui, aussi. Surtout si sa main continue à se promener de la sorte…

Mais on ne se jette pas sur le conducteur, ça peut mal se terminer.

***

Quand nous entrons dans le bar de Ted, je prends la main de Simon et le guide à travers la foule pour arriver juste devant la scène, au premier rang, sous les yeux de ma sœur et des membres du groupe.

Comme la première fois, Simon danse d'une façon si sensuelle et si élégante que je suis partagée entre l'envie de danser avec lui et celle de regarder son corps de dieu évoluer sur la piste. Mais aujourd'hui, je me sens libre de l'embrasser et de l'enlacer comme il me plaît.

Et je ne m'en prive pas.

Ma sœur multiplie les slows et les ballades – je suis sûre qu'elle le fait exprès – et Simon et moi passons une bonne partie de la soirée l'un contre l'autre.

– Je peux te l'avouer, à présent… dis-je. Pour quelqu'un qui déteste ce genre de musique, tu danses plutôt bien. Ta mère et ta sœur seraient surprises de te voir ainsi évoluer sur la piste !

– Ma mère et ma sœur ne connaissent pas tout de moi, loin de là ! J'en garde un peu pour ma fausse fiancée… Et surtout pour ma vraie fiancée, glisse-t-il.

Il a dit « vraie fiancée » sur un ton si sérieux que je me sens mal à l'aise tout à coup. J'aime Simon, il m'aime, mais nous ne sommes pas fiancés ! Si je porte la bague de chez Tiffany, c'est uniquement quand je suis sur scène, et comme talisman de comédienne !

Je voudrais le préciser à Simon, mais je ne trouve pas les mots. Je vais considérer qu'il a dit cela pour rire, ce qui est probablement le cas, d'ailleurs… De toute façon, ma sœur entame l'intro tonitruante d'un nouveau morceau qui nous emporte dans un tourbillon de danse, de frôlements et de baisers volés très peu propice à la conversation.

Dans les bras de Simon, le concert passe à la vitesse de la lumière. Lorsque le groupe quitte la scène, il me semble que nous venons d'arriver. Nous nous dirigeons vers le bar, où nous rejoignent rapidement les autres membres du groupe.

Je me rends compte que si tout le monde ici a déjà croisé Simon, je ne l'ai pas présenté officiellement.

– Je vous présente Simon Stone, dis-je en me serrant contre lui.

– Je suis ravie de rencontrer enfin le recruteur de fausse fiancée ! lance Lauren.

Un large sourire se dessine sur le visage de Simon.

– Depuis quand es-tu au courant de cette activité ? Quelqu'un aurait-il rompu notre contrat ? rit Simon en passant son bras autour de mes épaules pour m'attirer contre lui.

– Je n'ai rien trahi du tout, Simon ! J'ai attendu la fin du contrat pour raconter la vérité à Ted et Lauren !

– Sans vouloir te faire de peine, Ivy. J'ai tout deviné, depuis le début, lance ma sœur. Quand tu as répondu à l'annonce, j'ai immédiatement compris que tu avais accepté l'offre de Simon, contrairement à ce que tu m'as soutenu.

J'ouvre de grands yeux.

– Je n'ai pourtant fait aucune gaffe ?

Ma sœur éclate de rire.

– Tu plaisantes, tu les as enchaînées ! Tu te souviens quand je t'ai demandé comment s'était passé ton casting ? Tu m'as répondu par SMS en disant que tu ne donnais pas suite parce que le recruteur de fiancée était un… « loser malsain » !

– « Loser malsain » ?! fait mine de s'indigner Simon, c'est comme ça que tu m'as décrit !

– Je ne le pensais pas ! C'était pour que Lauren croie que j'avais lâché l'affaire. Tu m'avais toi-même demandé de le faire, rappelle-toi !

Lauren sourit.

– Jamais je ne t'ai entendue utiliser l'expression « loser malsain » ! Elle sonnait tellement faux que j'ai tout de suite compris que tu avais dit oui.

– Tu as inventé cette formule spécialement pour moi, en

plus ! s'écrie Simon. De mieux en mieux !

– J'ai aussi compris autre chose, révèle ma sœur d'un air de mystère. J'ai compris que par « loser malsain », tu voulais dire « beau mec dont je suis déjà à moitié amoureuse, mais je ne l'avouerai pour rien au monde, surtout à ma sœur ».

Le sourire de Simon s'agrandit. Moi, je me sens presque rougir, tout à coup.

– C'est faux ! C'est vrai que je l'ai trouvé beau, mais… en ce qui concerne la suite, rien ne pouvait te le laisser présager !

– Si, mon sixième sens de sœur… C'était drôle de te voir te débattre dans les improvisations chaque fois que paraissait Simon. Tu déployais tant d'énergie à nier l'évidence que je n'ai pas eu le cœur de te contredire, mais vu le sourire idiot que tu arborais, il était facile de deviner la nature de tes sentiments.

Je manque de m'étouffer.

– « Idiot » ?

– Oui, parfaitement. Et ce n'est pas tout ! Les preuves éclatantes se sont accumulées. Toi qui avais souvent prononcé la phrase « plutôt mourir que de porter des escarpins », je t'ai vue en porter un soir… mes derniers doutes se sont envolés.

C'est vrai que j'ai changé au contact de Simon. Et pas seulement en acceptant de porter des escarpins…

– Tu aurais dû faire enquêtrice, Lauren.

– Enquêtrice-voyante… Parce que je peux prédire des choses… Par exemple, je peux dire que vous allez vous marier.

Simon semble un peu gêné. Moi, je le suis affreusement. Je viens seulement de m'habituer aux mots *amour* et *couple* : je ne suis pas prête à apprivoiser le mot *mariage*, loin de là !

– On se calme, Lauren ! Ce genre de mot est à manier avec d'infinies précautions !

Lauren lève les yeux au ciel. Heureusement, à ce moment-là, le batteur détourne l'attention en proposant une tournée générale.

***

À la fin de la soirée, lorsque nous nous retrouvons seuls, Simon et moi, il me prend par la main.

– Tu te souviens, tu m'as dit que tu étais prête à me suivre où je voulais, me rappelle-t-il d'une voix suave.

Ah zut, cet homme n'oublie jamais rien.

Avant que je proteste, il pose un doigt sur mes lèvres :

– Alors si tu l'acceptes, je t'enlève. Je t'emmène vers une partie de l'Univers encore inexplorée et qu'aucune carte ne répertorie, dit-il en m'ouvrant la porte de sa voiture.

– Et nous y allons en voiture ?

– Tu verras bien… poursuit-il, mystérieux.

Après avoir passé le pont de Brooklyn, la voiture se perd dans les ruelles de la ville entre les entrepôts et ateliers d'artistes.

– La partie encore inexplorée de l'Univers se trouverait-elle à Brooklyn ?

Simon sourit, mais garde le silence.

– Ah ! Je sais ! Une boîte de nuit branchée…

– Tu n'y es pas du tout. Tu t'éloignes, tu es même à une distance astronomique de la réalité.

– Une fête secrète ? demandé-je comme nous nous garons au pied d'un atelier.

Simon secoue la tête pour dire non. Il ouvre une première porte qui donne sur une cour. Au fond de celle-ci, après avoir soigneusement refermé derrière nous une seconde porte blindée, il allume la lampe. Un cri de surprise m'échappe.

– Les décors d'*Out of Space* ! Ils sont terminés ?!

– C'est le prototype de l'appartement du héros du film. Un atelier top secret… Tu le découvres avant tout le monde, même l'équipe du film n'a encore rien vu ! Nous les montrerons à Caroline Katz et à son équipe la semaine prochaine… Personne d'autre que moi n'a les clés de cet endroit.

L'atelier est aménagé en appartement. Nous nous trouvons

à mi-chemin entre l'hôtel cinq étoiles extraterrestre et l'alcôve cosy futuriste. Je reconnais quelques meubles que j'ai vus à l'état de croquis, dans ses carnets, les jours où j'ai tenté de mettre un peu de désordre dans les affaires de Simon.

Les tapis semblent aussi doux que des peaux de bêtes, les canapés aussi profonds que moelleux. J'en teste un aux formes rondes et accueillantes puis opte pour une sorte de méridienne sur laquelle je m'allonge.

– C'est plus luxueux qu'un palace !

– Les extraterrestres des films de Caroline Katz ont des goûts très raffinés.

– Tu as raison, ce décor donne l'impression d'être dans une autre galaxie, murmuré-je. Je suis ravie de m'y trouver avec toi.

À ces mots, Simon s'approche de moi, s'assied à mes pieds et pose sa main sur ma cheville.

– Est-ce que nous sommes seuls, dans l'espace ?

– Tout à fait seuls, oui, répond mon amant.

Sa voix est devenue rauque. Il plonge ses yeux dans les miens et remonte doucement sa main le long de ma jambe nue. Je l'attire aussitôt à moi et nous nous embrassons.

Ses lèvres glissent le long de mon cou et, sous ses baisers humides et brûlants, je soupire de désir. Pendant toute la soirée nos deux corps n'ont cessé de se frôler, attisant peu à peu un désir qui ne demande plus qu'à exploser. Mon intimité tressaille.

Plus rien n'existe autour de nous. J'ai envie de lui, je sens qu'il a envie de moi, c'est tout ce qui compte.

Mes mains s'enroulent autour du cou de mon colosse, pour l'empêcher de s'écarter de moi. Les siennes, serrées sur mes hanches, m'attirent à lui. J'entreprends d'ôter la chemise de mon amant, mais il résiste. Saisissant mes mains dans les siennes, il m'empêche même de continuer.

Inutile de lutter, Simon est plus fort que moi.

– Attends, Ivy… souffle-t-il au creux de mon oreille.

– Quelque chose ne va pas, dis-je en me mettant à genoux face à lui.

– Tu te souviens, nous avons fait des tests…

Je hoche la tête puis glisse un baiser dans son cou, le mordillant au passage.

– Bien sûr que je me souviens ! Nous pouvons nous passer de latex, Simon. J'ai vraiment hâte d'essayer…

Je tente de me dégager, mais il garde mes mains dans les siennes pour empêcher tout mouvement.

– Ivy, à partir de maintenant, je ne pourrais plus supporter de te partager, avec personne. Je veux que tu sois à moi, et pour moi tout seul.

Normalement, ce genre de parole me donne envie de m'enfuir en courant. Je n'appartiens à personne. Mais Simon a prononcé ces mots avec un accent sauvage qui me fait frémir de désir. Non seulement je n'ai pas envie de partir, mais j'ai envie d'être à lui, et je le désire plus fort encore.

– Je n'ai envie de faire l'amour avec personne d'autre que toi, Simon ! Moi non plus, je ne veux te partager avec personne !

J'ai prononcé ces paroles avec un air de jalousie farouche que je ne me connais pas.

Cet homme met au jour des aspects de ma personnalité dont j'ignorais l'existence.

Mes paroles semblent lui plaire. Ses yeux luisent à présent d'un désir ardent qui met fin à tout échange verbal sensé.

Je me dégage de ses mains, qu'il ne retient plus que mollement, pour jeter mes bras autour de son cou. En un grognement de satisfaction mêlé de désir, il me renverse délicatement sur la méridienne.

Entre les bras de Simon, mon corps s'alanguit. Ses baisers, le contact de son torse et de son ventre contre le mien me font perdre la tête. J'ai tellement envie de lui qu'il pourrait faire ce qu'il veut de ma personne à cet instant. J'ai surtout hâte de le sentir en moi, tout entier, sans barrière.

Nous nous redressons et nous agenouillons face à face. Ses mains voltigent sur mon chemisier, puis sur ma jupe, et sans que j'aie pu suivre ses mouvements, je me retrouve en sous-vêtements.

Ses mains caressent chaque parcelle de peau qu'il vient de mettre à nu. Mon ventre, mes épaules, mes cuisses… tout mon corps s'embrase. En un instant, Simon libère mes seins de leur prison de dentelle. Ses lèvres et ses doigts fondent sur mes tétons et les agacent avec une précision qui me fait soupirer. À ce contact, mes seins se tendent vers mon amant, mes tétons durcissent et une onde de désir me traverse, avec une impétuosité qui me fait gémir.

Je débarrasse Simon de son jean et de sa chemise. Habillé, il était terriblement désirable ; une fois en boxer, son corps est un appel au crime. Je contemple les muscles de ses bras et de son torse, les jambes parfaitement taillées qui s'étirent devant moi, ayant peine à croire à ce que je vois. Mais mon amant abrège le spectacle. Ses deux bras se serrent brusquement autour de ma taille et nos bouches se joignent une nouvelle fois pour un baiser vorace qui me fait chavirer.

Je l'attire à moi pour que nous nous allongions sur la méridienne, mais en un mouvement rapide, il me retourne et se place contre mes fesses. Je sens alors son membre viril gonfler l'étoffe de son boxer. Ses deux mains saisissent délicatement mes seins pour les serrer tandis que sa bouche couvre mon cou de baisers brûlants et mouillés.

Ondulant doucement pour le caresser, je sens son sexe palpiter tandis que la respiration de mon amant s'accélère. Sa main glisse le long de mon ventre pour se poser contre mon entrejambe et un gémissement m'échappe. Les doigts agiles de mon apollon se glissent sous la dentelle mais je trouve que ma culotte devient très gênante : je me tortille pour tenter de l'enlever et Simon, en un grognement, se charge de la faire disparaître avant de revenir à la charge.

Son torse contre mon dos, son souffle dans mon cou, ses

doigts dans mon intimité, tout est délicieux. Mon sexe déjà humide se noie en une onde de plaisir.

Simon porte toujours son boxer. Je sens son membre viril tendre l'étoffe. Mes mains cherchent l'élastique, pour l'en débarrasser. Il m'aide et quelques secondes plus tard, le boxeur a rejoint la culotte, quelque part dans l'espace.

Son sexe tendu contre mes fesses me fait soupirer de désir, et sous mes mouvements, je le sens gonfler encore. Simon reprend son exploration et glisse ses doigts en moi. Comme si mille caresses délicieuses s'abattaient sur mon intimité. C'est si bon que j'en ai un instant le souffle coupé. Le plaisir grandit encore tandis que ses doigts me procurent la plus délicieuse des tortures.

Lorsque je sens que je vais jouir, je me retourne brusquement pour faire face à mon amant. Interrompre ses caresses me demande un effort surhumain, mais c'est la première fois que nous faisons l'amour sans latex et je ne veux pas atteindre l'orgasme sans lui.

– Je veux qu'on jouisse ensemble, Simon. J'ai très envie de te sentir en moi.

Ses yeux plongent dans les miens d'une façon si intense que j'en gémis. Nous sommes l'un contre l'autre et nos deux sexes se touchent à présent. Je glisse ma main le long de son corps et saisis délicatement son membre. J'avais senti son sexe se gonfler contre moi, mais l'avoir ainsi, aussi imposant dans ma main, m'arrache un soupir de désir. Je l'excite avec de doux mouvements qui font grogner de plaisir mon amant.

Dès que je cesse mes caresses, Simon me pénètre, mais si doucement, que je sens chacun de ses mouvements. Chaque centimètre est un ravissement, et une fois que je le sens tout entier au fond de moi, mon intimité se serre autour de lui pour le retenir. Mon amant entame un mouvement de va-et-vient qui nous fait gémir à l'unisson.

Mince ! C'est plus intense qu'une première fois.

Finalement avec cet homme, c'est chaque fois plus intense !

Ses mouvements se font soudain plus rapides et le plaisir monte dangereusement. Quand je suis sur le point de lâcher prise, je murmure le prénom de mon colosse. Il ralentit alors ses assauts.

– Attends, Ivy.

– Je ne sais pas si je pourrai, Simon. C'est tellement bon !

Simon a presque cessé de bouger, mais il est toujours en moi, dur et gonflé ; quel que soit le rythme qu'il adopte, le plaisir est si fort que j'ai du mal à lutter. Je fais un effort pourtant, et Simon, maître de lui, semble s'amuser de me voir résister ainsi pour ne pas succomber. Joueur, il décide de se retirer doucement pour retarder encore ma jouissance et me faire languir.

– Simon… C'est cruel.

– Cruel ? Dis-moi que tu n'aimes pas et j'abrégerai tes souffrances.

Pour toute réponse, le supplice m'arrache des gémissements de plaisir que jamais personne ne m'a fait pousser.

– C'est bien ce que je pensais, souffle Simon, immobile.

Mes jambes se nouent alors solidement autour du corps de mon amant, qui n'a plus d'autre choix que s'enfoncer profondément en moi.

– Tu as gagné, souffle-t-il.

Simon accélère alors son va-et-vient et me pénètre avec toute sa vigueur. Je ne résiste plus à rien, surtout pas à la vague de plaisir qui me submerge. Nous atteignons l'orgasme au même instant et je m'abandonne au plaisir en un cri qui se confond avec le sien.

Allongés l'un contre l'autre, nous reprenons notre souffle. Mes doigts se promènent sur son torse, ses mains se perdent dans mes cheveux. Je crois que j'ai un sourire béat et je ne cherche pas à le dissimuler.

À croire qu'il a conçu cette méridienne spécialement pour deux corps humains comme les nôtres.

– Je ne sais pas qui a dessiné cette méridienne, Simon, mais elle est parfaite.

Mon amant pose un baiser sur ma tempe.

– Tu ne crois pas si bien dire, Ivy. J'ai pensé à nous en la dessinant. Je veux dire, j'ai pensé à ce que nous pourrions y faire tous les deux, avoue-t-il d'une voix devenue rauque. J'ai eu du mal à rester concentré sur le dessin…

Je ne peux m'empêcher de rire. Simon me serre contre lui.

– J'aime t'entendre rire, Ivy.

Il respire l'odeur de mes cheveux.

– C'est si bon de faire l'amour avec toi. Cette fois-ci, c'était encore plus fort que les autres fois.

Soudain, je me sens émue. C'est la première fois que ça m'arrive. C'est la première fois que je fais l'amour avec quelqu'un sans préservatif. C'est la première fois que c'est si bon, aussi. Faire l'amour avec Simon, c'est largement plus que du sexe !

– Que se passe-t-il, Ivy ? demande-t-il tendrement en embrassant mes yeux.

– Jamais je ne me suis abandonnée comme je le fais avec toi, Simon. J'ai l'impression de perdre tous mes repères.

– Ça t'inquiète ?

– Non. Je me sens bien. J'aime bien perdre mes repères avec toi.

– C'est nouveau pour moi aussi, Ivy, tu sais, murmure-t-il en embrassant doucement mon visage.

Mes sens ont été mis en éveil par notre corps-à-corps et le contact de ses lèvres et de son souffle sur ma peau suffit à réveiller mon désir. J'ai repris mon souffle. Mon corps réclame de nouveaux plaisirs.

Je suis devenue accro, c'est officiel.

– Y aurait-il d'autres meubles que tu as dessinés en pensant à nous, et dont nous pourrions tester la résistance ? demandé-je d'un ton lascif.

Le regard de Simon a retrouvé son éclat incisif, ses baisers dans mon cou se font plus insistants. Il désigne un canapé, des fauteuils, un épais tapis, une table…

– Tout a été dessiné en pensant à nous, murmure-t-il d'un ton lourd de sous-entendus qui me fait frémir. À toi de choisir…

En même temps, la chose parfaitement dessinée dont j'ai vraiment envie, je l'ai devant moi.

– Si tu me regardes comme ça, je ne vais pas vraiment te laisser le temps de choisir, Ivy.

Je m'étire sur le dos, comme une panthère d'une façon volontairement provocante. Mon apollon passe alors brusquement ses mains sous mon corps, me soulève et m'emporte. Je me sens légère entre ces bras puissants et en profite pour embrasser et mordiller ses oreilles et son cou.

– Il fallait te décider plus vite. J'ai choisi le canapé, grogne mon hercule en m'y déposant avec délicatesse.

Son œil luit d'un désir sauvage qui se communique à moi de façon presque électrique. Je sens son souffle s'accélérer. À moins que ce ne soit le mien.

Il s'assied au bout du canapé et m'installe à califourchon sur lui. Mon intimité est humide et je suis étonnée de sentir son membre viril déjà si dur, prêt pour un nouvel assaut. Je me cambre et oscille doucement sur lui pour caresser mon sexe contre le sien.

Mon amant grogne, serre ses mains sur mes hanches, et, tout en me maintenant à genoux devant lui, glisse légèrement de façon à coller sa bouche contre mon ventre. Ses baisers brûlants descendent vers mon sexe puis entrent en contact avec mon intimité. Sa langue s'y insinue doucement, jouant avec mon clitoris d'une façon qui me fait immédiatement perdre la tête. Les vagues de plaisir qui naissent à ce contact sont si intenses que je suis obligée de m'appuyer sur le mur, derrière nous, pour ne pas vaciller. Je voudrais garder le contrôle, mais je sais que c'est trop tard. Pourtant, au moment où je me sens partir, mon amant cesse ses assauts.

Il se redresse et plonge ses yeux dans les miens.

– Prends-moi, Simon, m'entends-je supplier.

Il n'attendait que ce signe. D'un geste, il m'empale sur son membre viril. Son sexe pénètre au plus profond de moi et la jouissance est immédiate. Simon ne se retient pas, lui non plus, et jouit en un va-et-vient dur et puissant. Notre orgasme est sans limites, tout comme la nuit qui s'annonce.

Après avoir rendu les armes, nous basculons tous les deux sur le canapé.

21
Recherches

En amant infatigable, Simon m'a tenue éveillée toute la nuit. Pour une première fois sans préservatif, c'était divin.

À l'aube, nous sortons du studio en riant comme des enfants.

– Je ne regarderai plus ces décors comme avant, avoue Simon. J'aurai du mal à me concentrer, pendant les si sérieuses réunions de travail…

– J'ai hâte de voir le film, avec toi, même si je ne suis pas certaine de suivre l'histoire.

Simon referme la porte blindée derrière lui et, entre deux baisers, nous montons dans sa voiture.

Après une telle nuit, nous avons du mal à nous séparer. Et quand Simon me raccompagne dans mon appartement, officiellement pour le café, le petit déjeuner dérape rapidement en de torrides caresses qui font écho à celles que nous avons échangées cette nuit.

Une fois mon amant parti, j'allume mon ordinateur, mais ce n'est pas pour me mettre au travail. Depuis que j'en ai parlé avec Simon, l'idée de retrouver ma mère me trotte dans la tête. Je me suis toujours demandé pourquoi elle était partie. J'ai décidé de la retrouver, pour lui poser toutes les questions qui m'empêchaient de dormir, lorsque j'étais enfant. Et qui m'en empêchent encore, parfois, alors même que je suis adulte.

Isabel Clemens. C'est en tremblant que je tape le nom de ma mère dans le moteur de recherche. Je me sens émue, tout à coup, et assez fébrile. Je me rends compte que je n'ai même jamais effectué ce type de requête sur Internet, comme ça, juste pour voir.

Seulement, je déchante vite. Le nom d'Isabel Clemens donne lieu à des centaines de résultats. Après avoir regardé tellement de liens que je ne les compte plus, je me résigne : je ne vais pas y arriver ainsi. Je change de stratégie et essaie avec son nom de jeune fille, Isabel Kristen, auquel j'ajoute toutes sortes de mots-clés – « anthropologie », « université », et même « exploratrice exubérante ». Rien ne sort de la machine.

Pas si facile de retrouver quelqu'un qui a disparu de la circulation depuis des années.

J'épluche un nombre incalculable de pages de résultats et de photos, puis je me décourage. Autant chercher une aiguille dans une botte de foin. Si ça se trouve, elle n'est pas du tout référencée sur Internet.

Soudain, mon estomac se noue. Est-ce qu'il se pourrait que ma mère soit morte ? Je n'ai jamais envisagé cette possibilité. Une angoisse terrible s'abat sur moi. Ma mère, morte, au bout du monde, sans avoir cherché à nous joindre ? Sans avoir essayé de revoir ses filles ?

Je pourrais demander à mon père s'il sait d'où elle nous appelait, quand nous étions enfants, et s'il a eu des nouvelles depuis, mais je l'ai vu lui-même détruire tout ce qui avait appartenu à ma mère. Et je n'ai pas très envie de le mettre au courant, pour le moment.

Et Lauren ? Est-ce qu'elle sait des choses ? Est-ce qu'elle se pose les mêmes questions que moi ? Elle a toujours été très remontée contre notre mère. Et beaucoup plus virulente que moi, répétant à qui voulait l'entendre qu'elle se fichait de savoir ce qu'était devenue cette femme indigne… Mais c'était peut-être un rôle qu'elle jouait, tout comme moi. Je me sens mal à l'aise à l'idée de faire ces recherches dans le dos de ma sœur, mais je ne sais pas comment amener le sujet

Nous parlons de tout, Lauren et moi, mais je me rends compte que la question de notre mère est devenue taboue, au fil des années.

Je décide d'inviter Lauren, histoire de tâter le terrain.

Ma sœur est chez elle, et elle accepte volontiers de laisser sa guitare pour un thé.

– Tu es rentrée tôt ce matin, toi, non ? demande-t-elle aussitôt entrée dans mon appartement.

– L'inspecteur Sœurette serait-il de retour ? Je me disais que tu abandonnais bien facilement ta guitare… En réalité, tu meurs d'envie de savoir où j'ai passé la nuit, n'est-ce pas ?

– Hier, j'ai vu ton chevalier t'emporter dans la direction opposée à celle de l'appartement, tu as dormi chez lui ?

– Nous avons passé la nuit dans l'espace…

– D'accord, j'ai compris, épargne-moi les détails…

– Non, je veux dire pour de vrai. Il m'a montré les décors du film *Out of Space*. Mais il n'empêche que nous avons *aussi* fait un tour dans l'espace, dans le sens où tu l'entends…

Je tente de prendre un air décontracté, mais j'ai du mal à être parfaitement naturelle. La question que je veux poser à ma sœur vient cent fois sur mes lèvres sans que j'arrive à la formuler. Notre mère ne fait plus partie de nos discussions depuis des années. Un peu comme si, par vengeance, nous l'avions à notre tour chassée de nos vies en allant jusqu'à ne jamais prononcer son nom.

Après avoir évoqué la soirée de la veille, la discussion tombe sur les projets des Rattle Snake.

– Tu en es où avec papa et la musique, au fait ? Tu lui as dit que vous aviez eu rendez-vous avec un producteur et que ça commençait à marcher pour vous ?

– Nous nous sommes expliqués, oui. Il a fini par comprendre que je voulais faire de la musique, mais il a du mal à le digérer. J'ai bon espoir, cependant. À la fin, il ne ronchonnait presque plus !

– Alors c'est presque comme si tu avais eu sa bénédiction…

Tu ne t'es jamais demandé ce que maman aurait pensé de tout ça ? je demande soudainement.

Lauren marque un temps d'arrêt, elle me fixe avec des yeux ronds, l'air de se demander si elle a bien entendu. Ça me fait bizarre, à moi aussi, d'avoir prononcé le mot *maman*. La dernière fois que je l'ai utilisé pour désigner notre mère, j'avais 7 ans.

– Non, jamais ! Je ne me suis jamais posé ce genre de question. Je ne comprends pas ce qu'elle vient faire dans cette discussion alors que nous nous sommes passées d'elle et de son avis pendant près de quinze ans ! Elle nous a abandonnées en nous accusant de tous ses malheurs ! Elle ne mérite même pas que l'on prononce son nom !

Comme si elle perdait absolument tout contrôle d'elle-même, elle se lève comme une furie, renversant tasses et théière au passage, et sort de l'appartement en claquant la porte.

– Lauren, attends ! dis-je en me précipitant à sa suite.

Je ne l'ai jamais vue dans cet état. La violence de sa réaction me sidère.

– Calme-toi, Lauren, je demandais ça comme ça ! Nous sommes adultes, à présent, et je dois t'avouer que, moi, il m'arrive de me demander ce qu'elle est devenue !

Je rattrape ma sœur par la manche, dans le couloir.

– Tu n'y penses jamais, toi ?

Lauren fait volte-face.

– Si, parfois ! Et lorsque ça m'arrive, c'est pour espérer qu'elle a été dévorée par des crocodiles en tentant de traverser le fleuve Amazone !

– Lauren ! Mais qu'est-ce qui te prend ? Je posais la question, c'est tout.

La voisine débarque, l'air affolé.

– J'ai entendu des cris, que se passe-t-il ? Tout va bien ?

– Mais oui, pourquoi ! lance Lauren en claquant sa porte. Fichez-moi la paix, tous autant que vous êtes ! crie-t-elle à travers la porte, la voix abîmée.

– Lauren, excuse-moi, je ne savais pas que ça te ferait cet effet-là ! Ça fait quinze ans maintenant ! Il y a prescription, non ?!

– Pas pour moi ! Il n'y aura jamais prescription !

Je m'éloigne de la porte, un peu désemparée. Ma sœur a bien caché son jeu, elle aussi, mais pas dans le sens que j'espérais… Vu sa réaction, il est clair que le sujet est encore douloureux.

– Qu'est-ce qui se passe ? demande la voisine.

– J'ai parlé de notre mère…

– Votre mère ? Et ça la met dans cet état ?! s'étonne Angie.

– Oui, elle est partie, il y a quinze ans. Nous ne savons pas du tout ce qu'elle est devenue. Je demandais à Lauren si elle n'avait pas envie de le savoir… Manifestement, non.

La porte de ma sœur s'ouvre de nouveau.

– Elle ne mérite pas qu'on parle d'elle !

Ma sœur s'est calmée, mais son visage est fermé en une colère froide.

– Elle est morte pour moi, Ivy. Qu'elle le soit pour de vrai ou pas, c'est la même chose. Pour répondre à ta question, je me fiche de savoir ce qu'elle penserait de ce que je suis devenue ou des choix que j'ai pu faire.

Une pointe de tristesse teinte ses paroles, à présent. Lauren aperçoit alors la voisine. Un peu en retrait dans le couloir, elle s'est faite toute petite face à la fureur de ma sœur.

– Je suis désolée, je me suis un peu emportée.

– Un peu ? dis-je en souriant. Tu as juste renversé la théière et les tasses…

– Je vous offre un autre thé chez moi, alors… propose-t-elle en ouvrant grand sa porte. À condition qu'on ne parle plus de ça…

Lauren a retrouvé son sang-froid et semble elle-même surprise par sa réaction. Angie, visiblement impressionnée, hésite à entrer dans l'appartement.

– Ma sœur est un peu comme Hulk, dis-je pour détendre l'atmosphère. Elle peut se mettre très en colère… Mais maintenant que nous savons quel mot est à éviter, nous ne risquons plus rien.

La voisine sourit et change habilement de sujet de conversation en interrogeant Lauren sur la santé de Devil, son python. Je me rappelle alors que je n'ai jamais avoué à ma sœur que la voisine l'avait gardé quelques jours, pendant qu'elle était partie négocier un contrat pour les Rattle Snake avec un producteur de Chicago.

Maintenant que ma sœur sait que j'ai joué les fausses fiancées, je lui avoue tout concernant le serpent. Le récit de la réaction hystérique d'Arianna face au pauvre python achève de ramener le sourire sur les lèvres de ma Lauren.

– Mais si le producteur est phobique des serpents, lui aussi, Devil ne fera donc plus partie du groupe ? demande Angie.

– Si, finalement, nous avons réussi à le convaincre qu'il faisait partie de notre identité visuelle… Simplement, nous ne l'emmènerons pas aux enregistrements. Nous devrons également le prévenir lorsqu'il sera dans la pièce…

– Un producteur, un programme de lancement. Si je comprends bien, dit Angie, votre groupe passe à la vitesse supérieure !

– Exactement ! J'espère que papa finira par reconnaître que c'est de la musique, pas du bruit…

– Si c'est ce qui te rend heureuse, tu ne devrais pas t'embarrasser de savoir qui pense quoi de ce que tu fais… déclare Angie calmement.

– Je suis bien d'accord avec vous, dis-je.

C'est bien la première fois que je suis d'accord avec la voisine, moi…

Une fois le thé terminé, je regagne mon appartement. La réaction de ma sœur m'a fait de la peine. Il est évident qu'elle souffre encore du départ de notre mère. À force d'avoir été contenue, sa colère ne s'est jamais apaisée. Je me demande ce qu'il faut faire. Est-ce que je dois lui en parler de temps en temps, malgré son refus ?

J'ai toujours envie de retrouver notre mère, avec ou sans Lauren. Si j'y parviens, il me sera toujours temps d'aviser. Ma sœur n'est pas obligée de s'associer à mes recherches. Si par chance elles aboutissent, je ne suis pas non plus forcée de lui en parler… du moins pas tout de suite.

Un coup de téléphone me tire de mes pensées. En reconnaissant le numéro du directeur du Comedy Cellar, je décroche sans hésiter.

– Ivy, nous n'avons pas pu parler des dates, à la fin de votre représentation, la dernière fois, mais j'espère que vous aviez compris que vous êtes embauchée !

Je n'ai pas compris grand-chose la dernière fois… Cette fois, je suis toute à la conversation et ma joie n'échappe pas au directeur.

– Je vous envoie le planning de la saison par e-mail, avec une vingtaine de dates pour lesquelles vous feriez la première partie. Dites-moi ce que vous en pensez.

Dès que j'ai raccroché, je ne peux pas m'empêcher d'envoyer un message à Simon.

[Première partie de Jessie Green !
C'est parti pour vingt dates !]

Je pianote un SMS à Ted et à Lauren pour leur apprendre la bonne nouvelle puis, portée par l'enthousiasme, je me mets au travail. Je creuse des idées pour les prochains stand-up lorsqu'on frappe à ma porte.

Un coursier me tend un paquet sans aucune indication puis disparaît. J'ouvre, un peu intriguée. Le carton contient une bouteille de champagne, un bon champagne, on dirait. Mais nulle mention de l'expéditeur.

Je me précipite sur les pas du coursier.

– Monsieur !

L'homme a disparu et je cours dans le couloir.

– Monsieur, attendez !

Je heurte alors un torse de marbre, qui me fait perdre l'équilibre. Deux bras puissants m'empêchent de tomber.

– Simon !

– Tu cherchais quelqu'un ?

– Un coursier, oui…

– Je viens de le croiser, dehors. Il va falloir que tu coures vite si tu veux le rattraper, il est parti à moto.

– C'est toi, le champagne ?

– Ah, il est arrivé avant moi ? Parfait, j'espère que tu l'as mis au frais.

Nous regagnons mon appartement.

– Je me suis dit qu'il fallait fêter ça. Et ça ne pouvait pas attendre ce soir.

Une fois chez moi, Simon ouvre la bouteille en un geste agile et élégant.

Je suis embauchée pour faire la première partie de Jessie Green au Comedy Cellar et je fête cette nouvelle avec le plus beau des amants.

Je dois être en plein rêve, là.

Ah non, le rêve sur pattes me tend une coupe de champagne.

***

Ce soir, dans ma loge, je suis aux anges. D'abord parce que, sur l'affiche du théâtre, mon nom est écrit sous celui de Jessie Green. Je fais donc officiellement partie du programme.

D'ailleurs, il faut que j'arrête de le lire et de le relire, ça devient ridicule.

Ensuite parce qu'aidée de Lauren j'ai réussi à convaincre mon père d'assister à cette première. Il a toujours refusé d'assister à une de mes représentations et il n'a jamais mis les pieds dans un théâtre de stand-up… ça fait beaucoup de premières. Certes, il n'a dit oui que du bout des lèvres, et je sais qu'il ne pourra s'empêcher de relever le moindre faux pas, mais le fait qu'il vienne est suffisamment énorme pour ne pas m'offusquer de son air ronchon.

Même si je n'aurais pas été contre un tout petit peu plus d'enthousiasme...

Heureusement, Simon sera là, lui aussi. Sa simple présence dans la salle suffit à me donner l'énergie nécessaire. La vraie fausse bague brille à mon doigt et je sais qu'elle me protège...

Elle m'a aussi rendue complètement superstitieuse !

Ce soir, j'ai décidé de reprendre le stand-up inspiré par mon histoire avec Simon. Je me suis basée sur ce que j'ai écrit à propos du *beautiful bastard* et je l'ai augmenté d'une partie autobiographique sur les phobiques des fiançailles.

***

À l'issue de la représentation, juste avant que le spectacle de Jessie Green ne commence, Simon me retrouve dans ma loge.

– Je vois que le *beautiful bastard* est de retour. J'en suis ravi. D'autant qu'on dirait bien qu'il a réussi à te réconcilier avec les fiançailles ?

– Confondrais-tu réalité et fiction ? dis-je.

Au moment où il me serre dans ses bras, mon père et Lauren entrent dans la loge. Je me sens d'abord un peu gênée de me trouver dans les bras de Simon et d'être prise en flagrant délit amoureux face à mon père, puis je repense aux paroles de la voisine : ce qui est vrai pour le métier l'est aussi pour les choix sentimentaux. J'aime Simon, je le présente à mon père, je ne lui demande pas son avis.

Je commence à être un peu trop souvent d'accord avec la voisine.

– Je dois reconnaître que tu as du talent... avoue mon

père avant même que je lui aie présenté Simon.

Nous échangeons un regard, Lauren et moi, étonnées qu'il ne ronchonne pas, même pour la forme.

Aurait-il reçu un coup sur la tête ?

– C'est vous qui avez prévenu Lauren lorsqu'Ivy s'est fait piquer par une méduse, n'est-ce pas ? demande-t-il ensuite à Simon.

Mon amant hoche la tête.

– Je vous remercie d'avoir pris soin de ma fille, elle aurait pu mourir, dit-il en lui serrant franchement la main. Ah ! Et je suis James Clemens, enchanté.

– Simon Stone.

Aucun reproche, pas de « Qu'est-ce que vous faisiez sur cette île ? » ni de « Comment se fait-il que vous ayez emmené ma fille dans un endroit à méduses ! »

À croire que mon stand-up a des vertus magiques.

À moins que ce ne soit Simon…

– Si on dînait tous les quatre, chez moi, après le spectacle de Jessie Green ? propose Lauren.

– J'en serais ravi, répond Simon en me prenant par la main. Je commande le repas.

Dans mon cerveau, tous les voyants viennent de passer au rouge. Ce dîner improvisé chez Lauren ressemble beaucoup trop à un dîner de famille à mon goût. Et il est trop tôt pour les dîners de famille. Beaucoup trop tôt. J'ai présenté Simon à mon père, c'est déjà un début et je n'ai pas envie de brusquer les choses…

Bien sûr, je connais la famille de Simon, mais justement ! Tout a été artificiellement précipité ! Je les ai rencontrés parce que nous avons joué au faux couple. Si notre relation avait commencé normalement, je ne saurais rien de sa famille, à l'heure qu'il est.

Je tente toutefois de me raisonner. Si j'essayais de profiter de l'instant présent, plutôt que de me torturer ?

Une fois de retour dans l'obscurité de la salle de stand-up,

Simon passe son bras autour de mes épaules. Je sens sa respiration contre moi.

Voilà qui va m'aider à profiter de l'instant présent.

***

Après le spectacle, quand nous arrivons tous les quatre dans notre immeuble, Lauren découvre un magazine posé sur le paillasson. Elle le ramasse, un peu étonnée.

– *Metal Point* ! Qu'est-ce que ça fait là ? Je ne lis plus ce journal… ni aucun membre des Rattle Snake, d'ailleurs. On en a eu marre de ne jamais voir de chroniques ! déclare-t-elle.

– C'est quoi, ce post-it ? dis-je en désignant un bout de papier qui dépasse. Quelqu'un a glissé une note à l'intérieur !

Lauren ouvre le journal. Un mot a été griffonné sur le post-it :

« *Bravo.* »

Ma sœur parcourt la page des yeux et son visage s'éclaire.

– Écoutez ça ! s'écrie-t-elle. Suite à notre dernier concert, nous avons un article dans la rubrique « Le Groupe à suivre » !

Je pousse un cri de joie.

– Tu savais qu'un journaliste était dans le bar ?

– Non, je ne savais pas du tout, heureusement, cela m'aurait paralysée !

– Qui a glissé ce journal sous ta porte ? demande mon père en lisant l'article. Un admirateur secret ?

– Nous avons une voisine un peu collante. Je parie que c'est elle qui a fait ta revue de presse, Lauren !

Ma sœur sourit tendrement.

– Ah oui, ça doit être Angie, c'est vraiment gentil de sa part !

– Comment va-t-elle, d'ailleurs ? s'enquiert Simon.

– Vous connaissez aussi la voisine ? s'étonne mon père.

Simon et moi échangeons un regard complice.

– Un peu. Elle est très gentille, confirme Simon en souriant.

– Très intrusive, oui, tu veux dire ! m'empressé-je de corriger. Une vraie voisine poule ! Ils l'adorent, tous les deux. Je ne sais pas ce qu'elle leur a fait…

– Reconnais que c'est sympa de m'avoir trouvé cet article ! Je ne l'aurais jamais vu, moi, puisque je ne lis plus ce magazine ! Il faut absolument que je prévienne les autres.

Lauren s'arrête un instant.

– J'ai une idée ! Si j'invitais Angie à venir dîner ?

Je lève les yeux au ciel, mais tout le monde est d'accord. Lauren est déjà dans les escaliers.

Quelques secondes plus tard, elle remonte, seule.

– Elle n'est pas chez elle…

– Elle a une vie, elle aussi ! Je suis presque rassurée, en réalité. Je commençais à me demander si ce n'était pas une dangereuse psychopathe.

Mon père a lu plusieurs fois l'article consacré au groupe de Lauren, et il sourit.

– Après tout, ton diplôme de droit ne va pas s'envoler, alors si la musique te rend heureuse… C'est bien ce qui compte dans la vie.

Lauren et moi manquons de nous étouffer.

– Tu peux répéter, papa, s'il te plaît.

– Je me rends compte que mes filles ont du talent. Je devrais cesser de m'inquiéter. Vous êtes grandes. Et tout va bien.

Lorsqu'on frappe à la porte et que Lauren ouvre, nous sommes tous un peu surpris. Nous nous attendions à un livreur, mais c'est un serveur en costume qui entre et qui dépose cérémonieusement plusieurs plats, soigneusement protégés par des cloches en métal. Je savais qu'on pouvait se faire livrer toute sorte de nourriture, mais je n'avais jamais commandé de cinq étoiles.

La soirée se passe dans la bonne humeur. Mon père est en train de changer, lui aussi, on dirait.

Le pouvoir magique de Simon Stone serait-il sans limites ?

Mon amant est assis en face de moi. J'ai gardé mes distances :

je n'ai pas envie de me donner en spectacle, mais j'ai de plus en plus envie de le serrer dans mes bras. Voir son corps, à quelques mètres de moi, sans pouvoir le toucher est une torture d'autant plus insupportable que je me la suis moi-même imposée. Comme s'il était conscient de son effet, un sourire imperceptible flotte sur ses lèvres. Ses yeux cherchent les miens, les quittent puis reviennent s'y plonger en un ballet qui me fait beaucoup d'effet.

Aussi, lorsque mon père déclare qu'il est temps pour lui de regagner le Queens, c'est tout mon corps qui se réjouit à l'idée de pouvoir bientôt retrouver celui de Simon. Celui-ci offre à mon père de le faire raccompagner par son chauffeur et cette dernière attention achève de le faire basculer dans la bonne humeur.

Après avoir souhaité bonne nuit à Lauren, et aussitôt la porte de mon appartement fermée, j'attire Simon à moi et me jette sur ses lèvres comme une assoiffée. Nous basculons dans le canapé. Entre les bras de mon amant, le désir m'électrise immédiatement. Toute la soirée, nous yeux se sont cherchés, et j'ai attendu, avec une impatience croissante, d'être seule avec lui.

Mon père a reconnu que ses filles avaient du talent, je suis dans les bras du plus merveilleux des amants, la soirée s'est déroulée à la perfection… pourtant, une vague de mélancolie m'assaille.

– Quelque chose te tracasse, Ivy, devine Simon.

– J'aurais bien aimé que ma mère soit là… qu'elle voie où j'en suis arrivée, même sans elle. Un peu par défi, en quelque sorte. Pour lui dire aussi qu'elle se trompait : qu'on peut aimer quelqu'un et rester soi-même.

Simon pose ses lèvres dans mon cou.

– Tu as commencé des recherches ? Tu as des pistes ?

– J'ai cherché sur Internet, mais je n'ai rien trouvé. Je ne sais pas du tout comment m'y prendre pour mener une enquête. Je me rends compte qu'on ne peut pas s'improviser enquêteur si facilement.

Simon me tend alors une pochette qu'il sort de son sac.

– Je l'ai deviné quand nous nous sommes promenés au bord du lac. J'ai donc demandé à mon détective de le faire. Il a commencé à enquêter. Il a déjà quelques pistes.

Soudain, je perds pied.

– Comment ça, une enquête sur ma mère ? Sans m'en parler ?! Sans me demander si j'étais d'accord ?!

– Ce n'est pas ce que tu voulais ? interroge Simon.

– Je veux retrouver ma mère, mais je ne veux pas que tu t'en charges sans m'en parler !

– Je pensais que ça te ferait plaisir, Ivy. Tu me l'as dit toi-même.

– C'est vrai, je veux savoir où elle est. Mais je ne veux pas que tu fouilles dans ma vie !

– Je n'ai pas fouillé dans ta vie ! Je ne sais pas ce que contient ce dossier. Je n'ai pas regardé ! J'ignore ce que le détective a trouvé.

Je me sens soudain très angoissée.

– J'ai besoin d'être seule, Simon.

– Seule ? Mais…

– Tout va trop vite pour moi ! Tu parles de vraie fiancée. On dîne en famille. Et maintenant, cette enquête.

La mâchoire de Simon se crispe. Son regard se fait dur. Mon amant encaisse le coup.

– Si c'est ce que tu veux.

Et il sort.

J'ai accepté de perdre le contrôle de mes sentiments, de me laisser aller, de m'abandonner à Simon, mais je ne veux pas perdre le contrôle de ma vie. Ce genre de surprise, ça ne me plaît pas. C'est trop intrusif ! J'ai réagi vivement, mais je n'ai pas pu m'en empêcher. C'était presque un mouvement instinctif de survie.

Je me fais l'effet d'une personne affreusement compliquée à cet instant précis.

22

Coupée du monde

Le lendemain, je suis debout de bonne heure. Je joue au Comedy Cellar, ce soir, mais j'ai toute la journée devant moi, et j'ai besoin de me retrouver. Je vais prendre l'air et marcher dans les rues que j'aime. Être seule, c'est cela dont j'ai besoin.

Au moment de partir, alors que je ferme la porte de mon appartement, j'entends la voix de la voisine.

Angie est de retour…

Elle a repris son poste d'observation au rez-de-chaussée.

La voisine n'est pas seule, elle discute avec quelqu'un. Une femme, dont je reconnais vaguement la voix. Probablement une voisine qu'elle a prise en otage, à moins qu'elle ne soit sous le charme, elle aussi.

Si je descends, elle va m'apercevoir et me poser mille questions. Je ne suis pas d'humeur à recevoir un panier bio assorti de conseils en hygiène de vie… Sans compter qu'avec son espèce d'intuition presque magique elle va sentir tout de suite que quelque chose me préoccupe. Elle comprendra immédiatement que cela a un lien avec Simon. Et comme elle a tout fait pour que nous nous réconciliions, elle va déclencher le plan « secours amoureux » et ne me lâchera pas avant que je lui aie raconté ce qu'il se passe.

Non. Ce matin, je n'ai qu'une envie : ne voir personne, ne parler à personne…

Mais je voudrais bien sortir, aussi. Je ne vais tout de même pas attendre qu'elle ait fini sa conversation !

Je sais ! L'escalier de secours ! Comme son nom l'indique, il sert en cas d'urgence.

Là, c'est une urgence !

En moins de deux, je suis dehors. Seulement, une fois dans la rue, je me rends compte que j'ai oublié mon téléphone portable. Je n'ai pas le courage de remonter. Moi qui voulais être coupée du monde et me retrouver seule, je le suis complètement !

C'est parti pour un shoot de liberté.

Je passe ma journée à flâner dans les rues, je m'attarde devant quelques vitrines et déambule au fil de mon inspiration.

Le soir, quand j'arrive au stand-up, je me sens pleine d'énergie. Cette journée m'a fait du bien. Après avoir salué Jessie Green et échangé quelques mots avec le directeur, je me rends dans ma loge, afin de me préparer avant de monter sur scène.

Au moment d'enfiler la fausse bague de fiançailles qui me sert de talisman, je pense à Simon. Je sais qu'il ne sera pas dans la salle ce soir. Normal, puisque je lui ai clairement signifié que j'avais besoin d'espace.

Alors pourquoi suis-je presque déçue ?

Cette journée en solitaire m'a permis de prendre du recul, mais m'a surtout donné l'opportunité de mesurer combien j'aime Simon.

En repensant à la scène de la veille, je me trouve bête d'avoir réagi de la sorte. Son geste partait d'une bonne intention et moi, je l'ai mis dehors, je l'ai éconduit de la plus brusque des manières… J'ai réagi de façon complètement démesurée, comme si j'étais agressée. Sur le coup, je n'ai pas pu m'en empêcher, mais je le regrette, à présent. J'ai mis en pratique un vieux réflexe de défense qui n'a plus lieu d'être. Je m'en veux.

En plus, ma curiosité naturelle reprend le dessus : je voudrais bien savoir ce que contient la pochette.

***

En sortant du stand-up, je cours presque jusqu'au métro. Je veux rentrer chez moi au plus vite, récupérer mon téléphone et appeler Simon pour m'excuser. Et lui dire que je l'aime !

En approchant de l'immeuble, je remarque un attroupement inhabituel. Que font tous ces gens, qu'est-ce qu'ils regardent ? Je ralentis l'allure. Quand je comprends ce qui se passe, le souffle me manque, comme si je venais d'être frappée par la foudre : un incendie ! L'immeuble brûle ! MON immeuble brûle !

Je n'en crois pas mes yeux. Des flammes sortent par la fenêtre. Ça arrive vraiment, ce genre de chose ?! Que s'est-il passé ? Je suis partie ce matin et tout allait bien, je reviens ce soir, l'immeuble brûle ?!

Mes jambes flageolent, tout mon corps tremble. Soudain, une pensée terrible me fend le crâne. Lauren !

– Où est ma sœur ?!

Je crois que j'ai crié.

Je regarde autour de moi, je scrute les visages des gens attroupés autour de l'immeuble. Mais, comme dans un mauvais rêve, je ne vois plus rien. Soudain j'entends mon nom. À quelques mètres de moi, je reconnais Lauren et m'effondre dans ses bras. Je suis si soulagée de la voir ! Ma sœur a les yeux pleins de larmes. Angie tente de l'apaiser, mais elle a du mal à dissimuler son émotion.

– Le feu a pris à notre étage, Ivy ! Je n'étais pas chez moi, je revenais juste de chez Ted, avec Devil, et je m'étais arrêtée chez Angie. Soudain, de la fumée a envahi la cage d'escalier. Tout brûlait.

Autour de son cou, Devil, très agité, s'entortille dans tous les sens.

– Quand j'ai compris ce qu'il se passait, explique Angie sous le choc, j'ai appelé les pompiers, puis Simon. Je ne t'ai pas vue sortir à l'heure habituelle, Ivy, j'ai cru que tu étais coincée à l'intérieur de ton appartement !

Je n'ai pas le temps de me demander comment la voisine a eu le numéro de téléphone de Simon. En entendant son nom, je me sens revivre. Angie l'a appelé, il va venir !

– Il arrive bientôt, alors ! Nous sommes tous là, tout va bien !

– Non, tout ne va pas bien, Ivy, sanglote Lauren en détournant les yeux.

Ma sœur se mord la lèvre, les larmes l'empêchent de continuer. Mon cœur cogne contre ma poitrine.

– Qu'est-ce qui se passe, Lauren ?

– Simon est à l'intérieur, Ivy. Il est arrivé avant les pompiers, très agité, parce que tu ne répondais pas au téléphone…

– Quoi ? Mais…

Je me sens vaciller.

– Il nous a trouvées ici… poursuit-elle. Il a demandé où tu étais…

– Tu ne répondais pas au téléphone, je lui ai dit que tu étais probablement dedans, suffoque Angie. Alors il est devenu incontrôlable. Malgré toutes nos tentatives pour le retenir, il s'est précipité dans les flammes. Il ne voulait pas attendre les pompiers.

Je m'approche le plus près possible de l'immeuble. La chaleur des flammes me parvient. Les larmes coulent le long de mes joues. Simon est là-dedans ?! Je l'appelle plusieurs fois, en vain. Comment pourrait-il m'entendre ?

Soudain, deux pompiers sortent de l'immeuble en flammes. Ils portent le corps inanimé d'un homme que je reconnais immédiatement, pour mon plus grand malheur.

– Simon !

Je cours vers mon amant, mais un pompier me fait signe de reculer.

Le souffle me manque. J'ai chassé Simon de chez moi,

il a plongé dans les flammes pour me sauver, et il est inconscient.

Je donnerais n'importe quoi pour me réveiller de ce cauchemar !

V

Quand tout peut partir en fumée

23

Incendie criminel

– Est-ce qu'il va s'en sortir ?

Personne ne me répond. Les pompiers déposent Simon sur un brancard. Il a les yeux clos, quelques brûlures au bras et une plaie au front.

– Je vous en supplie, dites-moi qu'il va s'en sortir !

Ma gorge est nouée, au point qu'il m'est difficile de parler.

– Il est trop tôt pour l'affirmer, me répond le secouriste tout en faisant signe au pompier de porter le brancard dans l'ambulance.

Suis-je dans un cauchemar ? Malheureusement, non. La chaleur du brasier ne me le rappelle que trop. Me croyant prisonnière des flammes, Simon est allé me chercher. Sans hésiter une seconde, m'a dit Lauren. À présent, son corps inanimé gît sous mes yeux, et j'ai l'impression d'étouffer d'angoisse.

La porte de l'ambulance se referme. Je m'entends hurler que je veux monter avec lui.

– Je suis sa fiancée ! Laissez-moi l'accompagner !

Je ne le suis pas, mais je donnerais n'importe quoi pour l'être. C'est presque pareil, non ?

– Votre fiancé a perdu connaissance, il a besoin de soins intensifs. Vous ne pouvez monter à bord, mademoiselle. Nous l'emmenons à la clinique de Lenox Hill. Vous le verrez là-bas.

Mon cœur s'est serré quand le pompier a prononcé le mot *fiancé*. Hier, j'ai mis Simon dehors parce que je le trouvais envahissant, ce matin j'ai laissé mon téléphone pour ne pas recevoir ses messages ! À présent il disparaît dans une ambulance. Je ne serai peut-être jamais sa fiancée, par ma faute !

Je donnerais tout ce que j'ai pour passer le reste de mes jours avec lui !

L'ambulance démarre. C'est comme si on m'arrachait une partie de moi. Lauren m'entraîne.

– Viens, nous allons à Lenox Hill en taxi. Mieux vaut les laisser s'occuper de Simon tranquillement, recommande ma sœur, ta présence pourrait les gêner.

Elle a raison et ses mots me font reprendre mes esprits. Lorsque je me suis fait piquer par une méduse venimeuse, Simon s'est occupé de moi sans perdre son sang-froid. Et ce n'est pas en me morfondant que je lui rendrai service ! J'arrête donc un taxi et lui donne l'adresse de la clinique.

Une fois à l'accueil de Lenox Hill, je demande à voir M. Stone. Un médecin ne tarde pas à arriver.

– Vous êtes sa fiancée ?

Je hoche la tête.

– Suivez-moi, je vais vous emmener à sa chambre.

– Je te laisse y aller seule. Je t'attends dans ces fauteuils, décide ma sœur en s'effaçant pour me laisser en tête-à-tête avec Simon.

– M. Stone s'en sort plutôt bien, m'explique le médecin. Il a quelques brûlures, superficielles. Il a reçu un morceau de poutre sur la tête. Mais le coup n'a heureusement pas occasionné de traumatisme.

Je pourrais me jeter dans ses bras tant je suis soulagée.

Mais j'ai trop hâte de me jeter dans ceux de Simon.

– M. Stone dort, précise le médecin avant de me laisser entrer. Il a besoin de repos.

J'entre sur la pointe des pieds, retenant mon souffle.

Le corps de Simon allongé m'arrache un bruyant soupir que je ne parviens pas à réprimer. Un bandage enserre son crâne. Un autre entoure son torse. Une perfusion est attachée à son bras. Sous sa lèvre, une légère coupure forme une petite cicatrice.

Et cela lui donne encore plus de charme !

Je souris malgré moi. Même blessé sur un lit d'hôpital, cet homme est à se damner…

Je m'assieds au bord du lit et prends sa main dans les miennes. Simon a les yeux clos, il dort. Mais il respire. Il est vivant ! Je suis si émue que j'ai du mal à retenir mes larmes.

– Si tu savais comme je me sens stupide d'avoir réagi comme ça ! Je ne sais pas ce qu'il m'a pris…

J'ai presque chuchoté pour ne pas le réveiller. Ma voix tremble, je ne cherche pas à dissimuler mon émotion. Les larmes coulent le long de mes joues. J'effleure son visage, en évitant la coupure, pour ne pas lui faire mal.

– Quand les pompiers t'ont sorti des flammes, je rentrais du stand-up. Je voulais te téléphoner, pour m'excuser de t'avoir mis dehors… Je m'en veux tellement, Simon !

Il ne m'entend pas, mais je ne peux pas m'empêcher de poursuivre.

– C'était un vieux réflexe de l'Ivy d'avant… Je t'aime Simon, comme je n'ai jamais aimé personne. Je veux que tu fasses partie de ma vie… Tu en fais déjà partie, mais je veux partager encore davantage de choses avec toi. Et je ne peux imaginer une seule seconde vivre sans toi !

Un sourire se dessine doucement sur le visage de mon amant. Simon entrouvre les paupières. Ses yeux brillent d'un éclat singulier.

– Tu es réveillé ?! murmuré-je la gorge serrée.

– Oui, je suis réveillé ! Heureusement ! J'aurais manqué cette déclaration !

Sa voix est faible, mais Simon sourit avec une tendresse qui me fend le cœur.

– Ça a du bon de recevoir un bout de bois sur la tête dans

un incendie… Ça semble pousser les jolies filles à passer aux aveux.

– Tu ne peux pas dire ça, Simon ! Ça aurait pu être pire, bien pire !

Moi voix s'étrangle.

– Je suis là, Ivy… Et toi aussi, c'est tout ce qui compte.

– Comment tu te sens ?

– Très bien, souffle-t-il en passant sa main sur le bandage qui enserre son crâne. Juste un peu mal à la tête… Il en faut un peu plus pour me mettre au tapis !

Simon essuie les larmes sur mes joues.

– Tout va bien, Ivy. Le médecin a dû te le dire, je n'ai presque rien. À peine une grosse bosse… Et c'est vrai que j'ai eu un peu chaud… Un peu comme si j'avais passé un week-end complet dans un sauna…

– Je m'en veux tellement, Simon, si tu savais…

– Tu l'as déjà dit… Je ne t'en veux pas, moi. Comment pouvais-tu savoir ? J'ai préféré le passage où tu dis que tu m'aimes… murmure-t-il, espiègle.

Il fait un effort pour se redresser. Un léger rictus de douleur passe sur son visage.

– Ne bouge pas, Simon, dis-je en posant doucement mes mains sur son torse. Tu dois te reposer.

Il me regarde, me contemplant l'air presque surpris, tout en effleurant mon bras, comme pour s'assurer que je suis bien là devant lui.

– Alors penche-toi vers moi ! Ça fait plus de cinq minutes que tu es entrée dans cette chambre et nous ne nous sommes pas encore embrassés. Je voudrais sentir tes lèvres sur les miennes…

J'approche doucement mon visage du sien. Simon glisse sa main derrière ma nuque en une caresse qui me fait frémir et nos lèvres se pressent en un tendre baiser. Le sentir en vie, tout contre moi, libère une nouvelle vague d'émotion.

– Lauren m'a dit que tu étais entré dans l'immeuble en

flammes sans hésiter une seconde, dis-je d'une petite voix. Je te remercie, Simon.

– Angie a appelé le studio Stone, complètement paniquée, pour dire que ton immeuble brûlait. Elle voulait savoir si tu étais avec moi… La standardiste me l'a immédiatement passée sur mon portable.

Sa main serre la mienne.

– Tu n'étais pas avec moi… Personne ne t'avait vue sortir, tu ne répondais pas au téléphone… J'ai cru devenir fou. J'étais dans le quartier, je suis arrivé plus vite que les pompiers.

– Ce matin, je suis passée par l'escalier de secours… Précisément pour qu'Angie ne me voie pas ! Je n'avais pas envie de lui faire la conversation. J'étais trop troublée par notre dispute. Enfin, par ma dispute, parce que je suis la seule à m'être emportée… Une fois dehors, je me suis rendu compte que j'avais oublié mon téléphone… Et je ne suis pas retournée le chercher parce que je souhaitais être seule. Si j'avais su…

Les yeux de Simon plongent dans les miens.

– Précisément, Ivy, tu ne pouvais pas savoir… Quand je suis arrivé, poursuit Simon, le feu ne s'était pas encore propagé à tous les étages. Sachant que tu étais peut-être à l'intérieur, je ne pouvais pas attendre les pompiers ! Je suis entré dans le building, puis chez toi, mais alors que je me trouvais au milieu du salon, quelque chose a craqué et m'est tombé dessus. À ce moment-là, un pompier entrait. J'ai dit que tu étais peut-être dans le bâtiment et il a pris le relais. C'est là que je me suis évanoui, je crois. Et puis plus rien…

Je frémis à ces mots. Imaginer Simon au milieu des flammes est une vision d'horreur. Et il a fait ça pour moi !

– Ce que tu as fait, c'est tout simplement prodigieux.

Les mots me manquent tant je suis émue. Simon, en revanche, paraît tout à fait décontracté. Comme si aller chercher quelqu'un au milieu des flammes était la chose la plus naturelle du monde.

– Tu sais, j'ai entendu ta voix, depuis l'ambulance et c'est là que j'ai repris conscience. Et puis, ça valait vraiment le coup de me retrouver ici pour entendre ta déclaration d'amour, ajoute-t-il en insistant sur le mot *vraiment*.

Simon semble avoir été très touché par mes mots. Et comme pour me le prouver, sans me quitter des yeux, il porte ma main à ses lèvres.

– Moi aussi je t'aime, murmure-t-il.

– Tu ne m'en veux pas ? ne puis-je m'empêcher de demander une nouvelle fois. Je t'ai chassé de chez moi, hier. Et c'est parce que je faisais la tête que je n'ai pas pris mon téléphone ! Je me sens responsable de ce qui t'arrive.

– Ce sont deux choses différentes ! Si tu parles du fait que tu m'as mis dehors, je ne t'en veux pas. J'aurais dû te demander l'autorisation avant de commencer une enquête sur ta mère. Pour le reste, je ne vois pas bien en quoi tu es responsable.

Son sourire s'étire.

– À moins que tu aies mis le feu volontairement pour voir si j'allais venir te secourir ?! Et alors, cela voudrait dire que j'ai réussi l'épreuve ! J'en suis ravi.

Je ne peux pas m'empêcher de rire.

– Je suis tellement soulagé que tu sois là, devant moi. Si tu savais comme j'ai eu peur pour toi, Ivy.

– Je crois savoir, oui. Ça doit rassembler à la façon dont j'ai eu peur pour toi…

Nous nous regardons intensément. Nos yeux se disent des milliards de choses, s'échangent des aveux plus forts que tous les mots.

– La première fois que nous nous sommes dit « je t'aime », nous étions aussi à la clinique. Tu te souviens ? demande Simon.

– Bien sûr que je me souviens.

Nous nous embrassons tendrement. Mes mains se posent doucement sur son visage. Les siennes, sur mes hanches. L'espace d'un instant, j'oublie complètement où nous nous trouvons. Mais on frappe à la porte et la vue du médecin me le rappelle.

– La police souhaite vous poser quelques questions au plus vite, monsieur Stone, vous sentez-vous prêt à les recevoir ? Ils souhaitent également interroger votre fiancée, précise le médecin.

Simon sourit imperceptiblement lorsqu'il entend le médecin m'attribuer le grade de fiancée. Moi, je suis trop surprise pour m'en amuser.

– La police ? Mais pourquoi ?

Le médecin s'efface. Deux hommes en civil entrent dans la chambre. Simon les invite à s'asseoir, mais les deux policiers expliquent qu'ils préfèrent rester debout, assurant qu'ils n'en ont pas pour longtemps. Après s'être présentés comme enquêteurs, ils entrent dans le vif du sujet : ils sont là pour mettre la main sur celui ou ceux qui ont mis Simon dans cet état.

– Selon les premières observations des pompiers, l'incendie s'est déclaré à votre étage, mademoiselle. Et il est d'origine criminelle.

Un incendie criminel ? Je me sens très mal, tout à coup. Je lance un regard paniqué à Simon. Sa main se serre sur la mienne, pour me rassurer.

– Vous voulez dire que quelqu'un de l'immeuble est visé ?

– Il est possible que l'incendiaire ait agi au plus vite, en allumant le feu là où il le pouvait, explique le policier. Mais nous ne pouvons négliger le fait que le foyer était de votre côté du palier, mademoiselle.

– Connaissez-vous quelqu'un susceptible de vous en vouloir ? Avez-vous remarqué des comportements louches à votre égard, ces derniers temps.

Passé le premier instant de stupeur, je secoue la tête négativement.

– Je ne vois personne, non ! Il s'agit peut-être d'un simple pyromane qui a réussi à s'introduire dans l'immeuble.

– M. Stone nous a signalé les agissements étranges d'une certaine Émilie Fish. Pensez-vous qu'elle puisse vous en vouloir ?

J'en tombe presque du lit.

– C'est vrai qu'elle est venue me trouver dans ma loge, au théâtre… Pourquoi m'en voudrait-elle ?

– Est-ce que vous l'avez déjà vue près de chez vous, mademoiselle ?

– Non, je l'ai aperçue devant chez Simon et aussi dans le hall du Stone Studio. Mais chez moi, jam…

Soudain, je me souviens !

– Mais oui ! m'écrié-je. Ce matin, avant de partir, j'ai entendu la voisine parler avec une femme. Je n'ai pas reconnu la voix. Mais maintenant, ça me revient ! C'était la voix d'Émilie.

– Vous êtes bien sûre de vous ? demande un des policiers.

– Je… oui.

– Vous l'avez entendue, mais vous ne l'avez pas vue ? poursuit l'autre agent.

– Exactement ! Je ne voulais pas croiser la voisine. Je suis sortie par les escaliers de secours…

– Pour éviter une voisine ? demande l'enquêteur, perplexe.

– Heu… Oui, elle me donne des conseils envahissants. J'étais de mauvaise humeur, j'ai filé à l'anglaise.

Un léger sourire passe sur les lèvres de Simon lorsque j'explique ma « fuite » par la sortie de secours, puis il redevient sérieux et sa mâchoire se crispe.

– Nous allons commencer par chercher dans cette direction. Si quelque chose vous revient, appelez-nous. Et si Mlle Fish tente d'entrer en contact avec vous, prévenez-nous immédiatement.

Lorsque les policiers s'en vont, Simon attrape son téléphone.

– Je vais demander à mon détective de chercher Émilie de son côté et de ne plus la lâcher d'une semelle jusqu'à ce que la police l'ait interrogée.

Émilie est la première sur la liste des suspects… mais maintenant que j'y pense, je trouve que la voisine a un comportement étrange, elle aussi. Et pas uniquement parce qu'elle nous offre des paniers de fruits bio et des conseils…

– Il y a quelque chose qui te tracasse ? demande Simon.

– Comment se fait-il qu'Angie ait parlé avec Émilie le matin de l'incendie ? Est-ce qu'elles se connaissent ? Lui a-t-elle communiqué mon étage ? Est-ce qu'elle a fait le guet ?

– Angie, de mèche avec Émilie ? s'étonne Simon, visiblement incrédule.

– Elle savait que tu plongerais dans les flammes sans hésiter ! Est-ce qu'elle t'a appelé exprès pour ça ?

Simon réfléchit. Je sens qu'il pèse mes paroles.

– Peut-être que je deviens paranoïaque, continué-je… mais je me dis même que, si ça se trouve, elle savait que je n'étais pas chez moi, et elle te l'a fait croire exprès… Tu penses que je devrais avertir la police ?

– Je n'ai senti de la part de la voisine que de la bienveillance à ton égard, Ivy. Mais je ne veux négliger aucune piste, il en va de ta sécurité. Je la ferai surveiller, tranche-t-il.

Après avoir pianoté sur son téléphone, il me prend dans ses bras et pose un baiser sur mes lèvres. Au même moment, Lauren entre dans la chambre. Elle s'arrête, un peu gênée de nous surprendre ainsi.

– Je ne veux pas vous déranger…

– Entre ! lançons-nous d'une même voix, Simon et moi.

– Le médecin m'a dit que tu allais bien, Simon… Je vois qu'il ne s'est pas trompé !

Lauren plaisante, mais je constate qu'elle a les traits tirés. La soirée a été une bien rude épreuve pour elle aussi. Elle a vu nos appartements brûler, elle m'a d'abord crue prisonnière des flammes, ensuite elle a vu Simon y plonger…

Je me lève pour serrer ma sœur dans mes bras.

– La police est venue vous voir, vous aussi, j'imagine ?

C'est quoi cette histoire d'incendie criminel ?! demande Lauren, visiblement bouleversée.

D'un air très calme, Simon raconte son passé, à grands traits, puis explique comment Émilie a surgi pour le retrouver, lui, afin de se venger de Tyler Walker.

– Elle est dangereuse, précise-t-il, surtout depuis qu'elle sait que son frère est mort à ma place.

Lauren écoute le récit, ébahie. La voix de Simon tremble imperceptiblement. Moi, je serre fort sa main dans la mienne. Voir qu'il fait confiance à ma sœur – une des personnes qui m'est le plus proche – au point de lui confier cette histoire douloureuse me touche. Une nouvelle vague d'émotion me prend à la gorge.

– Et cette femme, Émilie, aurait cherché à te tuer, Ivy ?

– Pour l'instant, ce n'est qu'une hypothèse… dis-je. Il y a autre chose qui me tracasse. Je me demande quel rôle joue la voisine, là-dedans. Je sais que vous l'appréciez, tous les deux. Mais il n'empêche ! Ce matin, elle discutait avec Émilie.

– Elle m'en a parlé ! s'écrie Lauren. Elle m'a dit avoir mis dehors une femme qui rôdait du côté des boîtes aux lettres. Elle voulait monter dans les étages, mais n'avait aucune visite à rendre. D'ailleurs, je sais qu'elle n'a pas allumé le feu, j'étais chez elle !

– Tu étais avec elle au moment où l'incendie s'est déclaré ?

Lauren hoche la tête, mais fronce soudain les sourcils.

– Ça ne veut peut-être rien dire… Maintenant que j'y pense… tu as peut-être raison. C'est vrai qu'elle est bizarre, parfois. Comme si elle cachait quelque chose. Finalement, je ne sais rien d'elle. Et quand j'y repense, elle a lourdement insisté pour que je prenne un thé avec elle.

Le visage de Simon se ferme imperceptiblement. Je sens qu'il n'est pas d'accord avec nous, mais comme il l'a dit, il ne veut négliger aucune piste.

– Je vais tenter d'en savoir plus, annonce Lauren.

– Ce n'est pas un peu risqué ?

– Ne m'as-tu pas toi-même plusieurs fois baptisée « inspecteur Sœurette » ?

– Justement, dans « inspecteur Sœurette », il y a sœurette, et j'aimerais qu'il ne lui arrive rien. Je veux dire, rien de pire…

Les images de l'immeuble en flammes me reviennent brusquement à l'esprit. Je n'y ai pas songé avant, tant j'étais préoccupée par l'état de Simon, mais nos deux appartements sont partis en fumée. La tension de l'action retombe et une angoisse vertigineuse me saisit.

– Toutes nos affaires ont brûlé… dis-je d'une voix blanche.

– Nous n'avons plus rien, mais l'incendie n'a pas fait de victime. Nous sommes saines et sauves. Ce que nous avions de plus précieux a été épargné, murmure ma sœur.

– Où vas-tu aller ?

– Chez papa. J'ai besoin de me réfugier dans un endroit familier, pour quelques nuits.

– Et Devil ?

– Je l'ai laissé à la voisine, le temps de t'accompagner ici. Je vais passer le chercher avant d'aller chez papa. J'ai gardé un vieux vivarium à la maison. Dès que nous serons remises, nous aviserons. Ce sera comme un nouveau départ, qu'en dis-tu ?

Je hoche la tête. Ma sœur a raison. Je la serre dans mes bras. Elle me rend mon étreinte. Elle m'est plus chère que jamais.

Quand Lauren quitte la chambre, la nuit est déjà bien avancée. Je m'allonge près de Simon. Dans ce genre de clinique, les lits sont à peu près aussi gigantesques que dans un palace. Ainsi lovée contre mon amant, apaisée par sa respiration calme, je parviens à trouver le sommeil.

Je ne pensais pas qu'une nuit à la clinique pouvait être si tendrement romantique.

24

Chez toi ou chez moi ?

Le lendemain matin, je me réveille, blottie contre Simon.

Voilà pourquoi j'ai si bien dormi !

Une douce odeur me chatouille les narines et je constate avec stupeur qu'un petit déjeuner de luxe est servi. Corbeille de viennoiseries, jus de fruit frais, café et toutes sortes de choses qui semblent plus délicieuses les unes que les autres.

– On se croirait dans un hôtel cinq étoiles… Enfin, je n'ai jamais mis les pieds dans ce genre d'endroit, mais j'imagine que cela y ressemble, dis-je en apportant un plateau à mon amant.

Je m'assieds tout près de lui, et je songe à me laisser tenter par un croissant lorsqu'on frappe à la porte.

Déjà dérangés !

Franck Ridge et Caroline Katz entrent dans la chambre. Simon leur a envoyé un message pour leur expliquer qu'ils allaient devoir se passer de lui pendant quelques jours, et ils se sont empressés de lui rendre visite.

Après les avoir rassurés, Simon raconte à son associé et à la réalisatrice comment les choses se sont passées. En omettant toutefois de leur préciser que je boudais, raison pour laquelle j'avais décidé de laisser mon téléphone chez moi…

Gentleman !

– Quelqu'un vous en voudrait ? s'étonne Caroline.

– C'est ce que cherche à déterminer la police…

– Vous devez vous reposer, tous les deux. On devrait reporter la fête d'inauguration des décors d'*Out of Space*, Simon, propose-t-elle.

J'ignorais qu'il y avait une fête...

Il est vrai que j'ai eu droit à une visite privée qui valait bien toutes les fêtes...

Franck approuve l'idée.

– Je me charge de prévenir tout le monde.

– Avertir les traiteurs, les serveurs, les journalistes, les invités... N'y pensez même pas ! Je suis déjà remis, de toute façon, proclame Simon en caressant ma main.

Caroline insiste pour décaler la fête, inquiète pour la santé de son collaborateur. Elle lui promet de s'occuper de tout, mais Simon ne se laisse pas convaincre, assurant que tout va bien. Caroline rend les armes.

– Il est ingérable, hein ? glisse-t-elle à mon intention avec une malice qui me fait sourire.

Caroline est décidément bien loin de la *tough girl* que j'imaginais la première fois que je l'ai vue. Elle est vraiment gentille.

Et je dois avouer que le fait qu'elle ne convoite aucunement Simon me la rend encore plus sympathique.

Juste au moment de partir, Caroline se retourne.

– Vous apprenez toujours le chinois ancien ?

– Je vous demande pardon ?

– Le chinois ancien, vous...

Oh, non !

J'avais presque oublié ! Le visage de Simon s'illumine d'un sourire que je connais bien.

Lui n'a pas oublié, et il attend une représentation.

Franck sourit, lui aussi. Il est au courant, mais n'a rien trahi de la nature exacte de nos relations. Simon et moi n'avons pas encore révélé la supercherie.

– Ce genre de langue me fait rêver, Ivy ! Je trouve ça très inspirant. Il faut vraiment qu'on en discute !

– Non seulement elle l'apprend toujours, mais elle progresse beaucoup. N'est-ce pas, mon amour ? s'empresse de répondre Simon avant que j'aie eu le temps de dire quoi que ce soit.

Malgré moi, je souris. Je me rends compte que je n'ai plus aucun doute sur ce qui, dans cette phrase, relève de la comédie et de la réalité : Simon ment sur le chinois ancien, mais le « mon amour » est sincère.

Aucun doute non plus sur son sourire : 100 % provocateur.

Et quand il sourit de cette façon, je pourrais parler n'importe quelle langue.

Me voilà obligée de baragouiner quelques mots pour « faire rêver Caroline »… et amuser mon bel amant.

Dès qu'ils sont sortis, je me tourne vers Simon.

– Tu as de la chance d'être allongé sur ce lit d'hôpital sans quoi je m'occuperais de ton cas, Simon Stone.

– J'espère que tu vas très bientôt t'occuper de mon cas, Ivy, répond-il d'une voix pleine de sous-entendus qui me fait frémir.

Sa main se promène un instant dans mon dos. Puis un sourire espiègle passe de nouveau sur ses lèvres.

– Je voulais seulement profiter une dernière fois du chinois classique. C'est toujours assez réjouissant de t'entendre parler cette si jolie langue. Ne me dis pas que tu as arrêté les leçons !?

Je suis partagée entre l'envie de l'étrangler et celle de faire l'amour avec lui, tout de suite.

– Franck est au courant, on pourrait le dire à Caroline, non ?!

– Dire quoi ? Que nous ne sommes pas fiancés ou que tu ne parles pas le chinois classique ? Parce que pour ce qui concerne la fiancée, il me semble t'avoir entendue dire plusieurs fois hier que tu *étais* ma fiancée. Au pompier, au médecin, aussi…

À mon tour d'arborer un sourire espiègle.

– Vraiment, comment peux-tu en être aussi sûr ? Tu étais inconscient, il me semble…

– J'aurais rêvé ? Doux rêve… T'entendre dire ces mots m'a guéri d'un seul coup.

– N'exagère pas, Simon.

– Je n'exagère pas, Ivy, dit-il en plongeant ses yeux dans les miens.

Regard 100 % vérité.

Je me sens troublée, tout à coup, presque gênée. Parce qu'en ce qui me concerne je ne suis pas complètement honnête. Si je l'étais, j'avouerais à Simon que je me suis présentée comme sa fiancée parce que j'ai souhaité l'être plus que tout au monde… Mais j'ai du mal à faire ce genre d'aveu.

– J'ai hâte de révéler à tout le monde à quel point je t'aime. Je vais beaucoup mieux, de toute façon. Je vais demander au médecin de me laisser sortir, et appeler mon chauffeur pour qu'il vienne nous chercher.

– Déjà, n'est-ce pas un peu tôt ?

– Pas si ma fiancée veille sur moi…

***

Simon est resté à peine trois jours à l'hôpital. Et je ne l'ai pas quitté un instant, ou presque, dormant près de lui, m'éclipsant à peine quelques minutes pour aller me chercher à manger. Même si être avec lui vingt-quatre heures sur vingt-quatre ne m'a pas déplu, je ne suis pas fâchée que l'on sorte enfin de cet hôpital.

Et qu'il en sorte vivant surtout…

Le chauffeur de Simon se précipite à notre rencontre. Il semble heureux de voir que son patron va bien.

Aussitôt installée à l'arrière, je me rends compte que mon amant est préoccupé.

– Tant qu'Émilie est dans la nature, nous ne savons pas de quoi elle est capable, déclare-t-il soudain. Pourquoi ne partirais-tu pas loin d'ici, le temps que l'enquête soit terminée ?

– Il en est hors de question, Simon. Je t'aime, je veux être à tes côtés. Je me fiche de tomber nez à nez avec Émilie. Je n'ai pas peur.

– C'est bien ce qui m'inquiète, rétorque Simon en m'embrassant.

– N'espère pas te débarrasser de moi en m'envoyant au bout de la planète sur je ne sais quelle île coupée du monde ! Je m'installe chez toi.

Un léger sourire de satisfaction passe sur les lèvres de Simon. Je repense à la façon dont nous nous sommes séparés.

– Enfin, si tu veux bien… Je sais que je t'ai chassé de chez moi, parce que je voulais de l'air… Mais là, c'est différent, c'est juste le temps que tu te remettes…

100 % mensonge. Quelque chose en moi meurt d'envie d'être aux côtés de Simon, chaque jour de cette vie.

Et des suivantes.

– De toute façon, il me semble que ton appartement a été ravagé par les flammes. Tu n'as donc pas le choix, Ivy. Tu es obligée de venir chez moi.

Vu son air insolent, on dirait presque que ça lui plaît que mon appartement ait brûlé.

Pendant que Simon était à la clinique, j'y ai pensé par intermittence, sans vraiment m'arrêter dessus… Je réalise pour de bon que je n'ai plus de chez moi. J'avais mon ordinateur portable dans mon sac : mes idées de stand-up sont donc sauves. Tout le reste est perdu.

Heureusement, l'essentiel est avec moi, dans cette voiture !

***

À notre retour dans le loft de Simon, nous sommes accueillis par la famille Stone, qui arrive tout juste de Los Angeles. Il a eu beau les rassurer sur son état, sa sœur et ses parents ont tenu à faire le déplacement.

– Que personne ne s'inquiète, je vais très bien, lance Simon avec tendresse. La police fait tout pour retrouver l'incendiaire… La seule chose qui compte, c'est qu'Ivy n'était pas dans son bureau quand l'incendie s'est déclaré.

Dans mon bureau ?

J'y suis ! J'ai complètement oublié que les parents de Simon ne sont au courant de rien concernant mon appartement. Je suis toujours officiellement sa fiancée. Mon amant a eu la présence d'esprit de trouver un mensonge pour justifier l'existence de mon appartement.

– Comment ça, un incendiaire ?

Sa sœur et ses parents ont parlé tous les trois en même temps.

– Qui pourrait avoir mis le feu à ton ancien appartement, Ivy ? Quelqu'un t'en veut ? demande Arianna.

Je ne sais que répondre… Simon ne leur a rien révélé à propos d'Émilie, et il ne s'agit pas de faire une gaffe.

– La police enquête… se contente de dire Simon.

Il est temps qu'il passe aux aveux, lui aussi…

Face à l'absence de réponse de son frère, Arianna s'impatiente.

– Une femme ! Une femme jalouse d'Ivy ! Simon, si j'y suis pour quelque chose dans cette histoire, je dois le savoir !

– Comment pourrais-tu être responsable de quoi que ce soit, Arianna ?

– Si ça se trouve, parmi toutes les femmes que tu as rencontrées par Meet Love, il y en a une qui t'en veut à mort !

« Toutes les femmes » ?

Je demanderais bien combien de femmes, ça fait, « toutes les femmes »… Mais je sens que le moment est mal choisi pour exiger des statistiques et faire une crise de jalousie.

Une chose est sûre, il y en a une qui leur en veut à mort, à toutes ces femmes…

Simon ne dit rien, l'air de réfléchir.

Il les compte, là ?

– C'est ça, n'est-ce pas ?! Simon ! Dis-moi que ce n'est

pas une femme que je t'ai fait rencontrer, et qui, rendue folle de jalousie, s'en est prise à Ivy ! Dis-moi que…

– Arianna, s'il te plaît ! coupe Simon. Ce qui nous arrive n'a rien à voir !

Simon marque une pause. Sa mâchoire se crispe.

– Je n'ai entretenu aucune relation, avec aucune femme de Meet Love ! tranche-t-il d'une voix sans appel. La plupart du temps, je me suis débrouillé pour ne même pas les rencontrer…

C'est drôle, je me sens plus légère, tout à coup…

– Il n'est pas impossible que tout cela ait un lien avec mon passé, lâche gravement Simon.

Le désespoir que je lis sur le visage de la sœur et des parents de Simon me fend le cœur. Ils sont devenus livides, tout à coup. Comme si leur pire cauchemar devenait réalité. Je comprends leur désarroi : pendant toutes ces années, ils ont fait en sorte que le passé de leur fils adoptif reste à sa place de passé lointain. Et malgré tout, voilà qu'il resurgit…

– Pour le moment, ce n'est qu'une hypothèse ! martèle Simon. Tout ce que nous savons, c'est que quelqu'un a mis le feu à l'étage d'Ivy. Or, Ivy n'a pas d'ennemis assez tordus pour incendier un immeuble… On ne peut pas en dire autant de moi…

Je comprends que Simon est en train de préparer le terrain. Je l'admire tant en cet instant. Alors que lui-même est exposé et qu'il vient de risquer sa vie, il pense encore à ménager ses proches.

– Et maintenant, si vous alliez vous installer dans vos appartements… Nous avons besoin de repos, Ivy et moi. Nous nous parlerons plus tard, je vous le promets.

Une fois seul, Simon me prend dans ses bras.

– Il faudra que je leur dise. Que je leur raconte tout. Mais pas aujourd'hui…

Je l'embrasse.

– Je suis fière de toi, Simon.

– Je veux te montrer quelque chose.

Mon amant m'emmène au bout du loft, à l'étage de son atelier. Il ouvre une porte, qui donne sur un débarras. Un cri de surprise m'échappe.

– Mon appartement ?!

Le débarras a été transformé en appartement. Plus précisément, en *mon* appartement.

Je rêve, Simon l'a reconstitué ! Les mêmes meubles, le même canapé, le même lit.

– Je savais que mon studio faisait la taille d'une des pièces de ton loft, mais là, c'est frappant. Comment as-tu fait ?

– J'ai donné quelques instructions depuis la clinique quand tu n'étais pas dans la chambre…

– Tu t'es souvenu de mon appartement, c'est incroyable !

– Je suis designer, Ivy… Je l'ai donc eu assez vite dans l'œil. Et comme, en plus, je l'ai observé avec attention, pour tenter de cerner ta personnalité, je m'en souvenais plutôt bien…

– Pour cerner ma personnalité, rien que ça ?! Et quelles sont les conclusions ?

– Indépendante, forte tête… tout ce que j'aime. Je l'ai su dès la première seconde. L'appartement me l'a confirmé.

Sous le regard de Simon, je fais quelques pas « chez moi ».

– Comme ça, tu te sentiras toujours chez toi, même chez moi. Je sais que tu as besoin de ton indépendance.

Je me jette dans les bras de mon amant. Nos lèvres se cherchent, doucement d'abord, puis avec une frénésie qui exprime toute la joie et le soulagement de se retrouver tous les deux vivants, après avoir tant craint l'un pour l'autre.

Encore incrédule, je m'approche de la bibliothèque.

– Les mêmes livres ! Tu t'es souvenu de tous les titres ?!

– Là, je dois t'avouer que Lauren m'est venue en aide… Je me suis permis de faire appel à elle…

Simon a donc contacté ma sœur pour obtenir des précisions sur ma bibliothèque. J'aime bien l'idée. Soudain, je bondis.

– Je n'ai pas pris de ses nouvelles, depuis l'hôpital !

J'attrape mon téléphone.

– Salue-la de ma part, dit Simon d'un ton léger.

– Lauren ! C'est moi ! Comment tu vas ? Est-ce que tu es toujours chez papa ?

Ma sœur rit au téléphone.

– Regarde par la fenêtre !

Sans comprendre ce qu'elle a derrière la tête, je tire le rideau.

– Un peu sur la gauche…

À la fenêtre d'en face, je vois Lauren, qui me dit bonjour. Je pousse un cri de surprise, et de joie. Nous ne sommes plus sur le même palier, mais nous sommes voisines !

– Comment est-ce possible ?

– C'est à Simon qu'il faut le demander…

Je me tourne vers Simon. Il s'est allongé sur le canapé de mon salon. Les mains croisées derrière la nuque, il m'offre le spectacle de son beau corps étendu. Et il me regarde en souriant, amusé par ma surprise.

– Je me doutais que tu aurais envie de vivre près de ta sœur…

– Simon a aussi proposé de reloger Angie, un peu plus loin dans la rue, reprend ma sœur au téléphone.

Je fronce les sourcils.

– Eh oui, elle pourra toujours t'apporter tes paniers bio, Ivy.

– Et Simon pourra aussi la garder à l'œil, je rajoute.

– Je te laisse, je finis d'installer mes affaires… Simon a eu la gentillesse de me faire livrer un nouveau vivarium pour Devil !

Après avoir raccroché, je m'approche de Simon et m'allonge à côté de lui, sur le canapé. Aussitôt, mon cœur s'emballe et quelque chose frémit en moi. Appuyée sur un coude, je pose ma main sur son torse, en prenant garde de ne pas appuyer sur une blessure.

– Tu as même pensé au vivarium pour Devil ! Tu es incroyable, c'est complètement fou ! On ne pourra jamais te rembourser, dis-je soudain inquiète.

– Ta sœur et Angie ont eu la même réaction. Elles ont insisté pour me payer un loyer. Pour ce qui est de ton « chez toi », tu n'as rien à rembourser. Quand tu te décideras à vivre chez moi, ton appartement redeviendra un débarras, bien plus confortable que ce qu'il était avant, dit-il malicieusement.

Simon a pensé à tout. Il nous a permis de ne pas souffrir de la situation, sans pour autant que nous nous sentions redevables. Cet homme est exceptionnel.

– Quant à Devil, je préfère le savoir dans son nouveau vivarium, chez ta sœur, qu'à ramper ici le long du rideau, comme une certaine fois où tu l'avais accueilli clandestinement…

Je souris en repensant à la fois où Arianna était devenue folle d'hystérie. Puis mes yeux se posent sur le visage de Simon. Presque rétabli, allongé nonchalamment sur le canapé, ce corps commence à me donner des idées.

– Pourquoi tu souris ?

– Je repense à ta tête quand tu as vu le serpent…

– Et c'est tout ?

J'approche ma bouche de son cou et y pose des baisers mouillés.

– Je pense surtout à ce corps magnifique étendu devant moi, et je me dis que je ne vais pas pouvoir y résister plus longtemps, dis-je d'une voix lascive.

– Ça tombe bien, nous n'avons jamais fait l'amour dans ton appartement… Je trouve ça dommage… enchaîne-t-il dans un souffle.

La main de mon amant se glisse derrière ma nuque, pour encourager mon exploration, et des fourmillements de désir naissent sous chacun de ses doigts.

***

Simon se remet rapidement. Nous passons deux journées merveilleuses, allongés sur l'immense canapé de son salon, ou sur celui, plus petit mais non moins confortable, de mon appartement. Dans ses bras, je prends des notes pour le stand-up. Il griffonne des choses pour ses prochains projets. Nous nous interrompons pour faire l'amour.

Une chose est sûre, quand je suis chez lui, je me sens dangereusement chez moi...

À croire qu'il fait tout pour me faire rester ici à vie !

Sa blessure à la tête a presque disparu. Quant à celle sous la lèvre, elle laisse une très fine cicatrice qui me donne envie de lui sauter dessus dès que je le vois.

Ce qui ne change pas d'avant, d'ailleurs.

Parfois, les mâchoires de mon amant se crispent et ses yeux se perdent dans le vague. Il n'est pas difficile de deviner à quoi il pense. Émilie. Nous sommes toujours sous la protection de la police, elle n'a pas été retrouvée. Pour ma part, je n'ai pas peur.

Près de Simon, je me sens invulnérable.

Lauren s'est rangée à l'avis de Simon. Ils sont tous les deux d'accord pour dire qu'Angie n'a rien à voir avec tout ça. Seulement, mon inspecteur de sœur a une nouvelle lubie. Elle est persuadée que la voisine cache quelque chose. Et elle s'est fait une affaire personnelle que de découvrir quoi...

***

Ce soir, j'ai joué au stand-up. Simon est venu et il n'a cessé de regarder partout autour de nous, je sais qu'il cherchait Émilie. Alors même que son garde du corps l'a assuré qu'il ne l'avait pas vue dans les alentours.

À la fin de la soirée, alors que nous rentrons, je constate que le visage de mon amant est fermé. Je connais cette expression : il est terriblement préoccupé.

Ce qui ne l'empêche pas d'être aussi terriblement désirable...

Au moment où nous arrivons dans le loft, je m'approche de lui.

– Si tu me disais ce qui se passe...

– La police a retrouvé Émilie et l'a arrêtée, annonce-t-il. Je t'avoue que j'ai eu du mal à me concentrer sur la fin du spectacle car l'officier m'a laissé un message pendant le stand-up. C'est bien Émilie, l'incendiaire.

Je reste muette un instant. Le temps de réaliser.

– Elle a avoué ? Sans difficulté ?

– Elle n'a pas résisté un seul instant. Loin de nier les faits, elle les a revendiqués avec force et fierté... Elle a dit qu'elle se fichait complètement d'être emprisonnée, maintenant qu'elle avait fait ce qu'elle avait à faire. L'agent m'a dit qu'elle était très perturbée psychologiquement.

Je suis soulagée de savoir Émilie hors d'état de nuire, mais je me sens triste également. Pour elle comme pour ses parents, qui semblaient si démunis.

– Je sais à quoi tu penses, note Simon, en effleurant mon front. Émilie a été victime de la violence de Tyler Walker, au même titre que moi. Seulement, elle n'a pas eu la chance d'avoir une famille aussi forte, aussi aimante et attentionnée que la mienne. Je veillerai à ce qu'elle ait un bon avocat et à ce qu'elle soit prise en charge par les meilleurs psychiatres.

J'embrasse Simon tendrement. Soudain, son visage se détend.

– Je suis remis de mes blessures. Émilie est derrière les barreaux. On peut donc dire que cette affaire est terminée, tout est rentré dans l'ordre. En d'autres termes, à partir d'aujourd'hui, tu vis chez moi parce que nous vivons ens...

– Techniquement, je ne vis pas chez toi, Simon !

J'ai réagi vivement. Quelque chose de l'ancienne Ivy a eu le besoin compulsif d'empêcher Simon de prononcer les mots « vivre ensemble ».

– Mon appartement est chez toi, certes, mais je vis chez moi !

Simon sourit de son air provocateur.

– C'est une façon de voir les choses… Pour ma part, j'envisage la situation exactement à l'inverse. Tu vis chez moi, Ivy… mais dans ton appartement…

– Je vis chez moi, mais chez toi. C'est un mode de vie en couple qui ne porte pas vraiment de nom. Disons que nous l'avons inventé, spécialement pour nous.

– Ça me va, pour le moment, dit Simon.

Même s'il a lourdement insisté sur « pour le moment », je ris et le prends dans mes bras. Depuis le début de notre histoire, nous ne faisons rien comme les autres, et nous nous trouvons dans des situations toutes plus invraisemblables les unes que les autres…

Et ça me plaît.

– Je me demandais quelque chose, Simon.

Il m'interroge du regard, étonné par mon air penaud.

– Tu peux me demander tout ce que tu veux, Ivy, tu le sais.

– Le détective qui surveillait Émilie, c'est le même que celui qui a commencé des recherches sur ma mère, n'est-ce pas ?

Simon hoche la tête.

– Je me disais que s'il était libre, à présent, il pourrait peut-être reprendre l'enquête. Je comprendrais que tu refuses, vu la façon dont je t'ai… éconduit quand tu m'as parlé des premières recherches.

Simon sourit.

– Je serais si heureux de pouvoir t'aider à retrouver ta mère, Ivy !

Il pourrait se moquer de mon retournement, mais il ne le fait pas du tout.

Il est sincèrement heureux.

Cet homme est irréel !

– L'enveloppe qui contenait les premières découvertes est

partie en fumée avec le reste de mes affaires… mais j'aimerais apprendre ce qu'il avait trouvé.

Simon note un numéro de téléphone sur un papier, qu'il me tend.

– Tu peux l'appeler quand tu veux. Dès maintenant, même.

Simon se lève.

– Je ne sais pas ce qu'il avait trouvé. Si tu souhaites garder cela pour toi, je le comprendrai parfaitement. Si tu as envie de m'en parler, je serai dans mon atelier, dit-il en quittant la pièce pour me laisser seule avec le numéro du détective.

Son attention me touche. Je décroche aussitôt mon téléphone. Après m'être rapidement présentée au détective, j'en viens au fait.

– L'enveloppe que Simon m'avait confiée de votre part a brûlé dans un incendie…

Il n'est pas obligé de savoir que j'étais sur le point de la détruire avant qu'elle ne brûle…

– Je n'en étais qu'au début de mes investigations, mademoiselle. Mais je serais ravi de reprendre mon enquête. Pour l'instant, je ne sais pas grand-chose. Je suis parti d'un ouvrage que votre mère a publié il y a des années. L'éditeur n'existe plus mais j'ai réussi à contacter quelqu'un qui travaillait pour eux… J'ai pu avoir le nom de l'endroit où elle a été vue pour la dernière fois, un petit village d'Amérique du Sud. Là, j'ai pu établir avec certitude que votre mère avait quitté l'Amérique du Sud il y a un an et demi pour l'Amérique du Nord. C'est là qu'elle se trouve actuellement… Je n'en sais pas davantage. Je reprends mon enquête et vous tiendrai informée dès que j'aurai du nouveau. Auriez-vous des documents, des photographies, par exemple, à me communiquer ?

– Malheureusement, les deux photographies qui me restaient d'elle ont brûlé, elles aussi.

Le détective m'assure qu'il se débrouillera sans.

Je ne sais pas si elles auraient été très utiles, de toute

façon… Il s'agissait de deux vieilles images Polaroid réalisées il y a dix ans et sur lesquelles on ne reconnaîtrait probablement personne… La dernière fois que je les ai regardées, c'était il y a plus de cinq ans et les couleurs étaient déjà complètement passées.

Je rejoins Simon dans son atelier.

– Tu viens mettre un peu de désordre ? demande-t-il en me voyant approcher du bureau.

Il m'attrape par la taille et m'attire à lui. Je m'assieds sur ses genoux.

– Le détective pense qu'elle est en Amérique du Nord.

Simon ne dit rien, il me laisse poursuivre.

– C'est grand, l'Amérique du Nord, j'espère qu'il aura bientôt d'autres informations.

– Il est très fort, tu verras, je suis sûr qu'il t'appellera bientôt avec une adresse…

– En même temps, ça me fait bizarre. La perspective de retrouver ma mère me laisse dans un état d'excitation mêlée de crainte. Je ne sais pas bien ce que je ferais si j'avais l'adresse…

– Tu décideras le moment venu quoi faire des renseignements, Ivy, dit doucement Simon. Tu pourras tout aussi bien prendre ton temps.

25
Révélations

J'ai dormi dans mon appartement. Avec Simon. Nous avions décidé de dormir chacun chez soi, mais il est venu me rejoindre, après m'avoir demandé très officiellement, par SMS, si j'en étais d'accord. Ensuite, nous avons fêté ces retrouvailles nocturnes comme il se devait.

Notre mode de vie « chez moi chez toi » a du bon…

Ce matin, quand j'entre dans la cuisine, Simon est parti au studio Stone. Une odeur de café m'accueille. Le plus beau des amants a préparé mon petit déjeuner. Rien que de m'asseoir dans la cuisine de Simon, je me sens heureuse. Tandis que je me sers une tasse de café, j'aperçois une enveloppe à mon nom. Les lettres sont tracées dans la fine écriture de mon amant.

Je prends l'enveloppe entre mes mains, et je ne peux pas m'empêcher de la respirer.

Oui, c'est stupide. Mais c'est plus fort que moi. Et de toute façon personne ne me voit… Enfin j'espère.

Le papier sent l'odeur boisée de mon amant. Je pourrais la respirer tous les jours sans m'en lasser.

En fait, c'est pire. Je crois que je vais avoir besoin *de la respirer tous les jours.*

Après m'être enivrée du parfum pendant plusieurs minutes, je me décide à ouvrir l'enveloppe. Elle contient un carton :

« Le Stone Studio vous invite à découvrir en avant-première les décors du film Out of Space *et à fêter le lancement du*

tournage du film, le vendredi 12 mai. »

Une invitation à la fête dont a parlé Franck, à la clinique… Le tout dans une mise en page graphique très recherchée. Je n'ai jamais été invitée avec tant d'élégance.

Je retourne le carton. L'adresse est à Brooklyn, je la connais puisque Simon m'a fait visiter ces décors en « avant avant-première ». Le simple souvenir de cette visite me fait frémir jusqu'au plus profond de moi-même.

« Merci de confirmer votre présence à contact@studio-stone.us » précise le carton.

Le douze, c'est après-demain. Je décide de répondre à l'invitation à l'adresse électronique indiquée de façon très officielle.

De : Ivy Clemens
À : contact@studio-stone.us
Objet : Confirmation
Merci pour l'invitation. Je confirme ma présence à la soirée de présentation du 12 mai.
Cordialement,
Ivy Clemens

Quelques secondes plus tard, je découvre un message dans ma boîte mail.

De : contact@studio-stone.us
À : Ivy Clemens
Objet : Re : Confirmation
Chère mademoiselle,
D'après nos fichiers, vous avez déjà eu la chance de découvrir les décors d'*Out of Space*, en exclusivité, au cours d'une visite guidée privée. Nous serons néanmoins ravis de vous

accueillir et de vous présenter les décors du film d'une façon plus officielle.

Simon est donc derrière son ordinateur et il a attendu ma réponse !

De : Ivy Clemens
À : contact@studio-stone.us
Objet : Re : Re : Confirmation
Cher contact@studio-stone.us,
Votre fichier a bonne mémoire. Je suis certaine que la visite officielle sera tout aussi excitante que la visite privée…

***

Lorsque j'ai joué les fausses fiancées, j'ai suivi la ligne vestimentaire fixée par le contrat. Les habits de grand luxe que j'ai portés faisaient partie de mon costume et ils avaient été choisis par Simon. Chaque fois que nous nous sommes vus hors contrat, je suis restée très fidèle à mon style « rock ». Je voulais marquer clairement la différence entre la fausse et la vraie Ivy. Je dois cependant avouer que mon style a évolué sous l'influence de la fausse fiancée. En détournant quelques pièces du costume de « Miss parfaite », je suis passée du style « rock destroy » au style « destroy chic »… *Subtile nuance…*

Demain, à la soirée de présentation des décors, entre vernissage branché et soirée mondaine, il y aura du beau monde, et j'ai envie de jouer le jeu. Je pourrais très bien m'y rendre en boots motarde et minijupe, Simon m'aime comme je suis, et il se fiche des codes. Seulement, j'ai envie de le surprendre avec une tenue adaptée à la circonstance, qui soit à la fois sexy, rock, raffinée, classe et qui convienne à la vraie Ivy…

Les cases à cocher sont nombreuses…

Et le nombre de boutiques à New York, infini…

La robe idéale existe forcément quelque part.

Il suffit de la trouver !

Au bout de plusieurs heures et d'une bonne vingtaine de boutiques, je finis par dénicher une robe en soie noire qui semble avoir été taillée pour moi et pour cette soirée. Légèrement moulante, largement décolletée. Il me semble qu'elle met parfaitement en valeur ce qui mérite de l'être. Pour l'accompagner, je fais l'acquisition de tout un arsenal de maquillage que n'aurait pas renié la fausse fiancée…

Elle m'aura tout de même appris deux ou trois trucs…

Pour la partie « Ivy », je rajoute une large ceinture de cuir rouge qui souligne ma taille. Je déniche également une manchette noir et blanc et toute une collection de fins bracelets qui tinteront à chacun de mes mouvements.

Le lendemain, dès le début de l'après-midi, j'occupe la salle de bains de Simon. Le chantier « préparation pour soirée branchée » promet d'être long. Simon m'a prévenue qu'il passerait me chercher. Lorsqu'il entre dans le loft, je termine les derniers réglages « coiffure ». Je l'entends me chercher dans mon appartement puis il tambourine à la porte.

– Ivy ? Est-il envisageable de te serrer dans mes bras ?

– J'en ai pour deux minutes. Et non, tu ne pourras pas me serrer dans tes bras, Simon, lancé-je au travers de la porte.

– Et qu'est-ce qui m'en empêcherait ?!

– J'ai passé trop d'heures à me préparer pour que tu défasses cela en un baiser !

Au moment d'ouvrir la porte, je me rends compte que j'ai le trac ! Comme avant de monter sur scène ! Et s'il n'aimait pas ?

Le regard qu'il me lance quand je sors de la salle de bains dissipe mes appréhensions. Je lis, sur son visage, quelque chose que je n'ai jamais vu : une expression de surprise mêlée d'admiration et de désir. Je crois même que, l'espace d'un instant, il a le souffle coupé. Sa réaction me plaît beaucoup, parce qu'elle a quelque chose à voir avec le fait que je lui plais beaucoup.

– Ivy, tu es magnifique !

– J'ai fait comme la fausse fiancée, mais avec mes goûts à moi.

– La fausse fiancée ne t'arrivait pas à la cheville...

– Je lui dois tout de même beaucoup...

– Tu as dépassé le maître... et largement !

Simon s'approche de moi, pose ses mains sur mes joues et m'attire à lui puis, cherchant mes lèvres, m'embrasse avec une fougue presque sauvage.

Tout ça en respectant l'interdiction : techniquement, il ne me serre pas dans ses bras !

– J'ai mis l'après-midi à me préparer Simon... soufflé-je en me dégageant doucement.

– J'ai pourtant très envie de t'arracher cette robe.

Ces mots me font frémir, mais je prends sur moi.

– Il va malheureusement falloir attendre... J'ai prévu de la porter pour la soirée. Après, tu en feras ce que tu veux.

J'ai dit ces mots sur un ton lascif qui me surprend moi-même. Un désir sauvage passe dans ses yeux.

S'il me regarde comme ça, je ne vais pas tenir longtemps mes sages résolutions.

Après avoir embrassé mon cou et mes épaules avec une voracité qui me fait frissonner, il me lâche en un grognement, puis disparaît dans son dressing.

Quelques minutes plus tard, il revient dans un costume anthracite taillé sur mesure qui lui va à ravir. Je dois avoir à peu près le même sourire que le sien quand il m'a vue, mais en plus niais. Parce qu'en plus de le trouver beau comme un dieu je me demande comment il a fait pour se préparer si vite, alors qu'il m'a fallu tout l'après-midi, à moi.

– Très envie de l'ôter, cette chemise. Et je pourrais bien, tu n'as pas mis tant de temps que ça à l'enfiler !

– Libre à toi, souffle-t-il au creux de mon oreille, mais alors, je ne réponds plus de rien…

Sa voix rauque et son souffle dans mon cou menacent de me faire flancher. Je me serre contre lui et je n'ai plus de doute quant à la force de son désir. Nous nous embrassons avec fougue. Ses mains s'appesantissent sur mon corps. Les miennes s'accrochent à son cou. Je suis sur le point d'oublier que j'ai mis des heures à me préparer.

– Je crois qu'on ferait mieux d'arrêter avant qu'il ne soit trop tard, Ivy, si nous voulons avoir une chance d'aller à cette soirée, gronde-t-il à regret.

En un effort surhumain pour rester maître de lui, il s'écarte et me prend par la main pour m'emmener vers la voiture. Assise côté passager, je relis une bonne dizaine de fois le carton d'invitation. Il s'agit d'occuper mon esprit à autre chose qu'à regarder Simon. D'ailleurs, il est étonnamment concentré sur la route, comme s'il s'appliquait lui aussi à calmer l'impérieux désir qui nous aimante l'un vers l'autre.

– Il y aura toute l'équipe du tournage ?

Simon hoche la tête.

– Ma famille sera là aussi, ajoute-t-il.

– Vraiment ?! Mais je n'ai pas la fausse bague ! Je n'y ai pas du tout pensé !

Simon hausse les épaules.

– Aucune importance…

– Mais qu'est-ce qu'on va leur dire ? Que je ne suis plus « que » ta petite amie et que j'ai perdu le statut de fiancée.

Simon me jette un regard félin brillant de désir.

– Peu m'importe ce que les gens croient, peu importe ce que ma famille pense. Pour moi, tu es beaucoup plus que ma fiancée. Quelque chose comme la femme de ma vie. Cette bague importe peu.

La femme de sa vie, rien que ça.

Mon cœur cogne dans ma poitrine. Je ne sais quoi répondre. Ces mots sonnent comme une déclaration. Pourtant, Simon les a prononcés l'air de rien, presque sans y penser. Ou, plutôt, comme s'il avait déjà mûrement réfléchi la question et que la chose était une évidence, pour lui.

À voir les véhicules, tous plus luxueux les uns que les autres, garés devant l'atelier, je devine que le Tout-New York est là. Je me sens soudain toute petite, et joue avec le carton un peu trop nerveusement pour dissimuler ma gêne.

– Je suis très fier de paraître accompagné d'une femme aussi belle que toi, Ivy… murmure Simon en me prenant par la main.

– Le casting a l'air exigeant, dis-je en désignant un groupe de femmes ravissantes, richement vêtues.

– Je crois que tu ne te rends pas bien compte de ta puissance de séduction.

L'atelier est plein à craquer et dès que Simon paraît, un journaliste bondit vers lui.

– Monsieur Stone ! J'ai des questions à vous poser pour le magazine *Design Point*.

Design Point est l'une des revues les plus influentes en matière de design. Je voudrais m'éclipser, pour laisser Simon présenter sa collection au journaliste, mais au moment où je veux prendre le large, mon amant passe son bras autour de ma taille, empêchant toute fuite.

– Quels sont vos prochains projets, demande le journaliste à la fin de la visite.

– Des choses plus intimistes. Je travaille sur une ligne de bijoux.

– C'est totalement inédit pour le Stone Studio !

– Un changement radical, oui.

– Et qu'est-ce qui l'a provoqué ?

– Une femme, répond tranquillement Simon.

Le journaliste n'en croit pas ses oreilles.

– C'est la première fois que vous parlez de votre vie privée !

– C'est la première fois qu'une femme me donne envie

d'avoir une vie privée. J'ai voulu créer quelque chose à la hauteur de mon amour pour elle.

Il pose un baiser dans mes cheveux. Je me sens rougir. Le journaliste me regarde alors avec plus d'attention. Il fronce les sourcils. À tous les coups, il se demande ce que fait Simon Stone, le richissime et talentueux designer, avec une parfaite inconnue…

– Je vous ai déjà vue quelque part, il me semble.

– Je ne pense pas, bafouillé-je.

– Pourtant, si, j'en suis sûr…

Le journaliste réfléchit quelques instants.

– Mais si ! Vous êtes un jeune talent du Comedy Cellar ! Une amie journaliste m'a parlé de vous. Elle a l'intention de vous consacrer un article.

Je ne sais que répondre. Trop tard, le journaliste vient de nous prendre en photo, tous les deux.

– Parfait ! s'exclame-t-il en vérifiant l'image sur le cadran de son appareil numérique.

– Simon Stone et Ivy Clemens, jeune comédienne promise à un avenir brillant… Il me plaît d'avance, ce titre, murmure Simon.

– On va se retrouver dans un magazine ?!

– Oui, nous ne sommes plus fiancés… Mais j'ai envie que tout le monde sache que nous sommes ensemble.

Je devrais partir en courant, là. Alors pourquoi est-ce que je souris bêtement ?

Ça me plaît ?

Après cette interview, je rencontre plusieurs collaborateurs américains et étrangers. Chaque fois, Simon me présente comme la femme qu'il aime. Et ça me plaît. Pas de fiancée, pas de petite amie, juste notre amour. La vue de Caroline Katz me fait dégringoler de mon nuage de guimauve.

Jusqu'à présent, le dieu du chinois classique avait exaucé mes prières... Il doit en avoir assez de mes massacres linguistiques.

Cette fois-ci, je suis coincée. Caroline nous fait des grands signes de l'autre côté de la pièce et fend la foule pour venir vers nous.

– Les choses intéressantes commencent enfin, murmure Simon, l'air espiègle.

– Ivy, lance-t-elle. C'est quand même incroyable, ces grandes soirées ! On y vient pour rencontrer des gens et il est impossible de parler à ceux à qui on a vraiment envie de parler ! Je vous cherche depuis mon arrivée.

Et moi – ne le prenez pas pour vous –, je vous fuis depuis mon arrivée...

Simon me regarde, malicieux. Je le fusille du regard, mais il ne se démonte pas. Soudain, un homme passe et le prend à partie :

– Ah, monsieur Stone ! Je peux vous parler un instant ?

Il emmène mon amant. Son regard déçu me fendrait le cœur si je n'avais pas envie de l'assassiner. Sauf que de mon côté, c'est décidé, j'arrête la comédie !

– Je dois vous dire, Caroline... J'ai joué un rôle, avoué-je à mi-voix, en jetant des regards autour de moi afin de vérifier que la famille de Simon ne traîne pas dans les parages.

– Un rôle ?

– Je ne suis pas supposée vous le dire avant d'en avoir discuté avec Simon, mais je ne parle pas un mot de chinois classique ! J'ai fait semblant.

Caroline me regarde d'abord d'une drôle de façon, tout à fait comme si, en plus de lui parler chinois, je m'étais aussi transformée en extraterrestre.

– J'ai joué un rôle, répété-je, voyant qu'elle ne percute pas, j'ai joué la comédie, j'ai fait semblant de parler chinois.

– Un rôle ? Comment ça, un rôle ?

Je ne peux plus faire marche arrière...

– Simon avait besoin d'une comédienne pour jouer sa fausse fiancée, parce que certaines de ses prétendantes devenaient trop insistantes.

Ce n'est pas l'exacte vérité mais je n'allais pas lui dire que la famille de Simon, inquiète pour sa vie sentimentale, l'avait inscrit sur un site de rencontres...

Cette histoire est déjà assez folle comme ça !

– La fausse fiancée, c'est moi, ajouté-je pour être sûre de me faire comprendre, et je ne parle pas un mot de chinois ancien.

À présent, elle ne me regarde plus seulement comme si je m'étais transformée en extraterrestre, elle me regarde comme si j'étais complètement folle.

– Vous n'êtes pas la petite amie de Simon ?

– Si, si. J'ai d'abord joué le rôle de sa fausse fiancée, puis je suis devenue sa petite amie, pour de vrai. Sa famille, elle, l'ignore encore, ne leur dites rien si vous les croisez. Aussi, si j'ai appris quelques mots de chinois classique, c'était pour faire illusion, pour être plus crédible auprès de sa famille.

– Mais que vient faire le chinois classique là-dedans ? Il faut parler le chinois classique pour entrer dans la famille Stone ?

– Non, personne ne parle chinois dans sa famille. Simon a inventé cette particularité pour m'embêter... après que j'ai eu l'audace de lui faire remarquer que sa fausse fiancée ressemblait à une potiche...

Caroline éclate de rire. Au même moment, Simon revient vers moi.

– Je vous l'enlève une seconde, Caroline...

Caroline regarde Simon d'un air perplexe.

– J'imagine que tu lui as dit, devine-t-il comme nous nous éloignons.

– Oui. Et je pense qu'elle te prend pour un fou furieux.

– Eh bien, puisqu'on y est...

Il m'entraîne vers ses parents et sa sœur qui admirent les décors à l'autre bout de la salle de réception. Là, après avoir proposé une coupe de champagne à sa famille, il réfléchit quelques instants.

– J'ai quelque chose à vous avouer... *Nous* avons quelque

chose à vous avouer, se reprend-il en me jetant un regard tendre.

Un sourire flotte sur ses lèvres, étrange mélange de sérieux et d'espièglerie.

– Ivy et moi, nous ne nous sommes pas rencontrés sur les pistes de ski, comme je vous l'ai raconté… J'ai menti. Et j'en suis seul responsable.

Mon cœur bat fort dans ma poitrine. Simon est sur le point d'avouer la vérité à sa famille et je me sens étrangement émue. C'est la fin de la supercherie. Je suis presque un peu triste. Comme s'il l'avait deviné, Simon me serre fort contre lui, en un geste empreint de douceur et de passion.

– J'ai embauché une comédienne, Ivy, pour que vous me laissiez tranquille. Les rendez-vous programmés avec des femmes que je n'avais pas envie de rencontrer, j'en avais assez.

Les parents de Simon se taisent, abasourdis. Un grand sourire se dessine sur le visage d'Arianna.

– Je le savais ! Et dire que j'avais raison, depuis le début ! Enfin, non, le pire c'est que vous avez fini par me convaincre…

Un sourire aussi amusé que surpris se dessine sur le visage des parents de Simon.

– Je vous dirais bien que je suis désolé de vous avoir menti, reprend Simon, mais c'est faux : je ne le suis pas du tout. Ce mensonge m'a permis de rencontrer Ivy… Et nous nous aimons pour de vrai.

Je souris. C'est peut-être la fin de la supercherie, mais c'est surtout le début d'une autre histoire, pleine de promesses.

– Si cette histoire n'avait pas une si belle fin, je crois que je t'en voudrais d'avoir su aussi bien nous mentir ! s'exclame le père de Simon.

– On te doit peut-être nous aussi des excuses, ajoute Madeline qui ne sait visiblement pas quoi penser de tout ça, c'est vrai que nous t'avons un peu mis la pression… au point que tu t'es senti obligé de faire appel à une comédienne…

Ça paraît tellement incroyable !

– Mais non, pas d'excuses, maman ! Car finalement, si tout finit bien, c'est grâce à moi, s'écrie Arianna. Tu peux me remercier, frérot ! C'est parce que je t'ai harcelé pour trouver une fiancée que tu as monté ce stratagème et que tu as rencontré Ivy ! Et toi aussi, d'ailleurs, Ivy, tu devrais me remercier !

Finalement, nous trinquons tous les cinq à nos amours. Si les parents de Simon avouent n'y avoir vu que du feu, Arianna, elle, tente de chercher toutes les fois où nous nous sommes trahis.

Soudain, Caroline Katz se joint à nous.

– Je suis désolée, j'ai entendu une partie de la conversation. Je dois vous avouer que je suis très admirative, vous avez du talent Ivy, beaucoup de talent.

Simon approuve en posant un baiser dans mon cou.

– Jouer la comédie, dans la réalité, pendant plusieurs jours d'affilée, c'est beaucoup plus impressionnant que le chinois classique… Vous êtes donc comédienne.

– Je fais du stand-up, au Comedy Cellar.

Caroline ne cache pas sa surprise.

– J'ai entendu parler du directeur. Il a l'œil pour repérer les futurs talents.

Caroline me pose alors mille questions sur ma façon de concevoir l'humour et sur la façon dont j'ai appris à jouer la comédie. Elle connaît nombre de mes professeurs et je suis flattée qu'elle me consacre tant de temps, alors qu'elle est sollicitée de toute part.

À la fin de la soirée, Franck, Caroline, Simon et moi sommes les derniers. Lorsque Caroline annonce à Franck que les improvisations de chinois classique sont terminées et qu'elle connaît toute la vérité, il semble déçu.

Tandis que les trois collaborateurs du Stone Studio échangent un dernier mot sur l'exportation des décors, je marche vers la voiture de Simon. Tous les invités étant partis, je me trouve un peu à l'écart, quelques mètres plus loin dans la rue. Je me rends compte que je suis fatiguée. La soirée était des plus réussies, mais il est tard et j'accuse le coup. Je rêve d'un grand lit.

Et à Simon dans le grand lit.

Je ne peux plus penser à un lit sans penser à Simon... Pauvre de moi.

Je regarde dans la direction de l'atelier. En voyant le corps puissant et si bien taillé de mon amant, les paroles qu'il a prononcées à propos de ma robe et son projet de me l'ôter me reviennent à l'esprit. Mon corps s'embrase déjà de mille frémissements de désir. Je suis à deux doigts de crier à mon amant de se dépêcher lorsque, derrière moi, un bruissement me fait sursauter. Je me retourne d'un bond. Ça vient d'entre les arbres... je m'approche, il me semble distinguer une silhouette.

– Il y a quelqu'un ?

Dans mon dos, deux mains se posent brusquement sur mes épaules. Je fais un bond de trois mètres et pousse un cri qui a dû réveiller tout Brooklyn.

– Simon, c'est toi, tu m'as fait peur !

– Quelque chose ne va pas ? glisse mon amant en me prenant dans ses bras.

Son odeur et sa voix vibrante me calment aussitôt.

– J'ai vu quelqu'un, là, entre les arbres, dis-je.

Simon fait quelques pas dans l'obscurité.

– Il n'y a personne, Ivy.

– J'étais perdue dans mes pensées... J'ai peut-être rêvé.

À moins que Simon l'ait fait fuir en approchant ?

À moins que la fatigue me rende paranoïaque...

– Quel genre de pensées ? murmure Simon en m'ouvrant la porte de la voiture. J'espère que j'y étais...

Le regard plein de sous-entendus dont il accompagne ses paroles me fait rougir. J'espère qu'il ne le voit pas.

À en juger par son sourire, il l'a vu...

– Pendant toute la soirée, je me suis demandé combien de temps il me faudrait pour enlever cette robe sexy en diable… souffle-t-il tandis que la voiture démarre en trombe.

– Et quelle est ton estimation ?

– Tout dépend. Si je décide de l'arracher, probablement moins de dix secondes. Mais ça pourrait aussi prendre de très longues minutes… si je choisis de l'ôter lentement.

Il pose une main sur ma cuisse. Le désir qui nous électrise est presque palpable.

Une fois dans le loft, je ne peux m'empêcher de jeter un œil par la fenêtre, pour m'assurer que personne ne nous a suivis.

– Quelque chose t'inquiète ? demande Simon.

Je secoue la tête. De toute façon, ses mains le long de mes bras et de mes hanches font disparaître toutes les inquiétudes. Je ne sens plus qu'une immense vague de désir. Les mains de mon amant coulent doucement le long de la fermeture Éclair, dans mon dos, puis je la sens glisser, très lentement. Je me laisse aller dans un soupir.

Il a choisi le lent effeuillage…

26

Présences

Le lendemain, quand je me réveille, il me faut un peu de temps pour rétablir la géographie des lieux. Je suis dans mon lit, dans mon appartement, aux côtés de Simon, dans son loft.

Le contact de mon corps contre celui de mon amant réveille les sensations de la nuit. Je pose quelques baisers légers dans son cou, puis, incapables de résister à la tentation, mes lèvres s'aventurent sur le torse puis sur le ventre de mon amant tandis que mes mains entament un ballet de caresses ciblées. Brusquement, il me saisit et me hisse sur lui.

– Je ne suis pas certain de pouvoir subir ces assauts sans répliquer, Ivy, grogne-t-il.

Joignant le geste à la parole, il me fait doucement basculer et son corps puissant me recouvre.

Nous passons une partie de la matinée en un délicieux corps-à-corps. C'est la première fois que nous faisons la grasse matinée ensemble. Et j'ai l'impression de découvrir le vrai sens de l'expression « grasse matinée ».

Ensuite, je note quelques idées pour un nouveau stand-up, mais j'ai bien du mal à me concentrer quand Simon est à côté.

Le plaisir a des vertus euphorisantes, c'est la pire des drogues : méfiez-vous, il suffit d'une fois pour devenir accro.

Voilà qui pourrait faire un thème !

***

Le soir, à la fin de mon show, je remarque la présence de Caroline Katz. Discrètement installée au fond de la salle, elle s'est faite toute petite, semble-t-il, pour ne pas être remarquée et créer un mouvement de curiosité pendant que j'étais sur scène. Sa présence n'a cependant pas échappé au directeur, qui arbore une mine ravie. En ce qui me concerne, je suis très flattée qu'elle se soit déplacée pour assister à une représentation. Mais je me sens soudain très intimidée. J'ai beau commencer à la connaître, elle m'impressionne toujours un peu.

Lorsque je m'approche pour la saluer, je l'entends confier au directeur qu'il a fait un excellent choix de recrutement.

– Il semble que vous n'ayez pas fini de m'étonner, Ivy. Je voudrais parler de tout ça avec vous dans un cadre un peu plus formel… La semaine prochaine, ça vous irait ?

J'ignore ce qu'elle entend par « un peu plus formel » et surtout, je me demande bien de quoi elle veut me parler, maintenant qu'elle n'a plus besoin de mes imitations linguistiques pour doubler des extraterrestres.

Le rendez-vous fixé, je me dépêche de prendre mes affaires et de sortir. J'ai hâte de raconter cette rencontre à Simon. Je sors mon téléphone lorsqu'une voix me fait sursauter.

– Vous accepteriez de dîner avec un fan ?

Je reconnais cette voix entre mille.

La seule qui a le pouvoir de me faire vibrer instantanément et de provoquer une explosion d'endorphines de plaisir.

Simon est là, à côté de sa voiture de sport. Sa silhouette musclée et puissante m'aimante aussitôt.

– Tu étais là ?! Et tu n'es pas venu me saluer !

– Je t'ai laissé travailler… j'ai vu que tu avais une spectatrice de marque et je n'ai pas voulu déranger… Alors, tu acceptes de dîner avec un fan ?

***

Le lendemain, mon portable vibre. C'est un message de Ted, envoyé également à tous les membres des Rattle Snake.

[Nouveautés culinaires. Qui veut goûter ?]

Je souris. Un deuxième message suit le premier.

[J'ai mal formulé la question.
Je voulais dire : venez goûter !]

Je reçois alors un message adressé à moi seule.

[Je compte sur la présence du demi-dieu…]

Dans le métro, j'envoie un message à Simon.

[Soirée chez Ted. Libre ?
On se retrouve là-bas ?]

Debout, plongée dans mon téléphone, je sens soudain une présence derrière moi. Je me retourne. Un homme se précipite entre les portes du métro qui se ferment et disparaît dans la foule. Je n'ai rien vu d'autre que son dos tant il a été rapide.

En sortant du métro, je me sens mal à l'aise. Je jette de discrets coups d'œil autour de moi. Personne. Je tente de me raisonner : ce type essayait manifestement de me voler mon sac. Il comptait profiter du fait que j'étais absorbée par mon écran. Il a raté son coup, et il est parti sans demander son reste.

Alors pourquoi ai-je la désagréable sensation d'être suivie ?

Moi qui n'ai jamais eu peur de me promener dans les rues de New York, à n'importe quelle heure du jour ou de la nuit, pour la première fois, je ne me sens pas tranquille. Je presse le pas pour atteindre le bar au plus vite, serrant mon téléphone portable comme une bouée de secours. Ce qui m'agace, c'est que c'est la deuxième fois que j'ai l'impression d'une présence hostile. Est-ce que je suis en train de développer un syndrome de paranoïa aiguë ? C'est peut-être le contrecoup de l'incendie. J'étais visée. J'ai eu peur, plus que je ne veux bien le reconnaître, et cela se manifeste de cette façon.

Émilie est en prison, Tyler ne connaît pas l'identité de Simon. Soyons rationnels : je n'ai aucune raison de m'en faire.

Sauf que si les réactions humaines étaient rationnelles, ça se saurait.

Et à propos d'irrationnel, la silhouette magistrale de mon amant vient me prouver que le monde l'est complètement. Une si grande beauté défie toutes les lois de la raison.

Simon m'a vue et marche dans ma direction. Dans ses bras, je me sens tout de suite mieux. J'oublie le type du métro.

Quand nous entrons dans le bar, Ted nous accueille en plaisantant.

– Vous êtes sous quelle identité, ce soir… Fiancés ? Mariés ? Divorcés ?

– La vraie, la seule. On s'aime.

Et c'est moi qui viens de parler.

Il n'y a pas si longtemps, si j'avais dit ce genre de chose, je me serais fait exorciser dans la soirée. Là je souris béatement.

La pression de la main de Simon sur la mienne me prouve qu'il est heureux de m'entendre prononcer ces mots.

Ted nous a fait goûter ses nouveautés culinaires. Ses petits-fours ont des formes bizarroïdes, mais tout le monde s'accorde à dire qu'il a bien progressé. Reprendre les basiques sans ajouter trop d'ingrédients extravagants est décidément une bonne idée. Tout en mangeant, nous écoutons les derniers morceaux des Rattle Snake. Simon est là, ainsi que les gens que j'aime. C'est ce qu'on appelle une soirée réussie.

À la fin de la soirée, J'ai tellement remué sur les morceaux du groupe de ma sœur que ma coiffure est ruinée. Il faut que je fasse quelque chose pour arranger ça, surtout quand je vois que Simon reste toujours aussi beau et élégant malgré ses prouesses sur la piste de danse. Je m'éclipse donc un instant pour arranger ça dans les toilettes.

Face au miroir, je songe qu'Ivy a encore à apprendre de la fausse fiancée en matière de coiffure. Par exemple, il faudrait que je gagne en rapidité... Je suis perdue dans ces réflexions capillaires lorsque dans le coin du miroir j'aperçois une masse sombre. Elle vient de tomber de la fenêtre. Je me retourne d'un bond. L'ombre ramassée sur elle-même s'est redressée avec une agilité surprenante pour prendre la forme d'un homme. La terreur me tétanise et je reste plantée là, incapable du moindre geste. Heureusement, il me reste mes poumons. Je hurle. Comme jamais.

Une demi-seconde plus tard, Simon est près de moi. L'ombre a disparu.

– Quelqu'un ! Il y avait quelqu'un ! bégayé-je en désignant la fenêtre ouverte sur la nuit

J'explique à mots hachés. Un homme est entré par la fenêtre. Des vêtements sombres. Une capuche.

Simon saute immédiatement dehors, avec une agilité féline. Ted et les autres membres du groupe sortent du bar et se séparent pour explorer les environs.

Quelques minutes plus tard, ils reviennent, sans avoir vu personne. Mon amant passe ses bras autour de ma taille.

Et je me sens aussitôt beaucoup mieux.

– J'appelle la police, décide Simon.

Je l'arrête d'un geste.

– Non. Attends. Depuis l'incendie, j'ai la sensation d'être suivie. Je me demande si c'est le contrecoup, ou un genre de réaction au choc. Parce que chaque fois je me rends compte qu'il n'y a personne. Et puis, qui me voudrait du mal ?

Sans le vouloir, j'ai un peu miné la soirée. Il est tard de

toute façon, et chacun décide de rentrer chez soi. Au moment de monter dans la voiture de Simon, je ne peux m'empêcher de jeter un œil alentour.

– Je connais un endroit où nous serons incognito, tous les deux.

Au lieu de prendre la direction du loft, Simon se dirige vers la Cinquième Avenue, du côté de Central Park. Là, un sourire aux lèvres, il se gare devant un palace que j'ai vu mille fois dans des magazines : le Plaza.

– Personne ne nous suivra là-dedans…

– Tu veux dire… tu es sérieux ? On va…

Simon se contente de rire.

Et pourtant, il a l'air tout à fait sérieux.

Après avoir donné ses clés au voiturier, Simon me prend par la main et m'entraîne vers l'entrée majestueuse.

– Si tu m'apprenais à jouer la comédie ? lance-t-il.

– Comment ça ?

– Regarde-moi, et dis-moi ce que tu penses de ma prestation, me chuchote-t-il.

Avant que j'aie pu dire quoi que ce soit, Simon s'approche de la réception.

– Ma femme et moi souhaitons louer une suite. La suite royale.

Je manque de tomber à la renverse. D'abord parce qu'il m'a présentée comme sa femme, ensuite parce qu'il a demandé la suite royale.

On joue peut-être la comédie, mais il me présente comme sa femme avec un peu trop d'aplomb.

– Tu oublies que nous ne sommes pas encore mariés, mon amour, dis-je d'une voix mielleuse, assez fort pour que la réceptionniste m'entende.

– Pas encore, tu as raison, reprend Simon. Mais comme nous le serons bientôt…

Il prend la femme de la réception à témoin.

– J'ai tellement hâte que cela arrive que je n'ai pas pu

m'empêcher de considérer que c'était fait.

– Il ne me reste qu'à vous souhaiter tous mes vœux de bonheur, dit poliment la réceptionniste en nous tendant les clés.

Nous marchons vers les ascenseurs.

– Contredire son mari de la sorte, c'est très mauvais pour la discrétion ! À présent, c'est certain, elle se souviendra de toi, la femme qui chipote sur des détails !

– Je tiens à mon indépendance, moi !

– Je crois que j'avais remarqué… souligne-t-il, songeur.

Je préfère ignorer sa remarque.

– Ce n'est pas cela qui risque de compromettre notre anonymat. C'est toi, Simon ! Tu auras beau faire tout ce que tu veux, jamais tu ne passeras incognito !

– Et pourquoi ça ? Sans ton intervention, jamais cette femme ne se serait souvenue de moi !

– Vraiment ?! Qui pourrait oublier qu'Apollon lui-même a surgi au milieu de la nuit en demandant la suite royale ?! Je suis certaine que cette femme aurait donné n'importe quoi pour prendre la place de la fille qui accompagnait le dieu vivant. Qu'elle soit son épouse, sa fiancée ou juste sa petite amie…

– Tu exagères mon pouvoir, Ivy…

Dans l'ascenseur, il pose sur moi des yeux qui me font frémir. Je dévore moi aussi son corps du regard.

– Je n'exagère rien, Simon, dis-je en m'approchant.

Je dessine le tour de son visage avec mes doigts, puis glisse le long de son cou avec mes lèvres, passe ma main sous sa chemise puis embrasse furtivement son ventre.

– Tout cela est presque irréel.

Simon se laisse faire, amusé. Son regard chargé de désir me fait frissonner. J'effleure alors le bas-ventre de mon amant.

– Et je ne parle même pas du reste, Simon… glissé-je d'un ton suggestif qui m'étonne moi-même.

Au même moment, les portes de l'ascenseur s'ouvrent.

Simon me saisit par les hanches puis passe une main dans mon dos, l'autre sous mes genoux, et me soulève avec une facilité déconcertante. Je pousse un léger cri et me débats pour la forme.

– Il ne me reste plus qu'à te montrer de quoi un demi-dieu est capable quand une déesse s'amuse à le rendre fou de désir.

Ces mots, prononcés de sa voix rauque, me font l'effet d'une décharge électrique : à ce signal, tout mon corps s'enflamme. L'odeur boisée de mon amant m'enivre. Je cesse de me débattre. L'envie d'un autre corps-à-corps me submerge. Je passe mes bras autour de son cou, les siens se serrent plus encore autour de moi. Mes lèvres cherchent les siennes et nous nous embrassons avec passion.

Son étreinte se défait sous mon baiser, j'en profite pour glisser le long de son corps et enserrer sa taille de mes jambes. Il fait quelque pas et me plaque contre le mur du couloir. Son baiser me fait l'effet d'une tempête dont les particules de désir se propagent dans chacune de mes terminaisons nerveuses.

Mes mains plongent dans ses cheveux et s'y accrochent avec passion. Je sens son souffle dans mon cou et mes jambes se nouent plus encore autour de lui, au point que je sens son excitation grandir contre moi.

Simon se rend compte qu'il m'écrase presque contre le mur et nous fait reculer doucement. Je ne sais pas comment il se débrouille pour ouvrir la porte, mais nous nous retrouvons tous les deux dans un somptueux salon aux immenses baies vitrées qui ressemble bien à ce que j'imagine être une suite. Tout ce que j'aperçois dans mon champ de vision m'évoque luxe et confort. Mais j'ai bien mieux à faire que m'extasier sur une suite de palace : plutôt que de faire l'inventaire de ce qui nous entoure, je me concentre sur les lèvres charnues et voluptueuses de mon amant.

La porte claque. Au moment où mes pieds touchent un

épais tapis plus doux qu'un nuage de plumes, je me rends compte que j'ai perdu mes ballerines dans la bataille. Elles ont dû tomber par terre dans le couloir.

Debout l'un contre l'autre, nos mains sont plus libres d'errer où elles veulent. Simon couvre mon corps de caresses qui me font vibrer au plus profond de moi-même. Enlacés, nous nous retrouvons rapidement à genoux sur le sol. Je me consume de désir et ma robe me devient insupportable. Je n'ai plus qu'une seule envie : qu'il m'en débarrasse !

Cette nuit torride cinq étoiles s'annonce divine.

– Et si tu essayais la méthode « moins de dix secondes », cette fois… Parce que j'ai très envie de toi, Simon.

Je n'ai pas le temps de terminer ma phrase qu'un craquement retentit. Ma robe a disparu.

Mon amant m'attire à lui et nous basculons sur le côté. Le tapis qui recouvre le sol de la suite semble avoir été conçu pour qu'on puisse y faire l'amour. Il est doux, épais et parfaitement moelleux.

Appuyé sur un coude, Simon promène ses yeux sur mon corps d'un air gourmand qui me ravit.

– Toi qui parlais de corps irréel… souffle-t-il entre deux baisers. Je ne sais pas si tu te rends bien compte de tes atouts…

Mes cuisses, les courbes de mes hanches, le tour de mes seins, mes épaules, mon visage. Mon amant couvre chaque centimètre de ma peau de baisers légers qui se transforment parfois en mordillements. Sous ses lèvres, mille décharges de plaisir courent à la surface de mon corps en direction du creux de mes reins. Simon se concentre ensuite sur mes seins dont il agace les tétons, en glissant ses doigts sous mon soutien-gorge. Le bout de mes seins durcit. J'en veux plus, et je gémis de plaisir à chacun de ses assauts.

Simon passe alors son doigt le long de mon ventre, puis effleure mon sexe à travers la dentelle.

– Et je ne parle même pas de ça, Ivy, murmure-t-il à mon

oreille. Tu ne t'aperçois même pas que tu me rends fou.

Là, tout de suite, c'est plutôt moi, qui deviens folle.

Je suis sur le point d'imploser tant j'ai envie de cet homme.

Submergée de désir, je peux à peine lui répondre. Je murmure son prénom d'une voix étranglée, coupée par un gémissement le suppliant de poursuivre. Il arrête alors ses gestes, le sourire espiègle.

– Tu veux me dire quelque chose ?

Sa voix rauque me fait frémir de plus belle. Mon intimité humide le réclame. Je me cambre pour faciliter son exploration, mais il prend son temps. J'attrape sa main pour la replacer sur mon sexe.

– Je n'en peux plus, Simon… dis-je d'une voix étouffée.

Il glisse une main sous mes fesses et pose ses lèvres sur mon sexe, sur ma culotte en dentelle noire. Mon intimité palpite sous le tissu. Il passe alors un doigt sous la dentelle et, faussement surpris de me trouver si humide, agace mon clitoris en un geste précis qui m'arrache un soupir.

– Et j'aime tout particulièrement cet endroit, murmure-t-il contre mon sexe.

Son doigt s'attarde. Un gémissement de plaisir résonne dans le salon. Je suis sur le point de jouir, mais Simon en a décidé autrement. Il retire doucement son doigt et, ignorant ma plainte frustrée, poursuit l'exploration de mon corps.

– Je vais vraiment devenir folle si tu ne m'arraches pas aussi cette culotte !

Simon sourit, provocant, et remonte lentement son visage vers le mien. Tout en gardant sa main sur mon sexe, qu'il caresse doucement au travers de la dentelle, il pose ses lèvres sur les miennes.

Je n'y tiens plus. Je saisis mon amant par la ceinture et le pousse doucement sur le dos. Mon colosse se laisse dominer sans broncher. Je défais rapidement les boutons, et pantalon et chemise disparaissent quelque part dans la suite. Je m'installe sur mon demi-dieu et, sans le quitter des yeux, oscille doucement sur son sexe. Une lueur lourde de désir passe dans son regard tandis qu'un soupir lui échappe.

Levant un instant la tête, j'aperçois la vue sur Manhattan, par la baie vitrée. Je la contemple quelques secondes, mais mes yeux sont rapidement de retour sur le torse nu de Simon.

Ce torse vaut toutes les vues du monde.

Ma bouche descend doucement vers le boxer noir. À en juger par la bosse qui le déforme, mon amant est à la torture depuis longtemps déjà. J'embrasse le membre viril à travers le tissu, le mordille délicatement, jusqu'à ce que mon amant me supplie de le déshabiller complètement. J'ôte alors rapidement le boxer et libère son impressionnante virilité dont la vue achève de noyer mon intimité.

Je caresse avec douceur le sexe fièrement dressé puis serre ma main en une pression plus affirmée. Mon amant gémit. Ma bouche glisse le long de son bas-ventre puis je prends son membre viril dans ma bouche. Mes lèvres se pressent autour du sexe tendu. Un soupir de plaisir m'encourage à continuer. Ma langue alors titille son gland, qui palpite sous mes assauts ciblés. Le frémissement qui court sur la peau de Simon se communique à la mienne et mon intimité se liquéfie. Je mordille le sexe offert puis reprends des caresses plus douces, le prenant presque en entier dans ma bouche. Je sens que Simon se retient, qu'il est au bord de la jouissance, mais je continue ce que j'ai commencé.

– Ivy, gronde-t-il soudain en m'attirant à lui.

Il me retourne doucement et, ôtant mon soutien-gorge au passage, s'allonge sur moi. Nos visages se frôlent, nos langues se cherchent. Mon intimité pulse, la sienne palpite contre moi. Sa langue fouille le fond de mon cou, descend le long de mes seins et fait le tour de mes tétons. Ma culotte glisse le long de mes jambes puis disparaît.

– Viens… haleté-je.

Comme s'il attendait ces mots, mon amant me pénètre. Doucement d'abord, puis avec une vigueur qui trahit la force de son désir et qui m'emporte vers des sommets de volupté. Chaque fois, il s'enfonce plus profondément, et chaque fois, le plaisir est plus fort. J'accompagne ses mouvements en oscillant et nos deux corps, en parfaite harmonie, vibrent à l'unisson.

Soudain, le plaisir accumulé au creux de mes reins est sur le point d'exploser en moi. La jouissance est proche et j'ai de plus en plus de mal à retenir mes cris de volupté. Les coups de reins de mon amant se font plus rapides et la vague m'emporte. Au même moment, la voix de Simon, qui me dit qu'il m'aime, se perd dans un grognement de plaisir.

Nous avons joui ensemble. Nos deux corps s'abandonnent l'un contre l'autre. Sa respiration retrouve peu à peu son rythme normal. Il me semble que, sous l'effet du plaisir, mon corps est devenu aussi léger qu'un nuage.

Mes yeux se promènent alors sur ce qui nous entoure. Je découvre des meubles au design impeccable, des fauteuils cosy, des tapisseries et rideaux qui forment un luxueux compromis entre ancien et modernité.

– On la visite, cette suite royale ? murmure Simon.

Je lui souris. En un bond, il est debout et me tend la main pour m'aider à me lever.

Complètement nus, encore un peu chancelants, nous faisons le tour du salon. Le plus impressionnant, c'est la vue sur la ville et sur Central Park.

– C'est merveilleux, murmuré-je.

– Je préfère largement ce que je vois ici, souffle-t-il en effleurant mes fesses.

Main dans la main nous visitons un second salon, une chambre gigantesque et une cuisine. La salle de bains m'arrache un cri.

– Un jacuzzi ! Je crois que je n'en ai jamais vu en vrai.

Tandis que j'examine le contenu des flacons posés sur le bord de l'immense baignoire de marbre, Simon fait couler l'eau.

Ce qui est bien, avec le jacuzzi, c'est que ça laisse le temps de faire d'autres choses pendant qu'il se remplit.

Quelques minutes plus tard, les bulles à parfaite température enveloppent nos deux corps d'une douceur effervescente qui me ravit. Au départ, nous restons presque sagement dans les bras l'un de l'autre, échangeant de tendres baisers. Rapidement cependant, je sens la virilité de Simon contre ma cuisse, tendue comme un arc, impétueuse et impatiente.

Nos bouches se cherchent et nos langues aussi. Son baiser est d'une force et d'une sensualité qui manquent de me faire défaillir. Simon m'attire à lui et je m'assieds sur mon infatigable amant avec un soupir de désir. Après quelques oscillations sur son sexe, je le sens qui me pénètre d'un coup, presque entièrement. Portée par les remous du bain, je me sens plus légère que jamais et mes sensations sont comme décuplées. Les caresses et les baisers de mon colosse me font gémir de plaisir tandis que son sexe, qui entre en moi en un précis va-et-vient, achève de me faire perdre la tête. De mon côté, tout va très vite, et je sens que l'orgasme est proche, mais je tente de me retenir, pour faire durer ce moment magique. Je murmure le prénom de mon amant, comme une litanie. Je lève les yeux vers lui et croise son regard. Je comprends qu'il m'observe, pour savoir à quel moment il pourra lâcher prise. Son attention me touche. Je décide alors de me laisser aller.

– Je vais jouir, Simon.

Et nous perdons pied ensemble.

Après nous être séchés dans de grands peignoirs, c'est dans le lit gigantesque que nous finissons notre course, mais pas nos ébats : À peine sommes-nous allongés que déjà Simon effleure mon corps d'une façon diabolique qui réveille mon désir.

La suite royale porte bien son nom.

27

Rencontres

Le lit le plus moelleux de toute ma vie. La nuit la plus excitante de toutes mes nuits. L'amant le plus merveilleux…

Le plus de « le plus » de toute ma vie.

Se réveiller dans un palace, après une nuit aussi intense, c'est presque irréel. La suite royale a été l'écrin de nos ébats, et mon corps est fourbu de plaisir.

Quand j'ouvre les yeux, c'est pour découvrir le tendre sourire de Simon.

Le rêve se poursuit.

– J'avais comparé la clinique à un palace. J'étais bien loin du compte.

Simon effleure mon corps. Dans ses yeux, le désir brille de nouveau. Je sens que l'amant sauvage et attentionné qui m'a donné tant de plaisir n'est pas loin. Nos corps s'enlacent, mille frissons courent dans mes veines.

Simon s'écarte doucement, en un effort qui lui arrache un soupir.

– Je dois me rendre au studio, Ivy. Nous avons des réunions toute la journée. Mais prends ton temps, tu peux rester ici autant que tu le souhaites.

Je regarde Simon se lever et ramasser ses habits. Le spectacle est des plus charmants.

Mon amant quitte la suite, je reste étendue quelques minutes dans le lit géant, afin de prolonger le rêve puis, enroulée dans un drap, je contemple la ville. Nous n'avons pas pris le temps de le faire, la veille. Il n'a pas vraiment été question de contempler le paysage…

Hé, mais j'y pense… Je fais comment, moi, maintenant ? C'est bien beau la méthode « moins de dix secondes ». Mais comment je sors d'ici ? Mes ballerines ont reparu à l'entrée de la suite, comme par enchantement, mais je n'ai plus de vêtements !

Les peignoirs sont dessinés par de grands couturiers. Je pourrais probablement sortir dans la rue ainsi vêtue sans que personne ne se rende compte de rien… Mais il serait probablement facturé une fortune…

Ou alors je me couds une robe dans un rideau ?

Soudain, on frappe. J'entrouvre la porte. Un groom me tend un paquet. Plus rapide qu'une ombre, il disparaît comme il est arrivé.

Au fond de la boîte, dans un emballage de papier de soie, je découvre une magnifique robe noire. Tout à fait dans le style de celle qui a été déchirée la veille. Des sous-vêtements l'accompagnent. Très sexy.

« Si j'ai bonne mémoire, tu n'as plus rien à te mettre… », dit un petit mot écrit de la main de Simon.

Autant j'avais refusé de mettre les sages sous-vêtements de la fiancée, autant je suis ravie d'enfiler ceux-ci. Aussitôt après, j'envoie un message à Simon.

[Vous savez parler aux femmes,
monsieur Stone.]

[Comme ça, je suis sûr que tu penseras à moi.]

[Je vais surtout penser au moment
où tu les enlèveras.]

On frappe une nouvelle fois à la porte de la suite royale. Un groom me tend une pochette, la même que celle qui a brûlé.

Le compte-rendu des dernières recherches du détective ! Simon a dû me la faire parvenir directement ici car il sait à quel point c'est important pour moi. Mon cœur bat plus fort dans ma poitrine. Mon estomac se noue. Je tourne quelques secondes autour du dossier avant de me décider à l'ouvrir.

J'apprends que ma mère est revenue en Amérique du Nord sous le nom d'Isabel Winston. Moi qui cherchais une Isabel Clemens ou Kristen, son nom de jeune fille, je n'avais aucune chance de la retrouver.

Sous cette identité, elle mène une carrière universitaire, donne des conférences et enseigne l'art précolombien au New York University Institute of Fine Arts.

À New York ?! Ma mère vit et travaille ici ?! Et elle n'a pas repris contact avec nous ?! Je m'assieds un instant, abasourdie par cette révélation. Elle se fiche donc de revoir ses filles ?! C'est comme un coup de poing dans l'estomac.

Passé le premier choc, la curiosité est trop forte, je me précipite sur le site Internet de l'université. Là, mon cœur manque un battement. Isabel Winston donne une conférence, cet après-midi même. Si je me dépêche, je peux arriver à l'heure pour y assister.

Dans un état second, j'attrape mon sac à main et claque la porte de la suite. Je cours presque dans les couloirs. Je ne peux pas résister au besoin de la voir, en vrai, tout de suite. Une sorte d'urgence me pousse à sauter dans le métro.

Je me rends compte que, sans me l'avouer, j'ai souhaité revoir ma mère depuis des années. Je n'ai pas l'intention de lui parler ni de me manifester : je vais rester tranquillement au fond de la salle. Je veux juste la voir, l'entendre, savoir quelle femme elle est devenue. J'aviserai ensuite.

En sortant du métro, j'appelle Simon pour le remercier et pour partager cette découverte avec lui. Mon amant est occupé, et c'est à son répondeur que je confie mon impatience, mais aussi mon désarroi, face à la découverte du détective : ma mère se passe très bien de sa famille. Je crois que mon message est confus, mais il comprendra.

En passant les portes de l'université, je pense à ma sœur et à mon père. Mes sentiments à leur égard sont partagés. J'ai la sensation de les trahir en menant mes recherches dans leur dos. Mais comment faire autrement ? Ma sœur a réagi avec violence quand je lui ai parlé de notre mère, mais moi, je dois savoir, pour avancer !

Le temps de trouver le bâtiment, dans l'immense campus, j'arrive avec cinq minutes de retard. Alors que je m'attends à trouver le hall vide, il est plein d'étudiants mécontents.

J'interroge l'un d'eux à propos de la conférence du professeur Winston. Le jeune homme m'explique avec humeur que son intervention est annulée pour une raison logistique. L'amphithéâtre Delta est occupé par un colloque sur l'art italien.

La déception qui m'envahit est à la mesure de mon emballement. Énorme. Je parcours le hall, au milieu de la foule, regardant partout autour de moi pour tenter de découvrir un professeur qui pourrait avoir les traits de ma mère, telle que je m'en souviens. Ce n'est pas gagné. Mes souvenirs sont trop flous. Si seulement j'avais au moins gardé une photo de bonne qualité, je pourrais me rafraîchir la mémoire !

Soudain, parmi la foule, un visage connu ! C'est la voisine ! Angie ! Mais qu'est-ce qu'elle fait là ? Elle semble chercher quelque chose… ou quelqu'un. Moi ? Depuis l'incendie, je la trouvais suspecte, là, je la trouve carrément flippante. Elle m'a suivie ? Est-ce que j'avais raison à propos de sa complicité avec Émilie ?! Depuis quelques jours, j'ai la sensation d'être suivie. Et si c'était elle ?! Est-ce qu'elle me chercherait, moi ?

Je sors de l'université précipitamment et cours vers le métro, sans cesser de regarder derrière moi. Cette fois, c'est décidé, je vais faire part de mes soupçons à la police.

Je suis arrivée au pied du loft quand mon téléphone sonne. Le nom de Simon s'inscrit sur l'écran. Je décroche aussitôt.

– Simon !

– Tout va bien, Ivy ? Tu sembles bouleversée…

– Oui, c'est que je suis allée à la conférence… Il vient de m'arriver quelque chose de bizarre ! J'ai eu très peur.

J'ai couru si vite que j'ai du mal à reprendre mon souffle.

– Où es-tu. Tu es en sécurité ?!

– Oui, je suis au loft. J'arrive devant l'entrée.

À ce moment, j'aperçois un homme, devant la porte de chez Simon. Il sonne avec insistance.

– Ah ! attends, tu as de la visite, on dirait…

– Je peux vous aider, monsieur ? demandé-je au visiteur. Vous cherchez quelqu'un ?

L'homme se tourne vers moi.

– Je cherche un certain M. Clark, dit l'homme d'un ton froid.

Dans mon téléphone, j'entends soudain Simon hurler.

– Ivy, sauve-toi ! Ivy, Ivy, tu m'entends ? FUIS !

VI

Tyler Walker a tout prévu

28

Prise au piège

Jamais je n'aurais pensé voir un jour une arme de si près. Le problème, c'est qu'elle est pointée sur moi. À mes pieds, dans le téléphone que je viens de lâcher, la voix de Simon m'appelle toujours. Sans me quitter des yeux, l'homme qui me tient en joue se baisse, ramasse l'appareil et raccroche. Un silence oppressant plane dans le couloir. Frappée de stupeur, je suis d'abord incapable de réagir.

Dans la pénombre, je distingue mal les contours du visage de mon agresseur. Pour le reste, il me dépasse d'une tête et, tout en muscles, paraît aussi puissant que déterminé.

– Mais… je… vous faites erreur… Il n'y a pas de M. Clark ici.

– Tu le connais mieux que tu ne le penses. On discutera de ça à l'intérieur. Ouvre cette porte !

Le canon du pistolet s'enfonce violemment dans ma hanche, m'arrachant un cri de douleur.

– Tais-toi ! grogne l'individu.

L'étau de sa main gantée se ferme sur mon poignet, m'empêchant de me soustraire à la pression de l'arme. Je ne comprends pas du tout ce qui est en train de me tomber dessus, mais l'homme, lui, a l'air de me connaître et de maîtriser chacun de ses gestes. Que puis-je faire d'autre que m'exécuter ? Je fouille dans mon sac à la recherche des clés, mais terrorisée, je tremble trop : il m'échappe et son contenu s'éparpille sur le palier. Un violent coup de poing s'abat aussitôt sur mon épaule. Je suffoque.

– Tu le fais exprès ?!

L'homme émet un léger sifflement. Une silhouette surgit de nulle part. Ils sont plusieurs ! Tétanisée par la peur, je ne peux plus bouger. Le complice attrape le trousseau puis fourre toutes mes affaires dans mon sac. La porte du loft de Simon s'ouvre. On me pousse à l'intérieur avec une brutalité qui me fait tomber par terre.

Une troisième ombre armée bondit dans l'appartement et braque son pistolet sur moi. Je crois comprendre que je dois rester au sol. De toute façon, je me suis fait mal au genou, et au poignet, aussi, en tombant. Même si je le voulais, je ne suis pas sûre de pouvoir me relever. Je suis sous le choc et j'ai les jambes coupées par la brutalité de ce qui est en train de se produire.

La porte d'entrée claque. Comme si on refermait celle d'un tombeau.

Le mien.

L'angoisse est si forte que je me sens défaillir. Tout tourne autour de moi. Les choses se sont passées très vite, et pourtant, j'ai la sensation que les événements se déroulent au ralenti. Quelqu'un peut-il m'expliquer ce qui se passe ? Qui sont ces hommes ? Qui est ce M. Clark ? Quand il a entendu prononcer ce nom, Simon m'a hurlé de prendre la fuite. Il le connaît. Qu'a-t-il à voir avec lui ? Est-ce que c'est vraiment en train d'arriver ? Jusqu'à présent, je n'avais jamais craint pour ma vie, mais là, la terreur me saisit. Je comprends ce que veut dire avoir peur.

Depuis le début, mon téléphone ne cesse de sonner dans les mains de mon agresseur. Une fois que nous sommes enfermés dans le loft, il décroche et met le haut-parleur sans me quitter des yeux.

– Stone ! Mignon, ton nouveau nom de famille. On peut dire que j'aurais eu du mal à te retrouver… ricane-t-il. Si tu n'y vois pas d'inconvénient, je préfère t'appeler Simon Clark.

Prise de panique, je crie le prénom de Simon et l'appelle à l'aide. Je veux lui faire savoir que je suis la prisonnière de cet homme afin qu'il aille chercher les secours. Un aboiement assorti d'un coup de pied dans mes côtes me fait taire. On m'ordonne de rester tranquille. Je gémis et me recroqueville sur moi-même, terrassée par la douleur.

– Ivy ?! Ivy ?!

Simon s'époumone au téléphone. Il a entendu mes cris, c'est certain, et il est hors de lui. Surpassant la souffrance, je me redresse et l'appelle à l'aide. Je me fiche de recevoir un nouveau coup, je veux que Simon m'entende. Le chef fait un geste à ses deux complices. Une main s'écrase sans ménagement sur ma bouche pour me faire taire, un bras me ceinture. Je peux toujours essayer de me débattre, l'homme a une poigne de fer.

– Elle est bruyante, ta copine. On ne s'entend pas parler !

– Je veux parler à Ivy ! tonne Simon.

– Tu n'es pas vraiment en position d'exiger quoi que ce soit, gamin. Je pourrais tout aussi bien décider de la tuer maintenant.

Sous mon crâne, c'est le chaos complet. Là, ça fait beaucoup d'informations à gérer. J'oublie la douleur un instant. L'homme a appelé Simon « Simon Clark » ! Et il a évoqué la possibilité de me tuer. Mon amant prend la menace au sérieux, il obtempère et se tait, prêt à écouter ce que mon agresseur s'apprête à lui dire.

– Tu t'étais bien planqué, Simon. À croire que c'est ta spécialité. Je t'ai fait chercher longtemps.

– Libère Ivy, Tyler ! coupe Simon. Elle n'a rien à voir là-dedans.

– C'est justement ce qui fait partie de ma vengeance. Ainsi que de celle d'Émilie. D'ailleurs, elle m'a chargé de te transmettre un message. Elle te fait dire qu'Ivy est innocente, mais qu'Alan non plus n'avait rien demandé à personne. Ça te rappelle quelque chose ?

– Émilie ?

– Elle est tombée du ciel, comme un ange de la vengeance, et elle m'a révélé ta nouvelle identité. Sans elle, j'aurais pu chercher encore des années. C'est vrai, au début, on a eu un peu de mal à se mettre d'accord, tous les deux. Mais finalement, c'est une brave fille, et on a trouvé un arrangement. Nous nous sommes rendu compte qu'un même homme était à l'origine de tous nos malheurs : toi, Simon, Stone ou Clark, qu'importe le nom que tu portes.

Maintenant je n'ai plus aucun doute sur l'identité de celui qui vient d'entrer dans le loft de Simon et qui m'y tient prisonnière : c'est Tyler Walker. Libéré de prison depuis quelques semaines, le gangster vient terminer la vengeance entreprise vingt ans plus tôt. Simon est né d'une relation adultère, son père était le mari de la sœur de Tyler Walker, et il a trompé cette dernière. Le chef de gang considérait l'existence de Simon et de sa mère comme un déshonneur pour sa famille et il a tenté de les supprimer. Simon a échappé au massacre, et Tyler Walker ne le supporte pas. Sa haine à son égard est d'autant plus tenace que Simon, enfant, a osé témoigner contre lui, ce qui a permis son arrestation. Émilie est la seule personne à connaître la vraie identité de Simon. Avant d'être arrêtée pour avoir mis le feu à mon appartement, elle a dû aller trouver Tyler Walker pour le tuer et par je ne sais quelle pirouette, ils se sont mis d'accord.

– C'est moi que tu veux et j'arrive. Mais tu la laisses partir dès que je suis là !

– Doucement, Simon ! C'est moi qui dicte les conditions. Alors oui, tu vas venir. Mais avant, je dois te préciser qu'un de mes hommes tient une arme pointée sur ta belle. Si je vois l'ombre d'un policier ou si tu joues au plus malin, je la tue. À toi de voir si tu veux être responsable de la mort de ta fiancée, en plus de celle d'un innocent.

Le coup est bas. Mais tout l'être de Tyler Walker respire la cruauté.

– J'arrive !

Je comprends alors que sans le vouloir j'ai rendu service à Tyler Walker. Quand j'ai appelé Simon à l'aide et que j'ai hurlé, mon amant est devenu fou de rage. Il va foncer ici pour venir me sauver, sans se protéger, lui ! À présent, je voudrais hurler à Simon de ne pas venir. Maudite main qui me bâillonne !

Au moment où Tyler raccroche, l'étreinte se desserre autour de moi. L'homme m'a lâchée, mais le canon de l'arme de son complice reste tourné dans ma direction. Je me redresse, masse ma mâchoire endolorie. Simon doit déjà être en route. Je ne peux rien faire pour l'arrêter ; je n'ai aucune chance de m'échapper avant qu'il n'arrive. C'est donc comme cela que notre histoire va finir ? Un immense désarroi s'empare de moi, mais je ravale mes larmes, bien décidée à ne pas flancher face à ce malade.

Tyler Walker fait quelques pas dans le loft.

– Pas mal, l'appartement… Il se la coulait douce ici, pendant que je vivais dans une cage. Il ne s'est pas embêté. Il a bon goût. À tous les points de vue… ricane-t-il en me jetant un regard qui me dégoûte.

Je n'ai pas eu le temps de bien regarder ce sombre personnage quand nous sommes entrés, mais maintenant qu'il a ôté la capuche qui dissimulait son visage et qu'il déambule dans le loft en fouillant comme s'il était chez lui, je vois mieux à quoi il ressemble. Les cheveux rasés, un crâne et un visage marqués de nombreuses cicatrices qui racontent la violence d'une vie à la tête d'un gang. Nul doute qu'il a gagné sa place de chef à coups de meurtres et de bagarres sanglantes.

Le plus frappant, ce sont ses yeux, un concentré d'arrogance. Cet homme a l'habitude de donner des ordres et de se faire obéir, il est conscient de sa puissance. D'ailleurs, depuis notre arrivée, ses deux sbires n'ont pas bronché. Je n'ai même pas entendu le son de leur voix. Ils m'ont regardée me tordre, aussi impassibles que des statues. Soit ils ont appris à ne montrer aucune émotion, soit ils n'en ressentent plus depuis longtemps. Ils me tueraient sur un claquement de doigts si leur chef le leur ordonnait, sans frémir, sans se poser de question.

– Votre petit nid sera le théâtre idéal de ma vengeance. T'es comédienne, d'après ce que j'ai appris. Tu vas apprécier, je pense.

– Je ne pense pas, non.

Ma voix résonne étrangement à mes oreilles, étouffée par la boule qui noue ma gorge. Tyler Walker hausse les épaules.

– À la vérité, je m'en fiche. Je vais me divertir, moi, et c'est tout ce qui compte.

Tyler sort mon téléphone de sa poche et me le tend.

– Déverrouille-moi ça !

Aussitôt le pistolet se pose contre ma tempe. Ai-je le choix ? À contrecœur, je déverrouille le clavier.

Tyler se met alors à pianoter sur le téléphone.

– « Rendez-vous ce soir, au loft. Simon et moi aimerions fêter avec vous une heureuse nouvelle !!! Simon et Ivy », lit-il en même temps qu'il écrit.

Au début, je ne comprends pas où il veut en venir. Mais rapidement, j'entrevois le scénario d'horreur qu'il manigance. Ce monstre va faire venir la famille de Simon. Pourquoi, sinon pour les tuer ? Je ne lui fais pas le plaisir de lui demander des explications, mais je me sens de plus en plus mal. D'autant qu'il n'a pas hésité une seule seconde dans la formulation de son message. Il a tout prévu, et dans les moindres détails.

– Émilie m'a aidé à apporter la touche finale. Elle m'a donné une liste de quelques personnes qui comptent pour vous. Tu vas leur envoyer mon joli message. Ils vont tous rappliquer. La famille Stone… Ted… Lauren… ton père, bien sûr.

Mon Dieu.

Tyler ne veut pas seulement assassiner les proches de Simon, il a aussi prévu de massacrer ma famille et mes amis !

Il a compris que ces gens comptaient pour nous deux… Je sers d'appât pour Simon, et nous allons attirer tout le monde dans un piège macabre ! Cet homme est encore plus fou que ce que je pensais ! Comment peut-on être aussi monstrueux ?! Comment peut-on s'arroger le pouvoir de faire ce genre de choses ?! Non c'est impossible ! Ça ne peut pas être possible ! Face à tant de cruauté, je perds pied, j'ai l'impression que je vais devenir folle !

– Tu ne dis rien, mais d'après ta tête, tu comprends mon projet… Elle promet d'être assez joyeuse, votre cérémonie. Ce sera charmant. Vous êtes si amoureux l'un de l'autre… Vous ne pouvez attendre de partager cette nouvelle avec vos amis. Rassure-toi, tu assisteras à toute la fête parce que tu mourras en dernier. Juste avant Simon. À moins que je ne le laisse vivant, lui, avec le souvenir de sa belle petite amie et de sa gentille famille qu'il aura vues mourir sous ses yeux, je n'ai pas encore décidé.

Tyler se replonge dans mon téléphone.

– Franck. Et Angie, continue-t-il d'énumérer.

– Je ne l'aime pas, elle, murmuré-je sans réfléchir.

Je ne sais pas ce qui me prend de faire ce commentaire. Les mots sont sortis tout seuls. Il semblerait que, sous l'effet de la peur, je pense à haute voix.

– Elle vous aime, elle est toujours dans vos pattes. Et Simon l'apprécie, lui.

– Simon et moi, ça ne vous suffit pas ?

– Il m'a échappé pendant vingt ans. Normal qu'à ma sortie je lui fasse payer les intérêts, réplique Tyler.

Je ne commente pas le « normal », ni la notion d'« intérêts ». Même si j'en ai très envie.

À mesure qu'il égraine la liste des prénoms de nos proches, j'imagine leur tête quand ils découvriront l'invitation. Je vois ma sœur prétendre qu'elle avait raison depuis le début. Et mon père, qui sera heureux, mais qui ne pourra pas s'empêcher de ronchonner, maudissant sa fille de toujours organiser les choses à la dernière minute. Arianna éclatera de son rire plein de bonne humeur et de malice. Quant à ses parents, qui craignaient tant pour la vie sentimentale de leur fils, j'imagine leur joie, et j'en ai le cœur qui saigne. Personne ne se méfiera : tout le monde a tellement envie de nous voir mariés ! Quant au côté soudain de cette annonce, qui s'en étonnera ? Ils le mettront sur le compte de mon caractère fantasque, de ma propension à improviser et à ne jamais rien faire comme les autres.

Et quand bien même ils s'interrogeraient sur l'immédiateté de l'invitation, comment pourraient-ils seulement se douter de ce qui est en train de se produire ? Personne ne peut concevoir l'idée que je ne suis pas l'auteur de ce message, mais qu'il est écrit par un dangereux personnage qui me séquestre dans l'appartement de Simon, et qui projette un massacre.

Quelques secondes après que Tyler a envoyé les messages, mon téléphone bipe.

– Déjà des réponses ! s'exclame-t-il.

Tyler Walker est aux anges. Il s'amuse comme un fou.

Ce qu'il est d'ailleurs.

– Première à répondre : Arianna Stone ! La petite sœur. En voilà une qui aime son frère ! Je te lis ce qu'elle écrit : « Je m'en doutais ! Enfin ! Quelle joie. » Elle ne sait pas ce que vous allez annoncer, elle imagine le meilleur…

Ce qui rajoute encore à l'horreur, c'est que Tyler Walker sait exactement qui est qui. Toutes ces fois où j'ai eu la sensation d'être suivie, j'avais vu juste. J'ai mis ça sur le compte de la fatigue et de la paranoïa, mais je ne me trompais pas. J'étais réellement espionnée ! Émilie a dû lui fournir un certain nombre de renseignements, puis, après son arrestation, les hommes de Tyler ont pu poursuivre l'enquête de leur côté.

Soudain, le téléphone sonne.

– Ta sœur ! Elle imagine probablement avoir quelques infos en exclusivité… Elle rêve !

Tyler laisse sonner sans décrocher puis pianote à toute allure.

– « Lauren, je ne te dirai rien ! À dans deux heures ! Enfin, 1 h 45… »

Quelques secondes plus tard, un nouveau bip indique que ma sœur répond.

– Elle te traite de cachottière. Mais elle a une bonne idée de ce que vous allez annoncer…

Les messages continuent d'arriver.

– Ton père est intrigué mais ravi… Ah ! Les parents de Simon se réjouissent et meurent d'impatience ! Je n'invente rien ! Ils disent « mourir d'impatience ». Ça, c'est comique ! C'est vrai qu'ils ont de quoi se réjouir. Il ne manquait que ça à leur petit Simon… l'amour d'une femme aussi belle que toi.

Je fais celle qui ne réagit pas, parce que je ne veux pas ajouter le plaisir sadique de mes pleurs à la joie malsaine que prend visiblement Tyler Walker à me lire les réactions de mes proches, mais la colère et l'impuissance me rongent.

– Et nous avons Ted, qui espère que vous n'annoncez pas une rupture. Il est marrant, lui, je l'aime bien. Je vais lui répondre par un *smiley*.

Ces messages enjoués, pleins de tendres sous-entendus, retentissent terriblement à mes oreilles. Je savais que ces gens m'aimaient, mais entendre leurs réactions, là, dans cette situation, c'est comme si, pour la première fois, je le lisais noir sur blanc. Je mesure alors à quel point je tiens à eux, moi aussi. Une immense tristesse m'envahit. Jusqu'ici, j'ai essayé de faire face, mais cette fois, le désespoir me submerge : je ne peux plus retenir mes larmes. Un fin sourire se dessine sur le visage de Tyler Walker. Et j'ai envie de le tuer.

– Franck et Angie n'ont pas encore répondu, mais je pense que ça ne va pas tarder. Je suis sûr que tout le monde vient. Il n'y a plus qu'à se préparer…

Sur un signe de tête de Tyler, ses deux complices me

saisissent. Leurs mouvements sont empreints d'une brusquerie qui me fait gémir de douleur. Instinctivement, je me débats. En vain. Quelques secondes plus tard, je me retrouve ligotée sur une chaise.

Voilà comment on prépare une fête, quand on s'appelle Tyler Walker...

29

À la force des poings

– Les liens me font mal ! À quoi ça sert de serrer si fort !? Comment voulez-vous que je m'enfuie ?

Complètement terrassée par la terreur, je hurle. J'ai perdu tout contrôle de moi-même. Les larmes coulent toujours sur mon visage sans que je songe même à les retenir. Sourds à mes prières, sans un regard pour moi, les deux hommes s'éloignent.

L'un des sbires sort du loft. J'imagine qu'il va se poster à l'extérieur, devant l'immeuble, et avertira son chef si la police se présente. L'autre reste à l'intérieur. L'arme à la main, il s'installe derrière la porte d'entrée, dans un renfoncement du couloir, prêt à accueillir les invités.

Une fois les deux hommes en place, Tyler fait un tour à la cuisine. J'entends qu'il ouvre un placard. Il revient, un verre de vin à la main et s'affale sur le précieux canapé en cuir de Simon.

– Pas mal du tout, ce vin. Pas mal non plus, le canapé. Plus confortable que les chaises en fer de la prison…

Allongé de tout son long, Tyler sirote sa boisson, l'air parfaitement détendu.

Quelques minutes plus tard, il est si calme qu'on pourrait presque penser qu'il s'est assoupi. Il n'en est rien. Il a tout du fauve aux aguets. Son pistolet, passé dans sa ceinture, n'est qu'à quelques centimètres de sa main, et ses yeux ne cessent de parcourir la pièce pour revenir régulièrement se poser sur moi.

En ce qui me concerne, je suis à la torture. Mes membres sont cisaillés par les cordes et j'ai la sensation que mon sang a arrêté de circuler dans mes veines. J'ai du mal à respirer, comme si l'air n'entrait presque plus dans mes poumons, tant je suis terrifiée. Mais la douleur physique n'est rien à côté de la confusion qui règne dans mon esprit. Je me fais l'effet d'un animal promis à l'abattoir. La panique m'empêche de réfléchir et mes pensées tournent en boucle. Que va-t-il se passer quand Simon franchira cette porte ? Il a assuré à Tyler qu'il arrivait seul, il a l'intention de se livrer à ma place. Mais l'échange ne fait pas partie des projets de Tyler Walker. Et puis, de toute façon, je n'ai pas envie de voir Simon prendre ma place ! Je ne veux pas mourir, certes. Mais je ne veux pas non plus qu'il se fasse assassiner !

Des sueurs froides se mêlent à mes larmes. Au comble de l'angoisse, je me rends compte que j'aime Simon plus que tout au monde.

Je pense ensuite à Lauren. Ma sœur habite en face du loft. De chez elle, elle pourrait presque voir ce qui se passe dans le salon si Tyler n'avait pas tiré les rideaux. Si elle a eu l'idée de regarder par la fenêtre, elle doit penser que je les ai volontairement occultées. Elle doit même en rire, en se disant que j'ai tout prévu pour ménager l'effet de surprise. À moins que son sixième sens de sœur, dont elle se vante souvent, ne lui ait permis de pressentir qu'il se passe quelque chose de louche… Elle serait alors en train de tenter d'en savoir plus ?! L'espoir se transforme en crainte. Si elle débarque pour s'assurer que je vais bien, elle sera peut-être la première à mourir. Je me prends à souhaiter de tout mon cœur qu'elle ait un empêchement et qu'elle ne puisse pas venir à la prétendue fête. Peut-être même un très léger accident, pas trop grave : une cheville foulée, par exemple, qui la forcerait à consulter un médecin en urgence et qui l'empêcherait d'arriver au loft. Et la famille Stone…

Un bruit interrompt mes pensées. Un son très léger, à peine un craquement. Je suis dans un tel état de tension que mon ouïe est plus fine que d'habitude. Un rapide coup d'œil à Tyler m'apprend que je n'ai pas rêvé. Il a perçu le bruit, lui aussi. Il est resté allongé sur le canapé, mais sa main s'est posée sur la crosse du revolver. Être chef de gang suppose probablement d'être continuellement sur le qui-vive et de voir ses sens plus aiguisés que ceux d'un animal traqué.

Tyler se lève, se dirige vers la fenêtre, entrouvre le rideau avec précaution, et fait un petit signe à l'homme qui se trouve à l'extérieur. Il retourne ensuite sur le canapé et reprend sa place, les mains derrière la tête.

– Fausse alerte, ma jolie. Ton homme n'est pas encore là. Tu dois être impatiente, je le suis aussi, mais j'ai attendu si longtemps cet instant, que je ne suis plus à une minute près.

Aussi décontracté que s'il était dans la salle d'attente d'un coiffeur, il regarde mollement sa montre et vérifie les messages sur mon téléphone. Mon attention retombe et mon corps endolori se rappelle à moi. Je fais l'inventaire mental des endroits qui me font souffrir. À peu près tous mes membres.

Un nouveau craquement se fait entendre, suivi d'un bruit sourd. Cette fois-ci, le doute n'est plus permis : quelque chose vient de tomber sur le sol du duplex, à l'étage d'au-dessus. En une fraction de seconde, Tyler est sur ses pieds, en un second mouvement, le canon de son arme s'enfonce dans mon épaule. L'homme de la porte interroge son boss du regard. Ce dernier lui désigne l'étage d'un signe de tête et, aussitôt, son garde s'engage dans les escaliers, plus agile et silencieux qu'un chat.

– J'espère pour toi que personne ne tente quelque chose pour te venir en aide, murmure-t-il entre ses dents.

Je retiens mon souffle, pour ne manquer aucun bruit susceptible de m'aider à déchiffrer ce qui se passe là-haut. Tyler fait de même. Mais le silence est revenu. Plus un bruit, pas même un craquement, ne nous parvient. Plusieurs minutes s'écoulent ainsi.

– Mais qu'est-ce qu'il fout, cet idiot ?

Tyler finit par s'écarter de moi, et monte sur la première marche de l'escalier en rasant le mur. Il a déverrouillé la sûreté de son pistolet et il est prêt à tirer. Alors qu'il est aux trois quarts de l'escalier, un vacarme de tous les diables m'arrache les oreilles. J'étais tellement attentive que le bruit me fait l'effet d'une explosion. J'en frôle l'arrêt cardiaque. Mais surtout, j'ai du mal à croire ce que je vois : lancé droit sur Tyler, un imposant fauteuil club dévale l'escalier dans un bruit de fin du monde. Tyler lâche un juron, il ne s'attendait pas à devoir affronter un meuble.

Le chef de gang tente d'échapper au lourd projectile en descendant le plus vite possible les marches avant d'être percuté. Il perd l'équilibre et appuie par réflexe sur la détente de son arme. Un coup de feu retentit. Je ferme les yeux, malgré moi, comme si cela allait faire disparaître la scène et que tout allait s'arrêter. Je les rouvre. Tyler a chuté lourdement au bas de l'escalier. Coincé sous le fauteuil, il tente de s'en extirper avec une rage sauvage lorsque, soudain, Simon déboule dans les escaliers et fonce sur Tyler.

– Simon !

Instinctivement, j'ai tenté un mouvement vers lui. Oubliant que j'étais attachée, je suis retombée lourdement sur la chaise, les membres cisaillés par mes liens.

Profitant du fait que Tyler est coincé derrière le fauteuil, Simon lui assène un magistral coup de poing dans la mâchoire. Le geste est puissant et précis. Tyler vacille. Il ne s'attendait manifestement pas à une telle maîtrise ni à une telle force.

Moi non plus.

Simon a un corps de dieu grec dont j'ai pu apprécier le détail de la musculature. De toute évidence, ses muscles ne sont pas purement décoratifs : Simon a appris à se battre ! Encore un talent que mon amant ne m'a pas encore dévoilé.

Dégagé du fauteuil, Tyler Walker se met en position de riposter, les poings en avant. Il a perdu son arme dans sa chute. Il n'a pas le temps de la chercher car son adversaire fonce sur lui, ne lui laissant aucun répit.

Ce n'est pas le moment d'admirer la dextérité de mon hercule. Je cherche l'arme des yeux et l'aperçois, à un bon mètre de moi. Il faut que j'agisse ! Que j'écarte l'arme avant que l'assassin ne la trouve ! Mais comment ? Mes liens m'empêchent de déplacer ma chaise. Je tente des petits bonds jusqu'à l'arme, mais chaque centimètre me demande un effort considérable.

Un cri de douleur me fait tourner les yeux. C'est Simon. À en juger par la façon dont il est plié en deux, Tyler Walker vient de lui lancer un coup de poing dans le plexus. Je ressens moi-même la douleur dans ma propre chair. Profitant de l'instant où mon amant reprend son souffle, Tyler parcourt le sol des yeux, à la recherche de son arme. Me voyant me contorsionner de la sorte, il comprend ce que je suis en train de faire. Espérant écarter définitivement Simon de son chemin, il se projette en avant et lui lance un coup de tête. Heureusement, Simon l'esquive, et, profitant du déséquilibre de son adversaire, lui envoie un violent coup de genou dans l'estomac.

Cette fois-ci, c'est certain, Simon a pratiqué des sports de combat. Ses coups sont bien trop maîtrisés pour être ceux d'un amateur. Seulement, de son côté, Tyler est plus entraîné qu'un gladiateur. Il a dû apprendre à se battre avant de savoir marcher. Sous le coup de genou de Simon, il vacille dangereusement, certes, mais, il semble insensible à la douleur, car dès qu'il a retrouvé son équilibre, il bondit vers moi. Au même moment, dans un suprême effort, je donne un coup de pied dans le pistolet, suffisamment fort pour le faire glisser sous une armoire.

But !

Un cri de victoire m'échappe, mais, au même moment, une terrible gifle s'abat sur mon visage. La force du coup fait tanguer la chaise. Je crie, contractant mon corps dans l'attente d'une chute, imaginant déjà me fracasser le crâne.

Le choc ne vient pas. La chaise se redresse, comme par miracle. J'ouvre les yeux.

Le miracle s'appelle Simon !

Il a rattrapé la chaise avant qu'elle ne tombe sur le sol !

– Tiens bon, Ivy, a-t-il le temps de souffler.

La seconde suivante un coup de poing atterrit sous le menton de Tyler, le forçant à s'éloigner de moi. Le visage déformé par une expression de sauvagerie démente, ce dernier parvient alors à sortir un couteau de sa veste. Simon a un mouvement de recul et le chef de gang en profite pour revenir vers moi. Il a changé de technique, il a compris que Simon était un adversaire à sa taille et c'est à moi qu'il va s'en prendre ! C'est sans compter sur les surprenants réflexes de mon homme, qui parvient, d'un geste, à arrêter la course de Tyler, en le saisissant par le bras qui tient le couteau.

À quelques centimètres de moi, les deux hommes se livrent à un redoutable bras de fer. Le couteau virevolte un instant au-dessus de ma tête, frôle le visage de mon amant puis le cou de Tyler. Après une lutte acharnée au cours de laquelle j'ai le sentiment de mourir mille fois, le couteau atterrit définitivement dans les mains de Simon. Trop tard. Tyler passe son bras sous ma gorge.

– Un pas de plus et je l'étrangle.

Je sens son souffle contre mon oreille, je respire sa sueur. J'en ai la nausée. Le bras se serre autour de mon cou. Je suffoque. Mon amant ne s'arrête pas ! Mais qu'est-ce qu'il fait ?!

– Espèce d'ordure, grogne Simon.

Un fulgurant coup de poing vole alors dans le visage de Tyler, qui lâche prise. L'air circule de nouveau dans mes poumons, je pousse un cri, de douleur autant que de soulagement. Je lève les yeux. En une prise qui m'échappe, Tyler, sonné, se retrouve ceinturé par Simon.

– Je suis désolé, Ivy. Je n'avais pas le choix… lâche-t-il dans un souffle.

– …

Je hoche la tête, encore incapable de parler. Simon a agi exactement comme il le fallait : Tyler ne s'attendait pas à ce que Simon frappe malgré sa menace. Il pensait qu'il n'oserait pas s'attaquer à lui de peur qu'il me fasse mal… Simon a bien compris qu'il n'y avait qu'en prenant Tyler par surprise, et en cognant fort, qu'il réussirait à éviter le pire.

À ce moment-là, une lueur bleue nous parvient. Dehors, des coups de feu retentissent, qui cessent rapidement.

Quelques secondes plus tard, la police enfonce la porte du loft. Trois hommes courent vers nous et, après avoir cueilli Tyler, le menottent.

Simon se précipite vers moi et coupe mes liens à l'aide du couteau de Tyler Walker, tout en indiquant au policier qu'un homme de main est ligoté là-haut.

– Ivy, lâche-t-il dans un souffle. Comment tu te sens ?

Des larmes d'émotion brillent dans ses yeux. Il est épuisé, et son arcade saigne, mais il est magnifique. Ses traits encore empreints de fureur mêlée à un immense soulagement, lui donnent une beauté divine.

Je suis abattue, physiquement autant que psychologiquement. J'ai pensé mourir. J'ai cru que Simon allait être assassiné. J'ai du mal à réaliser que tout est fini. Je suis libre, mais je n'arrive pas à me lever. Simon me prend dans ses bras avec précaution. Je m'accroche à lui, incapable de parler.

– Tout va bien, Simon, à présent… articulé-je péniblement, après avoir réuni mes dernières forces. J'ai eu si peur pour toi, et pour moi aussi, d'ailleurs… Comment as-tu fait pour entrer ici ?

– Je ne pouvais pas appeler la police, il t'aurait tuée. Je n'avais qu'une solution : venir. Je me suis douté que les entrées de l'immeuble et du loft seraient gardées. Ce qu'il ignorait, c'est que l'immeuble est mitoyen à l'arrière. Je suis donc entré dans l'autre bâtiment et suis passé par le toit pour arriver directement sur le balcon du deuxième étage du loft. Là, j'ai neutralisé le premier homme de main de Tyler puis j'ai appelé la police. Je savais qu'il me fallait maîtriser Tyler avant leur arrivée, mais te savoir entre ses mains a décuplé mes forces. Et j'ai eu l'idée de lancer un fauteuil… Je t'aime, ajoute-t-il sans transition.

Éreinté, il trouve encore la force de me sourire et de me dire qu'il m'aime ! Je me rends compte qu'il me porte toujours et lui fais signe de me poser.

– Je t'aime, moi aussi.

Je prends doucement conscience que ça va aller, maintenant que je suis dans les bras de Simon, le plus sûr des refuges.

En un instant, le loft se retrouve envahi de policiers et d'enquêteurs qui relèvent des indices, prennent des photos, observent, examinent. Je me suis réfugiée dans les bras de Simon. J'ai besoin de sentir son corps contre le mien. Ses paroles rassurantes me font prendre conscience que tout est terminé. En prisonnier dangereux, Tyler Walker sort sous bonne garde, non sans nous avoir jeté un regard haineux.

– Vous vous êtes rendu maître de deux hommes extrêmement dangereux, monsieur Stone, déclare l'inspecteur sans cacher son admiration. J'ai quelques questions à vous poser, à présent, si vous êtes en état de me répondre, ajoute-t-il à notre intention.

Pendant qu'il échange quelques mots avec Simon, j'attrape mon téléphone et, à bout de force, j'annule les invitations.

[Réception annulée.
Ne venez pas s'il vous plaît.
Je vous expliquerai au plus vite.]

30

Coup de tonnerre

Un homme en costume, une sacoche à la main, entre et, manifestement très inquiet, se dirige vers nous. Il a tout du médecin, ce que me confirme Simon.

– Je le connais depuis longtemps, ajoute-t-il. C'est l'un des meilleurs professeurs de New York.

Pendant que j'annulais les invitations, Simon a eu la présence d'esprit d'appeler son médecin ?

J'ai compris : je me trompe depuis le début, Simon n'est pas un homme…

Mais un super-héros.

– Je vous remercie d'être venu si vite, professeur, je voudrais que vous examiniez Ivy.

Simon me prend par la main et m'entraîne dans la réplique de mon appartement, qu'il a fait aménager dans son loft. Là, à l'écart de l'agitation, le médecin conclut que je m'en tire avec des ecchymoses sans gravité. Les liens ont frotté contre mes poignets, mais la trace disparaîtra. Il semble plus inquiet pour les séquelles psychologiques et me donne des somnifères et des calmants. Je le remercie, mais n'ai pas du tout l'intention de les prendre. La présence de Simon sera la meilleure des cures.

Lorsque le médecin s'apprête à partir, je le retiens.

– Et Simon, vous ne l'examinez pas ?

Je me tourne vers mon amant.

– C'est toi, qui t'es battu, tu en as besoin ! Plus que moi !

Simon secoue la tête.

– Je n'ai rien.

– Et ce coup de poing à l'estomac que tu as reçu ?! insisté-je.

Là, j'ai l'impression de cafter. Mais j'ai tout de même vu mon amant se plier en deux sous la violence du coup !

– Quel genre de coup de poing ? interroge le médecin.

– Assez mal envoyé, par un homme déjà affaibli. Je l'avais anticipé et j'ai contracté les muscles.

Le médecin hoche la tête d'un air entendu, puis désigne l'arcade sourcilière de mon lutteur.

– Il faut soigner cette blessure, en revanche.

Il s'apprête à poser un sparadrap lorsqu'on frappe à la porte de la chambre. Simon en profite pour dire qu'il se chargera lui-même de refermer cette coupure et va ouvrir.

– Une femme qui se fait appeler Angie souhaite vous parler, voulez-vous que je la laisse entrer ? demande un policier.

Angie ? Qu'est-ce qu'elle fait là ? Est-ce que j'aurais oublié son nom dans la liste des messages que j'ai envoyés pour décommander la soirée improvisée par Tyler Walker ?

Je fais signe au policier de la laisser entrer. Je voudrais me lever, mais Simon m'en empêche.

– Reste ici, je vais la chercher.

Le médecin prend congé en me faisant promettre de le contacter au moindre problème. Mon amant revient, accompagné d'Angie, complètement bouleversée, qui accourt vers moi. Moi qui n'ai jamais été enchantée à l'idée de croiser la voisine, voir ce visage familier et plein de sollicitude me fait du bien.

– Comment vas-tu, Ivy ?!

– Maintenant, je vais bien, Angie. Nous avons évité le pire.

– J'ai vu les gyrophares ! Et après, j'ai reçu le message qui annulait le rendez-vous. J'ai eu si peur ! D'abord l'incendie, ensuite ça… Que s'est-il passé ?

– C'est une longue histoire…

– Un démon de mon passé a resurgi, avec l'intention de se venger, poursuit Simon. Il s'en est pris à Ivy, ce lâche !

Angie prend les deux mains de mon amant dans les siennes et son regard brille d'une infinie reconnaissance.

– Mais vous l'avez sauvée, n'est-ce pas ? Vous êtes merveilleux !

Sur ce coup-là, je ne vais pas la contredire.

– C'était la moindre des choses, non ? C'est un peu moi qui ai mis Ivy dans cette situation, répond modestement mon Simon.

– Je vous laisse vous reposer, maintenant que je vois que vous allez bien. Si je peux faire quoi que ce soit pour vous, dites-le-moi !

Elle fait un pas vers le lit sur lequel je suis toujours allongée. Je crois qu'elle voudrait me prendre dans ses bras, mais elle n'ose pas.

Simon a raison depuis le début. Angie est d'une réelle bienveillance à mon égard. Mes doutes concernant son comportement suspect n'étaient pas fondés. Elle était visée, elle aussi, par la vengeance de Tyler Walker, et je me sens plus proche d'elle. Je ne devrais pas la repousser comme je l'ai fait jusqu'à présent. Après tout, si elle ne m'accablait pas de ses paniers de fruits et légumes bio, je la trouverais peut-être sympathique. Je pourrais simplement lui demander d'arrêter de m'en offrir.

Je lui tends les bras. Elle s'y jette, en prenant toutefois garde de ne pas me faire mal.

Au moment où elle va sortir de ma chambre, Lauren et mon père y entrent.

Ils sont si préoccupés qu'ils foncent vers moi, sans rien remarquer autour d'eux. J'ai cru ne jamais les revoir, j'ai imaginé le pire les concernant. Cette fois, c'est trop d'émotion, je ne retiens pas mes larmes.

– On était ensemble, papa et moi, quand on a eu le premier message. Ensuite, on a eu le second. J'ai eu le pressentiment qu'il se passait quelque chose de grave… Et nous sommes revenus au plus vite… Là, nous avons vu la police et les gyrophares…

Simon s'est assis près de moi. Blottie dans ses bras, je raconte l'histoire à grands traits et à mots hachés par l'émotion. Puis tout à coup, je remarque que mon père ne m'écoute plus. Il vient d'apercevoir Angie, restée un peu en retrait.

– Qu'est-ce que tu fais là ? souffle-t-il d'une voix plus altérée encore que la mienne.

Je ne comprends rien.

– Vous vous connaissez ? Papa, tu connais Angie, la voisine dont…

Mon père ne me regarde pas, on dirait qu'il ne m'a pas entendue. Son visage a pris une expression de colère mêlée de stupeur.

– C'est donc toi, cette mystérieuse voisine qui joue les anges gardiens ?! Si j'avais su ! Depuis combien de temps vis-tu dans leur immeuble ? Depuis combien de temps les espionnes-tu ?

– Je n'ai espionné personne. Au début, je n'ai pas pensé m'installer ici. J'ai accepté un poste à New York et je voulais juste les voir. Ensuite, un appartement s'est libéré. Les choses se sont faites comme ça.

– Et quand est-ce que tu comptais leur dire la vérité ? Mes filles ont le droit de savoir que tu te moques d'elles !

– Tu veux dire « nos filles », bafouille Angie. Et je ne me moque pas d'elles.

Nos filles. Elle a dit « nos filles ». Lauren et moi échangeons un regard stupéfait. C'est comme si nous venions de recevoir la foudre sur le coin du nez. Ensuite, mes yeux se fixent sur Angie et je ne peux plus les en détacher. La voisine collante est ma mère ! Le choc de cette révélation me fait perdre le peu de forces que je venais de récupérer. Elle est si différente des souvenirs que j'en ai, j'ai du mal à y croire. Elle a dû teindre ses cheveux et a beaucoup maigri. C'est une tout autre femme, rien à voir avec celle qui fut ma mère. Je ne saisis pas encore l'ampleur de ce que ça implique, comme si mon cerveau ne faisait pas les connexions. Tout ce que j'entrevois, c'est que je pensais avoir vécu la journée la plus dense de ma vie en termes de sensations extrêmes et que j'étais bien loin du compte ! Nous ne sommes pas au bout de nos émotions.

Lauren s'est approchée de moi, et comme par instinct, nous nous sommes réfugiées dans les bras l'une de l'autre. Nous avons besoin d'être unies pour affronter ce spectre sorti tout droit du passé. Je bafouille, je voudrais parler, dire quelque chose, mais je ne sais pas quoi, ni par où commencer. Il me semble qu'aucun mot ne peut décrire ce que je ressens à cet instant.

– Ce n'est pas le lieu pour discuter de tout ça. Je voulais juste m'assurer que tu allais bien, Ivy. Vous savez où me trouver à présent, dit timidement Angie. Je me tiens prête, quand vous le serez. Si vous en avez envie.

Elle sort. Elle est sous le choc, elle aussi. Elle ne s'attendait évidemment pas à être démasquée de la sorte. Avait-elle seulement songé à révéler sa véritable identité ?

J'ai commencé des recherches pour retrouver ma mère, Simon a demandé à son détective d'enquêter. Et pendant tout ce temps, elle était sous mon nez, à essayer d'entrer tout doucement dans ma vie, l'air de rien. Tout s'éclaire. Je saisis mieux pourquoi elle a disparu le jour où Lauren l'a invitée à dîner avec notre père. Je comprends aussi la raison de sa présence à l'université : elle ne m'y avait pas suivie, elle était la professeur qui animait la conférence !

Ma mère a été bonne comédienne, dans son genre, un peu comme moi, finalement. Est-ce que j'aurais hérité de son talent ?

Passé le premier instant de stupeur, une expression de colère se dessine sur le visage de mon père. Compte tenu des circonstances, il prend sur lui, mais je devine qu'il est fou de rage de voir ma mère débarquer comme ça, et de découvrir qu'elle s'est jouée de nous. Une telle supercherie demande effectivement des explications. Lauren, mon père et moi décidons d'un commun accord que nous parlerons de la voisine – qui ne s'appelle donc pas Angie, mais Isabel – quand je serai remise. Et c'est mieux comme ça, parce que je suis tellement sous le choc que je ne sais même pas ce que je ressens. Haine et rancune face à cette mère qui nous a abandonnées alors que nous étions enfants ? Bonheur à l'idée d'avoir retrouvé une mère qui m'a tant manqué ? Soulagement en découvrant qu'elle semble aimer ses filles au point de s'être fait passer pour une voisine afin de partager un peu de notre quotidien ? Je suis perdue.

Les derniers policiers partent après nous avoir prévenus qu'ils laissaient une voiture en place dans la rue pendant quelques jours encore. Comme le médecin avant eux, l'officier nous conseille d'être attentifs à tout signe d'un traumatisme psychologique. Ma sœur et mon père promettent de veiller sur nous. Après les avoir assurés que nous n'avons besoin de rien d'autre que de nous retrouver tous les deux, Simon et moi, ils quittent le loft à leur tour.

Mon amant appelle alors sa famille pour les rassurer. Il leur explique sommairement ce qui est arrivé. Je comprends qu'ils se rendaient à une soirée professionnelle quand ils ont reçu le premier SMS. Ils ont lu le second au moment où ils songeaient à écourter la réception. Je l'entends leur dire qu'il a beaucoup de choses à leur dire, mais que nous les verrons demain : pour l'heure, nous avons besoin de nous remettre. Simon envoie ensuite un message à Franck. Il a reçu les SMS lui aussi et doit se demander ce qui se passe.

Une fois seuls, nous nous allongeons sur mon lit. Me retrouver dans le chez-moi que Simon a reconstitué chez lui me fait un bien fou. Parce que là, tout de suite, j'aurais du mal à m'asseoir là où Tyler s'est vautré !

– Ivy, si tu savais comme je me sens mal de t'avoir mêlée

à tout cela ! Quand je pense à ce qui a failli t'arriver…

– C'est terminé, à présent, Simon. J'ai eu peur, oui, c'est vrai. Puis je t'ai vu débarquer et te battre contre Tyler ! Et je me suis dit qu'à tes côtés je ne risquais rien, vraiment rien, jamais. Et ma peur s'est envolée.

Nous échangeons un baiser, le premier depuis que Simon m'a libérée. Et le contact de ses lèvres me ramène à la vie.

– Clark, c'était le nom de ta mère biologique ?

– Oui. Simon Clark, c'est le petit garçon apeuré que j'ai trop longtemps laissé caché tout au fond de moi. À présent, j'ai la sensation de l'avoir vengé du monstre qui a tué ma mère. J'ai pris ma revanche, en quelque sorte.

Je dessine le contour des muscles des bras de mon amant.

– Tyler pensait retrouver ce petit garçon apeuré, mais il s'est heurté à plus fort que lui. Je n'ai jamais pensé que tu pouvais faire un tel usage de tes muscles. Je pensais qu'ils n'étaient là que pour me serrer contre toi…

– J'ai un peu appris la boxe quand j'étais adolescent, confie Simon… Mais je préfère quand ils servent à t'enlacer !

– Un peu appris ?

– J'ai été assez bon, à un moment… reconnaît mon colosse. Je me doutais peut-être inconsciemment que ce jour arriverait… Je le craignais autant que je le désirais, je crois.

– Tu n'as aucune marque sur le visage, aucune cicatrice…

– J'ai pratiqué ces sports de façon officielle… Il y a des règles. L'objectif est tout de même d'éviter les coups, et contrairement à ce qui s'est passé ici, personne n'a de couteau sur un ring.

Tandis qu'il s'approche de moi pour un nouveau baiser, je me rends compte que son arcade s'est remise à saigner. J'attrape la pochette laissée par le médecin et en tire un pansement spécial. Je m'agenouille devant Simon. Ses mains se posent aussitôt sur mes hanches. Il murmure mon prénom. À quelques millimètres du visage de mon amant, je sens son souffle dans mon cou.

– Tu vas me faire rater la manœuvre !

– Je m'en fiche, chuchote-t-il en m'attirant à lui.

À ce moment-là, on sonne à la porte. Je me tends imperceptiblement, mais Simon me rassure d'un baiser.

– Ne t'inquiète pas. C'est pour nous.

Pour nous ?

Des livreurs entrent dans l'appartement, ôtent le canapé sur lequel s'est affalé Tyler ainsi que toutes les chaises qui ressemblent à celle sur laquelle j'ai été ligotée. Quelques minutes plus tard, trois canapés neufs débarquent dans le salon. Il est en train de tout faire changer, là, au beau milieu de la nuit ?!

– Pendant que le médecin t'examinait, j'ai commandé d'autres meubles. Je n'ai pas envie que nous pensions à cette ordure à chaque fois que nous traverserons le salon.

Simon Stone lirait-il dans les pensées ?

– Tu as réussi à faire venir des livreurs aussi rapidement et à cette heure ?

– Je suis designer, Ivy. J'ai demandé à un confrère, qui tient une des meilleures boutiques de New York, de me rendre un service. Lequel préfères-tu ?

– Mais… et toi ? C'est chez toi, tout de même…

Simon fait une moue amusée et me regarde tendrement.

– Non, ce n'est pas vrai… tu vas vraiment recommencer avec ça, Ivy ? Tu veux de nouveau que nous ayons cette discussion ?

Je sélectionne le canapé bleu ciel, le plus large, celui qui peut facilement contenir le grand corps de Simon et le mien, dans toutes les positions envisageables. Mon amant m'adresse un sourire complice. Je crois qu'il a saisi les motivations de mon choix.

Tout cela n'a pris que quelques dizaines de minutes et, à peine les livreurs partis, Simon m'entraîne sur le nouveau canapé.

– Et si nous le testions immédiatement ?

***

Après une nuit passionnée durant laquelle Simon a tout fait pour que j'oublie les événements de ces derniers jours, je me réveille avec un sentiment d'apaisement que je n'avais pas ressenti depuis longtemps. Nous prenons le petit déjeuner lorsqu'on frappe à la porte. Ce sont les parents et la sœur de Simon, qu'il a invités à nous rejoindre.

– Comment t'a-t-il retrouvé ? Est-ce que nous aurions laissé une information filtrer malgré nous ? demande Charles, le père de Simon, aussitôt dans le loft.

– Est-ce que quelqu'un a reconnu ta photo sur Meet Love ?! s'inquiète Arianna sans laisser son frère parler.

Simon leur a raconté au téléphone ce qui s'est passé, et ils ont dû échafauder toutes sortes d'hypothèses sur le retour de Tyler Walker.

– Vous n'y êtes pour rien !

La voix de Simon tremble légèrement, mais ce n'est rien en comparaison du visage livide de ses parents et de l'air angoissé de sa sœur.

– Tout est passé par Émilie. Elle m'a retrouvé à l'université, il y a quelques années.

– À l'université ? s'étonne Madeline, sans que l'ombre d'un reproche ne filtre dans sa voix.

– Je n'ai jamais osé en parler. J'étais heureux avec vous, et j'avais l'impression que si j'en parlais, cela viendrait tout gâcher. C'était comme si un fantôme venait frapper à ma porte et je ne voulais pas le faire entrer dans ma famille. Et puis Émilie a disparu assez rapidement. Je pensais ne jamais la revoir.

– Et c'est elle qui a révélé ton identité à ce monstre ?! Comment a-t-elle pu faire une chose pareille ? s'indigne Arianna.

– C'est qu'entre-temps je suis devenu son pire ennemi… Quand Tyler Walker est sorti de prison, Émilie est venue me trouver. Elle voulait que nous nous vengions, que nous assassinions l'homme qui avait massacré son frère et ma mère. J'ai refusé, bien entendu. Et ça l'a rendue folle. Mais ce n'est pas tout… ce n'est qu'après que tout a basculé.

Simon a du mal à poursuivre. Il s'approche de la blessure qu'il a toujours gardée au plus profond de lui. Une culpabilité déplacée dont il vient tout juste de triompher mais qui reste encore sensible.

– Comment ça, son pire ennemi, Simon ? demande doucement Charles.

– Il est temps pour moi d'en finir une bonne fois pour toutes avec le passé, annonce-t-il gravement. Il y a quelque chose que je ne vous ai jamais dit… J'ai passé ma vie à tenter de l'oublier. Parce que si je parvenais à l'oublier, cela voulait dire que ça n'avait jamais existé. Plus j'essayais, moins j'y parvenais.

Simon s'est tu, l'air sombre. Arianna entoure son frère de ses bras avec une tendresse à faire fondre n'importe qui.

– De quoi parles-tu, frérot ? Qu'est-ce que tu n'as jamais dit à personne ?

– Si j'ai survécu à cette tragédie, c'est parce que ma mère m'a sauvé. Et pour ce faire, elle a sacrifié Alan. Elle l'a désigné comme son fils à Tyler Walker alors que j'étais dans une autre pièce. Il les a tués tous les deux sans chercher plus loin. Je ne vous l'ai jamais dit car j'avais honte, et j'ai eu peur que vous me chassiez. Ivy m'a aidé à comprendre que je n'étais pas coupable… Quand j'ai dit la vérité à Émilie, elle est devenue folle. Elle ne voulait plus seulement se venger de Tyler Walker, elle voulait aussi me faire payer, moi, pour le meurtre de son frère. Elle a tenté de s'en prendre à Ivy en mettant le feu à son appartement. Puis elle est allée voir Tyler, j'imagine que c'est elle qui lui a révélé ma véritable identité.

Les parents de Simon sont horrifiés par l'histoire qu'il raconte, mais surtout par les souffrances psychologiques endurées par leur fils. Charles prend son fils dans ses bras. Il ne parle pas mais le serre contre lui d'une façon qui en dit davantage que toutes les paroles réconfortantes qu'il aurait pu prononcer. Arianna et Madeline se joignent à l'étreinte paternelle.

Cette famille est fantastique. Tout ce qu'ils traversent les soude plus encore.

***

Lauren voulait que je sois complètement rétablie pour parler de notre mère. C'est chose faite. Deux semaines se sont écoulées depuis l'abominable soirée, et il est temps pour nous d'avoir l'explication que nous avons tant attendue.

Au moment où je m'apprête à sortir, Simon me prend dans ses bras.

– Tu es sûre que ça va aller ? Tu ne veux pas que je t'accompagne jusque chez ta sœur ?

– Je vais seulement traverser la rue, Simon ! Tu pourras même me voir par la fenêtre !

Je trouve ma sœur dans un état de sérénité qui m'étonne. La fois où j'avais évoqué notre mère devant elle, Lauren était entrée dans une fureur complètement démesurée. Aujourd'hui, elle semble plus posée. Reste qu'il nous faut du courage pour traverser la rue et nous rendre chez la voisine.

La gorge et l'estomac noués, je frappe à la porte. Avec un sourire un peu triste, Angie nous invite à entrer chez elle.

Tandis qu'elle prépare du thé dans la cuisine, nous parcourons le salon des yeux. Elle a eu de la chance, l'incendie a épargné son impressionnante collection d'œuvres et d'objets amazoniens.

– Je me demande comment nous avons pu ne pas faire le lien, chuchoté-je à Lauren.

– Rétrospectivement, ça semble évident ! Mais comment pouvions-nous deviner, nous la pensions au bout du monde, perdue pour toujours ! Je ne voulais même pas entendre parler d'elle ! Et puis, elle est métamorphosée ! Comment aurions-nous pu imaginer que notre mère indolente, qui se plaignait toujours de son embonpoint, soit devenue cette femme fine et énergique !

Angie revient. Elle nous sert un thé au jasmin. Des images et des odeurs me reviennent. Ma mère consommait continuellement du thé parfumé, elle disait que cela la faisait rêver à des contrées lointaines… Et puis, elle en a eu assez de rêver, elle est partie pour de bon.

– Je n'arrivais pas à assumer mon rôle de mère, commence-t-elle sans préambule. Je me sentais prisonnière. Ce n'était pas contre vous, c'était moi. Je me sentais une mauvaise mère. Bien entendu, en vous abandonnant, je suis devenue pire que tout ce que j'aurais pu faire en restant près de vous… J'ai conscience d'avoir pris une décision horrible. À l'époque, je n'ai pas su réagir autrement. Quand j'ai voulu revenir, je me suis convaincue que c'était trop tard. Si c'était à refaire, je ne fuirais pas. Mais je ne peux pas revenir en arrière.

Elle jette un œil à sa collection d'objets, comme si tout cela lui paraissait futile à présent. Dans son regard, je lis un infini regret. Quel gâchis !

– Quand j'ai obtenu un poste à l'université de New York, je n'ai pas résisté, je suis venue, juste pour voir ce que vous étiez devenues. Et je n'ai pas pu repartir. Mais je peux m'en aller, à présent, si vous me le demandez. Je n'attends pas d'embrassades de votre part. Je sais que vous ne me pardonnerez peut-être jamais…

Lauren et moi nous nous regardons, perplexes. Que dire ?

– Vous n'êtes pas obligées de me répondre tout de suite, murmure Angie.

Lauren hoche la tête et nous sortons, sans même avoir terminé notre tasse de thé. Nous n'avons pas dit grand-chose, nous nous sommes contentées d'écouter les mots que nous avions cessé d'attendre.

Une fois dehors, je propose à ma sœur de marcher. Nous devons nous parler, nous aussi.

– Un parent qui n'assume pas et qui s'en va. L'explication est finalement horriblement banale.

– L'ironie du sort, c'est que moi qui voulais retrouver notre mère, je trouvais la voisine agaçante. Et toi, qui ne voulais pas en entendre parler…

– J'ai tout de suite fait de la voisine ma mère de substitution. Mais je ne me sens pas prête à lui pardonner. Ce sera compliqué.

– Tu crois qu'il est possible de se sentir la fille d'une mère qui est partie quand on était enfant ? Pour ma part j'en doute, dis-je. Et je ne peux pas m'empêcher de la considérer comme une étrangère.

– Son retour n'effacera pas le passé. Mais il est possible de bâtir autre chose, d'inventer une autre relation, si on en a envie. Il est trop tôt pour le dire. Le mieux, c'est de laisser le temps faire son œuvre. Voir ce qui se passera.

– Et papa, il t'en a parlé ?

– Il est resté très vague, explique ma sœur. Il est perdu, comme nous. Il était soulagé de voir qu'elle était toujours vivante, mais fou de rage, aussi, de la voir débarquer comme ça. Avec le recul, je me rends compte qu'il a eu le cœur brisé par ce départ. Il l'aimait. Et il attend des explications, lui aussi.

– La seule chose dont je suis sûre, c'est de nous deux, Lauren ! Nous resterons toujours aussi proches l'une de l'autre, même si nous ne faisons pas le même choix concernant Angie, la voisine, Isabel, notre mère… Je ne sais plus comment l'appeler.

Mais certainement pas « maman » !

– Bien sûr ! Il est hors de question que ce retour nous divise !

J'ai l'impression de respirer de nouveau. Je me rends

compte que j'ai eu peur que nous nous fâchions à cause d'elle ! Nous tombons dans les bras l'une de l'autre, au milieu de la rue, sous le regard étonné des passants.

31

Escapade

J'ai décidé de soigner le mal par l'humour. Pour prendre de la distance et surmonter le choc psychologique, j'ai eu l'idée d'écrire un stand-up sur Tyler Walker et ses manières de brute. Avis à ceux qui voudraient devenir chef de gang, j'ai passé deux heures ligotée sur une chaise avec l'un d'entre eux et je vais vous donner quelques astuces. Je griffonne des notes en souriant puis, levant la tête pour chercher l'inspiration, je tombe sur le vert infini des yeux de Simon.

– Tu me regardais ?

– Comment tu te sens, Ivy ? demande-t-il sans répondre à ma question.

– Depuis hier soir, toujours aussi bien. Mieux, même, après la nuit que nous avons passée… Et je crois que le petit déjeuner, un peu… amélioré que nous avons partagé, a achevé de me guérir.

Hier, quand je suis revenue de chez Angie, Simon m'attendait. Il avait préparé un dîner digne d'un chef étoilé. En repensant aux caresses, baisers et à tout ce qui a suivi, je m'étire comme un chat en mimant un ronronnement voluptueux. Joueuse et déjà vibrante de désir, je prends Simon dans mes bras, je passe mes mains dans ses cheveux et tente de le dérider en posant des baisers sauvages dans son cou et en mordillant le lobe de son oreille.

– Ivy ! Réponds-moi, je suis sérieux !

– Je vois bien que tu es sérieux, Simon. Et moi aussi, je

suis sérieuse, je me sens très bien. C'est la cinquième fois que tu me le demandes depuis que j'ai ouvert les yeux, ce matin.

– Tu te souviens de ce qu'a dit le médecin…

– Oui, la dimension psychologique, le choc… Mais il ignore la force du remède qui est à mes côtés.

Je me hisse sur lui et entreprends des petits mouvements de bassin. Ses mains se posent sur mes hanches. Il tente de résister de toutes ses forces, mais je sens qu'il commence à flancher. Je prends son visage entre mes mains, pose mes lèvres sur les siennes, les écarte doucement à la recherche de sa langue. Il se laisse faire, cède un instant à mon baiser, puis se détache à regret.

– Ne détourne pas la conversation, Ivy.

– Je la réoriente, c'est très différent. Ce n'est pas de ça dont parlait le médecin ? En tout cas, j'ai trouvé le meilleur des euphorisants, je devrais peut-être partager ma découverte avec le reste du monde.

La découverte, pas le remède personnel, ne rêvez pas.

– J'ai le projet de consacrer un stand-up à ce qui nous est arrivé. Le sujet n'a jamais été traité de façon comique, surtout après avoir été expérimenté de l'intérieur. Je pense que ça peut donner quelque chose de bien.

Je lis mes premiers extraits de comédie à Simon, qui rit aux éclats.

– Je t'aime, pour ça aussi. Tu réussis à nous faire rire de cette tragédie !

Simon devient plus grave.

– J'ai eu une idée, moi aussi. J'ai décidé d'accoler le nom de ma mère biologique à celui de ma famille adoptive.

– Tu as raison. Simon Clark est trop longtemps resté dans l'ombre.

– Et en parlant de famille. Que vas-tu faire à propos d'Angie ?

– Sur ce point, je ne suis pas encore prête à en faire un

stand-up… J'ai plus de mal à prendre de la distance. Je trouve un peu facile que ma mère se fasse accepter à coups de paniers de fruits. Je voulais la retrouver, certes, mais je ne sais pas si je suis capable de lui pardonner. Pour le moment, je n'ai rien prévu. Je verrai bien si je m'habitue à cette mère-voisine.

Simon hoche la tête.

– Et puis, continué-je, à présent je vais me consacrer au plus important. Nous. Fonder une famille, la nôtre.

Oui, c'est bien moi qui ai dit ça.

Et presque sans m'en rendre compte, tant la chose m'a paru naturelle.

– Fonder une famille, ai-je bien entendu ?

Simon semble surpris. Je parle de fonder une famille alors que nous n'avons jamais évoqué le sujet tous les deux !

– Désolée, c'est sorti comme ça… Je ne veux pas t'embarrasser, on n'en a même pas parlé ! dis-je un peu gênée.

– Tu plaisantes ! J'avais très envie de t'en parler, mais j'avais peur de te faire partir en courant. Tu ne peux pas savoir à quel point je suis heureux que ça vienne de toi !

Nos doigts s'entremêlent. Nos yeux ont du mal à se quitter, à présent.

– Et, au fait, tu ne m'as pas répondu. Tu me regardais ?

– Non, je te contemplais…

Cette fois, c'est Simon qui cherche mes lèvres et qui enserre ma taille de ses mains pour contrôler les mouvements de mon bassin.

C'est parti pour une séance d'euphorisant…

Et c'est presque prescrit par le médecin !

***

Le lendemain, Simon m'apprend que le commissariat a appelé. Ils ont des choses à nous apprendre sur l'enquête.

Une fois sur place, lorsque Simon donne son nom à l'accueil, la femme lève immédiatement les yeux du dossier qu'elle complétait. Là, un sourire béat passe sur ses lèvres, et elle lâche presque son crayon. Elle a dû entendre parler des exploits de Simon, et elle vient de constater qu'il n'est pas seulement incroyablement fort, il est aussi extrêmement beau… Simon ne prête pas attention au trouble de son interlocutrice et passe son bras autour de mes épaules.

Eh oui, il est pris !

L'officier qui vient nous chercher ne cache pas son admiration, lui non plus. Il serre vigoureusement la main de Simon avec un air de profond respect.

– Félicitations, monsieur Stone. Maîtriser un homme de la trempe de Tyler Walker… tout le monde ne parle que de ça, ici.

Il nous fait signe de le suivre dans son bureau. La commissaire s'y trouve déjà. C'est son collègue qui s'est rendu sur les lieux, le soir de l'affrontement. Elle aperçoit Simon pour la première fois aujourd'hui et j'ai la nette impression qu'elle manque de tomber de sa chaise.

– Vous nous avez dit avoir des éléments nouveaux ? demande Simon

La commissaire s'efforce de garder un air professionnel et attrape un dossier, mais elle ne peut pas s'empêcher de jeter des regards énamourés à Simon.

Avis à tout le commissariat : Simon Stone est pris !

J'en viendrais presque à regretter ma bague de fausse fiancée !

– Nous vous avons fait venir pour vous communiquer les derniers éléments de l'enquête. Émilie Fish a avoué ce que Tyler Walker avait commencé à vous révéler… C'est bien elle qui a dévoilé votre identité au chef de gang.

La simple évocation de ces noms me fait trembler. Simon prend ma main dans la sienne et m'attire contre lui.

– Après l'incendie qu'elle a provoqué chez vous, mademoiselle, elle est allée trouver l'assassin de son frère, avec l'intention de le tuer, mais elle ne faisait pas le poids face au chef de gang et il a vite pris le dessus. Elle lui a raconté ce qu'elle venait de faire, chez vous ; il a été amusé par cette femme et lui a laissé la vie sauve. Il lui a alors parlé d'une vengeance à grande échelle et Émilie lui a fourni une liste de vos proches. Elle vous suivait depuis assez longtemps pour avoir des informations précises.

– Tous deux sont en prison, en attendant leur jugement, conclut l'autre policier. Tout porte à croire que le chef de gang terminera ses jours derrière les barreaux. Quant à Émilie, elle ira probablement dans un institut spécialisé.

Pour ma part, je ne suis pas parfaitement rassurée.

– Tyler a beau être incarcéré, il pourrait donner l'ordre de faire assassiner Simon.

– Ce qui s'est déroulé dans votre loft a rapidement fait le tour du gang, explique la commissaire. M. Stone a, à lui seul, neutralisé le chef du gang et son bras droit. Dans ce milieu, on ne survit pas à ce genre de publicité. D'ailleurs, un rival en a profité pour prendre sa place. Tyler Walker a déjà perdu sa place de chef. Même s'il ordonnait quoi que ce soit, personne ne se risquerait à y donner suite, sous peine d'y perdre la vie.

Quand nous sortons du commissariat, nous nous sentons légers. Un poids vient de nous être ôté, et, plus libres que jamais, nous déambulons dans les rues, main dans la main.

***

Le lendemain, je me réveille seule. Simon s'est levé avant moi. Enroulée dans le drap, je sors du lit, à la recherche de mon amant, et découvre deux valises dans l'entrée.

– Tu pars en voyage ?

J'ai posé la question sur un ton un peu plus inquiet que ce que j'aurais voulu. L'idée de me séparer de lui me fait un drôle d'effet.

Simon a perçu mon angoisse et me prend dans ses bras.

– *Nous* partons en voyage. Si tu es d'accord, bien sûr.

– Tu as décidé ça sur un coup de tête ?

– Non, il ne s'agit pas d'un coup de tête, mais d'un endroit que je rêve de te faire découvrir depuis longtemps déjà… Et j'aimerais te faire la surprise.

– Tu fais bien des mystères…

– Tout ce que je peux te dire, c'est qu'il n'y aura pas d'animaux venimeux.

Nous rions tous les deux en repensant à la façon dont le précédent voyage s'était terminé. Après un séjour paradisiaque, je m'étais fait piquer par une méduse… Mon sourire se fait plus tendre.

– Je me souviens surtout du moment où nous nous sommes avoué notre amour.

Simon sourit à son tour et pose un baiser sur mes lèvres.

– Tu as fait ma valise ? Tu ne te souviens pas que je peux officiellement choisir mes tenues depuis un bon bout de temps maintenant ?

– J'ai choisi tes habits, Ivy, c'est vrai. Mais je crois que ceux-ci te plairont. Habille-toi vite, le chauffeur nous attend.

Je ne m'habituerai jamais au jet privé tellement c'est agréable. Et comme en plus, Simon fait le steward et me tend une coupe de champagne, c'est divin.

D'autant que j'ai le droit de goûter aux deux. Au champagne et au steward.

Je m'installe sur mon apollon et je l'embrasse, laissant courir mes mains sur lui.

– Tu ne veux toujours pas me dire où nous allons ? je demande en effleurant le torse de mon amant.

– Tu sors les armes illégales, là, Ivy !

– Oui et j'ai bien l'intention de toutes les essayer durant ce voyage…

– Essaie-les, oui, c'est une bonne idée… Mais je ne parlerai pas.

J'ai eu recours à tous les subterfuges… Simon n'a rien

révélé. Quand nous arrivons, le chauffeur qui nous attend reste muet, mais dès que la voiture prend la route, je comprends que nous sommes en Italie.

– J'ai toujours rêvé d'aller en Italie !

– Je m'en souvenais… Tu as même fait une gaffe monumentale à propos de l'Italie le premier soir chez mes parents. Et tu t'étais rattrapée de façon magistrale. J'avais eu du mal à ne pas éclater de rire tant je te trouvais drôle.

Simon baisse la voix.

– Et j'avais eu du mal à ne pas te sauter dessus. Je me suis demandé comment j'allais faire pour te revoir. Je peux te l'avouer, à présent… Si ma mère et ma sœur sont revenues à New York juste avant la fin du contrat, c'est que je leur en avais largement suggéré l'idée.

– Horrible manipulateur ! m'écrié-je, faussement indignée.

En réalité, je suis profondément touchée. Il est amoureux de moi depuis le début ! Moi qui pensais qu'à l'époque il ne m'aimait pas du tout ! Il cachait bien son jeu.

Au sommet d'une route en lacet, au milieu d'un paysage de rêve, je découvre une maison splendide. Je reconnais tout de suite la villa luxueuse qui figurait dans le contrat et je pousse un cri de joie.

– La maison de « mes parents » en Italie ! C'est là que nous sommes supposés nous être rencontrés ! Tu m'as foncé dedans en ski.

– Tu plaisantes, TU m'as foncé dedans en ski !

Nous rions tous les deux.

– J'ai acheté cette maison sur un coup de cœur. Personne n'en connaissait l'existence, pas même ma famille. Je venais ici pour me ressourcer, quand l'inspiration me manquait, ou pour fuir les fantômes de mon passé. À présent, nous pourrons y venir tous les deux autant que tu le voudras, si tu t'y sens bien.

Il ouvre la porte de la maison. Une douce odeur de fleur nous parvient.

– On dirait que tout a été préparé pour notre venue…

– Oui, un homme du village que je connais s'en est chargé.

– Et il est aussi cuisinier ? demandé-je en désignant des plats sous cloche qui nous attendent.

– Exactement !

– Ça tombe bien, je meurs de faim ! m'écrié-je

Les trésors d'imagination que j'ai déployés pour faire parler Simon pendant le voyage m'ont creusé l'appétit.

Nous nous asseyons dans de confortables canapés, derrière une baie vitrée, face aux sommets. Après le dessert, j'ouvre l'immense porte-fenêtre et sors sur la terrasse. Il fait bon, et nous nous asseyons à même le sol, tournés vers le paysage sublime.

– Je te remercie de m'avoir emmenée ici, c'est féerique, dis-je en m'étirant et en posant la tête sur son épaule. J'ai l'impression de toucher le ciel !

Simon est presque grave tout à coup.

– Il y a quelques jours, j'ai dessiné un bijou en marge de la collection sur laquelle je travaille, je voudrais te l'offrir.

Il me tend une petite boîte. Après l'avoir remercié, j'entreprends de l'ouvrir, mais il pose sa main sur la mienne, m'empêchant de continuer.

– Je remarque que tu ne fuis pas devant ce cadeau. Je note donc un progrès très encourageant. Toutefois, avant que tu ne poursuives, je préfère te prévenir…

Je l'arrête d'un geste.

– Ce n'est pas supposé être une surprise ? dis-je en tirant sur le ruban.

Au fond d'un écrin bleu, je découvre une bague comme je n'en ai jamais vu. La pierre verte qui la compose est entourée de minces fils d'argent qui dessinent des arabesques avec tant de finesse qu'on dirait de la dentelle. Le bijou est somptueux. La pierre à facettes scintille avec une force qui me laisse bouche bée. J'interroge Simon du regard.

– C'est une vraie, explique-t-il.

– Un diamant vert ! Je suis flattée ! Je sais que c'est extrêmement rare !

– Aussi rare et précieux que toi, murmure mon amant. Mais ce que je veux dire, c'est qu'il s'agit surtout d'une vraie bague de fiançailles. Nous avons été fiancés pour de faux avant d'être amants pour de vrai. Mais moi, je suis tombé amoureux de toi au moment même où tu as posé ton sac à main sur ma voiture. En somme, je t'ai aimée pour de vrai avant qu'on soit fiancés pour de faux ! Voilà pourquoi j'estime que le temps des fiançailles de comédie compte pour de vrai et que nous pouvons passer directement au mariage.

On va se marier ? La joie m'empêche de réagir. Je me rends compte que j'en meurs d'envie. Je tends la bague à Simon, incapable de répondre tant l'émotion me serre la gorge.

Une vague de déception passe dans ses yeux.

– Je suis désolé, j'aurais dû te demander si ta phobie des bagues de fiançailles était guérie…

Je comprends que mon geste peut prêter à confusion.

– Tu n'y es pas du tout ! parviens-je enfin à articuler. Je suis très impatiente de devenir ta femme ! Je rêve de porter ton nom ! Je voudrais que tu passes la bague à mon doigt !

– Ça veut dire oui ? reprend Simon, la voix étranglée.

– Oui ! Oui à tout, Simon Stone !

À peine a-t-il glissé la bague à mon doigt qu'il cherche mes lèvres.

– Attends, dis-je en le repoussant doucement. Je suis officiellement ta fiancée. Je voudrais admirer l'effet que ça fait sur moi !

– Tu auras le temps plus tard ! Embrasse-moi, s'il te plaît.

– Mais pour ça aussi, nous aurons tout le temps !

– Mauvaise réponse, souffle-t-il dans mon cou.

Sa voix me donne des frissons, comme si les vibrations avaient le pouvoir de réveiller tous mes sens. Nos lèvres se dévorent avec passion, nos langues s'entortillent, et c'est tout mon corps qui chavire. La joie joue le rôle d'un catalyseur et en une seconde toutes mes terminaisons nerveuses sont envahies d'un doux fourmillement de désir. Je jette mes bras autour du cou de Simon pour le faire basculer sur moi, et nous tombons tous les deux sur le canapé.

– Tu n'as pas froid ? demande-t-il.

Le soleil se couche à l'horizon, inondant le salon de lueurs rougeoyantes. La température extérieure a chuté, mais pas la température intérieure. Il fait au moins cent degrés sur l'échelle du désir.

– Non, j'ai même assez chaud, murmuré-je.

– Parfait. Parce que j'avais l'intention de te déshabiller, promet-il dans un baiser.

– Toi d'abord ! lancé-je, joueuse, en m'éloignant et en allant me poster sur le canapé d'en face.

Amusé par ma fuite, mon fiancé ne proteste pas et s'exécute.

– Comme tu voudras.

Sans me quitter du regard, il entreprend d'ôter sa chemise, dévoilant peu à peu ses pectoraux diaboliques. C'est ensuite au tour du jean de voler dans la pièce, découvrant l'impeccable musculature de ses jambes. Les lueurs rouges du soleil qui se couche tombent sur sa peau et accentuent les reliefs de sa musculature. Du son de sa voix à son odeur, en passant par l'éclat de ses yeux, tout est sublime chez cet homme.

Encore un peu et j'en baverais.

Il a raison, je pourrai la regarder plus tard, cette bague.

Mon apollon se penche légèrement pour faire glisser son boxer le long de ses jambes, découvrant un sexe parfaitement galbé, déjà gonflé. Pas de doute sur la réalité de son désir.

Ça, c'est ce qu'on appelle un strip-tease…

Simon reste un instant devant moi, pour me laisser le contempler, puis plonge ses yeux dans les miens, comme par défi : il joue de mon trouble, pleinement conscient de l'effet qu'il provoque. Ce corps magnifique sur fond de montagne et de coucher de soleil, on dirait la photo d'un calendrier sexy ! N'y tenant plus, je me lève, bien décidée à me lancer dans une exploration tactile de cette sculpture vivante.

L'œuvre d'art m'arrête d'un geste.

– Tu crois vraiment t'en tirer comme ça ?! À ton tour, Ivy !

Le désir contenu dans sa voix se propage au mien de façon magnétique. Debout devant lui, sans le quitter des yeux, je pose une main sur le premier bouton de mon chemisier. Le regard vert que mon amant pose sur moi me fait l'effet d'une caresse brûlante. Je tente d'être aussi calme que lui, mais animée d'un feu qui commence à me consumer, j'ai du mal à maîtriser mes gestes. J'arrache les boutons plutôt que je les ôte.

Ce matin, je me suis habillée à la hâte et je n'ai pas fait très attention au choix de mes sous-vêtements. Lorsque ma chemise et ma jupe tombent, je constate que je porte un ensemble rouge vif. En apercevant la dentelle, un léger grognement échappe à Simon.

On dirait que ça lui plaît.

Il fait un pas vers moi. À mon tour de l'arrêter d'un geste.

– Je n'ai pas terminé !

J'ai l'impression qu'il fait un effort pour se maîtriser. Moi aussi. La tension sexuelle est devenue presque insoutenable et nos deux corps sont aimantés par une force qui les dépasse. Pourtant, je dégrafe mon soutien-gorge avec lenteur puis fais glisser ma culotte, tout aussi patiemment. En un déhanchement étudié dont je ne me pensais pas capable, ce qui restait de tissu s'envole.

– Tu es magnifique !

Son désir me transperce. Mon corps brûle. Simon ne m'a pas encore effleurée, pourtant, mon intimité est au bord de la liquéfaction.

J'ai grandement sous-estimé le pouvoir érotique de ce genre de numéro.

Pour lui comme pour moi.

S'il continue à me regarder comme ça, je me transforme en bacchante et je lui saute dessus.

Je tends la main vers Simon, l'invitant à me rejoindre. Il bondit plutôt qu'il ne s'approche. Nos deux corps nus se collent l'un contre l'autre avec frénésie, comme s'ils voulaient fusionner pour ne faire plus qu'un. Chaque parcelle de ma peau s'enflamme au contact de la sienne. Je ne sais plus où commence mon corps et où finissent ses doigts. Simon s'inquiétait de savoir si j'avais froid, je brûle, à présent, tandis que nos bouches se dévorent. Chaude et dure, sa virilité palpite contre mon bas-ventre tandis que mon intimité frémit de plus en plus dangereusement.

La température vient encore de monter d'un cran.

Un léger soupir de frustration échappe à mon hercule quand je détache ma bouche de la sienne. Je me laisse alors doucement glisser à genoux, couvrant tout ce qui passe à ma portée de baisers humides et voraces, goûtant sa peau, mélange musqué qui m'enivre. Face à son bas-ventre, la vue de son sexe dressé achève de me faire perdre la tête. Je pourrais le contempler et le caresser pendant des heures. J'ai surtout une furieuse envie de le goûter tout entier.

Je caresse d'abord le membre des lèvres, puis en agace le gland à petits coups de langue. Mon amant soupire, ses mains fouillent dans ma chevelure. Il tire légèrement sur mes boucles épaisses trahissant la force d'un désir qu'il peine à contrôler. De mes mains, je saisis son sexe, le caresse puis le prends dans ma bouche. Un râle de satisfaction me parvient, m'encourageant à poursuivre. Mes lèvres se serrent autour de la verge gonflée, ma langue redouble d'ardeur. Simon durcit encore et, murmurant mon prénom, il tente de se dégager. Mes mains passent alors sur ses fesses, pour le retenir dans ma bouche. J'aime le sentir lutter ainsi, le pousser au bord du gouffre.

Tout à coup, ses doigts se crispent dans mes cheveux, il

me redresse et m'attire à lui plus brusquement. Il se jette alors sur mes lèvres et me serre contre lui à m'en étouffer.

– Tu me rends fou… halète-t-il entre deux baisers.

Et moi, que devrais-je dire ?

– À mon tour, reprend-il.

Ses mains puissantes se font douces comme des plumes pour effleurer mon corps, mais ses légères caresses ne tardent pas à devenir incandescentes.

Sa langue cherche les points les plus sensibles de mon anatomie. Sa bouche mordille le lobe de mon oreille, le creux de mon cou puis s'attarde sur mes tétons qu'il pince doucement et mordille, faisant naître de délicieux frissons qui convergent vers mon intimité.

Simon s'agenouille face à moi et concentre ses baisers autour de mon nombril puis descend en ligne droite. Quand ses lèvres approchent de mon sexe, les fourmillements de plaisir se muent en palpitations lourdes. Je ne sais plus si je brûle ou si je me liquéfie. Déjà au bord de l'implosion, je murmure le prénom de mon fiancé, comme une implorante litanie, presque malgré moi.

– Je pourrais jouir rien qu'avec tes caresses, dis-je haletante.

Mon amant écarte alors doucement les lèvres de mon sexe et souffle doucement sur mon clitoris. Loin d'éteindre l'incendie, ce léger courant d'air m'enflamme. Je pousse un gémissement de plaisir qui se mue en cri. Jamais je n'ai joui de la sorte ! Alors qu'il ne m'a même pas encore pénétrée ! Je m'agrippe aux épaules de mon tendre bourreau pour ne pas tomber sous la puissance de l'orgasme. Quand la vague de plaisir faiblit, je sens les doigts de mon amant s'enfoncer doucement en moi tandis que sa langue titille mon clitoris. Je ne m'y attendais pas. Balayée par un second orgasme dont la puissance me coupe les jambes, je m'effondre sur les épaules de mon colosse.

Simon enroule alors ses bras autour de mon corps, me

soulève puis m'emporte comme une mariée.

D'un coup d'épaule, il pousse une porte qui s'ouvre sur une chambre pourvue d'un immense lit.

Nous avons trop rarement profité des lits...

Mon homme me dépose délicatement sur l'édredon puis il se laisse tomber sur le dos, juste à côté de moi. Je me penche sur lui. Loin de me calmer, la moelleuse fraîcheur ravive l'onde de désir dans chacune des cellules de mon corps engourdi.

– J'ai envie de toi, Simon.

Tandis que ma bouche court sur son torse, ma main saisit son sexe dur, mesurant son érection impressionnante.

– Maintenant !

– Comme tu voudras, grogne-t-il.

Il bascule sur moi, son grand corps pèse sur le mien et son sexe dur cherche le chemin de mon intimité. J'écarte les cuisses et son sexe entre doucement dans le mien, encore humide, de nouveau palpitant et brûlant de désir. Un premier coup de reins me mène à des hauteurs insoupçonnées.

– Ce que c'est bon ! lâche-t-il entre ses dents.

Je pourrais dire exactement la même chose si j'avais encore l'usage de la parole. Je ne l'ai plus depuis qu'il m'a pénétrée. Je sens qu'il fait un effort pour ne pas s'abandonner trop tôt. Moi aussi, je lutte. Le plaisir s'accumule sous ses va-et-vient. La vague qui se forme menace de déferler avec une telle puissance que j'en ai presque peur. Comme si j'allais m'évanouir.

– Pour moi aussi, ce sera fort, annonce-t-il comme s'il avait perçu lui aussi l'intensité de ce qui nous guette.

Sa voix me fait lâcher prise et je m'abandonne à la jouissance. Une onde me traverse et s'échappe en un cri de volupté. La seconde d'après, il me semble que je n'ai plus de corps : tout ce qui court dans mes veines n'est plus que du plaisir. Je m'accroche au bras de Simon pour ne pas perdre mes repères. Je les perds, pourtant, en même temps que mon amant, en un gémissement de plaisir infini.

Nous avons franchi le mur du plaisir.

J'en suis officiellement dépendante.

Heureusement pour moi, il est question de passer ma vie avec ma drogue.

32

L'histoire peut commencer

La montagne, les sentiers, les paysages. Tout est magnifique dans les Alpes italiennes. Nous aurions pu nous y promener pendant des heures, bien sûr. Les chemins de randonnée doivent être extraordinaires. Parmi les nombreux vêtements de luxe que Simon avait glissés dans ma valise, l'on comptait d'ailleurs des tenues de sport. Mais on peut aussi envisager le dépassement physique de soi d'une autre façon… sous la couette. C'est cette seconde option que nous avons choisie… Nous avons passé le week-end à faire l'amour, découvrant chaque fois de nouveaux sommets de volupté.

Aussitôt installée dans le jet qui nous ramène à New York, je m'abandonne dans les bras de Simon. Je m'étire langoureusement, fourbue de fatigue et de plaisir. Et je m'endors, non sans avoir contemplé l'éclat vert du diamant et l'entrelacs infini des arabesques qui composent la bague de fiançailles dessinée pour moi par mon amant.

Simon et moi entourés d'enfants beaux comme des dieux… C'est vraiment de ça dont j'ai rêvé ? Les diamants auraient-ils le pouvoir d'orienter les songes dans les directions les plus douces ?

– Bien dormi ? me demande mon amant en m'embrassant dans le cou.

Ou alors, c'est l'éclat du diamant combiné à celui des yeux de Simon…

À la descente de l'avion, je découvre un message de Caroline

Katz, sur mon répondeur. Simon lui a raconté, ainsi qu'à Franck, ce que nous avions traversé, et elle me demande si je préfère repousser le rendez-vous que nous nous étions fixé. La réalisatrice du film *Out of Space* m'a fait l'honneur de venir voir un de mes stand-up, et elle m'a proposé un rendez-vous, dans le cadre de son travail, sans Simon, pour parler d'une éventuelle collaboration dont elle n'a pas précisé les termes. Je l'avais presque oublié, ce rendez-vous, mais je n'ai pas l'intention de le manquer ! D'autant qu'après ce séjour je me sens en pleine forme.

***

Les bureaux de Caroline Katz sont situés dans un gratte-ciel du centre-ville. La réalisatrice me serre la main avec chaleur et la garde quelques instants dans la sienne.

– Je n'ai pas de mot pour vous dire combien je suis touchée par ce qui vous est arrivé, à Simon et à vous. Et il semblerait que vous ayez fait preuve d'un sang-froid éblouissant !

Je m'empresse de rétablir la vérité.

– C'est surtout Simon qui a été admirable ! C'est lui qui a maîtrisé Tyler Walker et son homme de main, par son assurance et à la force de ses poings !

– Il sait se battre, en plus d'être un designer hors pair ? Il m'étonnera toujours…

– C'est ce que j'ai découvert, moi aussi, dis-je en souriant.

Caroline désigne alors le diamant qui étincelle à mon doigt.

– Félicitations ! Parce que cette fois, j'en suis sûre, c'est une vraie ! Je me demandais quand vous alliez vous décider à passer à l'action, Simon et vous ! Le début de votre relation avait beau être une mise en scène, Simon vous regardait avec amour ! Et il y a autre chose. Simon a toujours été un designer génial, mais depuis qu'il vous connaît, sa créativité a été décuplée. En ce qui concerne les décors du film, il a même changé de direction, après vous avoir rencontrée, proposant des croquis encore plus excellents que les premiers !

Je rougis intérieurement en songeant à la façon dont Simon a effectivement réorienté les décors. Nous les avons même testés d'une façon bien personnelle.

– Êtes-vous en mesure de reprendre le travail ?

J'expose mon projet de stand-up sur le chef de gang. Caroline m'écoute avec une attention étonnée et admirative.

– Vous parvenez à vous servir de cet événement traumatique comme d'une base pour un texte comique... Vous êtes épatante, vous le savez ? J'imagine que Simon a dû vous le dire... Vous formez un couple merveilleux. Vos enfants seront divins, ajoute-t-elle avec malice, des étoiles plein les yeux.

Là, je rougis extérieurement.

Je commence à connaître Caroline Katz, mais je reste tout de même un peu intimidée par cette femme pleine de charisme.

– Le tournage de mon film de science-fiction commence à peine, mais j'ai déjà une idée pour le prochain. J'ai envie de changer de genre et de m'essayer à la comédie, elle portera sur le mariage. Alors voilà, c'est simple, je vous propose de collaborer à l'écriture des dialogues.

Je me retiens de hurler de joie... Mais je ne peux pas m'empêcher de pousser un petit cri qui trahit mon bonheur !

Caroline sourit.

– Très bien, je vois que l'idée vous plaît...

En sortant des bureaux de la réalisatrice, je prends la direction du Stone Studio. Je n'ai pas annoncé ma venue à Simon. Je veux lui faire la surprise.

La réceptionniste me salue avec une chaleur qui m'étonne un peu et, après avoir appelé Simon, m'annonce que M. Stone descend dans un instant.

– Inutile ! Je connais le chemin, dis-je en désignant l'ascenseur.

– M. Stone a insisté, il vient vous chercher.

Bon, si ça lui fait plaisir...

L'ascenseur s'ouvre sur Simon. Il me fait signe pour que

je le rejoigne. Les portes se referment sur nous et avant que j'aie pu dire quoi que ce soit, il attire doucement mon visage à lui et m'embrasse avec une fougue qui me surprend d'abord, mais qui me gagne rapidement. Soudain, il se détache. La seconde suivante, les portes de l'ascenseur s'ouvrent sur le couloir rempli de monde. Simon me tient la main, comme si de rien n'était.

Il a calculé combien de temps on pouvait s'embrasser ?

– Ce trajet dure exactement dix-neuf secondes. Le temps suffisant pour un baiser torride. Je me demande ce qu'on pourrait faire d'autre en dix-neuf secondes… murmure-t-il en me jetant un regard en coin.

Il a calculé.

Les collaborateurs que nous croisons nous sourient, certains nous félicitent. J'interroge mon amant du regard, et dès que nous sommes dans son bureau, il me prend dans ses bras.

– Tu ne m'en veux pas ? Je n'ai pas pu résister, j'ai annoncé la nouvelle ce matin… La plupart des gens ignorent que nous avons commencé par être fiancés pour de faux. Ils n'ont donc pas été surpris quand je leur ai dit que nous allions nous marier très bientôt.

D'où les regards appuyés.

Je raconte à Simon comment s'est déroulé l'entretien avec Caroline Katz.

– Collaborer avec elle à l'écriture de son prochain film, je n'en reviens pas ! J'ai presque du mal à y croire ! m'écrié-je.

– Tu plaisantes, c'est largement mérité !

– J'espère que je serai à la hauteur…

– À la hauteur ? Tu ne devrais pas te sous-estimer. Et puisque tu parles de hauteur, ça tombe bien, j'ai un cadeau pour toi…

– Un cadeau ? Mais, je… Tu m'as offert le plus beau des cadeaux, toi ! dis-je en posant les mains sur son torse. Ça vaut pour tous les Noëls et anniversaires à venir !

– Je pensais que tu étais réconciliée avec l'idée de cadeau, je vois qu'il y a encore du travail… grommelle Simon.

Avant de m'offrir ce mystérieux cadeau, mon amant me montre les derniers prototypes des bijoux sur lesquels il travaille et me demande mon avis sur quelques esquisses. Je ne cache pas mon admiration. La ligne qui portera mon prénom est somptueuse.

Il me prend ensuite par la main et nous traversons le quartier à pied. Quelques minutes plus tard, nous nous arrêtons à l'entrée d'un gratte-ciel en verre.

– Nous allons au trente-troisième étage, explique-t-il. L'ascenseur met bien plus de temps à monter qu'entre le hall du studio et mon bureau. Il faudra faire les calculs. Je pense qu'on a le temps de faire beaucoup plus de choses.

À l'évocation de tels sous-entendus, mon corps frémit de désir. Et dès que les portes de l'ascenseur se ferment, c'est moi qui me penche vers lui à la recherche de ses lèvres.

Au dernier étage, Simon ouvre la porte d'un studio. La première chose qui me frappe, c'est l'immense baie vitrée qui surplombe la ville. Comme aimantée par la vue, je m'y précipite. À cette heure, le soleil baisse à l'horizon, la lumière est magique et la ville devient presque irréelle.

Je me retourne ensuite vers l'intérieur du studio. Un bureau, un immense canapé, une cuisine-bar… Tout est meublé d'une façon qui détonne un peu avec les intérieurs des maisons de Simon. À vrai dire, le studio est plutôt dans mes goûts…

– On est où, là ? Tu m'as emmenée dans ta garçonnière ? demandé-je d'une voix lascive.

– Non, je t'ai dit que j'avais un cadeau pour toi.

– Tu fais bien des mystères. Pourquoi m'avoir emmenée ici pour me le donner ?

Simon prend mes mains dans les siennes.

– Parce que tu es dedans, Ivy ! Tu es au milieu de ton cadeau !

– Je ne comprends pas…

– Cet endroit est pour toi ! Pour que tu puisses venir y écrire.

Il me tend les clés.

– Tu auras bien besoin d'un espace de travail ! Caroline Katz est connue pour faire beaucoup travailler ses associés, surtout s'ils sont talentueux…

– Tu veux dire que…

Je ne peux même pas prononcer la phrase tant cela me paraît énorme.

– Je ne peux pas accepter !

– Je ne te demande pas ton avis. Considère que c'est le cadeau d'un époux à la femme dont il est éperdument amoureux.

Ça me fait bizarre d'entendre les mots *époux* et *femme*. Et ça me fait plaisir aussi, surtout dans sa bouche ! Il n'empêche que j'ai du mal à y croire. Je me promène de nouveau dans l'appartement, examinant chaque détail.

– Les meubles sont exactement ceux que j'aurais choisis… Tu es allé jusqu'à faire les brocantes ?!

– Bien obligé, pour trouver ce qui te plairait.

– Et tu ne t'es pas trompé ! Il n'y a que cette lampe, là, qui soit du Simon Stone pur jus ! Elle sort tout droit du mobilier conçu pour *Out of Space*, non ? Je l'adore !

– Je t'en ai fait faire une copie. Il fallait tout de même que tu penses un peu à moi, là-dedans !

– Je connais un autre moyen qui permettrait de penser toujours un peu à toi, dis-je.

J'attire mon amant sur le canapé, et pose sur ses lèvres un baiser qui dégénère rapidement en un corps-à-corps explosif.

– Il est temps de terminer ce que nous avons commencé dans l'ascenseur.

***

Une douce lumière tombe sur nos deux corps enlacés dans le canapé. Les mains de Simon dessinent des cercles et des lignes sur ma peau.

– Je ne pourrais plus regarder ce canapé sans penser à nous…

– Je ne pourrais plus attendre très longtemps que tu deviennes ma femme. Si tu es d'accord, nous pouvons nous marier samedi prochain.

– Dans une semaine, mais…

– Je me charge de tout. C'est l'affaire de quelques coups de téléphone. Je dois t'avouer que je me suis déjà renseigné. J'ai rêvé de ce moment si souvent…

Là, tout de suite, je ne fais plus très bien la différence entre le rêve et la réalité.

– Quant à ta robe. Je connais une styliste qui pourrait se charger de la confectionner.

Je n'ai jamais imaginé porter un jour une robe blanche… Parce que je n'ai jamais envisagé la possibilité de dire oui pour la vie à un homme.

– Enfin tout ça si tu es d'accord, reprend Simon. C'est peut-être précipité mais…

– À présent, une semaine, ça me paraît déjà presque trop long ! le coupé-je aussi enthousiaste que lui à l'idée de nous marier rapidement.

Nous nous enlaçons en une étreinte pleine de rires et de joie.

– Tu te souviens de la fois où ta famille m'a surprise dans les bras de Ted ?

– Bien sûr ! J'étais fou de désespoir à l'idée que tu puisses avoir un homme dans ta vie.

– Eh bien, pour que Ted ne parle pas de cet étrange incident aux autres, je lui ai promis de faire appel à lui comme traiteur le jour de notre mariage. Il pourrait se joindre à l'équipe, non ?

– Bonne idée. Je vais le mettre en relation avec le cuisinier que j'ai contacté.

Simon pose un baiser sur mes lèvres.

– Si tu as fait cette promesse à Ted, ça veut dire que tu y

songeais déjà, toi aussi ?

– Inconsciemment, oui. Je me disais que je me verrais bien à tes côtés pour le reste de mes jours. Mais sans oser me l'avouer… J'avais trop peur de tomber de haut.

En sortant du studio, Simon m'emmène dans une papeterie de luxe, pour choisir le support du faire-part. Pour trancher avec les SMS laconiques envoyés par Tyler Walker, nous avons décidé de rédiger nous-mêmes les invitations, à la main. Et nous prenons bien soin de préciser qu'il ne s'agit ni d'une comédie ni d'un plan macabre sorti du cerveau d'un chef de gang, mais bien d'une annonce officielle, émise par Ivy Clemens et Simon Clark Stone.

Tandis que nous rédigeons les invitations, une question me taraude : j'aurais convié la voisine si je n'avais su que c'était ma mère. Mais maintenant que je connais la vérité, j'hésite. Je m'en ouvre à Simon. Il s'arrête un instant d'écrire.

– Tu te souviens, tu étais déçue que ta mère n'assiste pas à ta première de Jessie Green… Et tu m'avais dit que tu aurais aimé lui montrer ce que tu étais devenue, et lui prouver qu'on pouvait aimer quelqu'un sans renoncer à ce qu'on était…

– Tu as raison. Et puis je crois aussi que je me suis toujours dit que j'aimerais que ma mère soit présente le jour de mon mariage.

– Alors invite-la, Ivy, ne te pose pas davantage de questions.

Il a raison. Mais je pense à Lauren et à mon père. Et s'ils s'offusquaient de voir Angie à notre mariage ? En même temps, je ne me vois pas ne pas l'inviter : en tant que voisine, elle a vécu des choses intenses avec nous tous. C'est le début d'une nouvelle vie, pour tout le monde. Et je ne veux pas commencer par fermer des portes.

Une fois les invitations rédigées, nous confions les enveloppes à un livreur qui se charge de les porter en main propre à nos proches et à nos amis.

Au fil de la soirée, les messages pleuvent. Tout le monde sera là.

Le lendemain, je suis réveillée à l'aube par l'excitation et l'impatience. Dans quelques heures, j'ai rendez-vous chez la créatrice qui va confectionner ma robe. Cette nuit, une idée m'est venue. Je vais faire un mélange du style de la fausse fiancée et du mien. Je saute du lit. Pour donner une dimension plus concrète à mon projet, je prépare deux valises, l'une contient ma garde-robe fétiche, l'autre celle de la fausse fiancée.

***

– Reste un peu tranquille ! ordonne ma sœur en m'aidant à fermer ma robe.

La styliste vient de la faire livrer et elle est somptueuse. Une robe de soie blanche, simple, fluide et légèrement décolletée qui, à en croire Lauren, me donne des airs de fée, mais sexy. Une fée fatale, en somme. Pour le côté rock, je compte sur mes cheveux que je vais laisser en liberté étudiée : l'idée étant d'en faire une crinière sauvage qui contraste avec la sagesse de la robe.

J'ai décidé de porter la bague de la fausse fiancée à côté de la vraie bague de fiancée. Elle raconte notre histoire, à Simon et moi et je n'ai pas pu me résoudre à la laisser dans un tiroir.

– Dans une heure, je vais dire oui au plus beau des amants, Lauren ! J'ai du mal à rester en place.

– Ah ! Ivy, c'est malin, maintenant, je sais ce que tu vas répondre à la question fatidique. Tu viens de me gâcher le suspense !

Nous rions toutes les deux.

Je me regarde dans le miroir. J'ignorais qu'il existait des robes de mariée aussi extraordinaires que celle-ci !

Autant me rendre à l'évidence, avant de rencontrer Simon,

j'ignorais beaucoup de choses.

– Vous êtes prêtes ? s'impatiente mon père.

Quand il me voit, il a du mal à cacher son émotion.

– Tu es superbe, Ivy.

Nous montons enfin tous les trois dans la superbe voiture envoyée par Simon. Je ne sais toujours pas où va avoir lieu la cérémonie : Simon était si heureux de me faire la surprise que j'ai accepté tant bien que mal de ne découvrir l'endroit qu'au dernier moment, mais l'impatience commence à me gagner. Et mon père et ma sœur refusent de lâcher le morceau ! Même le chauffeur reste sourd à mes prières. « Le futur marié veut garder le secret », se contente-t-il d'énoncer en boucle. La seule chose que Simon ait accepté de me dire, c'est que Ted et le chef étoilé s'étaient entendus à merveille.

Nous nous engageons dans une ruelle pavée bordée d'arbres. Je comprends que la cérémonie aura lieu dans une de ces magnifiques maisons de briques qui semblent appartenir à une autre époque.

Lauren s'éclipse et avant de franchir le seuil de la demeure, mon père me serre dans ses bras pour me dire combien il est fier de moi et de ce que je suis devenue.

Je retiens mes larmes.

Pas le moment de ruiner mon maquillage…

Une musique nous parvient et mon émotion, loin de s'apaiser, redouble d'intensité. Les Rattle Snake ont composé une marche nuptiale spécialement pour Simon et moi ! Mon père a repris sa contenance, il me sourit et m'offre son bras.

Nous entrons. Toutes les fenêtres sont ouvertes et une douce odeur de fleur me parvient. La maison possède un jardin privé, et en ce début d'été, tous les massifs sont en fleurs !

Ça existe, ce genre de petits paradis, à New York ?!

Et Simon en a déniché un !

Dans le fond du havre de verdure, j'aperçois mon fiancé, plus beau que jamais, et je presse le pas pour le rejoindre. Il me tarde de devenir sa femme !

– Tu es merveilleuse, Ivy, glisse-t-il lorsque j'arrive à ses côtés. Ta robe est divine !

De son côté, il n'est pas mal non plus. Son costume, magnifiquement coupé, souligne sa morphologie d'apollon. Il me sourit, ses yeux s'éclairent, et j'ai envie de passer directement au « oui », sans attendre la cérémonie.

La musique des Rattle Snake cesse. Face à Simon, mon cœur bat si fort que j'ai peur qu'il ne lâche sous le coup de la joie. L'homme chargé de la cérémonie me demande si je veux prendre Simon Stone pour époux. Simon Stone, le plus beau des amants, l'homme le plus incroyable de la terre.

Ça, c'est moi qui le rajoute mentalement.

– Oui !

J'ai prononcé le plus beau « oui » de mon existence. Un autre « oui » lui fait immédiatement écho, celui de Simon. Sa voix est remplie d'une émotion qui me fait vibrer. Je me perds un instant dans ses yeux verts et son sourire. Comme dans un rêve, je me vois passer un fin anneau d'or au doigt de mon amant. En un geste empreint d'une infinie douceur, Simon fait de même. Mes mains tremblent légèrement au contact des siennes, qui ne sont pas plus assurées. Puis pour sceller notre union, nous échangeons un baiser magique.

Nous sommes seuls au monde. Plus rien d'autre n'existe que nous.

Quelques notes des Rattle Snake nous ramènent à la cérémonie. Le bal est ouvert. Une petite scène a été installée pour le groupe. L'incroyable jardin fait office de salle de danse, et les massifs de fleurs multicolores, de décorations.

Nous tournoyons, Simon et moi, tendrement enlacés. La joie m'a coupé les jambes, mais mon amant, en danseur chevronné, guide chacun de mes pas avec assurance, tout en me glissant des mots d'amour à l'oreille. Bientôt, nous sommes rejoints par les invités et tout le monde se déhanche sur la piste.

Caroline et Franck profitent d'une pause pour venir nous féliciter. Nous allons travailler ensemble, Caroline et moi, à présent, mais j'ai l'impression que, bien plus qu'une relation de travail, c'est une amie en devenir.

– Dès le début, j'ai su que ça finirait comme ça, plaisante Franck.

C'est vrai qu'il a immédiatement repéré la supercherie.

– Et il me semble que ça finira de la même façon pour vous, non ?

J'ai dit ça sans trop réfléchir. Franck me regarde, l'air de ne pas comprendre. Mais Caroline rougit. Ils sont inséparables, tous les deux, depuis que je les connais. J'ai même été rassurée la première fois que j'ai vu cette belle femme, parce qu'elle dévorait des yeux l'associé de Simon. Le visage de Franck s'éclaire, comme s'il venait seulement de comprendre à quoi je fais allusion. Il n'avait donc rien remarqué ?

Simon sourit à son ami. Et nous nous éloignons pour rejoindre la famille Stone.

Arianna et ses parents sont radieux. Je sais ce que représente ce mariage pour eux. Il est le signe que leur fils est définitivement libéré de son passé tragique. Pour ma part, je me sens fière et heureuse de faire partie de cette famille extraordinaire.

***

Je ne sais pas combien de temps nous avons dansé, mais le besoin de me reposer me fait m'asseoir un instant sous un arbre. Je n'ai pas eu le temps d'admirer les lieux comme il se doit ! J'observe la maison, les murs en briques qui entourent le jardin, les gens.

Mes deux parents se parlent, et j'y vois un signe encourageant pour l'avenir. Mon père a fait le premier pas, et je l'admire pour ça, car j'imagine à quel point cela a dû être difficile pour lui de revoir sa femme après toutes ces années. J'ignore quelles sont ses intentions à son égard, ni même s'il sait lui-même ce qu'il va faire. Enfants, ma sœur et moi n'avons vu que le départ d'une mère, mais à présent, je comprends que, en plus de notre éducation et du quotidien, mon père a dû gérer la rupture amoureuse avec une femme qu'il aimait. Je mesure à quel point il a été formidable avec nous et, même si je sais que mes parents ne se remettront jamais ensemble, j'espère de tout cœur qu'ils pourront s'expliquer et que mon père trouvera une forme d'apaisement.

Ma mère s'approche pour me féliciter et me dire à quel point elle est touchée de l'invitation. Elle me sourit et son expression me ramène des années en arrière. Ce visage est celui des jours trop rares où elle était heureuse. Je me rends compte alors que je n'ai jamais vu Angie sourire et j'en suis étrangement émue.

Ça me fait bizarre de me dire que ma mère est présente à mon mariage, alors que je ne l'ai pas vue pendant tant d'années. C'est Angie, une voisine dont je me suis rapprochée ces derniers temps, plutôt que ma mère, Isabel, que nous avons invitée, Simon et moi. Mais j'ai vécu tant d'émotions fortes, je me sens quelqu'un de tellement différent à présent, que tout me semble possible : peut-être qu'un jour la figure de la voisine et celle de ma mère finiront par ne faire plus qu'une.

Je lance un clin d'œil à ma sœur, elle vient de descendre de la scène et j'ai remarqué que le bassiste du groupe lui avait glissé un baiser furtif. Ce détail a probablement échappé à l'assemblée, mais pas à ma vigilance de sœur… Et comme, en plus, Devil est enroulé autour du cou du jeune homme, c'est presque un aveu d'amour !

– Petit-four au caviar ?

Un plateau interrompt ma rêverie. C'est Ted.

– Délicieux ! dis-je après avoir goûté une des étranges petites sphères qui trônent sur le plateau en argent.

– Le chef étoilé va me prendre avec lui pour me former, glisse Ted avec un clin d'œil, il va m'apprendre à « canaliser ma créativité culinaire explosive ».

Nous rions tous les deux, puis il disparaît au milieu des invités, radieux.

– Eh bien, Ivy, à quoi tu rêves ?

Mon am… Mon mari vient de s'asseoir à côté de moi.

– Je ne rêve pas, Simon, justement ! Je prends la mesure de mon bonheur. De notre bonheur. Je t'aime, et après ce que nous avons vécu, j'ai l'impression que je le ressens avec plus de force que n'importe qui.

Simon cueille une fleur blanche qu'il glisse dans ma chevelure puis prend mes mains dans les siennes.

– Tu as décidé de porter la fausse bague ?

– Moi qui refusais tout ce qui ressemblait à une bague, voilà que j'en porte trois ! Je ne voulais pas la laisser dans un tiroir… Parce que, lorsque je l'ai portée, réfugiée derrière la comédie, je savais déjà que c'était toi que j'aimais.

– Ma vie a commencé le jour où je t'ai vue faire des grimaces devant la vitre fumée de ma voiture. Avant de te rencontrer, je n'avais jamais pensé dire oui pour la vie à une femme. Je ne savais pas ce que c'était que l'amour. Je t'attendais, toi, Ivy.

Lauren avait raison. Le coup du prince charmant, ce n'est pas si démodé.

– Nous nous attendions, Simon. Et notre histoire ne fait que commencer.

Fin

addictives

Romans déjà parus

Rose Becker
Le Bébé, mon milliardaire et moi (aussi en poche)
Torride, sexy & dangereux
Forever You – saisons 1 et 2
Dangerous

Aimée Bianca
B.O.S.S. Beau, odieux, sexy, snob

Phoebe Campbell
Lui résister… ou pas – l'intégrale
You Again
Single Daddy. Try Me if You Can

Mia Carre
Bad for You
Teach Me Everything
Charmant connard !

Mélodie Chavin
Campus Rules
Fucking Wedding

Alexia Clemens
Red Python. Save Me

Sonia Eska
Ne me tente pas

Emma Green
Toi + Moi : L'un contre l'autre (aussi en poche sous le titre *L'un contre l'autre*)
Toi + Moi : Envers et contre tout (aussi en poche sous le titre *Envers et contre tout*)
Toi + Moi : Seuls contre tous (aussi en poche sous le titre *Seuls contre tous*)
Call Me Baby – volumes 1 et 2
Call Me Bitch
Love Me if You Can
Kiss Me if You Can
Bliss. Le faux journal d'une vraie romantique – volumes 1 et 2
Jeux interdits
Jeux insolents
Jeux imprudents

Une toute dernière fois
Fallait pas me chercher! – volumes 1 et 2
Corps impatients
Cœurs insoumis
Âmes indociles
Cent facettes de Mr Diamonds – l'intégrale
Bliss. Le faux journal d'une vraie romantique – l'intégrale
(Im)parfait
Love Me if You Can – l'intégrale
Kiss Me if You Can – l'intégrale
It's Raining Love!
The Boy Next Room
Call Me Baby – l'intégrale
Call Me Bitch – l'intégrale
PS: Oublie-moi!
Fallait pas me chercher! – l'intégrale
Recherche coloc: emmerdeurs, râleurs, lovers… s'abstenir!
10 bonnes raisons de te détester!
Just 17
Love & Lies on Campus
Bien plus forte que toi!
If You Wanna Be My Lover…
The Boy on Fire

Kim Grey
Fausse fiancée et vrais ennuis

Megan Harold
Breaking the Rules
Initiation with My Boss

Ludivine Hart
Arrogant & Tattooed

Amy Hopper
Gone Boy
Le Coloc

Julie Huleux
Alpha Player

Charlie Lazlo
Mon insupportable boss
The Duke

Sienna Lloyd
Mords-moi!

Caroline Mongas
Mariage forcé. Un contrat indécent

June Moore
Étreinte – volumes 1 à 3

Zoé Murat
Stepbrother Love
Boss Me Around

Clara Oz
Arrogant

Gaëlle Sage
Kiss, Kill & Ride
Lost Rider

Ana Scott
Dark Ride
Last Ride
Vicious Ride
The Dominant
Evil Ride
Sensual Stepbrother
Un enfoiré mais un coup d'enfer!
Say Yes to the Boss

Camilla Simon
Le voisin parfait est un enfoiré
Initiation with My Enemy
Le mec parfait est un inconnu… ou presque !

Ève Souliac
Sexy Mistake

Liv Stone
Love Lessons

Lisa Swann
Adore-moi ! – l'intégrale

Louise Valmont
Toi & moi, c'est compliqué !
Campus Initiation
Mon insupportable voisin !

Chloe Wilkox
Extreme Lover – l'intégrale
Immoral
Dominant Boss. Apprends-moi
The Virgin's Price

Luv

Romans déjà parus

Ana K. Anderson
Indompté
Scottish Bastard

Sophie Auger
Be with Me

Sonia Birdy
L'Initiation
Touchdown. Campus Star

Laura Black
Dark Initiation
Games of Desire
H.A.R.D. Hot, Arrogant, Rebelle, Déterminé
Sulfurous Bad Boy

Margot D. Bortoli
Too Young

Juliette Brunel
Delicious

Anne Cantore
Promets-moi. Louise et Marco

Sarina Cassint
Avec toi… peut-être
Insolent Boss

Romy Cole
Never Kiss a Soldier

Mary Ann Davis
Coach Me Love

Gwen Delmas
Noël, toi & moi
Sex Friends. Pas de contraintes, que du plaisir!

Sarah Dheilm
Hot Reward

Eugénie Dielens
Imprévisible Boss

Cléa Dorian & Ninon Vars
Dark Love

Laurie Eschard
Love Naked

Lil Evans
Savage Rider
Crash & Burn
Boss Affair

Lou Garance
Can You Keep a Secret ?
Foutu coloc !

Alexandra Gonzalez
Shades of You

Erin Graham
Teach Me Love
The Boss
Secret Stepbrother
Strong Addiction
Coloc avec mon boss
The Initiation

Joh Harper
Crazy Love
Broken but Alive

Marie Hayle
Under Control
Lover Next Door

Ellie Jade
About Last Night

Emma S. James
Under the Rain

Lucie F. June
Fight with Darkness

Sara June
Rider in the Dark
Sexy Wild Rider

Emily Jurius
Love to Hate You

Antinea Kane
In Love with My Enemy

Allie Krown
High School Challenge

Marion Laurent
Mr Alpha
I Want You in My Bed!

Pauline Libersart
Tiger. Entre ses griffes

Nina Loren
Breaking the Ice
Teach Me Again. Impossible Desire

Ella Lores
Mariée par accident à un connard arrogant rencontré la veille…
My Best Enemy

Jessica Lumbroso
Emma X. Secrète et insoumise

Lili Malone
Coloc avec un inconnu

Mila Marelli
Dark Man in Love
Crazy Wedding

Mag Maury
My Hipster Christmas

Billie Morgan
Free Fighter

Lina Parker
Campus at Sea

Alix Parks
Never Kiss the Boss

Jeanne Pears
Insupportable coloc
Colocs & Sex Friends
H.O.T. Hypnotique, Obstiné, Ténébreux
The Most Insolent Man

Alexia Perkins
Arrogant Fake Lover

Sophie S. Pierucci
L'Inconnu de l'ascenseur & Moi (aussi en poche)
My Stepbrother. L'initiation

Silvia Reed
Darkest. La dernière heure
Too Close

Anita Rigins
No Rules
My Rules

Avril Rose
Coffee, Sex & Law

Jana Rouze
Effet de vague – saisons 1, 2 et 3

Isla A. Rowley
Le coloc de mon frère

Wendy Roy
Une seule fois (ou presque)

Ana Scott
À corps brisés

Adora Sky
Decadent Lover

Léana Soal
Fight & Hope

Cara Solak
Perfect Obsession

Izia Soley
Fauve
Initiation. On My Skin

Liv Stone
Initie-moi. Mes jours contre tes nuits

Lena K. Summers
Perfect Bad Boy
Donovan, roi des connards

Kaly Swann
Austin. Breathe with Me

Lily Tortay
Dance for Me

Flore Valier
Ta peau contre la mienne

Anna Wendell
Arrogant Bad Boy

Apprends-moi le désir
Colosse. Le maître du jeu
Break Your Chains

Mina Zadig
Just Sex & Tattoos
Arrogant Highlander

New adult **addictives**

Romans déjà parus

Sonia Birdy
California High School

Mélodie Chavin
Stepbro' Next Door

Sianna Milano
High School Initiation

Isla A. Rowley
Toxic Games

addictives POCHE

Romans déjà parus

Rose Becker
Le Bébé, mon milliardaire et moi (aussi en grand format)
Désirs & Désastres

Marjorie Burbaud
The Campus Teacher

Phoebe Campbell
Tes ordres sont mes désirs

Olivia Dean
À lui, corps et âme – volumes 1 et 2

Lou Everly
Bad Boy Crush

Erin Graham
Nos amours contraires

Emma Green
Seul contre tous (aussi en grand format sous le titre
Toi + Moi : Seuls contre tous)
L'un contre l'autre (aussi en grand format sous le titre
Toi + Moi : L'un contre l'autre)
Envers et contre tout (aussi en grand format sous le titre
Toi + Moi : Envers et contre tout)
Corps impatients
Cœurs insoumis
Âmes indociles

Megan Harold
Sublime-moi !

Charlie Lazlo
Kiss Me I'm Famous
The Duke

Jeanne Pears
Jamais avec mon coloc !

Sophie S. Pierucci
L'Inconnu de l'ascenseur & Moi (aussi en grand format)
Deep & Dark

Lise Robin
Forbidden Stepbrother

Alexane Tolley
The Boss Rules

Chloe Wilkox
Your Game, My Rules

Désirs & Désastres
Rose Becker

Il maîtrise tout. Mais personne ne maîtrise Miss Catastrophe !
Lunaire, attachante et imprévisible, Elena est une catastrophe ambulante. En vingt-quatre heures, cette jeune étudiante en art voit sa vie partir en vrille : elle se fait refouler de la galerie où elle vient présenter ses œuvres et se ridiculise lors d'un gala dans un palace. Cerise sur le gâteau : elle croise la route d'un séduisant inconnu en se trompant de vestiaire. Le problème ? Elle est en soutien-gorge, lui en smoking. Mais l'inconnu, Elio Garibaldi, est aussi amusé que troublé…

Erin Graham
Nos amours contraires

Emma Green
Seul contre tous (aussi en grand format sous le titre *Toi + Moi : Seuls contre tous*)
L'un contre l'autre (aussi en grand format sous le titre *Toi + Moi : L'un contre l'autre*)
Envers et contre tout (aussi en grand format sous le titre *Toi + Moi : Envers et contre tout*)
Corps impatients
Cœurs insoumis
Âmes indociles

Megan Harold
Sublime-moi !

Charlie Lazlo
Kiss Me I'm Famous
The Duke

Jeanne Pears
Jamais avec mon coloc !

Sophie S. Pierucci
L'Inconnu de l'ascenseur & Moi (aussi en grand format)
Deep & Dark

Lise Robin
Forbidden Stepbrother

Alexane Tolley
The Boss Rules

Chloe Wilkox
Your Game, My Rules

Désirs & Désastres
Rose Becker

Il maîtrise tout. Mais personne ne maîtrise Miss Catastrophe !
Lunaire, attachante et imprévisible, Elena est une catastrophe ambulante. En vingt-quatre heures, cette jeune étudiante en art voit sa vie partir en vrille : elle se fait refouler de la galerie où elle vient présenter ses œuvres et se ridiculise lors d'un gala dans un palace. Cerise sur le gâteau : elle croise la route d'un séduisant inconnu en se trompant de vestiaire. Le problème ? Elle est en soutien-gorge, lui en smoking. Mais l'inconnu, Elio Garibaldi, est aussi amusé que troublé…

Auteure : Kim Grey

Edisource – Éditions Addictives
100, rue Petit, 75019 Paris
Imprimé par Dupliprint, 733, rue Saint Léonard
53101 Mayenne cedex France
Dépôt légal : juillet 2022 – Achevé d'imprimer : avril 2022
ISBN : 978-2-37126-501-1
Réf. contrats : ZIVY_001, ZIVY_002, ZIVY_003, ZIVY_004, ZIVY_005, ZIVY_006